清代文体述略

刘宝强◎著

电子科技大学出版社
University of Electronic Science and Technology of China Press
·成都·

图书在版编目(CIP)数据

清代文体述略/刘宝强著.--成都:电子科技大学出版社,2018.1

ISBN 978-7-5647-5521-8

Ⅰ.①清… Ⅱ.①刘… Ⅲ.①中国文学—古典文学研究—清代 Ⅳ.①I206.2

中国版本图书馆CIP数据核字(2018)第009135号

内容简介

本书站在整个中国文学史的视点对清代文学的发展进行了梳理,既展现了清代文学创作的繁盛,也鲜明地呈现出清代文学与前代文学千丝万缕的联系及其向近现代转向的特征。本书共有九章内容,以文学文体为切入口,结合具体的作家和作品,对清代诗歌、词、小说、散文和戏曲的创作进行了研究。全书内容丰富,充分展现了清代文学在中国文学发展史上的重要地位。

清代文体述略
QINGDAI WENTI SHULÜE
刘宝强　著

策划编辑　杜　倩　刘　愚
责任编辑　刘　愚

出版发行　电子科技大学出版社
　　　　　成都市一环路东一段159号电子信息产业大厦九楼　邮编　610051
主　　页　www.uestcp.com.cn
服务电话　028－83203399
邮购电话　028－83201495

印　　刷　三河市铭浩彩色印装有限公司
成品尺寸　170 mm×240 mm
印　　张　17.75
字　　数　230千字
版　　次　2018年4月第1版
印　　次　2024年9月第2次印刷
书　　号　ISBN 978-7-5647-5521-8
定　　价　60.00元

前　言

文学能够增强一个民族的凝聚力，丰富人的精神文化生活，培养人的高尚道德情操，提高人的综合素质与能力。因此，我国自古及今都十分重视文学的创作与发展。在我国文学发展的整个过程中，古代文学则是不容忽视的一个重要组成部分。中国古代文学作为世界上最悠久的文学样式之一，在经过 3 000 多年的发展后，以其辉煌的成就成为全人类文化遗产中的艺术瑰宝。

清代文学作为我国古代文学发展中的重要一环，呈现出一种集我国古代文学之大成的景观。及至清代，各种文体都重塑辉煌，蔚为大观，取得了不容忽视的成就。具体而言，元明以来新兴的戏曲、小说，在入清之后依然蓬勃发展，在元明以来呈现出弱势甚至有些衰微的诗歌、词、散文等文学体裁也再度勃兴。可以这样说，凡是在以往各代盛行或辉煌过的文学文体在清代都有了一定的延续与创新，并拥有众多的作者，产生了众多的作品，其中不乏造诣极高的作者与堪称杰作的传世之作。为了对清代文学各种文体的发展历史和发展成就进行全面展示，帮助人们更好地对清代文学进行认知与把握，特撰写了《清代文体述略》一书。

本书共包括九章内容，第一章与第二章对纪实言理的清代诗歌进行了系统探讨；第三章与第四章对再续辉煌的清代词坛进行了深入分析；第五章与第六章对蔚为壮观的清代小说进行了具体论述；第七章与第八章对风姿绰约的清代散文进行了系统研究；第九章对多元多变的清代戏曲进行了详细阐述。本书在具体的论述过程中，注重将文体的变化与特定的历史发展背景以及作家创作相结合，力争生动地展示出每一种文体在清代的发展与演变。此外，全书叙述脉络清楚，逻辑严谨，内容翔实，语言简明扼要。希望本书的出版能使更多的文学爱好者产生对中华传统文化的兴趣,也为清代文学的学习与爱好者更为深入地了解清代文学提供一条良好的途径。

作者

2017 年 10 月

目　录

绪论　清朝统治下的学术和文学

清王朝在入主中原、统治中国后，为巩固其统治加强了对社会思想文化方面的控制，以维护其在意识形态领域中的统治地位。清政府推行了一系列的文化专制政策，严厉打击各种反抗思想，从而造成了其时文网密布、动辄犯忌、思想束缚的恶劣文化环境，这对当时的学术与文化发展都产生了极为深刻的影响。

一、文化专制的举措

清统治者为推行文化专制政策，采取了一系列的措施，其中影响最大的是实行“文字狱”、独尊程朱理学及编书与禁书。

“文字狱”可以说是清王朝封建专制统治的残酷性、野蛮性的集中体现，也是清王朝控制社会思想最为严厉的手段。在清代历史上，“文字狱”案件之繁多、株连之广泛、惩治之残酷超过了以往历史上任何一个朝代。清初的军事征服阶段，清王朝主要致力于征服与屠杀，有“扬州十日”“嘉定三屠”等惨案，但尚无暇顾及文化学术，故而康熙朝之前的“文字狱”尚少，而“文字狱”较为严重的时期是康雍乾三朝。朝廷苛责官吏，举报之风大盛，于是望文生义、捕风捉影、故入人罪的情况便屡有发生，经常有因文字致罪的大案。著名的庄廷铣《明史》案、戴名世《南山集》案等都是对抗拒清思想的镇压。著名的曾静、张熙案甚至追究至已逝世的吕留良的著作，目的还是在于消除人们的反清意识。嘉庆之后的“文字狱”才稍缓，西学之风渐盛。

积极扶持程朱理学，使程朱理学成为官方哲学，是清王朝实行文化专制统治的另一个重要表现。清代许多统治者都重视文化，尤其是康熙帝是一位有极高文化造诣的皇帝。康熙对孔子与儒学非常尊崇，因此特别崇尚朱熹。康熙在位期间任用了一批信奉宋代程朱理学的官员，升朱熹为孔庙大成殿十哲之后的第十一哲，并积极地编纂理学图书。“程朱理学”也就逐渐成为清代的官方哲学。

对朱熹的尊崇和对程朱理学的倡导，又引发了大规模的编书与禁书的现象。康熙帝在位期间曾实行“偃武修文”的措施，召开博学鸿词科，在程朱理学思想的指导下进行大规模的书籍编纂工作，为思想学术订立标准，以巩固清王朝的封建统治，促进文治教化功能的实现。《明史》《康熙字典》《渊鉴类函》《佩文韵府》《古今图书集成》《全唐诗》等都是在这一时期完成的。乾隆年间编成的《四库全书》收经、史、子、集典籍 3 400 余种，近十万卷，为我国古代文化典籍的一大汇总。主持编纂的纪昀等人作成《四库全书总目提要》对已收入的 3 400 多种和未收入而存目的 6 700 多种书籍做了简要的介绍评论。从保存古代文化典籍的角度说，编书未尝不是一件功德，但清王朝在组织编书的同时，也采取了禁书措施，即在全国进行图书检查，凡“违碍”的书籍都要查缴并销毁。据统计，乾隆时被禁毁的书籍有“将近三千多种，六七万卷以上，种数几与《四库》现收书相埒”（孙殿起《清代禁书知见录·自序》）。清政府实施禁书措施又是一次文化专制造成的图书厄运。

二、文化专制下的学术与文学

在清代时，由于“文字狱”的实施，吟诗作文乃至属联拟题都有可能被随意引申曲解而遭致杀身灭族之祸，文人中部分人便产生了忧谗畏讥、惴惴不安的心理，表现出畏惧郁闷的心态与见风使舵的圆滑处世态度。而当时的学术风气，为了避免因文致祸，部分学者开始致力于实学，即更多重视义理、训诂、考据、版本等方面的研究，突出的表现便是乾嘉汉学的兴盛。

事实上，乾嘉汉学如果追溯渊源，应该早就在明末清初的顾炎武、黄宗羲等人身上便有所体现，但那时的顾炎武、黄宗羲等人强调实学，主张“经世致用”。乾隆时期有多位汉学家被召入了京师的四库馆参与了《四库全书》的编纂。乾嘉时期的汉学家们在音韵、文字、金石、训诂、地理等学术方面确实有独到造诣与卓越成绩，在中国学术史上也拥有一定的历史地位。但此时的他们在文字狱的恫慑下虽承袭了明末清初学者的治学方法，却缺少了与社会的联系，丢掉了儒家经世致用的理想。他们的成就多为一些不关心当世之务，只埋头于古文献里进行文字训诂、名物的考证，以及古籍校勘、辨伪、辑佚等方面的研究。这些研究与现实生活相脱节，因而思想理论建树不多。从学术精神上讲，乾嘉汉学是清王朝文化专制的必然结果。清王朝实行的文化专制政策，对清代的文学创作与发展也产生了深刻影响。具体而言，清王朝实行的文化专制造成了乾嘉汉学学风，而乾嘉汉学学风又造成了其后的文学与社会现实相脱离，思想理论成就不高的现象。

在诗歌理论领域，翁方纲的“肌理说”的提出深受程朱理学和乾嘉汉学的影响。他所谓“肌理”，意即可以捉摸的“理”，包括义理、文理，类乎方苞所说“有物”“有序”，也将“理”作为诗之本、诗之法。在他看来，“考据训诂之事与辞章之事，未可判为二途”（《复初斋文集》卷四《蛾术篇序》）。这样，诗便不是陶冶性情，而是可资考据学术渊源、历史是非得失的材料。整体来看，乾嘉汉学影响下的诗歌创作大多脱离现实生活，空洞乏物，整体诗歌创作成就不高。尤其在嘉庆之后，诗坛上缺少主盟诗坛的有影响的诗人。在词学领域，词坛上比诗坛状况稍好，出现了况周颐为代表的“晚清四大词人”，但他们的词作成就多体现在作品的艺术特色上，而在思想内容上则多游离于现实生活之外，缺乏对社会的关注。

在小说领域，在乾嘉汉学的影响下，这一时代的小说创作多将小说作为“庋学问文章之具”（鲁迅《中国小说史略》），如《野叟曝言》《镜花缘》等作品，虽有人物情节，也有思想内蕴，但以逞才学为能事，添入许多学问技艺便违背了小说艺术的本性。

在散文领域，桐城派古文及其正宗地位的确立，与科举考试用八股文和乾嘉汉学的兴盛都有关系，而且桐城派的理论奠基人方苞信奉程朱理学，并在此基础上提出了“古文义法”说，即所谓“言有物”“言有序”，讲求的是文章之“雅洁”。

乾嘉汉学在戏曲领域也产生了一定影响，一些剧种如京剧、昆剧、川剧等在表演实践上更加多样化、多元化而更富有魅力，戏剧在社会生活中更为普及，较有影响的是京剧方面的“同光十三绝”，但如康熙年间洪昇《长生殿》与孔尚任《桃花扇》那样好的剧本与著名戏剧家也至此而绝。

总体而言，清王朝实行的文化专制政策，虽然对清代的文学创作与发展产生了一些阻碍，但并未影响清代各类文体的繁荣与发展。清代在其二百余年的统治历史里在各类文学体裁中都留下了一些著名文人与传世佳作。

第一章　纪实言理的清代诗歌(上)

历史发展到清代已经进入了封建社会的末期，虽然在政治统治上也出现了“康乾盛世”，但整个封建社会的发展是逐渐走向衰亡的。但作为传统文学样式的古典诗歌这一最为悠久的文体虽也步入了黄昏阶段，却并未走向消亡。在三百年左右的时间里，清代诗歌又爆发出令人惊异的潜能，为后世留下了一笔丰厚的遗产。一方面，从清初的满族入关进行民族镇压，到康乾盛世光环笼罩下的贫富悬殊、腐败贪污盛行，再到嘉庆、道光时期的政治腐朽、财政困窘，人民生活更为贫苦，最后到鸦片战争后中国沦为半封建半殖民地社会，受尽压迫和屈辱，这些社会现实都使得作为封建正统的清代诗歌表现出强烈的现实主义精神。清诗中的大量作品抒发了高昂的爱国主义思想和民族感情，揭露了封建统治的黑暗腐朽，表达了对国家大事与民生疾苦的关注，描写了知识分子怀才不遇、仕途多艰的苦闷心情，反映了较为广阔的社会领域。另一方面，由于清代是少数民族入主中原后建立的封建集权国家，统治者为了巩固自己的统治，大兴文字狱、制造文化恐怖，为了让知识分子脱离实际生活，一心钻研学术，大力宣扬“经为学问根柢，自应悉心研讨；至诸子百家，不过供文人涉猎，已属艺余”[①]，这使得清代诗人作诗也多空泛议论，“埋头故纸堆”以理趣引人入胜，“言理而不言情”。

第一节　广收博取，推陈出新：清诗的复兴与发展

清代是中国漫长封建社会的最后一段时期。在这一时期，商

① 清朝史官．仁宗睿皇帝实录·清实录(卷104)[M]．北京：中华书局，1986：399.

品经济的发展、资本主义萌芽的出现，追求人的个性与自由、尊重人的自我价值的新哲学思潮的产生，都对文学的发展产生了深远影响。诗歌作为传统文学的重要一支自然也深受影响，这一时期的诗人不满于元诗的绮弱、明诗的复古与轻浅狭窄的毛病，在技巧上兼学唐宋诗之长处，不断追求创新，并在一定程度上反映了当时的社会现实，从而使得古典诗歌有所复兴与发展。

古典诗歌在唐代已达到高峰，在宋代又另辟蹊径，元明诗歌紧随其后却模拟古人，脱离现实而缺少开拓。清代诗歌虽不及唐宋两代名家辈出、佳作如林，可称典范，但亦有名家佳作，成就总体上超过了元明两代。清代诗人不仅在作品数量上可观，诗歌内容的时代感也很鲜明，且有少量把古典诗歌传统精神与审美特征发扬光大的优秀之作。

具体来看，在明末清初之际诗风一变。曾经风靡天下的公安与竟陵诗风已近尾声，继之而起的是一派沉郁苍凉的低吟。朝廷党争的激烈、江山易主的巨变，无一不给诗人以强烈的刺激。明清易代与元明易代在传统士大夫心中不可同日而语。元末诗人大多是怀着由衷的喜悦进入新朝的，而明末诗人的情形却恰好相反。看重民族气节的遗民诗人如黄宗羲、钱澄之、顾炎武、吴嘉纪、王夫之、屈大均等，或遁迹山林，或浪迹江湖，他们的诗中充满了亡国之痛与故国之思。但这些遗民诗人在清初的影响并不太大，最主要原因是他们远离政治文化的中心。影响最大而处境也最尴尬的是在明末已成名的诗人，如被时人誉为"江左三大家"的钱谦益、吴伟业与龚鼎孳。他们由于种种原因出仕清廷，自知于"名节"有亏，诗中或隐或显地流露出身世之感，甚至以曲笔表达江山故国之思。其中，钱谦益在明朝已极富诗名，并且为崇祯皇帝时期的礼部尚书。清兵南下时他率先迎降，又做了清廷的礼部侍郎，自然也成了清代最早的诗人之一。所以时人称其为诗坛上的"两朝领袖"。吴伟业是明朝崇祯年间进士，曾任国子监祭酒；后被清廷强迫出山，任国子监司业。虽然仅过一年多便借母病为由请假归田，但在文学史上仍然留下了"降清诗人"的名声。他曾写诗自叹:"误尽平生是一官,弃家容易变名难。"(《自叹》)但在诗坛上,吴伟业却是明清之际首屈一指的诗人,其七言歌行被称为"梅村体",享誉极高。还有一些诗人虽生于明代,但在明朝时没有功名,清朝时开始做官。他们与钱谦益、吴伟业等不同,不存在"尽忠"的问题。代表人物便是被文学史上并称为"南施北宋"的施闰章与宋琬,他们是继钱谦益、吴伟业之后著名的诗人。

步入康熙时期以后,国内局势渐趋稳定,清政权也相对稳固,诗歌创作上也呈现出一种新特点——即由反征服变为歌颂太平。代表人物是王士禛。王士禛出身于山东桓台的一个"四世宫保"之家,身为刑部尚书,政绩卓著。王士禛文学上颇有成绩,人称其为"清代第一诗人"。他是清初继钱谦益之后的诗坛领袖,以标举"神韵说"著称。所谓"神韵",是一个比较玄妙的概念,大抵指境界的冲淡闲静与韵味的隽永含蓄,如王维、孟浩然一派的田园山水诗所表现的风神与情韵。这种审美情趣比较适合于语句凝练的五七言短章,王士禛本人颇具"神韵"的作品便是七言绝句。与王士禛齐名、学术造诣极高,开宗立派的学者是时称"南朱北王"的浙江诗人朱彝尊。朱彝尊是博学多才的学者,胸中读阅书卷既多,下笔自然以博雅争胜,故其诗早年宗唐,而后来则由唐入宋。但公开标举宋诗而又形成较大影响的诗人是查慎行以及清代中期的厉鹗,厉鹗编著的《宋诗纪事》扩大了宋诗派的影响。

清代中叶是乾嘉学派的天下,这批"汉学家"们以"实事求是"的口号相号召,他们回避政治,专讲治学。这种风气也影响到诗歌创作,从而使清中叶的诗歌创作逐渐脱离了清初诗歌的现实主义创作道路,走向了一条拟古主义与形式主义的创作道路。其中代表人物是提倡"格调说"的沈潜德。沈德潜宗唐黜宋,以标举"格调说"著称,他强调的是诗格要高古、归于雅正,而声调要和谐;诗风要"温柔敦厚",中正平和、委婉含蓄;勿过甚其辞、勿过直露,将诗歌创作引向了一条形式主义的路子。而在"崇古"的道路上,以翁方纲为代表的诗人走出了另一条道路,翁方纲不满"神韵说"的肤廓,也不满"格调说"的空疏,力图补偏救弊。他认为"诗必研诸肌理”，“为学必以考证为准，为诗必以肌理为准”（《复初斋文集·延辉阁集序》），主张将义理（思想意义）和文理（组织结构）、肌理（学问材料）统一。这是拟用学问做肌骨以充实诗的内容，为考据家用故纸材料入诗提供了理论依据，这显然是受到乾嘉朴学影响的。他为诗宗法“江西诗派”，出入黄庭坚与杨万里，以学问入诗，谈金石、搞考据，满纸书卷气，缺乏形象性。因其主盟嘉庆诗坛，所以直接影响了近代宋诗运动的产生。与翁方纲同时或稍后的重要诗人还有黄景仁、张问陶、黎简、舒位、王昙等。在清中叶形式主义和拟古主义诗风盛行之际，也有一批诗人自出新意、抒写性情，写出了一些好诗，后人总而称之为性灵派诗人，代表人物有郑燮、袁枚、赵翼、蒋士铨等。郑燮是清代著名的书画家和文学家，也是扬州八怪中出类拔萃的人物，曾自题对联“虚心竹有低头叶，傲骨梅无两面枝”。其论诗推崇杜甫，主张诗歌要“自达肺腑”，反对拟古主义和形式主义诗风。所作或反映阶级对立，或鞭挞贪官污吏，或关切民生疾苦，或抒发个人性情，作品自出新意，独领风骚。尤其是他的一些题画诗，更是流传甚广。袁枚与赵翼、蒋士铨并称为“江右三大家”，思想上更为解放，对拟古主义和形式主义的反对也更加彻底。袁枚继承明代公安派的性灵说，主张诗歌要直抒性情，提倡风格多样化，其诗语言新颖、句式灵活，体现出随意抒写性灵的特点。赵翼更强调诗歌的发展和诗歌的欣赏，认为诗歌也应该“长江后浪推前浪”，先后相承，各有“真本领”。

鸦片战争前后，各种社会矛盾日益激化，清王朝日益显露出封建末世的腐朽和衰败。面对“万马齐喑究可哀”的社会现实，敢发“非常异议可怪之论”，首开近代文学风气的是龚自珍。作为中国资产阶级启蒙运动的先驱，龚自珍的作品不仅在内容上有较前人更进一步的资产阶级启蒙思想和追求个性解放的精神，而且在艺术上追求奇肆的境界、瑰丽的形象，极富浪漫色彩。同时，由于乾嘉以后，博学成为时尚，学人的审美趣味更与“宋诗”相近，故“宗宋”成为一时风气。宋诗派的领袖如程恩泽、祁寯藻、曾国藩等多身居高位,他们门生弟子遍天下,影响之大其他诗派自不可同日而语。这一派诗人还有郑珍、莫友芝、何绍基等。在戊戌变法前后,有所谓"同光体"诗人,如沈曾植、陈三立、陈衍、郑孝胥等,他们不明言宗宋而称"不墨守(或不专宗)盛唐",即指学宋为主而不以此自限。

甲午战争以及被称为资产阶级改良运动的"戊戌变法"相继失败,中国进一步陷入危机,也激起了以推翻清王朝为目的的革命运动。中国社会在经济与文化准备极不充分的情况下向畸形的资本主义政治制度转化。在这个过程中西方文化更为迅捷地涌入,中国思想界的动荡更加剧烈。以上因素促使了"诗界革命"的爆发。"诗界革命"虽然是梁启超在20世纪初才提出的口号,但在戊戌变法前,夏曾佑、蒋智由、谭嗣同等,就尝试着写作"新诗",其特点是"喜挦撦新名词以自表异"(梁启超《饮冰室诗话》六十)。梁启超后来提出"新诗"必须具有三长:一为"新意境",二为"新语句",三为"以古人之风格入之"(梁启超《夏威夷游记》)。据此,他最推崇黄遵宪,认为"近世诗人能熔铸新思想以入旧风格者,当推黄公度"(康有为《人境庐诗草序》)。黄宗宪曾出使英、法、意、日诸国,所见所闻、所感所思在当时有令人耳目一新之感,但在形式上依然是古体诗或近体诗,有所谓的"旧瓶装新酒"的感觉,但其创作在一定程度上则展示出了传统诗歌的演变与发展,因此也具有一定的意义。

总之,历史发展到清代,诗歌这种以古汉语为语言材料、以文言体为表述形式的艺术品类已经高度成熟。并且经过之前许多代作家一而再再而三的开拓,其内部发展的潜力与余地已经相当有限了。因此造成了后世作家势必难有新的创造,从而无法度越前人。而且,诗歌语言与人们日常生活语言之间也渐行渐远,这使得它具有一种脱离时代与生活的潜在危机。元明两代在诗学实践方面便已经面临这一问题,而且解决得不太好,这也直接影响了元明两朝诗的整体质量与水平。清代诗人遵从与继承古人的权威,全面接受与继承前代的传统,并在此基础上经营自己的事业。人们又将此称之为“复古”。但是清人的复古跟元明两代有所不同,它不是单纯地对某一朝代进行学习与继承,也并不是仅局限于对某一个或几个作家的效仿与模拟上,而是将古代传统加以整体的综合汲取、融会贯通,根据时代需要及作者自己的个性对古人的传统进行创造性整合。这样一来,便成就了有清一代诗歌的独特面貌:它既近似古人,又不尽如古人;它既有对前代的继承,也包含清人自己的风格。此种风貌是前所未有的。对于这种景况仅仅用“复古”两个字来概括就不够了。对此,我们称之为“整合式集成”。所谓整合式集成,就是综合继承,或者整合式继承。可以说,整合式集成才是清诗的独特面貌,也是清诗质量与水平的集中体现。

第二节　明清鼎革,中原板荡:遗民诗人的哀音

16、17 世纪之交,在明帝国的东北边疆上兴起了一支少数民族势力,就是建州女真族,也就是在 17 世纪后期开始统治中国的清王朝的前身。建州女真族最早的居地是长白山与松花江上游地区,后来曾定居在朝鲜会宁地方(即镜城之斡木河附近);因地为名叫斡朵里女真。在明永乐时,明帝国曾把东北边境的女真族分为海西、建州、“野人”三大部分。斡朵里女真正是建州女真中的主要一支,明朝所封建州卫指挥使或都督大半出于这支女真族。16 世纪末期,建州女真族首领努尔哈赤通过 40 多年的战争统一了女真各部,于 1616 年即“大金”汗位,建元“天命”,成为威胁中央政府的地方割据政权。而此时明朝政治腐败至极,社会矛盾激化已久,李自成农民军于崇祯十七年(1644)攻入北京,崇祯皇帝自缢煤山,结束了明朝 277 年的统治。满族八旗骑兵联合明朝降将入山海关,打着为明朝“雪君父之仇”的旗帜,以“灭流寇以安天下”为号召,迅猛击败李自成于 1644 年在北京建立大清王朝,是为顺治元年。此时南方虽有明之宗室承祧明统,然终因内

部倾轧和腐败,抵挡不住南下的清军铁骑而相继土崩瓦解。康熙帝继位后,励精图治,擒获了鳌拜,平定了“三藩”之乱与噶尔丹部落的叛乱,抗击了沙俄,收复了台湾,实现了全国的大一统。

清王朝在血与火中的斗争中逐步确立了其在华夏大地的统治。异族征服者残酷的民族压迫必定激起遍及全国、此起彼伏的人民的反抗斗争。由明入清的爱国知识分子,割不断故国之情,忠实地恪守着民族气节,心中始终不肯放弃反清复明那一份期盼和执着,于是就有了哀故国、悲往事、望恢复、明志节的遗民诗作。这些诗人队伍庞大,影响深远。据卓尔堪《遗民诗》辑录的便有400余人,近3 000首诗。其中有卓然特立的大学者思想家,如“清初三大家”的顾炎武、黄宗羲、王夫之;也有著名的遗民诗人如吴嘉纪、屈大钧、陈恭尹等;也有某个地区诗社的诗人群,如以“广平三君”申涵光、殷岳、张盖为代表的河朔诗派,以抗清义军领袖吴振远、吴宗潜、叶恒奏为代表的惊隐诗社,以黄与坚、周肇、许旭为代表的“娄东十子”诗派,以钱谦益、“海虞二冯”(冯班、冯舒)为代表的虞山诗派等;此外还有一些著名诗人如傅山、阎尔梅、杜濬、钱澄之、方以智、邢昉、归庄、吕留良、恽寿平、朱之瑜、林古度、许楚、汤燕生、王馀佑、方文、魏禧等。他们中的许多人参加过反清复明的斗争,并且入清后多不仕,并以明朝遗民的身份自居、吟诗终老。这一大批遗民诗人的诗具有比较突出的共同特点:从思想内容看,他们怀抱民族立场和民族气节,颂扬抗清的志士和英烈,斥责清军的血腥暴行,抒发深沉的亡国之痛,同情广大人民的血光之灾,具有强烈的反清民族意识;从风格取向看,虽彼此也有各自特色,但都比较倾向现实主义的诗风,缘事而发,直抒胸臆,质朴浑厚,激越苍凉。

一、黄宗羲的诗歌

黄宗羲(1610—1695),浙江余姚人,明末清初著名的思想家、文学家、诗人。号南雷,字德冰或太冲。他的别号有鱼澄洞主、蓝水渔人、双瀑院长、梨洲山人、梨洲老人、古藏室史臣六种之多。黄宗羲思想丰富、学识渊博、学术底蕴深厚，他与王夫之、顾炎武并称“明末清初三大儒”，被誉为“中国思想启蒙之父”。他与弟黄宗炎、黄宗会号称“浙东三黄”；与朱之瑜、方以智、顾炎武、王夫之并称为“清初五大师”。黄宗羲在明末时以反对阉党而著名，清军入关后他投身到了反清复明的斗争中，后隐居著述，多次拒绝清廷征召。《清史稿》卷四八一中有他的本传，著有《明儒学案》《宋元学案》《南雷文约》《南雷诗历》《南雷文定》《明夷待访录》等作品。

黄宗羲关心天下治乱安危，以学术经世。他强调诗要结合现实生活，要写实，要用情，他称“情者，可以贯金石，动鬼神”。他比较推崇宋诗，曾和吴之振等人选辑《宋诗钞》，该书间接扩大了宋诗的影响。黄宗羲的诗歌沉着朴素，感情真实，具有爱国精神和高尚情操。例如《金陵哭外舅叶六桐先生》：

泥涂身事苦，行止自难持。
春雨迷台路，秋声滞燕矶。
音尘三月断，传说数番疑。
夙昔风期在，青镫或见之。
人传星陨日，正是月亏时。
流水秦淮咽，黄花篱落衰。

诗的前八句描写了自己与外舅音书相隔，几次听到各种传闻，但是诗人从未相信，他认为自己和外舅还有再见面的机会，第九句和第十句写诗人得到外舅去世的消息的时候正是“月亏时”，诗人用星辰陨落来形容亲人的离世，增添了伤感之情。最后两句借景抒情，悲伤之情蕴含其中，进一步衬托出了自己的悲痛之情。

黄宗羲的诗歌创作也常常借咏古来抒情，如《钓台》以南宋谢皋羽登严子陵钓台哭祭民族英雄文天祥的事迹为背景，诗人有感于郑成功、张苍水北征的失败，觉察到完成抗清事业胜利的难度越来越大，要想再仿效谢翱（字皋羽）哭祭英雄的悲壮之情，但诗人在该诗中的意志并没有完全消沉。全诗诗风沉重、压抑并表达了一种不甘失败的不屈不挠的精神。

二、顾炎武的诗歌

顾炎武(1613—1682),江苏苏州人。初名绛,字宁人,号亭林。他是明末清初著名的史学家、启蒙思想家,同时又以诗著名于时,有《亭林诗集》存诗四百余首。他又是著名的语言学家,是清代古韵学的开山祖师。代表作品有《音学五书》《肇域志》及《日知录》。

顾炎武是带着国愁家恨的心灵创痛走过了一生。"国家兴亡,匹夫有责",就是带着这份强烈的责任感,他辗转各地,坚持抗清斗争,至死不向清廷屈服。这些也鲜明地表现在他的诗篇中。在诗歌中他悲愤地控诉清兵江南大屠杀的罪行,"扬州十日""嘉定三屠"的惨烈永远定格在他的脑海里。"愁看京城三军溃,痛说扬州十日围"(《酬朱监纪四辅》),"自昔遭难初,城邑遭屠割。几同坑赵卒,独此一人活"(《寄弟纾及江南友人》),"十年干戈天地老,四海苍生痛哭深"(《海上》)都表示着他的愁与恨。他对清廷以文字狱肆意屠戮文人更是激愤难平,当得知有良史之才的吴炎、潘柽章因"《明史》案"株连被害,即在山西以《汾州祭吴炎、潘柽章二节士》一诗遥寄二友:

露下空林百草残,临风有恸奠椒兰。
韭溪血化幽泉碧,蒿里魂归白日寒。
一代文章亡左马,千秋仁义在吴潘。
巫招虞殡俱零落,欲访遗书远道难。

诗中把志在修撰明史的吴潘与左丘明、司马迁相比,痛悼他们"出师未捷身先死",也为自己不能"访遗书"承继二友事业而仰天长叹。韭溪草堂为当时文人聚会的潘柽章的书舍,蒿里、虞殡为古代挽歌,而吴、潘二字是取自《宋书·孝义传》中《赠潘综吴逵》诗:"仁义伊在?惟吴惟潘。心积纯孝,事著艰难。投死如归,淑问若兰。"史中吴、潘与今之吴、潘二友同姓氏同品格,个中又见深意。一诗而用数典,信手拈来,贴切自然不留痕迹,顾炎武大学问家的功底令人叹服。顾诗平实不尚藻饰,是“主性情、不贵奇巧”(《日知录·古人用韵无过十字》)的学者诗,持重、沉郁、苍凉的风格中隐见杜甫的神韵。

顾炎武一生为抗清复明奔走奋斗,他坚决反对那种隐居避世、逃避现实的做法。顺治十五年(1658),当他路过山东时写了一道题为《潍县》的诗曰:

人臣遇变时,亡或愈于死。
夏祚方中微,靡奔一人尔。
二斟有遗迹,当日兵所起。
世人不达权,但拜孤山祀。

在此诗中,顾炎武认为在国家遭受重大灾难时逃亡出去以图东山再起,比那些只是以死殉国的做法更值得赞赏。并举出《左传》中所记载后羿篡夏时,靡逃奔到夏的同姓诸侯国二斟积蓄力量,终于使夏朝中兴作为例证,表明自己对抗清复明的信心。此诗曾遭一些人的非议,黄节在此诗的注中写道:“此篇以人臣遇变亡愈于死,引靡奔为证。足见亭林恢复故国之心,随所感而发,但不当以‘达权’二字为偷生者劝,而于死节之士,议及孤山,此亭林之失也。”(黄节《潍县》注)黄节认为顾此诗是“失言”。又说:“乃知亭林此诗,强于恢复之心,发为一时奇论,而不知其有伤于义也。”(黄节《潍县》注)黄节看到了顾此诗中的恢复之志,又认为是“一时奇论”,没有认识到反对那种不顾国家存亡、人民苦难,而只顾自己洁身自好的做法是顾炎武的一贯思想。在明亡之初,许多人为了反抗清廷剃发改衣冠的民族压迫愤而出家,有些人是以此为掩护,有些人则真心皈依佛道。顾炎武《五台山》诗中写道:“欲得宝符山上是,不须参礼化人宫。”反对看破红尘,遁入空门,反对文人佞佛积习。他曾说自己:“生平不读佛书,如《金刚经解》之类,未曾见也。”(《与李中孚手札》)可见他对一些人笃信佛教、道教,以对清廷做消极反抗也表示不满。他于康熙十七年所作《春雨》诗中说:“未敢慕巢由,徒夸一身善。穷经待后王,到死终黾勉。”这是他在坚拒清廷博学鸿儒之征后,表明自己拒绝征诏,并不仅是洁身自好,他晚年定居著书,也只是改变了斗争方式,目的是为了将来"有王者起,将以见诸行事,以济斯世于治世之隆"。(《与人书》)顾炎武抗清意志最坚决,在当时只有屈大均可与其媲美。

三、吴嘉纪的诗歌

吴嘉纪(1618—1684),江苏扬州人。字宾贤,号野人,泰州人,明末清初著名诗人,有《陋轩诗集》传世,收诗近一千三百首。

吴嘉纪作为一名遗民诗人,他的诗歌主题与顾炎武追思旧朝、志在抗清复明不同,也少有对故君即明代皇帝的怀念与赞颂之作,更没有以"三月十九日"即崇祯帝吊死煤山的日子为题的诗篇,而更多是对明末清初社会大动荡给人民带来的巨大灾难的描述。

吴嘉纪家住在扬州附近的东淘,他是清兵在扬州的惨绝人寰的大屠杀的直接见证者。因此他的诗歌经常提及扬州城破后的惨景。例如《题韩醉白行乐图》中说:"忆昔屠城惨不堪。"《辛亥孟夏二十八日三兄嘉经归葬东淘》中追述当日情景说:"哀笳忽四起,铁骑来万匹。野积战士尸,城流杀人血。"《忆昔行赠门人吴麐》说:"忆昔北兵破芜城,几千万家流血水。"《李家娘》中写道:"城中山白死人骨,城外水赤死人血。杀人一百四十万,新旧城内几人活?"而且即使在"令下止杀残人生"之后,清兵对被掳掠、宁死不受侮辱的李家娘,还"怒裂妇尸,剖取心肺示人,见者莫不惊悼"。这是怎样一幅惨不忍睹的景象!数百年后读之,还令人发指,何况当日亲历其境者!

清廷对广大人民的残酷的压榨掠夺,吴嘉纪诗中也有许多描写。"丰饶自古说江淮,此日惟闻雁泽哀。"(《赠赵雷文仪部》)江淮一带本来是富庶之地,但当时百姓生活却苦不堪言,就因为清廷"终朝催赋骑骎骚,赋外诛求力岂任?"(《王鸿宝七十初度赠诗》)清廷不断地加赋增税,催科不已,许多百姓被搜刮净尽,在死亡线上挣扎。即使是灾荒之年,也不肯减免。《溪翁》中说:"草白如关塞，尘飞遍陌阡。城中催赋吏，策马到门前。”这是遇到旱灾；《堤上行》中说：“高低田没尽，横流始归海。坏堤石出何磊磊？官长见田不见湖，握手不减今年租。”这是发生涝灾；《海潮叹》写道：“产业荡尽水烟深，阴雨飒飒鬼号呼。堤边几人魂乍醒，只愁征课促残生。……述异告灾谁见怜？体肥反遭官长骂。”这是遇到海潮。无论什么灾害，官吏都装作看不见，只知道催逼租税。因而许多百姓为逃避官吏的鞭打摧残，被迫抛弃家园，流亡在外。

在诗风特色上，吴嘉纪的诗歌的鲜明特色便是“清寒古澹”。他是自觉地追求这种境界的。在《寄程云家》中，他写道：“大弦音和平，小弦音清峭。音响虽不同，与君实同调。古曲雅逾淡，时俗每非笑。下里安可向？东酒不妨蹈。”（《吴嘉纪诗笺注》卷七）吴嘉纪不肯与俚俗浅薄的诗风同流合污，而努力追求古雅清峭的审美境界。他说：“我歌白雪辞，少小思离奇。四十不改调，笑杀乡里儿。长鸣振饥寒，独往谢华滋。”（《吴嘉纪诗笺注》卷九《和韵答周雪客》）吴嘉纪曾在诗中多次表现出这种审美趣味：“古调清且和，感人亦何深。”（《吴嘉纪诗笺注》卷六《赠王长玉》）这些都清楚地反映出诗人摒弃缛丽浮艳，注重清寒古澹的审美趣味。

四、王夫之的诗歌

王夫之（1619—1692），湖南衡阳人，号薑斋，字而农，另有别号一壶道人。他是明末清初著名哲学家、美学家、史学家、文学家及诗人。与顾炎武、黄宗羲并称“明末清初三大儒”，与黑格尔并称“东西方哲学的双子星”。他于明朝崇祯十五年考中举人，两年后未授官明即亡。明亡后曾跟随永历桂王起兵反清，南明亡后便隐遁山林，潜心著述。他的贡献卓越，世人称为“船山先生”。王夫之反对“程朱理学”，代表著述有《读通鉴论》《宋论》等。

王夫之生于“屈子之乡”，受屈原与楚辞影响较大。他的《绝句》一诗步武《离骚》，用香草美人寄托抒怀，借舒草之心“不死”，喻坚韧不拔之志与恢复“故国春色”的理想：

半岁青青半岁荒，高田草似下田荒。
埋心不死留春色，且忍罡风十夜霜。

王夫之亲身经历了家破国亡之乱，饱受了亲人离合之悲，心中充满了遗民的悲愤之情。他坚决反对凶残的民族压迫，他的这种生活经历和生平志向熔铸出了如屈原一般的爱国之心。这种爱国之心也体现在他的诗作之中。如《杂诗四首》之四中的“飞将不见期，萧条阻北征。关河空杳霭，烟草转纵横。披衣视良夜，河汉已西倾。国忧今未释，何用慰平生”，把一个英雄壮士无法实现报国宏愿的情绪表达得淋漓尽致。

在爱国主义思想的支配下，王夫之曾经参加过多次反清复明的斗争，但是屡遭挫折，但他以朴素的唯物辩证法的思想，观察社会，相信民族的复兴总是有希望的，这在他的《又雪同欧子直》一诗中可以清楚地体现出来：

溪边林外转霏微，几处新莺禁不飞。
即次青春欺白发，丁宁酒力试寒威。
连天朔雪悲明月，昨日西清忆落晖。
为报春光多蕴藉，来朝一倍报芳菲。

王夫之对自己所憧憬的未来的美好信念一直到老都没有动摇过。他七十岁时，还写下了《敌筑土室，授童子读，题曰蕉畦，口占示之戊辰》其二一诗：

脆绿怜弱干，勿为霜雪侵。
春风动雷雨，须长一千寻。

“总体来说，王夫之在诗歌创作方面的成就是巨大的。王夫之的诗在某些方面超越了王世贞、何景明、李攀龙、李梦阳等明代前后‘七子’，尤其是他抒写爱国情怀的诗篇，既表现了他的故国孤忠，又体现出了他的高风亮节。”①

① 万松．略论王夫之的诗歌[J]．江汉论坛，1983(12)．

五、屈大均的诗歌

屈大均(1630—1696),初名绍隆,字翁山,广东番禺人,明末诸生,明亡后曾参加抗清斗争。其间一度出家为僧,后还俗,改名大均。他少时即有诗名,后与陈恭尹、梁佩兰并称“岭南三大家”。顾炎武在《屈山人大均自关中至》诗中称赞他说:“弱冠才名动九州,纫兰餐菊旧风流。”他作诗深受屈原影响,又兼学李白、杜甫之长,故而形成雄肆浑厚、慷慨深沉的独特风格。他的诗同样多愤怒斥责清军残暴罪行、热情颂扬抗清志士斗争精神、深切叙写人民深重苦难、强烈抒发自己思怀故国之情的内容,写得雄放奔腾,气势磅礴,“如万壑奔涛,一泻千里,放而不息,流而不竭”(王瑛《岭南三大家诗选序》)。

屈大均是一位有民族气节、有高度文化修养的知识分子,他处在民族灾难深重的时代里,面对清兵入关之后的焚烧杀掠,心中无比悲愤,立下抗清报国的志愿。他的父兄、老师和朋友都给他以深刻的影响,当清兵攻陷广州之际,他的父亲告诫他要洁身自好;他的从兄士爆、士煌都积极投身到抗清斗争中去,以身报国;他的老师陈邦彦,奋勇抗清,死事壮烈,他在《陈岩野先生哀词》里,淋漓尽致地描述其老师为国捐躯的情形,充分表现了要把国耻师仇一起申雪的凌云大志。他的朋友顾炎武等的高风亮节对他也有很大的影响。为了实现自己的抱负,他一边积极从事反清的政治活动,一边运用诗文揭露清朝统治者的罪恶,抨击其民族迫害的政策,这些诗作体现作者疾恶如仇的性格,以及对劳动人民疾苦的关注和同情。他的《猛虎行》一诗写道:

边地不生人,所生尽奇畜。野马与骆驼,駒駼及驼鹿。
羱羊千万头,人立相抵触。上天仁众兽,与以膏粱腹。
变化成猛虎,食尽中土肉。哮吼一作威,士女皆觳觫。
广南人最甘,肥者如黄犊。猛虎纵横行,餍饫亦逐逐。
朝饮惟贪泉,暮依惟恶木。人皮作秒裘,入骨为箭镞。

人血充乳茶，脂膏杂红曲。子狗有爪牙，攫搏苦不速。
恶性得自天，牝牡日孳育。在天为贪狼，在地为荤粥。
人类日已尽，野无寡妇哭。隆冬不患饥，髑髅亦旨蓄。
多谢上帝仁，猛虎享天禄。为兽莫为人，牛哀得所欲。

这是作者早年的诗作，描写清军在南方的血腥暴行。诗中把清军比喻为吃人的猛虎，他们四出掳掠，鱼肉百姓，“人血充乳茶，脂膏杂红曲”，面对清军的野兽行径，作者发出了“为兽莫为人”的悲愤呼号。诗歌中，所谓“边地”，显然是指清廷，他们是居住在我国东北边疆的一个少数民族。“食尽中土肉”，是指清廷军队对广大汉族人民的屠杀摧残。“广南人最甘”，是清兵攻占广州时的残暴罪行。“野无寡妇哭”，男女老幼都被屠戮殆尽，还有什么人去哭呢？清廷军队在征服全国的过程中，到处残酷地屠杀人民，“扬州十日”“嘉定三屠”，特别是广州城破后，清兵的疯狂杀掠，更是大均亲身经历的，所以他对清廷统治者的不共戴天的仇恨，是由清廷的血腥罪行造成的。

清兵的残暴罪行激起了每一个爱国志士的强烈反抗。屈大均曾有多次出生入死的冒险经历。他曾企图像秦末张良刺杀秦始皇那样来个“博浪一击”以打击清廷贵族统治者，虽因时机不成熟而未能如愿，但在他诗集中却留下了许多这种欲拯救国家危亡、解救人民苦难而不惜流血牺牲的豪迈诗篇。例如《咏怀》诗：

鼷鼠潜神丘，鹓雏集高枝。区区保性命，二虫曾何知！
哲人无死地，所至福履绥。以兹七尺身，为君作耆龟。
赴义不返顾，成仁无推移。天狼纷下食，中土为肉糜。
予为民请命，大呼起疮痍！事成天地悦，事败鬼神悲。
乘道而浮游，无须驾鸾螭，妻子乃敝屣，已矣从此辞。

该诗说明了诗人的心情，号召抗清并不是为了功名富贵，也不是贪图个人的安逸享乐，而是为了解救人民的苦难而置生死于度外。“予为民请命，大呼起疮痍”这应当说是他那个时代的最强音，是遗民诗中最有光彩的都分。

屈大均的诗歌在当时颇负盛名，清人毛奇龄称其“廓然于天地之间，独抒颢气。”“超然独行，当世罕俦。”(《道援堂集》序一)王熉又云：“翁山之诗，如万壑奔涛。一泻千里，放而不息，流而不竭。”(《岭南三大家诗选》序)钱谦益、朱彝尊、王士禛等名家都对屈诗给以很高的评价。屈大均自己曾自负地说：“余以《易》为诗，颠倒日月，鼓舞风雷，奔五岳而走四渎，使天下万物皆听命于吾笔端。神化其情，鬼变其状，神出于无声，鬼入于无臭，以与造化者游于不测，其才化，学亦与之俱化。”(《六莹堂诗集序》)他的诗纵横恣肆，笔力矫健，气韵沉雄，寄托深远，如五古《咏怀·鸿鹄何苍茫》通过景物、声响以及一些象征性的行为，把一派静谧、神秘的气氛烘托出来，抒发其匡复无成、壮志难酬的苦闷心情。七古《南海神祠古木棉花歌》运用比喻的手法，真切生动地描绘了木棉花盛开时的壮丽景象，带有浪漫主义色彩。七律《望云州》则是作者带着失望、惆怅的心情凭吊长城古塞写下的，在苍凉沉郁之中透出一股雄深刚健的气概。其诗各体俱佳，尤以五律为特出，如《鲁连台》：

一笑无秦帝，飘然归海东。
谁能排大难，不屑计奇功？
古庙千秋月，荒台万木风。
从来天下士，只在布衣中！

这首诗作于1658年，时值作者离开广东北游，行至山东茌平县，登鲁连台旧址，不禁对鲁仲连建立的勋业产生深深的敬慕之情。此诗雄健豪迈，气势纵横，内容和形式都达到高度的统一，因而称颂一时。其他如《秣陵》《摄山秋夕作》《江皋》等，都是脍炙人口的诗作。

第三节 “齐鲁大邦”，俊逸纷出：山左诗人的崛起

明清鼎革，清初诗坛出现了异乎寻常的文化现象，亦即江南诗文化的衰弱之势，与山左诗歌群体在力量对比上出现了明显的

失衡。素有人文渊薮之称的江南，先经过“扬州十日”“嘉定三屠”的巨大冲击，后备受清政府控制，清政府为了从思想上控制各族人民，压制各族人民的反清情绪，除提倡封建的忠君思想，以欺骗麻醉人民以外，还多次兴起文字狱，压制反清思想。特别是在雍正时期，江南地区的知识分子更深受雍正帝的歧视，被斥为“风俗浇漓，人怀不逞”(雍正《大义觉迷录》)。停止浙江的乡试、会试，江南文人逐渐无力问鼎诗国，在诗文化上处于式微状态，而作为诗国中的“齐鲁大邦”，则俊逸纷出，叱咤清初诗坛。继“百家争鸣”“建安七子”辈之后，清初山左文化的繁盛也成了齐鲁文化史上又一辉煌景观。这一时期的山左诗人既有“国朝”之初最具影响力的馆阁诗人宋琬，也有号称康熙年间“诗坛圭臬”的王士禛，还有被誉为“聊斋鬼才”的蒲松龄。除了这几位名气较大的诗人外，清代一朝还有许多的山左诗人，这点从王士禛的描述中也可以略窥一二:“吾乡风雅，明季最盛。如益都王遵坦(太平)、长山刘孔和(节之)，尤非寻常所及。王，巡抚潆子;刘，相国鸿训子也，余为作合传。他如益都王若之(湘客)，诸城丁耀亢(野鹤)、邱石常(海石)，掖县赵士喆(伯浚)、士亮(丹泽)，莱阳姜埰(如农)、弟垓(如须)，宋玫(文玉)、弟琬(玉叔)，董樵(樵谷)，淄川高珩(葱佩)，益都孙廷铨(道相)、赵进美(韫退)，章丘张光启(元明)，新城徐夜(东痴)辈，皆自成家，余久欲辑其诗为一集传之，未果也。孙，本朝拜相;高，吏部侍郎。赵与琬，俱按察使。丁邱以教职迁知县。”[①]除了上面王士禛在《池北偶谈》中所描述的，还有如田雯、冯廷櫆、王苹、朱缃等也都属于山左诗人。下面重点介绍宋琬、王士禛与蒲松龄三人的诗作。

一、宋琬的诗歌

“康熙以来，诗人无出南施北宋之右，宣城施闰章愚山、莱阳

① 宫泉久．清初山左诗歌研究[M]．北京:中国社会科学出版社，2009:2.

宋琬荔裳也。”[①]宋琬(1614—1673)是清初山左诗人中成名最早的诗人,“年弱冠,诗赋动海内。洎为进士,在郎署,古文词随手倾出,学者捧为虬珠拱璧。”[②]然而进入朝廷后,先后遭遇囹圄之灾、诽谤之祸、谋逆之冤,险些丧命,直到康熙时期才被重新起用,但起用不久后便因家人陷于三藩叛军之中,忧病交加,病逝于北京。

多年的困厄遭遇所积聚的愤懑抑郁,使其怨怒之情无法局限于僵硬的形式,其诗歌也饱蘸了物不得其平则鸣的亢厉锋芒。宋琬的诗歌悲怆沉郁,古体尤多凄清激宕之音。朱庭珍《筱园诗话》也说:“(宋琬)诗虽不脱七子面目,往往堕入空声,至其合作,固北地信阳之俦也,所少者变化之妙耳。然而宗法既正,规格复整,固是节制之师,唐贤典型,于斯未坠。”[③]在诗歌创作上,宋琬早年的诗学思想是继承七子、师法盛唐的,他是山左大社的成员,也是复社人士,与几社和云间诗人的交往密切,其诗学尊奉七子的倾向非常明显。清初在京师,宋琬和施闰章、张文光、赵宾、严沆、丁澎、陈祚明结成诗社,号为“燕台七子”,其目的也在于“以继七子之迹”。“忆昔盛坛坫,吾徒满京邑。绝响嗣黄初,风雨笔端集。”[④]进入中年以后,宋琬对他以前的师法对象明七子的态度发生了根本性的变化。他不再像以前仅是指责公安、竟陵诗派,对济南历下诗派即七子诗派也提出了批评,认为其一味强调师法盛唐,造成诗歌内容的空泛单调,走上了形式主义的极端。他反对刻意做作流于形式的“奇”,要求奇有真情性,“非可强而致之”。从抒发真性情出发,宋琬进一步提出“文章之柄易归于布衣”的大胆论断。宋琬提倡诗歌的创作应该是:“吊帝子之遗踪,闻环佩于仿佛,与夫鱼龙蛟鼋之出没,烟云风雨之变态,险怪奇特,纷纭倏忽,无不可寓之于时者。”[⑤]

---

① (清)王士禛.池北偶谈[M].北京:中华书局,1982:253.

② (清)宋琬.宋琬全集[M].济南:齐鲁书社,2003:207.

③ 钱仲联.清诗纪事[M].南京:江苏古籍出版社,2004:420.

④ (清)宋琬.宋琬全集[M].济南:齐鲁书社,2003:343.

⑤ (清)宋琬.宋琬全集[M].济南:齐鲁书社,2003:32.

从早年的尊崇七子，师法盛唐，批判公安、竟陵，到后来的追求抒发真情性，崇性尚奇，宋琬在诗歌创作中将其才学与性情融为一体。宋琬诗歌表达的怨怒之情，与同时的遗民诗人和部分贰臣诗人的诗歌内涵是不同的。遗民诗人的怨怒是对国家覆灭、民族文化断裂的绝望情感的抒发，而宋琬诗歌则是在强大黑暗势力的压迫下，一个弱小的个体生命悲惨的呐喊。严虞惇在《重刻安雅堂文集序》中说："先生(宋琬)少负异才，风格豪上，顾屈首郎署，不获登承明著作之庭，非其志也。侪历外台，分藩建节，骎骎通显矣，复中蜚语，几蹈不测，故其诗沉郁顿挫，有劳人志士之思，览古写怀，登高状物，江山资其凄婉，风雨壮其羁愁，屈子奏重华之词，贾生续沅湘之赋；然而风流节慨，豪宕感激，怀乡恋阙，怨诽而不怒，盖《国风》《小雅》之遗音欤！假以先生之才，使之铺张鸿庥，扬厉伟绩，庶几与古之作者相后先。惜乎浮沉外僚，跋前踬后，卒至崎岖岭峤，羁孤万里，何其一也！先生与新城诸公，旧有燕台七子之目。今新城在日月之际，参预密勿，旦夕辅政，而先生则竟已矣。然而先生之文穷而益工，久而益彰，其精气光怪不可遏抑，不有得于今，必有得于后，决不沉溺销蚀无疑也。"[①]严虞惇对宋琬诗歌风格的评价不尽恰当，但他对宋琬诗歌价值的评估和判断却是准确的。他深为宋琬仕途偃蹇而惋惜，不能像王士禛在日月之际，享尽人臣之尊崇，但他坚信宋琬诗歌"精气光怪不可遏抑，不有得于今，必有得于后，决不沉溺销蚀无疑也"(《安雅堂文集》)。宋琬诗歌对个体命运的关注和描写，深刻地触摸到了人生的本质，具体生动地刻画出了面对强大的黑暗势力，弱小生命的痛苦与挣扎，从而更具有强烈的震撼人心的力量。

二、王士禛与他的"神韵说"

王士禛(1634—1711)，山东新城人，清初著名诗人与文学家。

---

① 李静．简析宋琬诗学主张的嬗变及成因初探[D]．南京师范大学硕士学位论文，2008.

“除了渔洋、士正、士祯、这几个名号，王士禛的名号称谓还有贻上、豫孙、子真、阮亭、渔洋山人、山人、香祖、带经堂、王桐花、王三绿、王十一、新城尚书、王新城、士徵、文简公等至少十五种之多。”[①]明亡时士禛年仅十岁，故无太多历史与感情包袱。作为一个读书人，他又必须把个人前途命运与新的清王朝联系在一起，这是了解他诗歌创作的前提。

在诗学上，王士禛提出“神韵说”。“神韵”一词，最早见于南朝刘宋时期。《宋书·王敬弘传》中云：“神韵冲简，识宇标峻。”此时是用于品评人物，不久该词又被用于评画，如南齐谢赫在《古画品录》中评顾骏之的画“神韵气力，不逮前贤；精微谨细，有过往哲”。唐人张彦远在《历代名画记·论画六法》中云：“至于鬼神人物，有生动之可状，须神韵而后全。若气韵不周，空陈形似；笔力未遒，空善赋彩，谓非妙也。”张彦远此处将“神韵”看作传神之意。而“神韵”一词较早用于文学批评则要到明人胡应麟，他在《诗薮》外编卷五中将诗比作人，认为色泽神韵充于筋骨肌肉间，诗歌之美善才能够完备。

王士禛解释说“韵”就是风神，“神韵之美”是字句之外的美，换句话说，他对诗歌审美的把握由诗内转向诗外，由格调之美转向了风神之美。神韵诗歌追求一种缥缈悠远的情调或境界，其审美标准是强调诗歌的笔墨精练、含蓄蕴藉，亦即通过形象曲折朦胧地表现诗歌的意蕴。“五言短古诗，昔人谓贵词简味长，不可明白说尽。”（《带经堂诗话》）[②]他称赞盛唐诗歌“含蓄蕴藉，意在言外”（《蚕尾续文》）；并以司空图的“不著一字，尽得风流”（司徒空《诗品二十四则·含蓄》），严羽的“透彻玲珑，不可凑泊，如空中之音，相中之色，水中之月，镜中之象，言有尽而意无穷”（严沧浪《诗话》）等理论，解释诗歌“至善至美”的最高境界。为了说明，他以李白的《夜泊牛渚怀古》和孟浩然的《晚泊浔阳望香炉峰》作为例

① 刘宝强．王渔洋本名“士禛”非“士祯”——《四库全书》所录非本名[J]．六盘水师范学院学报，2016(3)．

② （清）王士禛．带经堂诗话（第29卷）[M]．北京：人民文学出版社，1963：834．

证。“或问‘不著一字,尽得风流’之说。答曰,太白诗:‘牛渚西江夜,青天无片云。登高望秋月,空忆谢将军。余亦能高咏,斯人不可闻。明朝挂帆去,枫叶落纷纷。’襄阳诗:‘挂席几千里,名山都未逢。泊舟浔阳郭,始见香炉峰。常读远公传,永怀尘外踪。东林不可见,日暮空闻钟。’诗至此,色相俱空,正如羚羊挂角,无迹可求,画家所谓逸品是也。”[①]这两首诗存在两重世界:一是象的世界,二是意的世界。象的世界是用文字表现出来的,李白诗中的景物描写以及所用的典故,对诗人所要表达的情感来说都是象,诗人的怀才不遇诗中无一语道及,却托之文字之外,这就是所谓的“不著一字,尽得风流”。孟浩然叙写其游历踪迹,近于叙事,这是象的世界,却不是其真实的目的,真实的旨意是写诗人的超脱情怀。而未说出的意恰恰是诗人的目的所在,这是诗歌意的世界。深层意的世界虽没有说出,却是形象可感的。表层象的世界是为深层意的世界服务的,它没有独立存在的意义,所以说是色相俱空。内在意的世界没有说出,是羚羊挂角,无迹可求。它是一种“妙在象外”的“味外味”,其风神之美正是他所强调的艺术作品应该具有的美感力量。

“神韵说”是王士禛诗学追求的最高境界。既不能笼统地认为“神韵说”这种境界无所不包,将各种风格都纳入王士禛的“神韵说”的体系之中,也不能简单地把某种单一风格特征作为王士禛“神韵说”的标准。王士禛“神韵说”不仅包含了他所言狭义之“神韵”,士禛所言狭义之“神韵”就是指清远,士禛《池北偶谈》卷十八《神韵》一则中记载得很清楚。在士禛眼中,具有“神韵”境界之诗是最好的诗,能创作出“神韵”境界之诗的诗人是最杰出的诗人。王士禛认为诗歌的风神必须具备“典、远、谐、则”,它们属于前代古典主义的理论成果,并非王士禛所独创。

明人胡应麟在《诗薮》中云:“清者,超凡绝俗之谓。”清人沈祥龙《论词随笔》中云:“清者不染尘埃之谓。”两人都强调了“清”的

① (清)王士禛.王士禛全集·分甘余话(第四卷)[M].济南:齐鲁书社,2007:5026.

超凡特征。《古夫于亭杂录》中载："庄周云：'送君者皆自厓而返，君自此远矣。'令人萧寥有遗世意。愚谓《秦风·蒹葭》之诗亦然，姜白石所云'言尽意不尽也'……"王士禛在此以庄子之语来解析"远"，并认为《诗经》中《蒹葭》一诗有"清远"之特点，且诗作具备清远特征才能做到言有尽而意无穷。王士禛对严羽诗学的推重是毋庸置疑的，严羽认为"论诗如论禅……禅道惟在妙悟，诗道亦在妙悟"(《沧浪诗话》)。而王士禛则认为"舍筏登岸，禅家以为悟境，诗家以为化境，诗禅一致，等无差别"(《香祖笔记》)。王士禛对于诗强调"兴到神会"，王士禛《渔洋诗话》卷上载："王士源序孟浩然诗云：'每有制作，伫兴而就。'余生平服膺此言，故未尝为人强作，亦不耐为和韵诗也。"可见，士禛非常赞同作诗的伫兴而就，不勉强而作。而兴到神会的伫兴就离不开诗人的"妙悟"，因此士禛"神韵说"的内涵特征也应包含"妙悟"这层意义。

何为"神"？先秦典籍中有曰："阴阳不测之谓神……唯神也，故不疾而速，不行而至。"(《易·系辞传》)此"神"带有非人力所能知能为的色彩，有种神秘力量蕴于其中。何为"韵"？《广雅》中云："韵，和也。"可见，它并非如神思、神气、神情种种，它是由人的自然本能和本质融合形成的一种"和谐"。而"神韵"一词最早出现在王士禛心仪仰慕的魏晋六朝。王士禛从魏晋六朝的众多词汇中拈出"神韵"，并非偶然，反映出王士禛自小接受的六朝士文化熏陶而形成的格调与品位。如李白称赞韦良宰的诗作是"清水出芙蓉，天然去雕饰"(《书怀赠江夏太守韦良宰》)一样，王士禛提倡的"神韵说"要求诗作应真实而为，不要进行过多雕琢，这样诗作才能冲淡自然，方能得"神韵"之美感。因此，"神韵"应有冲淡自然这一层含义。王士禛《居易录》中云："赵子固梅诗云：'黄昏时候朦胧月，清浅溪山长短桥。忽觉坐来春盎盎，因思行过雨潇潇。'虽不及和靖，亦甚得梅花之神韵。"王士禛认为最能得梅花神韵之诗是具备"黄昏时候朦胧月，清浅溪山长短桥"这种蕴藉含蓄特征的诗，可见蕴藉含蓄也是士禛"神韵"之诗的内涵特征之一。严羽《沧浪诗话·诗法》中云："语忌直，意忌浅，脉忌露，味忌短。"

浅直径露，人们容易说出则通俗，而含蓄蕴藉普通人无法表达，则不俗。姜夔也指出:“人所易言，我寡言之;人所难言，我易言之，自不俗。”王士禛继承了严羽与姜夔等人的看法，追求诗作的“味外之味”，强调诗作的蕴藉含蓄之意。蕴藉含蓄就是要追求诗作的言外之意，做到诗作的“言有尽而意无穷”，追求一种诗歌的无言之境。

“神韵说”的出现与当时清朝已结束了大规模的军事征伐，社会政治、经济文化逐步走向兴盛的时代背景有关，也与当时诗坛宗唐、宗宋之争愈演愈烈、争战不休的文学背景相关。王士禛早期的诗歌如《秋柳四章》是一种“秋柳式”的伤感，它与遗民诗人痛心疾首、字字血泪也不同。然而毕竟还是有一种感伤哀悼之情的。到中晚期的诗歌，这种感伤之诗逐渐消逝，代之以冲淡清远、妙悟自然、蕴藉含蓄之诗。王士禛曾云:“余尝闻荆浩论山水，而悟诗家三昧矣，曰远人无目，远水无波，远山无皴。又王猕《野客丛书》有云，太史公如郭忠恕画，天外数峰，略有笔墨，意在笔墨之外，诗文之道，大抵皆然。”(《跋门人程友声近诗卷后》)，这与王士禛“神韵说”诗学理念的成熟亦有关系。

王士禛在提出“神韵说”理论的同时，陆续地编选了《神韵集》《十种唐诗选》《唐人万首绝句选》《唐贤三昧集》等选本进一步阐释自己的“神韵说”主张，使得自己当时名声大噪，天下风从。当时诗人名流求教其门的不下数千人。时人田雯在《古欢堂集提要》中云:“当康熙中，王士禛负海内重名，文士莫不依附门墙，求假借其余论。”赵翼《瓯北诗话》亦云:“其名位声望为一时山斗者，莫如王阮亭。”近人邓之诚也说:“(士禛)洎乎晚岁，篇章愈富，名位愈高。海内能诗者，几无不出其门下。主持风雅近五十年，过于钱、吴远矣。”(《清诗纪事初编》)

在创作题材上，王士禛提倡山水自然，在艺术风格上又偏向清简淡雅。例如，《江上》:“吴头楚尾路如何？烟雨秋深暗白波。晚趁寒潮渡江去，满林黄叶雁声多。”如《真州绝句六首》(之四):“江干多是钓人居，柳陌菱塘一带疏。好是日斜风定后，半江红树卖鲈鱼。”如《再过露筋祠》：“翠羽明珰尚俨然，湖云祠树碧于烟。行人系缆月初堕，门外野风开白莲。”又如被赵翼《瓯北诗活》赞为“蕴藉含蓄，实是千古绝调”的《秦淮杂诗二十首》其一、其十二：

年来肠断秣陵舟，梦绕秦淮水上楼。
十日雨丝风片里，浓春烟景似残秋。
傅寿清歌沙嫩箫，红牙紫玉夜相邀。
而今明月空如水，不见青溪长板桥。

钱仲联先生认为，王士禛所主张的神韵诗说代表了中国古典诗歌当中的一大支：“古代的山水诗的艺术风格，总的可以划分为雄奇和清远两大派。语言艺术则有设色妍丽和白描淡素之分，刻意雕琢和自然天成之分。清远风格的山水诗语言往往以白描自然的为多，雄奇风格的山水诗，语言往往以藻丽雕刻的为多。”①钱先生在此看到了王士禛的“神韵说”标举的人与自然的审美关系，但又指出仅有白描淡素是不够的，缺少作者情感投入的单纯状景还不能算作神韵诗；应当经历主客体交流的审美经验后再将其表达出来，即“诗缘于真情而发”才能写出真正的神韵之作。

总之，王士禛的“神韵说”是为纠正明代诗歌理论中的弊病而提出的。明代前后七子论诗，主张模仿汉魏和盛唐，诗风流于“肤廓”，公安派又以推崇欧、苏来矫正前后七子的偏失，却流于浅率。所以他一方面标举唐音，另一方面又为了避免“七子”所走的推崇盛唐的老路，而主张兼学宋、元，并特意提出要求写诗必须争到“冲和淡远”，这对于纠正清初一些人专学盛唐的肤廓和晚唐的缛丽，以及模仿宋代以学问为诗和在诗中进行议论等偏向是起了很大作用的。但是，“神韵派”却严重地忽视了诗歌艺术与社会现实生活的关系，它强调了诗歌的风格、形式的相对独立性，而看不到诗歌与现实相联系的内容，有些西方康德美学的影子。其实，这对艺术摆脱政治束缚而独立发展是十分有益的。“王士禛‘神韵说’具备清远妙悟、冲淡自然及蕴藉含蓄的内涵特征，这些内涵特

① 钱仲联．古代山水诗和它的艺术论[J]．文艺理论研究，1981(2)．

征反映在王士禛的整个诗学活动中。”[①]“神韵派”理论是当时的知识分子在文化专制统治下远离政治的一种思想反映，它在清朝康熙年间出现，影响诗坛长达百年，将来也必然延续其有益的影响。

三、蒲松龄的诗歌

蒲松龄(1640—1715)，字留仙，世称聊斋先生，现山东省淄博市淄川区洪山镇蒲家庄人。蒲松龄虽然以文言小说《聊斋志异》著称于世，但其诗歌创作时间比文言小说《聊斋志异》时间更长，相比《聊斋志异》声名日炽，他的诗歌却遭受了完全不同的命运，陷于长期被冷落淡漠的孤寂中。而蒲松龄诗歌“因境写情，体裁不一；每于苍劲刻峭中，时见浑朴，与《志异》笔墨蹊径略殊。然其幽思峻骨，耿耿不能自释者，不往而深，不可遏抑”(张鹏展《聊斋诗集序》)。其直抒胸臆，缘事而发，不拘一体的率真清新诗歌，奏出了“康熙盛世”中的异响，其诗歌也具有了特别的美学意义，成为山左诗歌中的奇葩。

蒲松龄诗歌风格的多样化，在于他没有在诗歌创作上刻意追求，力求在诗坛上独树一帜、自立门户。而是因境写情，直抒胸臆而已。这与他对诗歌的矛盾思想有很大关系。他在早年的《郢中社序》中说：“谢家嘲风弄月，遂足为学士之章程乎哉？余不谓其然。顾当今以时艺试士，则诗之为物，亦魔道也，分以外者也。”在以八股取士的时代，诗歌只是附庸风雅之事。写诗对于汲汲于功名的蒲松龄来说，是歪门邪道，是魔道，不是正途，是分以外者也。他认为写诗“耗精神于号呼，掷光阴于醉梦，殊可惜也！”[②]但他并未因此整天致力于时艺揣摩，而是经常沉浸在诗歌唱和中。科举功名之念让他又幡然悔悟，于是决心痛改前非，天天督促自己作制艺时文。“憎命文章真是孽，耽情词赋亦成魔。”(《寄怀张历友》)蒲松龄一直在理智与情感的矛盾交织中进行着诗歌创作。

---

① 刘宝强．王渔洋“神韵说”内涵特征发微[J]．文艺评论，2013(12)．

② 盛伟．蒲松龄集[M]．上海：学林出版社，1998：1033．

蒲松龄的诗，题材广泛，内容丰富，概括起来，有以下七个方面。

一为反映社会现实的诗作。这些诗首先是反映百姓苦难的作品，无论是天灾，还是人祸，蒲松龄都用诗歌做了记载和表现。例如，《饭肆》写天灾后出现的卖人肉的惨象："旅食何曾傍肆帘，满城白骨尽灾黔。市中鼎炙真难问，人较犬羊十倍廉！"《邸报》写天灾严重，地方官却谎报丰年："年丰幸有中丞报，犹缓君王东顾忧。"《口号》写灾年未过，官员已准备征粮："青苗遍野麦输芒，南北流人道路僵。为问播迁何自苦？月中传说要征粮。"其次为反映科场黑暗的诗作，如《历下吟》第一首写考生在唱名时受到的鞭笞和羞辱："黑鞭鞭人背，跋扈何飞扬。轻者绝冠缨，重者身夷伤。退后迟嗽应，逐出如群羊。贵倨喜谩骂，俚媟甚俳倡。"第二首写考试结束两月，试官为了索贿迟不放榜，又不准考生回籍："日久资斧绝，历下犹漂泊。踵决衣带断，乞食在郊郭。……丐活何可长？恐将葬沟壑。"第三首写放榜之后，借口淄川有"关节"，推翻原案，另行评选："佳文受特知，反颜视若仇。黜卷束高阁，凭取任所抽。颠倒青白眼，事奇真殊尤。"考生是否录取，关键在于是否行贿。

二为吟咏历史和古迹的诗作。前者如《崔伯渊》《褚遂良》《淮阴》《读汉高祖本纪》《读三国志》《读平泉记》等，后者如《霸王祠》《白雪楼》等。这些咏史诗或以历史人物，或以历史事迹，或以历史遗迹为吟咏对象，借古抒怀，议论风生。例如，《杨妃》："马懿临终厌老媪，绝世红颜老便休。三十八龄殉社稷，还留风韵在千秋。"诗写司马懿曾逼其老妻自杀；杨贵妃三十八岁便在马嵬兵变中身殉社稷，虽然死去，但其绰约风韵却千秋长存。这显然与传统的观念相违背。再如《读汉高祖本纪》："果然帐下皆屠狗，孺子何尝任甲兵！"对刘邦能够延揽各类人才给予了肯定。再如《霸王祠》："项王祠外晓冥冥，灵迹荒唐不可听，一曲离歌征月暗，千年恨血楚江腥。深房雾暗吹阴火，秋草烟寒落湿萤。有客凭临多涕泪，恨无尊酒酹空庭。"对楚霸王的悲剧命运给予了同情。

三为描写山水田园的诗作。蒲松龄在不到一年的南游做幕期间，写下了许多山水景物诗，如《黄河晓渡》《射阳湖》《泛邵伯湖》《湖津夜泊》《扬州夜下》《河堤远眺》《堤上作》《泰山远眺》《扁舟渡河》等。这些诗作对江北水乡景物描摹得极为细腻形象。例如，《崂山观海市作歌》一方面写出了崂山的秀丽高峻，另一方面描绘了海市的奇幻缥缈"山外水光连天碧，烟涛万顷玻璃色。直将长袖扪三台，马策欲挝天门开。"《豹山》在登淄川豹山时，描写了山石如林的景象："丛舍遥含春树里，危峰对插梵宫西。眼看石阵云霞护，想见军容步(部)伍齐。"

四为与友人唱酬及往来吊贺的诗作。这一类诗歌在《聊斋诗集》中占有相当大的比重。其中有送别诗、留别诗，有寄人诗、怀人诗，有赠答诗、应和诗，有庆贺诗、哀挽诗等。这些应酬诗所涉及的人物大体可分为三类：(1)地方缙绅名流，如高珩、唐梦赉、毕际有、孙蕙、王士禛等。他们都年长于蒲松龄，既有官爵，又有声望，且能诗文。蒲松龄敬重他们，一方面是因为他们位高望重，另一方面也因为他们赏识自己的文采，支持自己的创作。高珩、唐梦赉先后为《聊斋志异》作序，王士禛对蒲松龄的小说与诗文都极为赞赏。孙蕙聘其为幕僚，毕际有聘其为西席，也同样是对蒲松龄的敬重和赏识。蒲松龄向唐梦赉表示："略见雕虫技，辄承华衮。"(《寿唐太史》)向王士禛表示："愧无项斯善，堪蒙士元奖。"(《俚言奉送大司寇先生假满赴阙》)向孙蕙表示："尚有孙阳怜瘦骨，欲从玄石葬荒丘。"(《感愤》)这些都表明了蒲松龄既感激又惭愧的心情。(2)地方官员，如先后任淄川县令的汪如龙、张嵋、时惟豫，新城县令郎廷槐，莱芜县令范溥，由按察使转布政使的喻成龙等。这些官员都能不同程度地做到礼贤下士，因而赢得了蒲松龄的信任。蒲松龄在与他们的酬答诗中，总流露出一种独立不羁的骨气。在《答汪令公见招》中写道："小语未能分上座，短髯聊足备参军"，"岂同弹铗三千士，聊附处囊十九人"。表示自己虽身居下位，但不同于弹铗以求厚禄的食客，而是能左右上官的髯参军郗超和脱颖而出的毛遂。(3)诗人友人，如刘孔集、李希梅、王如水、毕韦仲等。例如,《忆孔刘集》对孔刘集的豪爽性格、坎坷遭遇、悲惨结局做了生动描述,并表示了自己的崇敬与哀悼。

五为咏物诗及其他诗作。前者所咏之物非常广泛,诸如古镜、红梅、紫薇、飞蝗、猫等。有些咏物诗借物托讽,含意深刻,如《养猫词》:“……鼠夜来,鸣啾啾,翻盆倒盏,恍如聚族来谋。……猫在床头,首尾交互;鼠来驰骋,如驴黝朐。推置床下,爬枨依然弗顾;旋复跳登来,安眠如故。怒而挞之仍不悟,戛然摇尾穿窗去。”显然是讽刺尸位素餐的官吏。也有些咏物诗是赞颂美好的事物,如《紫薇花》:“含苞初绽月三更,日日丹霞照眼明。痒着抑搔长影颤,暖经雨水怒条生。鸣蜩爱荫尤先占,旅蝶随香已远侦。映日丛丛花满树,欲将紫艳斗春荆。”

六为吟咏爱情及描写艳情的诗作。前者多写青年男女对爱情的追求,如《采莲曲》:“返棹孤舟漾碧丛,少年逼趁半塘中。若非邻女来相唤,渐入深荷路欲穷。”“两船相望隔菱茭,一笑低头眼暗抛。他日人知与郎遇,片言谁信不曾交。”也有些诗写青年夫妇的离愁别绪,如《子夜歌》:“今日上西秦,明日上东鲁,不如不归来,还省别离苦。”“问谁往江南,还寄物一裹。不是我念郎,但恐郎念我。”“郎去白雪飞,郎来青苗长,只说不自由,还是不曾想。”

七为感叹身世的诗作。蒲松龄虽有较强烈的功名进取心,但命运却总与他相悖。为了谋生,他大半生过着舌耕的生活,艰难地与贫困做斗争。《日中饭》描写了儿女争食麦粥的情景,《二月二十三日询内人病》为自己不能教育儿子而感到难过。

在这些诗歌中,蒲松龄以农村为题材的诗歌继承了白居易、张籍的新乐府诗歌的风格,具有质朴自然的特点。而抒发孤介耿直情怀的诗歌,有的借鉴杜甫诗句,如“憎命文章真是孽,耽情词赋亦成魔”,来自杜甫《天末怀李白》的“文章憎命达”;《中秋微雨·宿希梅斋》中的“世上何人解怜才”,《呈孙树百》中的“念我不才皆欲杀”,《九月望日怀张子历友》中的“世人原不解怜才”,则出自杜甫的“世人皆欲杀,吾意独怜才”。在化用杜甫诗句的同时也学习了杜诗苍劲古朴的风格。此外,他的拟李贺诗,如《秋闺·拟李长吉》中的“云委娇力寻芳梦，帐冷柔魂吊香魄”，《马嵬坡·拟李长吉》中的“林中灯，狐夜啸。磷火青，不自照。寒蛩啼，如相吊”则具有幽奇冷艳的风格，《梦幻八十韵》则被王渔洋称为“缠绵艳丽，如登临春结绮，非复人间闺闼”。

而无论是蒲松龄诗歌的多样体制，还是诗歌的多元风格，最能感染人们的还是蒲松龄诗歌的率真。而率真的内涵则是诗人真性情的抒发，这在神韵诗风盛行，“人情渐觉悲歌少”，诗歌越来越追求清远冲淡的时代，蒲松龄诗歌的“诗中有人”“诗中有事”，也就具有了特殊的认识意义。

第四节　清朝前期其他著名诗人

清朝前期的诗歌是整个清朝成就最高的，名家也最多。除上面介绍的著名诗人外，还有几位开宗立派、自成一家的诗人，他们是钱谦益与吴伟业。其中，钱谦益及以其为首的“虞山诗派”(代表诗人包括冯班、钱曾、钱陆灿及吴历等)最大的特点是学古而不拟古，积极主张诗歌革新并能取诸家之长而自成风格，对东南诗坛的繁荣做出了一定贡献。而吴伟业创立的“娄东诗派”，代表人物是“娄东十子”，包括周肇、许旭、王曜升、顾湄、王昊、黄与坚、王揆、王撰、王忭、王摅十人。他们主张继承明王世贞“诗必盛唐”的复古主张，然而缺少吴伟业复杂的人生经历与阅识能力，故所作“梅村体”不如吴伟业诗之广泛真切。除了“虞山诗派”与“娄东十子”外，作为诗歌团体的“西泠十子”“金台十子”与“闽中七子”也有一定影响。“西泠十子”也称“西岸十子”，是指于杭州西湖上结诗社的十位诗人，包括丁澎、吴百朋、陆圻、紫绍炳、陈廷会、孙治、沈谦、毛先舒、虞黄吴、张纲孙。而“金台十子”又称“诗中十子”，这十位诗人曾在北京以诗词唱和为世闻名于世，包括曹贞吉、宋荦、田雯、汪懋敏、颜光敏、吉封、丁炜、王又旦、谢重辉、曹禾。“闽中七子”是指许友、彭善长、高兆、林伟、曾灿烜、卞鳌、陈日浴七位出生或居住于福建的诗人。下面重点介绍一下钱谦益与吴伟业的诗作。

一、钱谦益的诗歌

钱谦益(1582—1664),江苏常熟人,明末清初著名思想家、文学家与诗人。字受之,号牧斋,晚号蒙叟,别称东涧老人、虞山先生。钱谦益是清初诗坛盟主之一,与吴伟业、龚鼎孳并称“江左三大家”。

钱谦益著述丰富,学术地位极高,影响极大。其史学著作有《明史稿》,可惜毁于火。文学著作主要有《初学集》《有学集》《投笔集》《牧斋诗抄》等,另有《楞严经蒙抄》《金刚心经注疏》等十余种。学界文坛的宗主地位并未因钱谦益的降清而动摇。当钱谦益八十寿辰时,归庄仍送寿联云:“居东海之滨,如南山之寿。”黄宗羲在钱谦益逝世后所作的《八哀诗》中仍将其引为“平生知己”,肯定谦益“四海宗盟五十年”的学术地位。即使是像顾炎武这种至死不仕清廷、不愿列名于钱的门生之人,仍肯定钱谦益为“文章宗主”。龚鼎孳在《祭虞山先生牧斋学士文》中也认为钱谦益为“文苑之宗师”。

钱谦益的诗歌创作以仕清为界可以分为前后两期,前期时他有感于仕途坎坷,明朝的内忧外患,因此诗歌中多感叹愤慨之情。例如《费县三首》《乙丑五月削籍南归十首》《狱中杂诗三十首》等诗,都表达出失意者的感喟与清正之士的孤愤,并和忧虑国事融作一体。他还曾写了《葛将军歌》讴歌了市民领袖葛成,把他与反抗阉党而牺牲的苏州五义士并列。后期时他因为经历了故国沧桑、身世荣辱的巨大变故,因此诗歌中多悼念亡明,指斥新朝暴行,对反清复明活动进行歌颂。例如《后秋兴》其八:

> 金刀复汉事逶迤,黄鹄俄传反复陂。
> 武库再归三尺剑,孝陵重长万年枝。
> 天轮只傍丹心转,日驾全凭只手移。
> 孝子忠臣看异代,杜陵诗史汗青垂。

在这首诗中,诗人对郑成功反清复明的胜利进行了歌颂。

此外,钱谦益也通过诗歌创作表达出了自己仕清之后的复杂心情。《西湖杂感二十首》《哭稼轩留守一百十韵》《书梅村艳诗后四首》等,哀感顽艳,沉郁苍楚,既有"冬青树老六陵秋,恸哭遗民总白头"(《西湖杂感六首》)的失国之苦,也有"水天闲话天家事,传与人间总泪零"(《读梅村宫詹艳诗有感书后四首》)的耻辱,以及从心底发出的"莺断曲裳思旧树,鹤髡丹顶悔初衣"(《西湖杂感二十首》)的忏悔自白。特别是《西湖杂感二十首》通过寄情于景的方式,表达了自己的悔恨之情。例如《西湖杂感二十首》其二:

潋艳西湖水一方,吴根越角两茫茫。
孤山鹤去花如雪,葛岭鹃啼月似霜。
油壁轻车来北里,梨园小部奏西厢。
而今纵会空王法,知是前尘也断肠。

在这首诗中,诗人描写了西湖的景色,通过对往事的回忆表达出了"知是前尘也断肠"的悲叹。

钱谦益除了进行诗歌创作实践外,还提出了一系列的诗学主张,他在对明代复古派和反复古派进行尖锐批判的同时,也各有所取,"对复古派取其借鉴古人精神,但不囿于'汉魏盛唐',剔除模仿形似;对反复古派'取其申写性灵',摒弃其'师心而妄','轻才寡学'"[①],并主张转益多师,广收博取,对确立了有清一代诗风,起了"导平先路"的作用。他还延引后进,奖掖新人,对当时以及清中后期的诗歌发展都起到了推动作用,其家乡的虞山诗派就是在他的影响下形成的。正是因为他在清代诗歌领域中占有的重要地位,因此他被称为清诗的开山宗匠。

① 袁行霈.中国文学史(第二版,第四卷)[M].北京:高等教育出版社,2005:218.

二、吴伟业的诗歌

吴伟业(1609—1672),江苏苏州人,明末清初著名的诗人。字骏公,号梅村,别号大云道人、灌隐主人或鹿樵生。梅村自小聪颖,他拜师张溥,是复社骨干。伟业于崇祯四年考取进士,授翰林院编修。后仕途顺利官至宫詹学士。南明时任少詹事,因与权奸不合,不久辞归故里。清兵南下后隐居不仕,以复社名宿主持东南文社,声望甚高。顺治十年因姻亲朝荐,被迫应诏出仕,授秘书院侍讲,升国子监祭酒。三年后以丁母忧南归,从此不复出仕,直至终老。他是"娄东诗派"的创始人,著有《梅村家藏稿》《梅村集》等书,诗歌的代表作有《圆圆曲》《萧史青门曲》《洛阳行》等。

《四库全书总目提要》在评价吴伟业的诗歌时说:"其少作大抵才华艳发,吐纳风流,有藻思绮合、清丽芊眠之致。及乎遭逢丧乱,阅历兴亡,激楚苍凉,风骨弥为遒上。"[①]吴伟业最擅长七言歌行,初学"长庆体",后自成新吟,后人称之为"梅村体",他的叙事诗最能代表他的诗歌成就。吴伟业继承了宋代诗人深刻关注社会的精神,并吸收了杜甫、韩愈的精髓,使叙事诗呈现出清丽婉转、流畅自然,兼有故事性和戏剧性的特点,带有浓郁的抒情色彩,营造出很强的史诗氛围。例如著名的《圆圆曲》中,诗人把吴三桂和陈圆圆情事从初识、定情、分离、被掠到团圆的过程进行了生动的描绘与渲染,并用大量的篇幅来描述陈圆圆身世和遭遇,采用了倒述、追叙、插叙等手法,对情节进行了精心的安排,从而使主题更加引人注目,故事变化更加曲折。特别是顶针手法的熟练运用,不仅增强了语言的音乐美,而且使叙事如串珠相连,自然而洒脱。诗中还大量用典,且极为精切,使诗歌形成了镂金错彩、典雅工丽的优美语言风格。

与《圆圆曲》相似的作品还有颂扬抗清将领杨廷嗣、督臣卢象

---

① 张涤云. 中国诗歌通论[M]. 杭州:浙江大学出版社,2006:231.

升忠贞刚烈精神的《临江参军》，反映清兵入浙大肆劫掠造成老小离散的《堇山儿》，讽嘲松山之役洪承畴败绩而投降清军的《松山哀》，叙写纤夫们严冬被迫为官船破冰托船艰苦情景的《打冰词》等。袁枚曾经夸赞说："梅村七言古，用元、白叙事之体，拟王、骆用事之法，调既流转，语复奇丽，千古高唱矣。"

除了叙事诗外，吴伟业也有很多优秀的抒情诗、写景诗，比如《梅村》：

> 枳篱茅舍掩苍苔，乞竹分花手自栽。
> 不好诣人贪客过，惯迟作答爱书来。
> 闲窗听雨摊诗卷，独树看云上啸台。
> 桑落酒香卢橘美，钓船斜系草堂开。

在这首诗中，诗人描绘了自己的居所，勾勒出一个洁身自好的主人公形象，从而表现出了诗人高洁的情怀，沈德潜曾评曰："自写名士风流。"

总之，吴伟业的诗歌"以唐人格调，写目前近事，宗派既正，词藻又丰"（赵翼《瓯北诗话》卷九），在中国古典诗歌史上占有重要地位，对后世影响深远，吴兆骞、王闿运、樊增祥、杨圻、王国维等都对其创作进行过模仿。

第二章　纪实言理的清代诗歌(下)

论及诗歌，过去人们瞩目的往往是在唐宋之前，对处于古代社会末期的清诗注意得不多。正由于此，在对待清诗的评价上，也就存在不少误会与不甚明确的地方。甚至很长一段时间里，相当一部分评论家，包括海内外的著名学者对清诗均采取了贬损与轻视的态度。确实，相较于清代小说和戏曲的巨大成就而言，清代诗歌并未表现出上升的趋势，这一方面是受以“文字狱”为代表的封建专制统治的影响，作为正统文学的诗歌在这一时期被过多压制，转而走向“言理”的道路；另一方面也是由于诗歌经过六朝及唐宋时期的迅速上升之后，逐步步入平缓发展阶段，其成就相较迅速崛起的唐宋时期而言没有那么亮眼，因而受到误解。事实上，仅从数量上来说，清诗的总量在历史上远远地超出前代。今天，已经知道的清人自编诗集在两万种以上，另外，“收入各种诗歌总集、选集、唱和集以及地方志、族谱里的作者总括起来，估计约十万家以上。这个数字是唐人的十余倍，宋人的三至四倍，也是现在所知的元代诗人和明代诗人的六至七倍”①。此外，清代作家的创作数量又极大，动辄数千首，这也是人所共知的。清诗的总量目前还无法确切估计，可以肯定的是，它已远远超出了之前的任何一个朝代。数量当然只是评估某个时代诗歌成就的一种尺度，而且还不是最重要的尺度；但是，它也足以使我们了解，戏曲和小说的流行并没有取代诗歌的创作，人们对待诗歌的热情依然高涨，甚至更加高涨，这也说明了清代诗歌创作仍然占据一定的优势。本章主要对康熙晚年及其之后的诗歌创作进行分析阐述。

① 王小舒．清诗在诗歌史上的定位[J]．厦门教育学院学报，2010(2)．

第一节 宗唐与宗宋之争:从“格调说”到“肌理说”

从清初到康熙初期,宗唐占优势,大约康熙十年(1671),宋诗开始蓬勃发展,到康熙中叶唐音回归直至乾隆初年。康乾时期沈德潜的“格调说”宗唐,袁枚的“性灵说”力主无分唐宋,融合唐宋,翁方纲的“肌理说”主宋,这三派三足鼎立,这之后融合唐宋的思潮不断高涨,是乾嘉时期的主导潮流,宗宋派在这一过程中不断壮大。道咸同年间诗风大转,宗宋派为主干力量,其中有桐城派,这引起了湖湘派的不满,唐宋诗之争变得激烈,这一时期依然有融合唐宋的趋势。本节主要对“格调说”与“肌理说”进行详细阐述。

一、“格调说”

“格调”是中国诗学常用的范畴之一。从渊源来看,格调论源于严羽,其《沧浪诗话·诗辨》云:“试取汉魏之诗而熟参之,次取晋宋之诗而熟参之,次取南北朝之诗而熟参之,次取沈、宋、王、杨、卢、骆、陈拾遗之诗而熟参之,次取开元、天宝诸家之诗而熟参之,次独取李杜二公之诗而熟参之,又尽取晚唐诸家之诗而熟参之,又取本朝苏黄以下诸家之诗而熟参之,其真是非自有不能隐者。”[①]明七子吸收了这一观点,将格调理论深入发展,对各种诗歌体裁的辨析也愈发细密而系统。到了清代,以沈德潜为代表的诗人又沿袭了这一思路,且更为系统。总之,格调说“既是对前代以风骨为代表的古体诗审美传统和意境为代表的近体诗审美传统的综合和超越,也是明清以来盛行不衰的古体和近体创作在理论

---

① 王宏林.格调说产生的历史语境及其内涵[J].南阳师范学院学报(社会科学版),2010(5).

上的落实”[①]。

沈德潜(1673—1769),字确士,号归愚,长洲(今苏州市)人。出身贫寒,五代未仕,他从23岁起就继承父业,以授徒教馆为生,过了40多年的教馆生活。他多次府试不中,直到乾隆四年,其67岁时才中进士,乾隆帝称他“江南老名士”。曾任内阁学士兼礼部侍郎。卒后追赠太子太师,赐祭葬,谥文悫。可惜死后名节未保,乾隆四十三年(1778),已故举人徐述夔所著《一柱楼集》诗词被认为悖逆朝廷,引起一场文字狱。因生前在书中为徐述夔写传,沈德潜受到株连,被乾隆大怒之下亲笔降旨追夺沈德潜阶衔、罢祠、削封、仆碑。

沈德潜为叶燮门人,论诗主格调,提倡温柔敦厚之诗教。其诗多歌功颂德之作,但少数篇章对民间疾苦有所反映。著有《沈归愚诗文全集》《说诗晬语》《古诗源》《唐诗别裁》《明诗别裁》《清诗别裁》等,影响极大。

“格调说”这一提法见之于沈德潜的门人王昶所云:“苏州沈德潜独持格调说,崇奉盛唐而排斥宋诗……以汉魏盛唐倡于吴下。”(《湖海诗传》)沈德潜早年的《说诗晬语》系统阐述了格调说的观点,是格调说的理论代表作。“格”的内涵是“一首有一首章法……有起,有结,有伦序,有照应;若阙一不得,增一不得,乃见体裁”(《说诗晬语·卷下》)。“调”是指声调韵律,他说:“诗以声为用者也,其微妙在抑扬抗坠之间。”(《说诗晬语·卷下》)沈德潜所提出的“格调”二字,源于《文镜秘府论·南卷·论文意》:“凡作诗之体,意是格,声是律,意高则格高,声辨则律清,格律全,然后始有调。”而直接本于李梦阳《驳何氏论文书》:“高古者格,宛亮者调。”因而他也像明七子一样,古诗拟汉魏,近体法盛唐。强调诗歌“和性情,厚人伦,匡政治”的社会功能,宣扬“温柔敦厚”的诗教传统,要求诗歌创作“先审宗旨,继论体裁,继论音节,继论神韵,而一归于中正和平”(《重订唐诗别裁集序》)。其《说诗晬语》第一

① 王宏林.格调说产生的历史语境及其内涵[J].南阳师范学院学报(社会科学版),2010(5).

条开宗明义:“诗之为道,可以理性情,善伦物,感鬼神,设教邦国,应对诸侯,用如此其重也。”这样具有强烈正统色彩的诗歌理论比“神韵说”更加适合清朝统治者的需要,对加强清王朝的封建统治大为有利,因而曾受到乾隆帝的宠遇,显赫一时。

沈德潜的“格调说”呈现出一种集大成的色彩,它以崇奉汉魏盛唐雄浑悲壮诗风为显著特色。在“格高”方面,沈德潜追随盛唐及明七子的诗风,中正和平,温柔敦厚。在“调宛”方面,他强调“法”,他说:“诗贵性情,亦须论法。乱杂而无章,非诗也。然所谓法者,行所不得不行,止所不得不止,而起伏照应。承接转换,自神明变化于其中。”(《说诗晬语・卷上》)强调声律音调:“诗以声为用者也,其微妙在抑扬抗坠之间。”(《说诗晬语・卷上》)因而重视不同体式的声律运用方式,在诗歌格式与韵律方面做了具体的要求。

为使“格高”“调响”,沈德潜以唐人为楷式,以古诗为源头,树立学习的范本,其诗歌创作也如明七子,古体摹汉魏,近体法盛唐。他早期还有一组五言律诗《夏日述感》,被公认为能代表其成就的作品,如其五:

身世空搔首,茫茫总不堪。
多金高甲第,无食贱丁男。
救弊须良策,哀时敢戏谈。
传闻鸿雁羽,肃肃去淮南。

这首诗写作者对于大半生的淡泊生涯并非牢骚满腹、郁郁不乐,倒有些自得其乐的悠闲。全诗清新可诵,展现了一定的功力。

又如《过真州》:

扬州西去真州路,万树重杨绕岸栽。
野店酒香帆尽落,寒塘鱼散鹭初回。
晓风残月屯田墓,零露浮云魏帝台。
此夕临江动离思,白沙亭畔笛声哀。

这首诗对真州的景色进行了充分地描绘,表达出作者的思乡之情。全诗意趣淡雅，声韵谐朗，法式严密，情思含蕴，不失为一首有格调的诗。

当然，沈德潜也如同明七子一样，有些诗也能真实地反映民生疾苦，揭露时弊与社会黑暗，如《后凿冰行》真实揭露了洋客、窨户（藏冰商家）不顾穷人死活残酷剥削他们的情景，斥责了旁观富人的无情，真正学到了杜诗的精神：

海氛既息海鲜盛，洋客贩鲜轻性命。
舳舻载冰入沧海，冰贾如金未能平。
吴中窨户惯射利，岁岁藏冰互相庆。
每当腊月河流坚，水面削平似明镜。
五更号令鸠穷民。赤足层冰立难定。
冲寒掊击裂十指，入水支撑割双胫。
大声惊破天吴宫，百丈鳞鳞河腹进。
岸旁观者谁氏子，锦服狐裘气豪横。
欢呼拍手诧奇绝，水战水嬉无此胜。
吁嗟观者何不仁，令我转益忧心怲。
半死换得青铜钱，忘躯谋食岂天性？
至今穷民多夭札，存者纷纷软足病。

沈德潜晚年对“格调”说有所补救，批评前后七子只知“学古”不知“通变”（《清诗别裁集·凡例》），特别强调“和性情，厚人伦，匡政治”的社会功用，极力宣传“温柔敦厚”的传统诗教，要求诗歌创作“一归于中正和平”（《重订唐诗别裁集序》）。同时，他主张比兴互陈、反复唱叹的艺术手法，为的是让诗歌含蓄蕴藉，怨而不怒。

二、“肌理说”

清康熙朝，王士禛推崇唐诗，“神韵说”在诗坛称霸五十年之久。后来，乾嘉朴学之风渐盛，时代呼唤新的诗学审美情趣和理论建构。顺应这一时代潮流，翁方纲高扬宋诗崇实尚学的诗学精神。宋诗的细密切实、杰出诗家的博大精深和人格精神成为其

"肌理说"的学理依据和价值标杆。[①]

肌理本来是指肌肉的纹理，翁方纲借用肌理论诗。他在《访同学一首为乐生别》中说："格调、神韵皆无可着手者也，予不得不近而指之同'肌理'。少陵曰：'肌理细腻骨肉匀。'此盖系于骨与肉之间，而审乎人与天之合。"又在《复初斋文集·志言集序》中说："为学必以考证为准，为诗必以肌理为准。"所谓"肌理"，其内涵大致包括"义理"和"文理"两个方面。"义理"为"言有物"，侧重内容，指的是以六经为代表、合乎儒家道德规范的学问、思想；"文理"为"言有序"，侧重形式，是指诗歌的写作方法，要讲究谋篇布局，遣辞用字，要讲求声律和"诗法"，"穷形尽变"而又合乎"绳墨规矩"。义理为本，通变于法，以考据、训诂增强诗歌的内容，融词章、义理、考据为一。翁方纲认为："理者，民之秉也，物之则也，事境之归也，声音律度之矩也……义理之理，即文理之理，即肌理之理也。"(《复初斋文集·志言集序》)他说："士生今日，宜博精经史考订，而后其诗大醇。"(《复初斋文集·粤东三子诗序》)总体来看，"肌理"说主张诗人"正本探源"，博学通经，以考据家的学问和古文家的义理入诗，同时借助于多种多样的手法、缜密细致的理路，在作品中充实地表现符合儒家传统的思想及性情，使诗歌创作达到踏实充盈的境地。"肌理说"的提出，旨在以"质实"来补救王士禛神韵派的肤廓流弊，以"义理"来纠正沈德潜格调派的恪守盛唐，摆脱了以时代论诗的旧习。

翁方纲(1733—1818)，字正三，一字忠叙，号覃溪，大兴(今属北京市)人。20岁举进士，曾先后主持各地学政，官至内阁学士。著有《复初斋全集》《石洲诗话》《两汉金石记》等。翁方纲金石、谱录、书画、词章之学，冠绝一时，精于考订训诂，热衷于义理之学，是当时著名的学者。他在仕途以及学术成就上的双重榜样作用使得翁门弟子一时隆兴且代代相传，他们对宋诗的偏好对近代宋诗运动的诗学取向产生了重要影响。可以说，翁方纲是当之无愧

---

① 吴中胜."肌理说"与翁方纲的诗学精神[J]. 文学评论，2011(4).

的清代宗宋诗派重要旗手。

翁方纲是学者，博通经术，其诗歌理论也受到考据学风的影响，“所为诗，自诸经注疏以及史传之考订、金石文字之爬梳，皆贯彻洋溢其中”。（《清史稿》本传）例如《汉石经残字歌》等：

石经未及洪家半，尚抵吴莱籀书换。
龙图晋玉虽旧闻，魏公资州余几段。
鸿都学开后三年，皇义篇章未点窜。
正始那误邯郸淳，隶分先估张怀瓘。
黄晁援据正宜审，蔡马姓名还可按。
六经七经孰淆讹，一字三字精剖判。
迩来邹平与北平，《商书》《鲁论》珍漫漶。
如到讲堂筵几度，我昔丰碑丈尽算。
表里隶书果征实，章句异同兼综贯。
洪释篇行记聘礼，今我诸经俚陈灿。
《春秋》严颜《诗》盍毛，只少义爻象与彖。
书云孝于复友于，鼠食黍苗三岁宦。
近人板本据麥机，追想饶州简初汗。
鄱阳石泐五百年，中郎听远焦桐爨。
岂惟西江补典故，龙光紫气卿云缦。
方今圣人崇实学，六籍中天森炳焕。
群言壹禀醇乎醇，如日方升旦复旦。
诸生切磋函雅故，不独雕琢工文翰。
宫墙斋庑探星宿，清庙明堂列圭瓒。
凤皇一羽麟一角，琪树芝华非近玩。
妍经奚必古本执，朴学幸勿承师畔。
河海方将测原委，质厚先须植根干。
越州石氏证蓬莱，余论何人续《东观》。
摩挲小阁一纪余，甫得南州映芹泮。
偏傍或裨笺传诂，参检直到周秦汉。
踟蹰凝立语学官，桂露秋香手勤盥。

这首诗以学问为诗,用韵语作考据,写诗人考证汉代的石经,发表了自己的观点。

当然,翁方纲也有一些游览写景、登临怀古、题画状物之佳作,如《栖霞道中示谢蕴山》:

尚记城东并辔归,诗情先逐晓云飞。
重阳细雨迟黄菊,六代精蓝冷翠微。
远眺合教青眼共,深谈喜未素心违。
洞天且莫题名姓,苔藓濛濛恐湿衣。

这类诗虽然写景生动,但韵味不够,意境不及其考据之作。由于他一味强调以学问、考据为诗,枯燥乏味,毫无诗意。因而遭到广大诗人,特别是性灵派诗人的反对和嘲笑。例如,朱庭珍《筱园诗话》中批评他说:“翁以考据为诗,饾钉书卷,死气满纸,了无性情,最为可厌。”袁枚在《仿元遗山论诗》绝句中写也道:“天涯有客太詅痴,误把抄书当作诗。抄到钟嵘《诗品》日,该他知道性灵时。”但在当时屡兴文字狱的情况下,“肌理说”指导下的作品却是迎合最高统治者提倡读书穷经、考据博物的产物,不仅受到统治者的垂青,也受到许多官僚士大夫的认同和肯定。如陆廷枢为其《复初斋诗集》所作《序》云:“自渔洋先生取严沧浪以禅喻诗,谓诗有别才,非关学也,于是格调流于空疏,神韵流于寥阒矣。吾友覃溪盖纯乎以学为诗者欤!自诸经传疏以及史传之考订,金石文字之爬梳,皆贯彻洋溢于其诗。”

由于翁方纲多年主持各地学政,学生遍天下,受其影响者甚多,如凌廷堪、谢启昆、张廷济、梁章钜、吴重意、阮元及其子翁树培等。其派规模与影响虽比神韵、格调稍逊,但也影响很大,以至后来几与性灵派平分秋色,形成“南袁北翁”的态势。

第二节　袁枚影响下的“性灵说”

给诗坛吹进清新空气,独树一帜的是袁枚(1716—1798)。袁枚不满于沈德潜倡导温柔敦厚的"格调说"及翁方纲以考据为诗的"肌理说",而从明代的公安派与竟陵派那里领悟出了"性灵说",对后世诗学影响甚大。袁枚影响下的"性灵说"在当时有很多拥趸,有与袁枚并称"乾隆三大家"的赵翼、蒋士铨,还有张问陶、孙原湘、舒位、王昙、郭麐、吴嵩梁、张维屏等,以及不少女诗人如席佩兰、金逸、严蕊珠、骆绮兰、归懋仪等。鉴于篇幅,选取袁枚、赵翼与张维屏三人的诗歌做重点介绍。

一、"性灵说"

"性灵"二字,最早见于《文心雕龙·原道》:"惟人参之,性灵所钟,是为三才。"指的是人的才智或禀性灵秀。"性灵说"中的"性灵",指的是性情、个性、灵感、灵机,即诗人必须具有的主观创作条件,当一个诗人有了创作灵感,将自己的真性情写出来,就是一首好诗。

所谓"性灵",首先是指诗人的真性情。袁枚认为:"诗言志,言诗之必本乎性情也。"(《随园诗话》卷三)这里的"性情"和沈德潜"格调说"所说的性情是不同的,沈的《清诗别裁集·凡例》云:"诗必原本性情,关乎人伦日用及古今成败兴坏之故者,方为可存,所谓其言有物也。"对此,袁枚大加反对,他强调情是其诗论的核心,男女是真情本源。他与沈德潜等人反复辩论,公开为写男女之情的诗歌张目,在《再与沈大宗伯书》中说:"艳诗宫体,自是诗中一格。孔子不删郑卫之诗,而先生独删次回之诗,不已过乎?"认为艳情诗也是出自人的性情,应该肯定。这在当时颇有振聋发聩之效。他在《答蕺园论诗书》中说:"诗者,由情生者也。有必不可解之情,而后有必不可朽之诗。情所最先,莫如男女。"只要是真性情,什么都可以写,也只有真,才能传世不朽。所以他引郑樵的话说:"千古文章,传真不传伪。"又在《遣兴》二十四首其七写道:"但肯寻诗便有诗,灵犀一点是吾师。夕阳芳草寻常物,解用都为绝妙词。"因此,诗人的真性情是诗歌的本旨:"诗人者,不失其赤子之心者也”(同上),“作诗不可以无我”(《随园诗话》卷七)。“有人无我,是傀儡也”(《随园诗话》卷七),没有个性,也就丧失了真性情。他专门在《续诗品》中辟“著我”一品,明确提倡创写“有我”之旨。这是性灵说审美价值的核心。

然而仅有个性、性情是不够的,还应具备表现这一切的诗才,所以“性灵”的另一层含义是指诗人须培养和提高对诗歌艺术的领悟能力,从而写出能反映真我性情、有独特领会和独到见解的笔力灵活的诗篇。正所谓“诗人无才,不能役典籍运心灵”(《蒋心馀藏园诗序》),艺术构思中的灵机与才气、天分与学识要结合并重。袁枚说:“鸟啼花落,皆与神通;人不能悟,付之飘风。惟我诗人,众妙扶智。但见性情,不著文字。”(《续诗品·神悟》)他强调从日常生活中,从山、川、风、物、虫、鸟、草、木等的微妙变化中,去抓住转瞬即逝的诗情画意,并将其活跃有力地表现出来,这样的诗才称得上好诗。所以他认为,学诗既可以师从古人,也可以效法百姓俚语,还可以师心自求。

袁枚也强调求新。他在《随园诗话》中说:“要之,以出新意、去陈言为第一着。”因而他反对格调说以及明七子宗唐复古的理论,也反对当时其他宗唐派、宗宋派的拟古主张。他说:“诗分唐、宋,至今人犹恪守,不知涛者,人之性情;唐、宋者,帝王之国号。人之性情岂因国号而转移哉?”他也反对翁方纲以学问为诗的“肌理说”,在《随园诗话》(卷五)中说:“人有满腔书卷,无处张皇,当为考据之学,自成一家;其次则骈体文,尽可铺排,何必借诗为卖弄?自《三百篇》至今日,凡诗之传者,都是性灵,不关堆垛。”不过,袁枚并不反对作诗需要借鉴古人,需要广博的学识,他反对的是模仿,是“抄书”。总之,袁枚强调表现诗人“自我”的“性灵”,不必受封建正统思想和伦理道德的约束,要具有一种尊重个性的民主精神,这无疑是富有时代意义的进步观点,是值得肯定的。就诗歌的思想内容和艺术形式而言,这一观点也起到了解放思想、推动创新的作用。

袁枚的性灵说是为反对沈德潜的“格调说”和翁方纲“肌理

说”而提出来的。但性灵说并不是袁枚首创的。根据学者的研究，“考诸南北朝之前的中国本土文献，‘性灵’一词尚无独立意义，‘性灵’一词最早是作为思想史的范畴出现于南朝刘宋文帝时期的。其后，南朝梁代钟嵘开始把‘性灵’引入诗歌批评”[①]。钟嵘在其《诗品》中用“性灵”概括诗歌的本质。“他评论阮籍《咏怀》之作可以‘陶性灵，发幽思，言在耳目之内，情寄八荒之表’。他《诗品序》提到‘物之感人，故摇荡性情’，‘吟咏情性’，赋予‘性灵’以‘性情’或‘情’的新义。钟嵘主张诗‘陶性灵’‘吟咏情性’，是针对‘理过其词’的玄言诗而发，是其诗歌美学的主旨。”[②]北朝庾信在《赵国集序》中论诗“含吐性灵，抑扬词气”，他也创作出了“天下有情人，居然性灵夭”(《拟咏怀诗·十九》)的诗句；北齐颜之推论诗“四始六义，实动性灵”(《谢赵王示新诗启》)，称“文章之体，标举六会，发引性灵”(《颜氏家训·文章篇》)。这两个人所说的“性灵”皆指性情。宋人杨万里主张诗歌“专写性灵”，对袁枚很有启示。明代李贽的“童心说”，公安派性灵说的核心理论“独抒性灵，不拘格套”，以及开始提出“心机震撼之后，灵机逼极而通”(袁中道《陈无异寄生篇序》)的创作灵感说，对袁枚的影响更大。袁枚的“性灵说”正是在总结以往性灵说的基础上发展起来的，他将前人这些有关“性灵”观点加以丰富与提高，形成了比较完整系统的“性灵说”诗歌理论，冲破了传统与时代风尚，对格调模拟复古、肌理考据学问、神韵纤巧修饰、浙派琐屑饾饤给予有力的冲击，是晚明文艺思潮的隔代重兴，为清诗开创了新的局面。

二、袁枚的诗歌

袁枚，浙江杭州人，字子才，号简斋，又号随园老人。他自幼聪颖，青年时即与年老的沈德潜同举进士，同入翰林院为庶吉事。后因满文考核为下等，外放江南为知县。在任江宁县知事时，购

① 石玲．论袁枚性灵说的历史风向意义[J]．求是学刊，2013(6)．

② 聂广桥．论袁枚“性灵说”之流变[J]．漯河职业技术学院学报，2012(3)．

得小仓山旧江宁织造园,将其进行整治,改名为随园。乾隆十三年(1748)辞官,结束仕宦生涯,隐居随园,世称随园先生,自号仓山叟、随园老人等。此后再未出仕,吟诗著述,游山玩水,过着诗酒放浪、无拘无束的风流名士的生活,长达近50年。著有《小仓山房诗文集》《随园诗话》《随园随笔》《随园食单》等。

袁枚贯穿了"性灵说"精神的诗歌,具有自己鲜明的特色。他的笔触相当广泛,反映现实、咏物怀古、描绘山川自然和表现个人志趣,大都不受传统思想束缚和正宗格调限制,信手拈来,矜新斗捷,不尽遵轨范。而且清灵隽妙,具有感情奔放、议论新颖、笔调活泼、语言晓畅、句法灵巧等特点,从内容到形式都有一定的创新。例如《马嵬》(其二):

莫唱当年长恨歌,人间亦自有银河。
石壕村里夫妻别,泪比长生殿上多。

这首诗以白居易《长恨歌》与杜甫《石壕吏》对比,将帝妃悲剧转向民间夫妻惨别,翻出新意的同时渗透着对百姓疾苦的深切同情。全诗虽然几处用典,但是通俗易懂,包含的内容十分丰富,给人以韵味无穷之感。

类似关心民瘼的作品还有《苦灾行》《南漕叹》《捕蝗歌》等;揭露社会弊病的作品则有《鸡》《偶然作》《养马图》等;抒述骨肉之情的《陇上作》《哭三妹五十韵》《哭阿良》等感情真挚,清婉凄恻。

袁枚也有表现民主精神和市民意识的诗作,如《别常宁》:

六千里外一奴星,送我依依远出城。
知己那须分贵贱,穷途容易感心情。
漓江此后何年到,别泪临歧为汝倾。
但听郎君消息好,早持僮约赴神京。

这首诗是诗人写给叔父家僮仆的,情感真挚,十分动人,由此可见他主仆平等的思想观念。此外,《翁云槎、徐守愚、王绍曾……》一诗中称呼一位苏州朋友派来迎接自己的三个仆人为"三贤":"一艇偶从吴下过,三贤齐道故人来。"《明府有侍者张彬年二十馀闻余至喜奔告诸幕府以得见随园叟为大幸出所作诗斐然成章喜赠一篇》也由衷地称赞一个喜欢读书的友人之仆。他的诗中还有不少赞扬妇女的诗,如《上官婉儿》:“至今头白衡文者,若个聪明似女儿?”

袁枚的诗多取材于日常生活和景物、个人兴趣和识见,写法灵活,如《鸡》:

> 养鸡纵鸡食,鸡肥乃烹之。
> 主人计自佳,不可使鸡知。

这首诗从人们习见的日常生活中提炼素材,短小精悍,语言直白活泼,是一首寓言体的小诗,诗人以鸡喻普通民众,以主人喻统治阶级,借主人养鸡为食暗讽了剥削者对劳动者施以小惠以求大利的欺骗伎俩,主题深刻,诗笔诙谐,讽刺强烈。刘大白评曰:“一切资本家豢养劳动者,男性豢养女性,军阀豢养兵士的阶级豢养的背景,都被这几句诗道破了。不料旧诗中竟有这样的象征文字。”(《旧诗新话》卷十八)

又如《咏钱》:

> 人生薪水寻常事,动辄烦君我亦愁。
> 解用何尝非俊物,不谈未必定清流。
> 空劳姹女千回数,屡见铜山一夕休。
> 拟把婆心向天奏,九州添设富民侯。

这首诗议论风生,直言当时人所不敢言,却入情入理,语言清新流畅,用典自然妥帖,颇饶情趣。

袁枚性好游览,写景之作模山范水,落想不凡,笔墨放纵。如他年轻时入广西写的《同金十一沛恩游栖霞寺望桂林诸山》(《小仓山房诗集》卷一)脍炙人口:

> 奇山不入中原界,走入穷边才逞怪。
> 桂林天小青山大,山山都立青天外。
> 我来六月游栖霞,天风拂面吹霜花。
> 一轮白日忽不见,高空都被芙蓉遮。

山腰有洞五里许，秉火直入冲乌鸦。
怪石成形千百种，见人欲动争谽谺。
万古不知风雨色，一群仙鼠依为家。
出穴登高望众山，茫茫云海坠眼前。
疑是盘古死后不肯化，头目手足骨节相钩连。
又疑女娲氏，一日七十有二变，青红隐现随云烟。
蚩尤喷妖雾，尸罗袒右肩。
猛士植竿发，鬼母戏青莲。
我知混沌以前乾坤毁，水沙激荡风轮颠。
山川人物熔在一炉内，精灵腾踔有万千，彼此游戏相爱怜。
忽然刚风一吹化为石，清气既散浊气坚。
至今欲活不得，欲去不能，只得奇形诡状蹲人间。
不然造化纵有千手眼，亦难一一施雕镌。
而况唐突真宰岂无罪，何以耿耿群飞欲刺天？
金台公子酌我酒，听我狂言呼否否。
更指奇峰印证之，出入白云乱招手。
几阵南风吹落日，骑马同归醉兀兀。
我本天涯万里人，愁心忽挂西斜月。

这首诗描绘七星岩洞和桂林诸山的千姿百态，从神话传说写到诡谲奇形，构想奇特，纵横跌宕，兴会淋漓，诗才如海。

另有一部分小诗则以清新灵巧见长，如《苔》：

各有心情在，随渠爱暖凉。
青苔问红叶，何物是斜阳？

在极简淡的勾画中，蕴含了对自然生命的多样品性的欣赏、赞美。正如其《遣兴》诗所云：“夕阳芳草寻常物，解用都为绝妙词。”《湖上杂诗》更有别出心裁的情趣：

桃花吹落杳难寻，人为来迟惜不禁。
我道此来迟更好，想花心比见花深。

这些诗也如同他说:“只将寻常话作诗。”无论从内容或形式说,袁枚诗都显示出向近代文学演进的征兆。

袁枚的诗还写了不少流传于市井的奇人奇事,如《相逢行赠徐椒林》叙写了这位游侠人物打抱不平的奇事。他的诗还大胆表现男女之情与好财行乐。如他离别后写给其妾的《寄聪娘》六首之二:“一枝花对足风流,何事人间万户侯?生把黄金买别离,是侬薄倖是依愁。”他的《秋夜杂诗》(之五)云:“解好长卿色,亦营陶朱财。”《咏钱》(之六)云:“我有青蚨飞处好,半寻炯水半寻花。”《遣兴》(之三)云:“治生贵有道,行乐贵及辰。”

袁枚生活通脱放浪,个性独立不羁,颇具离经叛道、反叛传统的色彩。他宣扬性情至上,肯定情欲合理,在性与情上,主张即“情”求“性”(《书复性书后》),突出尊情;在言志与言情上,认为“诗言志,言诗之必本乎性情也”(《随园诗话》卷三)。由于倡导性灵,袁枚的诗歌创作往往表现出独立不羁的精神。他敢于怀疑儒家经典,说:“予于经学,少信多疑。”(《小仓山房文集·虞东先生文集序》)“六经尽糟粕,大哉此言欤!……未必两庑坐,果然圣人徒。”(《小仓山房诗集·偶然作》其十三)对虚伪的假道学深恶痛绝,表现出封建社会末期个性解放思想再次苏醒。他常常借诗歌坦露自己坦率真诚的性格,宣称:“平生行自然,无心学仁义。”(《小仓山房诗集·不饮酒二十首》其十一)“郑孔门前不掉头,程朱席上懒勾留。”(《小仓山房诗集·遣兴》其二十二)他还倡言:“六经虽读不全信,堪断姬孔追微茫。眼光到处笔舌奋,书中鬼泣鬼舞三千场。”(《小仓山房诗集·子才子歌示庄念农》)

总之,袁枚的诗歌以才运笔,抒发性情,形成清灵隽妙的风格,在当时影响极大。姚鼐称他:“于为诗尤纵才力所至,世人心所欲出,不能达者,悉为达之。”

三、赵翼的诗歌

赵翼(1727—1814),字云崧,号瓯北,又号裘萼,晚号三半老人,江苏阳湖(今常州市)人。乾隆二十六年(1761)进士,授翰林院编修,曾任镇安、广州知府,官至贵西兵备道。后辞官家居,一度主讲于扬州安定书院。著作有《二十二史札记》《陔余丛考》《檐曝杂记》《皇朝武功纪盛》等。

赵翼论诗主张与袁枚同,不满王士禛神韵说的不着边际和沈德潜格调说的流于空套,论诗主"争新""独创",声称"不创前无有,焉传后无穷"(《读杜诗》),"诗文随世运,无日不趋新"(《论诗》),强调不囿于成法,敢于破除宗唐宗宋的门户习气。他有一首著名的《论诗》绝句:

李杜诗篇万口传,而今已觉不新鲜。
江山代有才人出,各领风骚数百年。

这首论诗之作,尤其是末二句,不愧为警世名言,作者不迷信古人,对沉迷于唐人余唾中讨生活的时辈,不啻是当头棒喝。其所体现的无畏精神和发展观点,在所著《瓯北诗话》一书中,则可谓一以贯之。

赵翼诗以五古见长,其诗吸收了白居易、陆游的某些优长,造语浅近流畅。他的论诗绝句以思想新颖、立论大胆著称,是元好问之后流传最广的论诗绝句。如《从军行》其二描写了自己内心怕死的心理:"此意黯自怜,未敢向人道。"(《瓯北集》卷十四)足见他的坦率。他有一些诗作描写大西南风光,如《澜沧江》:"绝壁积铁黑,路作之字折。下有百丈洪,怒喷雪花热。"(《瓯北集》卷十四)描写澜沧江的奇险景象,如在眼前。

赵翼精通史学,有经世之才,又是工于考据的史学家,故诗歌多咏史、论世、评诗之作,且议论精警,思想敏锐,幽默诙谐,兼杂以雄奇豪放的气概,如七律《赤壁》:

依然形胜扼荆襄,赤壁山前故垒长。
乌鹊南飞无魏地,大江东去有周郎。
千秋人物三分国,一片山河百战场。
今日经过已陈迹,月明渔父唱沧浪。

这首诗通过历史与现实的差异，时间与空间的对照表达了诗人的今昔之感。首联破题，从山河形胜落笔，颔联则巧妙地运用了曹操《短歌行》和苏轼《念奴娇》中的典故，隐寓曹操在此兵败而周瑜得胜成为英雄的史诗。颈联以时间和地理自然成对，尾联不仅与前几联的宏阔气象形成鲜明对照，而且以冷静幽远的笔墨结束全诗，让整首诗韵味无穷。

此类诗作还有如《古诗二十首》其一："世惟视天远，所以肆无忌。"见解深刻。《古诗二十首》其七，称范蠡助越灭吴后"手挟西施去"，是"惟恐浣纱人，又入越王宫"(《瓯北集》卷一)，也别出心裁。

他的创作个性分明，即使一首小诗也旨意洞达，如《晓起》：

> 茅店荒鸡叫可憎，起来半醒半懵腾。
> 分明一段劳人画，马啮残刍鼠瞰灯。

这首诗纯用白描，写其羁旅生涯的疲惫与艰辛，却无一丝消沉，洋溢着才情和乐观风采，是其心灵的映现。

赵翼的诗风也与袁枚相近，敢于写出自己的真性情，语言也明白如话，有市民化倾向，如《米贵》：

> 米贵如珠岂易量，午炊往往到斜阳。
> 老夫近得休粮法，咀嚼新诗班饿肠。

诗人虽为无米下锅而犯难，但他寻到了一个特别新奇的充饥办法——作诗。在这种停火断炊的境况中，诗人忘掉了饥饿，但唯一没有忘的是作诗，可见其执着之心。

总之，赵翼的诗歌题材广泛，其创作是对自己诗学主张的践行。朱庭珍《筱园诗话》(卷二)曾说他："街谈巷议，土音方言，以及稗官小说、传奇演剧，童谣俗谚、秧歌苗曲之类，无不入诗，公然作典故成句用。"

四、张维屏的诗歌

张维屏(1780—1859)，字子树，号南山，别号松心子，广东番禺(今广州市)人。道光二年(1822),张维屏中进士,担任湖北广济县知县、江西候补同知、署南康府知府等职。他为官清廉,终因不耐官场腐败,于道光十六年(1836)辞官隐居广州,晚年以珠海老渔、唱霞渔者自称。著有《张南山全集》《国朝诗人征略》等。

张维屏的诗歌理论主张,除了坚持用"经世致用"的标准选诗之外,最为重要的就是标举"性灵",强调知人论世。他认为作诗需要有真性情:"人有性情,诗于是作。"(《国朝诗人征略》)在《国朝诗人征略》中,张维屏从肯定"真性情"、主张"诗中有我",强调"学力"这三个方面发挥了"性灵"。

首先,肯定"真性情"。"真性情"也即诗歌中要有真情实感,这些感觉包括真气、真意、真趣等。《国朝诗人征略》中,张维屏以"真气、真意、真趣"下评语的有32处之多。[①]

其次,主张"诗中有我"。《国朝诗人征略》中,张维屏多次强调"诗中有我",先后有十多处出现"实获我心""实得我心""独获我心"等评语。这些反复出现的"我心"充分反映了张维屏著"我"的诗学主张。

最后,强调"学力"。张维屏认为有学力才能见性情。这里的学力就是指诗人的学养、学识。张维屏强调的"学力",体现在语言的运用上,即为诗人布局谋篇的技巧、语言的驾驭能力。他认为,作诗对字要反复锤炼,句式既要生动活泼,富于变化,体现灵动,又要达到警切,微言大义,意在言外。

这些都反映了张维屏求真求新、抒写性情、"最重情字"的诗歌主张。

张维屏还自觉进行了诗歌的创新,将新事物引入诗中,如写火轮船、世界地图等,表现了清代末期诗歌突破传统题材、展拓诗境的趋向,对后世诗歌的进一步发展做出了重要的贡献。

张维屏早年诗作,多写个人生活情怀,曾与龚自珍、林则徐、魏源等结宣南诗社。晚年辞官隐居广州时,目睹英国侵略军的暴

---

① 张美娟.论岭南诗人张维屏的诗歌理论主张——以《国朝诗人征略》为中心[J].宁夏大学学报(人文社会科学版),2012(3).

行，诗风一变为慷慨雄健，写下了一些格调高昂、具有强烈爱国精神的诗篇，如《三元里》《三将军歌》《越台》《江海》《书愤》等。在这些诗歌中，张维屏对广大军民的英勇反抗精神进行了歌颂，对英军的侵略行为进行了谴责。例如《三元里》：

三元里前声若雷，千众万众同时来。
因义生愤愤生勇，乡民合力强徒摧。
……
纷然欲遁无双翅，歼厥渠魁真易事。
不解何由巨网开，枯鱼竟得悠然逝。
魏绛和戎且解忧，风人慷慨赋同仇。
如何全盛金瓯日，却类金缯岁币谋？

这首诗歌颂了三元里人民英勇反抗外来侵略者的战斗精神和爱国热情，谴责了统治者的妥协行径。语言明白晓畅，于白描中时见含蓄凝练。

又如《三将军歌》中对定海总兵葛云飞死战拒敌的描写：

夷犯定海公守城，手轰巨炮烧夷兵。
夷兵入城公步战，枪洞公胸刀劈面。
一目劈去斗愈健，面血淋漓贼惊叹。
夜深雨止残月明，见公一目犹怒瞪。
尸如铁立僵不倒，负公尸归有徐保。

在这段诗句中，我们可以充分感受到葛云飞的英勇，一种悲壮之感油然而生。

该诗的结尾处诗人写道：

承平武备皆具文，勇怯真伪临战分。
天生忠勇超人群，将才孰谓今无人？
呜呼！将才孰谓今无人，君不见二陈一葛三将军！

诗中长短句交错出现，造成一种局促、紧迫的节奏，有力地烘托出悲壮惨烈的战斗氛围。

总之,张维屏作为一名爱国诗人,通过自己的诗歌创作,记录了当时的社会变化,继承了杜甫的“诗史”传统,是清末一位具有独特风格的诗人。

第三节　爱国主义诗风的兴起:同光体的出现与诗界革命

从鸦片战争(1840)前后到中日甲午战争(1894)的近代前期是千古未有的“变局”的前一阶段。随着民族危机、封建统治危机的加深,经世思潮蓬勃发展,统治阶级自救意识增强,统治阶级内部发生复杂的分化。与此相应,诗歌创作也流派纷呈,新旧交错,诗坛上既兴起了有关注现实、忧心国家命运的爱国主义诗风,也出现了推崇江西诗派诗风的同光体,以黄遵宪为代表的改良派更是掀起了一场诗界革命。

一、爱国主义诗风的兴起

道光二十年(1840)鸦片战争爆发,洋枪洋炮打开了中国的大门,随后太平天国革命风起云涌,中国社会的性质发生了重大变化,由独立的封建国家逐渐沦为半殖民地半封建国家,产生了新的阶级、社会思潮和社会矛盾。在新的社会生活和社会思潮的激荡下,近代诗坛发生了重大变化,诗歌创作开始冲破传统诗歌的樊篱,出现了新的浪潮。

嘉庆、道光年间,龚自珍、魏源、林则徐等为代表的忧国忧民、主张改革内政、抵抗外国侵略的爱国进步的文人、志士,结为“宣南诗社”,他们以诗歌为武器,紧密围绕重大的政治斗争,深刻地反映这一特定历史时期的社会生活面貌和新的时代要求,表现了爱国志士和广大人民卫国抗敌的斗争,抒写了自己忧国忧民的情怀,富有爱国主义的精神。

在这些爱国诗人中,最为著名的非龚自珍莫属。在鸦片战争的历史风暴到来前夕，被誉为“三百年来第一流”（柳亚子）的龚自珍，以启蒙思想家特有的敏感，忧念时局，呼唤风雷，成为近代诗歌的奠基人。

龚自珍（1792—1841），字瑟人，号定盦，别署羽琌山民，浙江仁和（今杭州市）人。他是著名学者段玉裁的外孙，自幼受到良好教育。但科场坎坷，道光九年（1829）才中进士。曾先后任宗人府及礼部主事等职，终其一生不出地位卑微的小京官，亲身经历、耳闻目睹了当时清王朝江河日下、弊窦丛生的现实。在其师今文经学家刘逢禄经世致用思想的启示下，他以笔为刀，猛烈抨击君主专制制度，批判摧残人才的科举制度，揭露清王朝末世的种种弊端，提出了强烈要求改革的愿望，在当时朝野引起了震动，但并不被统治者所用。道光十九年（1839），因忤其长官辞官南归，寓居江苏昆山的羽琌山馆，并时常来往于丹阳的云阳书院和杭州的紫阳书院执教。两年后，暴卒于丹阳。平生著述有后人汇编的《龚自珍全集》。

龚自珍的诗歌今存600余首，绝大部分是中年以后所作，他擅长各体诗歌，颇具浪漫气息。如《行路易》就以浪漫主义手法巧妙地运用历史典故和生动比喻，描绘了封建社会的衰世图，反映了险恶世道同诗人美好理想的尖锐对立。《伪鼎行》借刻画丑恶歪扭的伪鼎形象，生动地揭露了清王朝官僚集团昏庸腐败、误国害民的反动实质，真是“内有饕餮之馋腹，外假浑沌自晦逃天刑”。

龚自珍的诗歌以剑气箫声为诗魂，诗情浓郁奔放近唐，擅长表意陈述则近宋，近唐而不流于兴象空浮，近宋而不流于枯瘠乏象。他融汇了唐音、宋调的优点而避其流弊，戛戛独造，自成一家，“奇境独辟，如千金骏马，不受绁”（林昌彝《射鹰楼诗话》卷十），堪称中国古典诗歌艺术之殿军。例如《漫感》：

绝域从军计惘然，东南幽恨满词笺。
一箫一剑平生意，负尽狂名十五年。

诗中的“一箫一剑”，就象征着作者的个性特征：箫表明了他的怨恨，也表明了他对周围环境不协调、不合作的态度；剑表明了他的狂，他的白眼看世、不受制于封建礼教的反抗精神。

龚自珍的剑气箫声，也幻化为奇特丰富的想象、新颖多彩的比喻、层出不穷的典故、清奇多姿的语言，从而构成瑰丽绚烂的艺术形象。如《西郊落花歌》(《龚自珍全集》第九辑)中描写落花形象：

西郊落花天下奇，古人但赋伤春诗。
西郊车马一朝尽，定庵先生沽酒来赏之。
先生探春人不觉，先生送春人又嗤。
呼朋亦得三四子，出城失色神皆痴。
如钱塘潮夜澎湃，如昆阳战晨披靡；
……
先生读书尽三藏，最喜维摩卷里多清词。
又闻净土落花深四寸，瞑目观赏尤神驰。
西方净国未可到，下笔绮语何漓漓！
安得树有不尽之花更雨新好者，三百六十日长是落花时。

这是一首诗人用灵魂来表现的一阕“落花”的赞歌。诗篇借八种不同的生动形象，采用明喻—借喻—明喻的修辞手法，描写了落花的奇丽壮观。诗中，诗人运用了多种修辞艺术手法，透过落花随风而逝、漫天飞舞、纷纷扬扬的壮美景观，从而展示了诗人在不为世用、不为时重的挫折中，既失意苦闷而又不甘沉沦、不愿退伏的心路历程。在这里不独比喻本身新颖奇特、生动形象，而且层层递进，由浅入深，从物到人，由地至天，江河古迹，神话传说，纵横开阖，变幻多端，雄奇壮丽，五彩斑斓，带有浓郁绚丽的浪漫色彩。最后两句又将“落花”与诗人平生之忧患联系起来，从幻想世界中回到现实的社会，从而赋予“落花”形象以深刻的文化内涵。“落花”就是“奇龙怪凤”，就是被统治者排斥沉落的奇才，他们都从“玉皇宫中”“飘泊”下来了，那里已经“空若洗”，而人间则出现了宏伟壮丽的奇观。全诗描写气势磅礴，感情强烈，笔力遒劲。作者运笔有如鬼斧神工，极尽夸饰渲染之能事，以表现丰富而奇特的想象，缤纷而璀璨的画面，绚丽而斑斓的色彩。

龚自珍的剑气箫声，还表现为拔俗特立，追求理想，以放怀无忌的言辞，抒发豪杰志士忧国伤时而不见容于世的压抑、孤寂、憧憬和壮怀，如作于道光三年(1823)的《夜坐》(其一)：

春夜伤心坐画屏，不如放眼入青冥。
一山突起丘陵妒，万籁无言帝坐灵。
塞上似腾奇女气，江东久陨少微星。
平生不蓄湘累问，唤出姮娥诗与听。

在“一山突起”“万籁无言”这难以忍受的压抑情境中，诗人想放眼青空一舒心绪。然而入眼的景象，是庸才妒抑奇才，是万马齐喑而只有朝廷一种声音，是边域将有事而中原人才寥落的倾危形势。诗人感慨“奇女气”“少微星”的希世难见，深知“《天问》有灵难置对，《阴符》无效勿虚陈”(同上《秋心》其二)，只能满怀悲愤，品尝孤独。

龚自珍以深邃的史识为诗，撕下“盛世”的面纱，把清王朝统治的腐朽没落形势清晰地揭示给世人，特别具有警世、醒世和惊世的力量，如《杂诗，己卯自春徂夏……》其十二曰：

楼阁参差未上灯，菰芦深处有人行。
凭君且莫登高望，忽忽中原暮霭生。

这首诗以高度概括的形象表现出清王朝没落的形势与气氛，诗中的秋色和夕阳无不显示着封建衰世的到来。“忽忽中原暮霭生”一句可与唐代李商隐的“夕阳无限好，只是近黄昏”媲美，不过现在连那将落的夕阳也没有了，只是“暮霭”沉沉即将进入暗夜了。造成这种情势的根源，在于清王朝统治的腐朽与专横以及文士的浑浑噩噩。诗人深知前途与希望在于风雷飙发，人才蔚起，以强力的变革使社会重获生机，从而喊出了时代的最强音：

九州生气恃风雷，万马齐喑究可哀！
我劝天公重抖擞，不拘一格降人材。

这首诗出自组诗《己亥杂诗》，气势磅礴、激情澎湃，表达了作者对生机勃勃的生活理想的追求和向往，对摧残生机、死气沉沉的局面的发自肺腑的抗议，为人才的解放和未来的变革呼唤风雷。这富有震撼力的诗句包含着深邃的意蕴。它是一道光焰夺目的闪电，划破清王朝上空的阴霾；是于无声处响起的惊雷，震撼着沉睡的中国。《己亥杂诗》是一组规模空前、思想内容极为丰富的大型七绝组诗，全面而形象地反映了清末现实生活和社会面貌，涉及政治、经济、军事、文化等各个方面，从中鲜明地表达了他的进步思想和革新精神，具有史诗的价值。这组诗批判、呼唤、期望，集中反映了诗人高度关怀民族和国家命运的爱国激情。直到他辞官南归之日，还唱出“落红不是无情物，化作春泥更护花”(《己亥杂诗》五)的动人诗句，即使已是落花身世，仍要用自己的全部生命去培植新的花朵：

浩荡离愁白日斜，吟鞭东指向天涯。
落红不是无情物，化作春泥更护花。

这首诗写诗人离京的感受。虽然载着“浩荡离愁”，却表示仍然要为国为民尽自己最后一分心力。整首诗抒写辞官南归时的离愁和积极的人生态度，末二句脍炙人口，表现了对个体生命的超越，也体现对人生价值更深更高一层的肯定。

龚自珍自称“庄骚两灵鬼，盘踞肝肠深”(《自春徂秋·偶有所触……》其三)，其诗多用象征影喻，想象奇特，文辞瑰玮，受庄子与屈原的影响较大，然而其中贯穿一种诗人独有的凌厉剽悍之气，所谓“以霸气行之”，因此晶光外射，飞动郁勃，富有力度。

龚自珍还有许多诗作抒发了自己高洁的胸怀，鞭挞了卑污的世俗，表现了追求个性解放的精神，批判了钳制思想、兴文字狱、摧残人才的政策，甚至还表达了对强迫妇女缠足的不满，等等。

总之，龚自珍的诗饱含着丰富的社会历史内容，想象诡奇，感情奔放，气魄豪迈，文辞瑰丽，善用类比，众体兼备，富于浪漫主义色彩，打破了清中叶以来诗坛消极避世、摹山范水的沉寂局面，独树一帜，时有“龚诗”之称。爱国诗人林昌彝在《射鹰楼诗话》中称赞他说:"诗亦奇境独辟,如千金骏马,不受缰绁。美人香草之词,传遍万口。善倚声,道州何子贞师谓其诗为近代别开生面。则又赏识于弦外弦、味外味者矣。"[①]后来"诗界革命"旗手黄遵宪,资产阶级改良派领袖康有为、梁启超,南社代表诗人柳亚子等,他们的诗歌创作都深受龚诗的影响,直至中国新文化革命的主将鲁迅,也"好定庵诗",足见龚诗在整个近代诗坛具有崇高的地位。

下面介绍一下魏源与林则徐二人的诗。

魏源(1794—1857),字默深,湖南邵阳人。道光二年(1822)中举人,道光二十五年(1845)成为进士,历官内阁中书、知州,晚年辞官归隐,潜心佛学,法名承贯。著有《海国图志》《古微堂诗集》等。

魏源思想开放,是开眼看世界的第一人。对内主张发挥商人作用,对外既坚决反对西方的侵略,又主张学习其长处,提出"师夷长技以制夷"(《海国图志》卷二)的方针,表现了清代末期优秀知识分子思想通达、不甘落后的品质与气魄。他参加过实际政事改革,因此,与清代其他诗人相比,他的诗比较集中于揭露批判具体政事弊端和阻挠改革的保守思想,为时人诗中所少见,《都中吟》《江南吟》《古乐府·行路难》等组诗可为代表。鸦片战争爆发后,魏源对时局更加关注,写下了一批反映鸦片战事的具体内容和国家倾危形势的诗歌。例如《寰海》其九:

城上旌旗城下盟,怒潮已作落潮声。
阴疑阳战玄黄血,电挟雷攻水火并。
鼓角岂真天上降,琛珠合向海王倾。
全凭宝气销兵气,此夕蛟宫万丈明。

在这首诗中,诗人揭露了靖逆将军奕山的投降行径。奕山在广州战败,以巨额赎城费向英军乞降,诗人借用了汉代周亚夫出奇兵平吴楚七国之乱,人"以为将军从天而下"的典故对奕山的投降进行了讽刺,鲜明的对比进一步增强了讽刺效果。

① 张涤云.中国诗歌通论[M].杭州:浙江大学出版社,2006:244.

魏源在进行诗歌创作时，还常常将政治内容与山水名胜结合起来，形成情景相生的艺术效果，如《秦淮灯船引》等长篇歌行即是如此。由于这类诗赋笔多，议论多，因此常缺乏诗的韵味与意象。

魏源的山水诗以写实的笔墨显现了祖国各地河山的独特风貌和奇异景观。例如在《天台石梁雨后观瀑歌》中，他从雨中、月下、冰时几种情境中刻画出石梁瀑布的独特风神，引人入胜。又如《蒸湘》：

溪山雨后湘烟起，杨柳愁杀鹭鸥喜。
棹歌一声天地绿，回首浯溪已十里。
雨前方恨湘水平，雨后又嫌湘水奔。
浓于酒更碧于云，熨不能平剪不分。
水复山重行未尽，压来七十二峰影。
篙篙打碎碧玉屏，家家汲得桃花井。

在这首诗中，诗人将雨后行舟蒸湘所见的景色及其独特感受传神地表现出来，境界清奇，形象鲜明。

总之，魏源的诗歌一方面关注社会现实，另一方面描写祖国的河山，无论是对社会现实的描写还是对祖国河山的描写，都具有恢宏的气势，格局开阔。

林则徐(1785—1850)与邓廷祯一样，也是鸦片战争中的名将、我国近代史上的民族英雄。他字元抚，又字少穆，号石麟，晚号俟村老人，福建侯官(今闽侯县)人。在嘉庆十六年(1811)，林则徐高中进士，由此进入仕途，历任江苏巡抚、湖广总督。道光十八年(1838)，他深感鸦片对国家和人民的巨大危害，于是上疏请求严禁鸦片。他后来被任命为钦差大臣，前往广州办理禁烟事务。在鸦片战争爆发后，他将前来进犯的英军击退。但此时，清政府要与英人议和，于是将其革职，并加罪谪戍伊犁。直到道光二十六年(1846)才被召回，并出任云贵总督，后因病死于潮州。有《云左山房文妙》《云左山房诗钞》，词附其中。

林则徐的诗作，依据他的生活道路大体可分为前后两期。

1839年赴广东禁烟，可作为前后两期的分界线。

诗人前期的作品，尽管其中也不乏佳作，但有相当一部分系官场应酬和题图咏画之作。这里我们侧重谈谈他反映社会现实的诗歌。

林则徐早期“诗宗白傅”（李元度《国朝先正事略·林则徐传》），写过一些揭露社会弊端、讽喻时政之作，像《病马行》《驿马行》就是其代表作。《病马行》描写了一匹因长年被克扣草料和过度劳累而饥病交加、濒于死亡的老马在厩间呻吟，“圉人”（负责养马的官吏）不仅毫无体恤，反而站在老马一旁怒视等其死，“欲卖死皮偿酒直”，其残酷令人不寒而栗。诗人笔下的这匹“老马”，不正是当时广大劳动人民在贪官污吏残酷剥削压榨下，劳累过度、奄奄待死的真实写照吗？《驿马行》融入了作者更多的主观感受，他通过一匹因终日吃不饱而又无节制的奔驱、被搞得“骨立皮干”的骏马，揭露了统治阶级对人才的摧残。诗结尾云：“吁嗟乎！官道天寒啮霜雪，昔日兰筋今日裂。临风也拟一悲嘶，生命不齐向谁说？君不见，太行神骥盐车驱，立仗无声三品刍。”太行神骥，本是千里马，却让它拉盐车；而无能之辈，饱食终日，“立仗无声三品刍”。诗人的寓意是十分明显的。这首诗通过马的不同命运，深刻地揭露了统治阶级摧残人才、赏罚不明的人事制度，而对那些庸懦无能、高官厚禄的显贵们也给予辛辣的讽刺。

从禁烟运动到遣戍伊犁时期，是他创作的后期。反殖民主义战斗的风云、个人不幸的遭遇、塞外异乡的感受，不时地触发这位爱国政治家的诗兴，尤其是遣戍途中和到达伊犁之后，他诗作尤多，所谓“诗情老去转猖狂”（《又和中秋感怀原韵》），抒发了这位老诗人的爱国情思和感时忧愤之怀，使他的诗歌创作呈现了新风貌，和他前期多为官场应酬之作相比，后期的诗歌更值得珍视。归纳起来，大体有如下几方面的主题。

首先是反映鸦片战争之作。在任钦差大臣和两广总督期间，由于忙于军务和政事，林则徐写诗不多，正面反映这次战争的作品尤少。具有代表性的作品如《次韵和嶰筠前辈》，诗写角炮台赏月，诗人写了一首《中秋偕筠尚书及关滋圃军门天培饮沙角炮台眺月有作》。诗中写林、邓、关为防止英国殖民主义者的报复而在广东积极备战的情况：“是时战舰多貔貅，相随大树驱蚍蜉。炮声裂山杂鼓角，樯影蘸水扬旌旃。楼船将军肃钤律，云台主帅精运筹。”这三位禁烟主将饮酒沙角炮台，绝不只是为了赏月，诗人说：“军中欢宴岂儿戏，此际正复参机谋。”借此良机，参谋军事，运筹如何抵抗英国侵略者的挑衅和报复，是三位爱国志士聚会沙角炮台的主要目的。

其次，抒写了自己在逆境中念念不忘国事、置个人得失于度外的旷达情怀。鸦片战争中，林则徐在投降派的打击与诋毁下被革职并发往伊犁赎罪。沿途他写了不少追念抗英斗争和感怀时事之作。在这些篇章中他从不计较个人的恩怨和得失，而总是以国家民族利益为重。“苟利国家生死以，岂因祸福避趋之。”(《赴戍登程口占示家人》)“绝塞不辞远，中原吁可伤。”(《次韵答姚春木》)“知是旷怀能作达，只愁烽火照江南。”“中原果得销金革，两叟何妨老戍边。”(《将出玉关，得偕筠前辈自伊犁来书，赋此却寄》)一个多世纪以来，这些诗句一直广为传诵，充分表现了林则徐作为一位爱国主义政治家崇高的品格和旷达的胸怀。

二、同光体的出现

道光时期，清王朝进入内忧外患的乱世，而产生于康乾盛世的神韵、格调说等诗派标榜盛唐雅正和平之音，这显然是不适应乱世之象的。于是一批诗人如程恩泽、何绍基、郑珍、祁寯藻、莫友芝、曾国藩、江湜等，他们承接了前期宋诗派的余风，兴起了宋诗运动。及至光绪年间，以陈三立、陈衍、沈曾植、郑孝胥为代表的诗人进一步偏重宋人苏轼、黄庭坚，特别是“江西诗派”的诗风，还将韩愈、孟郊等一些唐代诗人的创作也纳入了学习范围之中。他们比宋诗运动诗人更力求诗歌创作的艺术技巧，关注表现形式的曲折性和多层次性，因而他们的诗深婉拗峭，耐于咀嚼，富于余味，自成一派，被称为“同光体诗”。关于“同光体”名称的由来，陈衍在《沈乙庵诗序》中说：“丙戌（1886）在都门，苏堪（郑孝胥）告余，有嘉兴沈子培（沈曾植）者能为同光体。同光体者，余与苏戡戏目同光以来诗人不专宗盛唐者。”①

同光体诗派的诗人中，成就最高的是陈三立。陈三立（1852—1937），江西修水人。字伯严，号散原。光绪十五年（1889）间进士，曾任吏部主事。其父陈宝箴为晚清维新派政治家，陈宝箴任湖南巡抚时，陈三立曾助他创办新政，积极参与维新运动。陈三立也因此与谭嗣同、丁惠康、吴保初并称为“维新四公子”。戊戌变法失败后，陈三立遂从新潮流中退出，参禅写诗，后来也有参与一些社会活动，兴办有利于国民生计的事业。清亡后，他以遗老自居。1937 年，抗日战争爆发，北平沦陷，日伪政权对他百计劝说，企图要他效忠日伪，遭到他言辞斥逐，后绝食而死，表现出崇高的民族气节。著有《散原精舍涛》《续集》《别集》等。

陈三立论诗极力推崇黄庭坚，但强调“存己”“成一家言”（陈诗《尊瓠室诗话》引）。他的诗幽郁低沉，荒寒萧索，字句拗峭，以文为诗，具有刚健浑厚的气格。如他作于光绪二十八年（1902）的《黄公度京卿由海南人境庐寄书并附近诗感赋》：

天荒地变吾仍在，花冷山深汝奈何！
万里书疑随雁鹜，几年梦欲饱蛟鼍。
孤吟自媚空阶庭，残泪犹翻大海波。
谁信钟声隔人境，还分新月到岩阿。

这首诗首联流露出作者收到友人书信时的惊喜、激动之情，一个“变”字突出时局以及作者个人命运的巨大变化。颔联写诗人对友人的怀念之情，字里行间渗透出诗人的惊喜之情，“万里书疑随雁鹜”一句化用了苏武射雁得书的典故，一个“疑”字突出了书信的难得、惊喜。颈联表达了诗人希望友人保重，以后若有机会再现救国之志。尾联则说自己虽与友人相隔甚远，但两人的精

① 张涤云．中国诗歌通论[M]．杭州：浙江大学出版社，2006：246.

神世界相通，若是得了佳句还能寄过来。在这首诗中，诗人虽然身处隐居之地，但是对国家的风云变化并没有置之不理，而是忧心忡忡地体现出了一种无奈。

陈三立的诗中时常表现出家国之痛、民生之哀，体现出他对国家命运的关心。例如《十月四十夜饮秦淮酒楼，闻陈梅生侍御、袁叔舆户部述出都遇乱事感赋》：

狼嗥豕突哭千门，溅血车茵处处村。
敢幸生还携客共，不辞烂漫听歌喧。
九州人物灯前泪，一舸风波劫外魂。
霜月阑干照头白，天涯为念旧恩存。

在这首诗中，诗人对外国侵略者的残暴进行了揭露，对广大人民所遭受的痛苦给予了深切的同情。

总之，陈三立的诗造字炼句，异常新警，常于文从字顺中显出佳处，梁启超说“其诗不用新异之语，而境界自与时流异，浓深俊微，吾谓于唐宋人集中罕见伦比”(《饮冰室诗话》)，因此受到了时人的推崇。

三、诗界革命

晚清同治、光绪年间，随着民族危机的进一步加深，中日甲午战争(1894)前后，登上政治舞台的资产阶级相继发动了改良主义运动和民主革命运动。文学成为资产阶级改良派和革命派进行维新与革命斗争的武器，因此激起文学领域中的广泛“革命”，涌现了以黄遵宪、梁启超为代表的一批作家，冲出旧的营垒，发动了一场“诗界革命”，为“五四”新文学革命准备了某些条件。诗界革命是晚清改良派兴起的一场诗歌改良运动，是中国近代资产阶级改良派维新变法的思想运动、政治运动和文化运动的有机组成部分。

诗界革命的重要代表人物有黄遵宪、康有为、谭嗣同、梁启超、夏曾佑、唐才常、严复、丘逢甲、秋瑾等人，而最早从理论与创作实践上给诗界革命开辟道路并成为其光辉旗帜的诗人则是黄遵宪。下面重点介绍一下他的诗作。

黄遵宪(1848—1905),字公度,别号人境庐主人,广东嘉应(今梅州市)人。光绪举人。从光绪三年(1877)到二十年(1894),他以外交官身份先后到过日本、英国、美国、新加坡等地。长期的外交生涯使他接触了西方文明,开拓了政治视野,树立起“中国必变从西法”(《己亥杂诗》第四十七首自注)的思想,并在新的文化思想激荡下,开始诗歌创作的新探索。回国后积极参加戊戌变法,后罢官归家,常与丘逢甲唱酬,与亡命日本的梁启超书信往来,并大量从事新派诗的创作,因此被梁启超誉为“诗界革命”的旗帜。有《人境庐诗草》《日本杂事诗》等。

反帝卫国、变法图强是黄遵宪诗歌的两大重要主题。在反帝方面,广泛描写了重大政治事件,突出反映了中国近代社会的主要矛盾,特别是帝国主义列强与中华民族的矛盾,深刻揭露并谴责了帝国主义的侵略罪行和清廷的腐败无能,表现了强烈的爱国主义精神,有“史诗”之称。如《度辽将军歌》叙写愚昧无能、狂妄自大的湖南巡抚吴大澄在中日战争中惨败的情景,诗人把无比的愤怒变为冷峻的讽刺,通过对这位愚昧无能而狂妄自大的“将军”的描摹,深刻地揭露了清王朝及其官僚将帅们的昏庸腐朽。而《悲平壤》《哀旅顺》《哭威海》《台湾行》《渡辽将军歌》等系列诗作记叙了帝国主义一次又一次地对中国的蚕食和侵掠,抒发了悲愤难忍的爱国之情,反帝卫国思想尤为突出。

在变法图强方面,黄遵宪以饱满的热情讴歌变法维新,期望能通过变革使中华民族重新崛起,如《赠梁任父同年》:“黄人捧日撑空起,要放光明照大千。”《感怀》《杂感》《日本杂事诗》等作品也批判了陈腐事物,赞赏了派遣留学生和日本明治维新等新事物。

处于新旧交替时代的黄遵宪的诗歌,较早地描写了海外世界以及伴随近代科学发展而涌现的新事物,拓宽了题材和反映生活的领域,写出了古典诗歌所没有的新内容。如《今别离》(其一):

别肠转如轮，一刻既万周。
眼见双轮驰，益增中心忧。
古亦有山川，古亦有东舟。
车舟载离别，行止犹自由。
今日舟与车，并力生离愁。
明知须臾景，不许稍绸缪。
钟声一及时，顷刻不少留。
虽有万钧柁，动如绕指柔；
岂无打头风，亦不畏石尤。
送者未及返，君在天尽头。
望影倏不见，烟波杳悠悠。
去矣一何速，归定留滞不？
所愿君归时，快乘轻气球。

这首诗吟咏在出现轮船的条件下离别的新况味，别开生面，令人耳目一新。诗人运用古今对比的写法来表现近代人对别离的新认识。

在诗歌的艺术风格上，黄遵宪的诗纵横上下，气势酣畅，雄奇瑰丽，不避俚俗，严整的韵律与散文笔法、新名词与旧格调协调和谐。黄遵宪深感古典诗歌“自古至今，而其变极尽矣”，再继为难。但他深信“诗固无古今也”“苟能即身之所遇，目之所见，耳之所闻，而笔之于诗，何必古人？我自有我之诗者在矣”(《与朗山论诗书》)。他沿着这条道路进行创造性的实践，突破古诗的传统天地，形成了足以自立、独具特色的“新派诗”。所谓新派诗，就是运用旧体的形式，纳入新时代的思想和生活内容，也就是“旧瓶装新酒”或“熔铸新理想以入旧风格”。黄遵宪广泛借鉴古人和民歌，大胆将新事物、新名词和流俗语入诗，如表现了宇宙观及通过妙用古典表现的对于太空飞船的浮想联翩的《海行杂感》：

星星世界遍诸天，不计三千与大千。
倘亦乘槎中有客，回头望我地球圆。

又如《日本杂事诗》：

拔地摩天独立高，莲峰涌出海东涛。
二千五百年前雪，一白茫茫积未消。

这首诗生动逼真地描绘了日本的富士山，而这正是得力于科技的进步，文明的发展，以及作者眼界的开放。这一特点使得他的诗在思想上和艺术上都取得很大成就，丘逢甲称赞他说："茫茫诗海，手辟新洲，此诗世界之哥伦布也。"（《人境庐诗草跋》）康有为亦赞曰："意境几于无李杜，目中何处着元明！"（与菽园论诗兼寄任公孺博曼宣）

总之，黄遵宪的诗歌词汇丰赡，富于表现力，典雅之中多生气与变化。其诗"以旧风格含新意境"，体现了由旧到新的过渡。

第三章　再续辉煌的清代词坛(上)

元明两代,曲盛而词衰,虽然也有不少词作家,但是名家少有。至明末陈子龙出,词开始有复兴之势。到了清初,名家鹊起,一扫词坛数百年沉寂迹象,遂开清词中兴之局。此时的清代词坛,无论是数量还是质量,都足以与两宋之词相媲美,在前代宋词的群山峻岭前别开峰峦。

第一节　春兰秋菊,流光溢彩:清代词坛的中兴盛况

一、清代词坛概况

词盛于宋,元以后渐趋衰落,到了清代,作家辈出,流派众多,呈现繁荣景象,史称"清词中兴"。词的创作数量不仅超过元明两代,而且也超过了宋代。叶恭绰编选《全清词钞》入选词人共3 196 人,选词 8 260 多首,超过宋代词人传世词作两倍以上。词学理论也得到很大的发展。从朱彝尊的《词综》到张惠言的《词选》和万树的《词律》等,出现了一大批立论精审、阐幽明微的词学著作。清代在词作的整理和编辑方面也有很大的成就。较为重要的有王鹏运辑《四印斋所刻词》、朱孝臧辑《疆村丛书》、江标辑《宋元名家词》、吴昌绶和陶湘所辑《双照楼影宋金元明本词》等。

二、清词的特征

与前代相比,清词主要有三个鲜明的特征。

（一）词人纷起，词作繁多

两宋是词的黄金时代，现存的宋词约二万首，金元词七千余首，而清词“总量将超出 20 万首以上，词人也多至 1 万数”[①]。诚然，数量并不能完全等同于质量，但如此壮观的创作确实令人亢奋，数量本身也是繁荣昌盛的注脚之一。

（二）流派纷呈，推陈出新

在词的发展史上，从未有过清代那么多的艺术流派和群体，他们的艺术主张鲜明，审美追求坚定，并且往往带有浓厚的地域性和家族血缘关系的特点。先辈后进同声相应，同气相求，共同努力，在艺术技巧方面付出了大量心血。陈子龙为首的云间词派变风于前，余波流及清初词坛；陈维崧为代表的阳羡词派和朱彝尊为旗帜的浙西词派争奇斗艳，兰菊并茂，张惠言为领袖的常州词派更影响词坛百年之久。他们或崇尚五代，倡导古雅；或推重南宋，主张清空；或推赏北宋，讲究比兴寄托。每一次流变都反映出弃旧图新的进取精神，博涉约取，补偏救弊，力求创新。这使得清词的中兴不是沿着既有的轨迹回归，不是循着本来的程式恢复，而是充满自觉意识的创造。

（三）抒情本体得以确认

词自产生以来，一直为正统文人所轻视，长期被视为末道小技。究其原因，主要在于世人多以道德功用的眼光看待文艺，诗以言志，文以载道，而词却以抒情为主，因而从理念上将词视为异端。清代词学者理直气壮地肯定情性乃是艺术的本质特征，重新建构新的审美价值和艺术观念，力纠世俗偏见，使词的抒情功能得到更充分的发挥。

---

① 严迪昌．清词史[M]．南京：江苏古籍出版社，1990：1.

三、清词中兴的原因

清词中兴的原因是多方面的。

(一)元明词的低迷衰落为清词创作提供了教训

明清易代之际,云间词派已大力倡导雅正,力纠淫秽俚俗之弊,新的词风正酝酿而起。清代词人更表现出了弃旧图新的高度自觉。无论取法哪家哪派,都能各极其长,而不受其局限。正如近人叶恭绰在《广箧中词》中所云:“清初诸家,实各具特色,不愧前茅。”百家腾跃而又相因相革,大胆扬弃,直接导致了词风丕变和词学振兴。

(二)清词的演变不断得到大家巨擘的引导扶持

吴伟业被誉为“本朝词家之领袖”,他以歌行大手笔作长调,悲慨激扬,姿态横生,阳羡宗主陈维崧等对此就有所师承。王士禛总持广陵词坛,一时名流聚首,英彦毕集,大有“春风十里扬州路”的彬彬盛况。纳兰性德情真意挚,其词凄艳动人,王国维称之“北宋以来,一人而已”。海内词人,一齐俯首。仅清代初年就名家辈出。随之而来的是庄媚纷呈,百花争艳。

(三)风云变幻的时代给人们造成了强烈的刺激,带来了词风的变化

满族入主中原的社会激变,“科场案”“奏销案”等政治事件的动荡震撼,令知识分子充满痛苦、悲愤、不安、彷徨。他们对故国的眷念,对新朝的惊恐,对现实的迷茫以及进退失据的矛盾,都寄诸笔墨,托于词章,使词的内容再也不是倚红偎翠、浅斟低唱,而充满了时代气息。

(四)清廷思想控制严密

清廷思想控制严密,文网高张,文狱迭起,也迫使文人学士敛

形远害,转向统治者不大注意的“倚声”一道。在压抑的环境中,借词这种委婉曲折的抒情方式抒发幽微之情、难言之隐。这样,客观上造成了词人队伍的迅速扩大,词作的大量增加。

第二节 成就璀璨的清初几大词派:“西泠词派”“阳羡词派”与“浙西词派”

清初顺治康熙年间,是清词最为繁盛的时期,李一氓指出:“清顺康间,词风大盛,就其表达方法而论,极为自由放纵而又委曲隐讳,此一代作家同具有明清易代之感受,唯词足以发抒之。……论清词而不崇顺康,则有清一代为无词。”(《康熙本〈瑶华集〉跋》)由此可见,这一时期词人词作的杰出贡献、历史地位和深远影响。具体来看,在这一时期影响较大的词派主要有“西泠词派”“阳羡词派”与“浙西词派”。

一、西泠词派

崇祯十三年(1640),陈子龙任绍兴推官,在任期间多奖掖江浙后进,并与他们诗酒酬唱。《清史稿·文苑传》云:“先是陈子龙为登楼社,(陆)圻、(丁)澎及同里柴绍炳、毛先舒、孙治、张丹、吴百朋、沈谦、虞黄昊、陈廷会并起,世号西泠十子。”由此可见,西泠派的中心是“西泠十子”。“西泠十子”是诗人,亦是词人。他们大都是由明人入清而以隐逸终老,声名既著,交游复广,在清初期主浙中词坛甚久。西泠(即今杭州)作为词学活动中心,一直到浙西词派兴起始渐消散。

十子中最有影响的是张丹、毛先舒、沈谦和丁澎。

张丹(1619—?),初名纲孙,字祖望,号秦亭,别号竹隐君,钱塘人。《昭代文选》中王嗣槐《张秦亭先生传》说:张丹在明亡后“尽力以养其母,不复干时”。他曾“再游京阙,历览西山,穿虎豹之荒林,跳狐兔之丛窟,先朝十二陵,一一伏谒……为文记有游历而返。归卧秦亭山下,喟然叹曰:余老死不复渡黄河矣”。其系心明室的情状,确然可见。张丹著有《秦亭诗集》十二卷,格调悲凉沉远。词名《从野堂诗馀》,一名《秦亭词》。

张丹作为西泠词派成员,其词虽也有雅丽之风,但从今残存作品看,悲慨之调尤多,家国身世之感十分鲜明,已无云间前期词风的痕迹。如《相见欢·越中感怀》:

扁舟又渡江东,正西风。旧日越王栖处,草连空。兴亡事,千年里,恨无穷。偏是若耶溪畔,蓼花红。

毛先舒(1620—1688),字稚黄。初名骥,字驰黄,浙江仁和人。他少即能诗善文,十八岁时著《白榆堂诗》,为陈子龙所赏识,后师从陈子龙。长与柴绍炳相善,同丁《西泠十子诗选》。又曾从著名理学家刘宗周讲心性之学。他最早追随云间派,步入《花间》《草堂》之径,编有《鸾情诗集选填词》,全为闺情作品。著有《思文堂文集》《潠书》《东苑文钞》《东苑诗钞》以及《诗辨坻》《填词名解》等。毛先舒与毛奇龄、毛际可齐名,人称“浙中三毛,文中三豪”,是学者也是诗人。

陈子龙在《幽兰草词序》中虽曾指出“晚唐语多俊巧而意鲜深至,比之于诗,犹齐梁对偶之开律也”,然而事实上云间一派除陈卧子本人外,大都并未能造所谓“高浑”之境,而只沾得温韦“花间”的余趣,即坠于“意鲜深”的语障。毛先舒的《鸾情诗集选填词》所录作品几乎全为香软乏骨的“闺情”,是清初典型的“云间”余响末流之一。录《江城子》单调一首,属较有情味者:

暮江烟外是高楼,卷帘钩,望吴洲。远水遥峰,相对两悠悠。沧海月明都换泪,还道是,不曾愁。

沈谦(1620—1670),字去矜,号东江,浙江仁和人。少颖慧,能辨四声,精于词韵。崇祯年间,入登楼社,与同里士子相唱和,“虽僻处杭之东偏,而声籍籍吴越齐楚之上。”(王晫《今世说》卷一)毛先舒《沈去矜墓志铭》说他在明亡后“遂自托迹方技,绝口不谈世务，日与知己者余与张祖望登南楼抒啸高吟……时称南楼三子”。蒋平阶称其“文行并高，刻励向学，择交取友，皭然自异于流俗，守不字之贞者二十年，《易》称乾之初九，确乎不可拔者”。著有《东江草堂集》词三卷，《填词杂说》一卷，《词韵略》一卷等。他还工于曲，是清初著名的擅众艺的文学家。

《东江集》又曾名《云华词》。与毛先舒的《鸾情词》传世甚罕不同，《东江集》流布至广。沈谦的子侄门人又多，群起效尤，声势甚大。他的词诚如沈雄所评：“家去矜诸词，率从屯田待制浸淫而出，言情最为浓挚，又必欲据秦、黄之垒，以鸣得意。”（《古今词话·词评》卷下）显然，沈词虽主北宋之旨，却已与云间论词主张渐剥离，基本上已全属香奁之格。对此陈廷焯《云韶集》评价其词说：“去矜列名西泠十子，填词最称，然亦只以香奁见长，去宋、元已远。”而谢章铤则抨击之云：“好尽好排，取法未高……且时时阑入元曲。”（《赌棋山庄词话》卷八）兹录《浪淘沙·春恨》存以备览：

弹泪湿流光。闷倚回廊。屏间金鸭袅馀香。有限青春无限事，不要思量。　　只是软心肠。蓦地悲伤。别时言语总荒唐。寒食清明都过了。难道端阳。

明人词之一弊是词曲相溷而趋俚俗，云间词人力纠之以雅正，并严别词曲之异。沈谦以曲家手眼填词，与明人的不同只是俗而见其雅。清初词界未脱尽明词习气者甚多，东江即为其一例。

丁澎（1622—1685），字飞涛，号药园，亦浙江仁和人，系回族。清顺治十二年（1655）进士，官至礼部郎中。顺治十五年以前一年充河南乡试主考官“违例”而被劾，罹科场之案流徙尚阳堡。直至康熙二年（1663）自戍所还，流寓游食苏州等地。丁澎少有隽才，名播江左，与弟景鸿、溁并称“三丁”，与同里陆圻等相往来，为西泠十子；入仕与宋荦、施闰章等酬唱京师，又号燕台七子。著有《扶荔词》三卷，又《词变》一卷乃截取不同词牌之句重加组合之的作品。

丁澎的《扶荔词》，小令工旖旎愁肠，曲尽纤艳之思，长调多寄慨悲凉，气势腾越，这是迁谪塞上的遭际激旋的心声。张丹以故国之痛而启变词风于前，丁澎处新政的难测之地而发其慨然之情在后，清词的渐自明末流风中蜕变的足迹于此可见其一端。先看他的流丽轻俏的小令如《长相思·采花》：

郎采花，妾采花。郎指阶前姊妹花，道侬强似他。红薇花、白薇花，一树开来两样花，劝郎莫做他。

又如《浣溪沙·春词》之一：

叠叠巫山不是高，茫茫鄂渚未云遥。难挨惟有可怜宵。　两意半含如豆蔻，寸心千转似芭蕉。东风不管倩魂消。

再读他的长调《贺新郎·塞上》：

苦塞霜威冽。正穷秋、金风万里，宝刀吹折。古戍黄沙迷断碛，醉卧海天空阔。况毳幕、又添明月。榆历历兮云槭槭，只今宵、便老沙场客。搔首处，鬓如结。　羊裘坐冷千山雪。射雕儿、红翎欲堕，马蹄初热。斜鞞紫貂双纤手，搊罢银筝凄绝。弹不尽、英雄泪血。莽莽晴天方过雁，漫掀髯、又见冰花裂。浑河水，助悲咽。

林璐《岁寒堂存稿·丁药园外传》中说他“谪居东，崎岖三千里。邮亭驿壁，读迁客诗，大喜”，足见当时冤狱大狱既宽滥，迁谪之士多。尚阳堡已是苦寒如此，更远数千里的宁古塔之境则可以想见，继丁澎之后而再蹈“科场案”的流徙者的惨苦据此也可得推知。这首《贺新郎》颇多认识价值，写得苍凉浑厚而情致流畅，不可多得。

二、阳羡词派

阳羡词派的主要活动时期在清初顺治年间和康熙前期。在这不到半个世纪的时间里，就在区区阳羡（今江苏宜兴）境内，聚集在此派领袖陈维崧周围的作家竟达百人之多。

阳羡词派的历史贡献主要有三点：第一，在创作实践中，敢于“拈大题目，出大意义”，大量反映民生之哀，大胆抒发亡国之痛，大力表现乡土之情，以其丰富多彩的创作，加快了清词的嬗进。正如王煜指出，阳羡词派出而“镗铬辉煌，清词初大”（《清十一家词钞序》）。第二，提出了全新的词学观。陈维崧《词选序》明确指出：“天之生才不尽，文章之体格亦不尽”“为经为史，曰诗曰词，闭门造车，谅无异辙”“选词所以存词，其所以存经存史也夫。”将词的地位提到了前所未有的高度。这实质是向世人宣告，文体的流变是必然的，一代有一代之文学，词的出现便是“补古人之所未备”（任绳隗《学文堂诗余序》）。经、史、诗、词并无大小之分，高下之别。阳羡词派不仅从根本上否定“词为小道”的传统观念，而且以补遗补缺的意义阐释“诗余”，强调词的独特价值。第三，及时编辑了《今词苑》《瑶华集》《名媛词选》等词集，以巨额篇幅汇录了当代的词人词作，使大批清初词人的篇章得以保存。而《荆溪词初集》则是阳羡词派自我检阅式的群体结集，对自身创作作了镌碑勒石式的历史性总结。

阳羡词宗陈维崧（1625—1682），字其年，号迦陵，江苏宜兴人。中年以前云游四方，后应博学鸿词试，由诸生授翰林院检讨。有《陈迦陵诗文词全集》。陈维崧学识渊博，才情纵横，长调小令，均能运用自如，游刃有余。他使用过的词调416种，词作1 600余首，均为古今之最。他的词师法苏、辛，尤其接近辛弃疾豪放苍凉的词风。但前人写豪放词多用长调词，而陈维崧则长短并用，即使是极短的小令，他也能挥洒自如，豪情奔放。如《夜宿临焰驿》：

> 晴髫离离，太行山势如蝌蚪。稗花盈亩，一寸霜皮厚。　　赵魏燕韩，历历堪回首。悲风吼，临沼驿口，黄叶中原走。

上阕以奇谲的想象，高屋建瓴，俯瞰山川万物；下阕则在上阕营造的气势上以今怀古，透露出作者悲凉慷慨的心境。他还能将清初一些重大社会问题写进词中,从而扩大了词的表现领域。如《贺新郎·纤夫词》写清初统治者拉丁抓夫造成的人民流离失所之状,惨不忍睹。《贺新郎·赠苏昆生》以艺人天涯沦落的遭遇,暗寓故国之思,沉郁激荡,很有悲壮之美;《望江南》《南乡子》等组曲则以清新的笔调,写江南、河南的美丽风光和社会生活,具别有洞天之感。属于这一词派的作家还有曹贞吉、蒋士铨、沈雄、陈锷等。

阳羡词派的重要作家有任绳隗、万树、曹贞吉、曹亮武、蒋景祁、陈维岳等,以下简要介绍前三位。

任绳隗(1621—?),字青际,号植斋。著有《直木斋词选》三卷。词风"意气豪上",与陈维崧相近。如《昼锦堂·述怀》:

> 少小才华,平生志气,竟欲摧倒江东。可叹一钱遗累,身世飘蓬。金鸡孤悬云日里,玉环双串梦魂中。从今后,一片热肠,都交酒政诗筒。　　疏慵。半窗月,三径草,香清茶熟帘栊。那管求田问舍,是处冬烘。摊书昼卧黄梅雨,围棋坐隐落花风。吾心乐,常是侧身怀古,醉里称翁。

此词作于"奏销案"后,作者已被革除功名,但仍可见其当年的豪气。虽然词中一再表示,自己将寄情诗酒、潜心学术、忘却世事,在摧挫颓落的背后,却潜藏着山呼海啸、泉涌风飞的激情。因此,王士禛认为其词与陈其年在季孟之间,堪称"双绝"。

万树(1630?—1688),字红友,一字花农,号山翁。曾在闽、广等地任吴兴祚幕僚。毕生创作传奇二十多种,今可考者有杂剧八种,传奇八种。其在词学上最大贡献是撰《词律》二十卷。于《自序》中并云:"戊申(康熙七年1668)己酉(康熙八年1669)之间与陈检讨其年论此志于金台客邸。"他通过对一些词调的考证,确认宋词中有四声体。肯定词中拗句的特殊功用,指出"词中此等拗句,及故为抑扬之声,人于歌喉,自合音律。由今读之,似为拗而实不拗也;若改之作顺,而实拗矣。"此外,他对词中的上去声字,词的"人派三声"等均有卓见。万树小词自然轻松,多乐府民歌意味，长调亦清疏放逸。如《望江怨·送别》：

春江渺，断送扁舟过林杪。愁云青未了，布帆遥比沙鸥小。恨残照，尤有一竿红，怪人催去早。

词人以轻松语写沉重情，雅韵与俗美兼具，虽用比兴而无曲晦之感，毫不雕琢却有流动之趣，离愁别绪跃然纸上。

曹贞吉(1634—?)，字升六，号实庵。著有《珂雪词》，此集是唯一一部被收入《四库全书》中的清人词集。其作颇具独创性。如《永遇乐·和友人望华山》：

谁凿空蒙？最惊人处，芙蓉千丈。激荡疑潮，奔腾似马，罗列儿孙状。八荒雷雨，一天苍翠，缥缈灵旗想象。待清秋凭陵绝顶，画里秦川如掌。　潼关孤筝，黄河东注，俯览翻增惆怅。飒飒天风，泠泠环佩，九节仙人杖。咄哉韩子，苍龙回驭，那得褰衣长往？耐可拉青莲居士，三峰高唱。

此词写华山的险峻雄奇，有感叹，有描绘，有想象，同时也抒发了自己的壮阔情怀。作者登西岳指点江山，对八荒品评人物，韩愈畏于巍峨，竟然不敢下山；李白却高歌问天，倍增豪迈。显而易见，他推崇的是李白的风格，向往的是超凡脱俗的气概。

阳羡词派活跃于清代初期，而其流风余韵还波及后世，清中期的郑燮、蒋士铨、黄景仁、洪亮吉等都受其影响。

三、浙西词派

清康熙年间，浙西籍词人朱彝尊、李良年、李符、沈嗥日、沈岸登与龚翔麟曾将各家所作合刻为《浙西六家词》，故后人称之为浙西词派。

浙西词派的兴起虽稍晚于阳羡词派，但影响之大、持续时间之久，都超过阳羡词派。朱彝尊序曹溶的《静惕堂词》中说："数十年来，浙西填词者，家白石而户玉田，春容大雅，风气之变，实由先生。"前文已经提到，曹溶虽然对朱彝尊从事词的创作起过促进作用，但曹溶的词并非属于醇雅一派，两人风格有明显差异。因此，真正推动此一词风的巨大变化的，则应是朱彝尊。朱词宗南宋，主张用姜、张的雅正矫革苏、辛之显露，而归于"温柔敦厚"的诗教，这仍是南宋风雅派的宗旨。他又选唐宋迄于金元之词为《词综》三十四卷，标举醇雅，力斥淫秽，对于转变明词倚红偎翠、浮泛荏弱之风习，有廓清湔涤之功。

浙西词派的领袖朱彝尊(1629—1709)，字锡鬯，号竹垞，秀水(今浙江嘉兴)人。其前半生的经历与陈维崧颇为相似，依人远游，居无定所。50岁时，与陈维崧同年参加博学鸿词试，中第一等第十七名，授同样的官职，官翰林院检讨，参修《明史》。所不同的是，陈氏早逝，而朱则一度得到康熙殊宠。他博学工词，著有《曝书亭集》八十卷，其中词七卷，五百余首。朱氏还选编《词综》，辑唐宋金元词659家，2 253首。不仅采集广泛，而且去取严谨、考证精当，成为词学研究的重要书籍。

朱彝尊的词学观有一个发展转化过程，前期注重词的抒情主体，强调艺术功能在于"情见乎词"，后期则转向艺术形式的追求，强调韵趣醇雅。他认为，张炎《词论》所谓"清空"是词的最高境界。而词至南宋，姜夔、张炎出，才真正具有古雅醇厚的格调和疏淡清远的意境。朱彝尊《词综·发凡》指出："世人言词，必称北宋，然词至南宋，始极其工，至宋季而始极其变，姜尧章氏(姜夔)最为杰出。"他那首著名的《解骊令·自题诗集》也宣称："不师秦七，不师黄九，倚新声、玉田(张炎)差近。"事实上，他不仅视秦观、黄庭坚的言情为鄙俚，连苏、辛的雄豪也在屏退之列。他所追求的是句琢字炼，归于醇雅。因此朱彝尊词前期成就较高，题材内容也丰富多彩，吊古伤今、体物寄怀都有独特之处。后期则大量制作咏物词，刻意征典摹形。虽偶有佳作如《长亭怨慢·雁》，借咏雁来感慨身世，写得凄切哀婉，细微绵密，深沉隽永，但这样的作品并不多见。更多的词内容贫弱，失之空疏，而大量用典，追求声律又流于雕琢饾饤之弊。

朱彝尊的词特点是用精雅的语言形式构造清空虚缈的意境，作为逃脱现实的心灵寄托，这里有时代、处境和心理的相似之处。如《桂殿秋》：

思往事，渡江干。青蛾低映越山看。共眠一舸听秋雨，小簟轻衾各自寒。

朱彝尊还有一部分是怀古、咏史之作，颇有苍凉之感。如《金明池·燕台怀古和申随叔翰林》的结末几句："数燕云、十六神州，有多少园陵，颓垣断碣。正石马嘶残，金仙泪尽，古水荒淘寒月。"但这类词缺乏激昂雄壮的情调，而且在朱彝尊那里也不是主要的。另外，朱彝尊词还有一部分是描写男女爱情的，大都写得婉转细柔，时有哀艳之笔。如《鹊桥仙·十一月八日》写他与妻妹一见钟情的状况：

一箱书卷，一盘茶磨，移住早梅花下。全家刚上五湖舟，恰添了、个人如画。　月弦初直，霜花乍紧，兰桨中流徐打。寒威不到小篷窗，渐坐近、越罗裙衩。

不仅相见的情景氛围逼真眼前，惊艳的情态和当时的心灵震颤都丝丝入微。

朱彝尊的词论和词作在清代前期影响极大，浙西词派因此成为当时的主要流派，一直延续到乾隆末年。不过，与朱彝尊同时的浙西派词人，如龚翔麟、李良年、李符、沈皞日、沈岸堂等成就并不高。唯沈皞日后来认识到一味追求"清空"的弊病，而提出"一人有一人之性情"，要求"各自吐其所怀，自成一家之言"（《瓜庐词序》），可视作对朱彝尊后期词学观的一种拨正，而重新回归朱氏原来的注重抒情主体的词论宗旨。其词作亦颇能反映这一观点，如《解连环》：

断蛩吟晚，正苔痕露冷，离魂吹散。坐旅馆、听尽琼签，是人倦背灯，家山犹远。泪洒难收，又和墨、书来点点。算乡城月黑，秋风望极，故人愁眼。　尘飞软红冉冉。纵无情别去，也成凄怨。伴雁影、芦荻烟波，为频嘱明年,归程同转。双鬓霜前,想镜里、星星先见。只销凝、南浦长亭,玉田半卷。

作者用张炎名篇《解连环·孤雁》原韵,同样述说羁旅漂泊、孤独凄凉的境遇,写来却毫不重复。泪和墨水,书来点点,既见真情,又如在目前。"乡城月黑",照应了开端的"断蛩吟晚",又与双鬓星星形成对比,更显得神伤心苦,从这些描写中不难体会到他主张"吐其所怀"的实质和意义。

第三节　清初其他较有影响的词家与词派

清初词坛的百花齐放,除了以上著名词家与词派之外,还有其他一些著名词家与词派,这里主要对其中影响较大的王夫之、吴伟业、纳兰性德及柳洲词派、广陵词派进行分析。

一、王夫之和吴伟业的词

王夫之(1619—1692),湖南衡阳人。字而农,号薑斋,又号船山或一瓠道人。明崇祯十五年(1642)举人,瞿式耜荐于桂王,授官行人。明亡,归居衡阳石船山,筑土室曰"观生居",闭门著书。后窜伏穷山40多年,常一岁数徙其居,始终未剃发。故国之戚,生死不忘。学问渊博,尤以经学、史学、文学著称。哲学著作有朴素唯物论思想,清初被列为禁书。至道光、同治间始传于世,湘乡曾氏汇刻为《船山遗书》。词有《船山鼓棹》初、二集及《潇湘怨词》。

其词充满故国之思、身世之感,自谓平生"从不作艳词",近人朱孝臧更高度评价其词"字字楚骚心"。例如《忆秦娥·灯花》:

残膏少,零落难待春宵晓。春宵晓,灰飞无迹,更谁弄巧?　　朦胧睡眼微萦绕,疑无疑有幽光小。幽光小,破镜寒辉,死萤残照。

表面上句句咏灯花，实际上句句抒写自己对故国的忠爱眷念。以灯花的未冷之心、幽弱之光，曲折表达自己苦撑待晓、期盼光复的心情。“死萤残照”不过是孤忠的自我写照，而“灰飞无迹”又反映出现实的严酷、前途的渺茫。

另一首《女冠子·卖姜词》更表现了他济世救民的情怀：

卖姜来也，谁是能酬价者？不须悭。老去丝尤密，酸来心愈丹。　　垂涎休自闷，有泪也须弹。最疗人间病，乍炎寒。

吴伟业(1609—1672)，字骏公，号梅村，太仓(今属江苏)人。明崇祯四年(1631)进士，为翰林院编修，官至左庶子。明亡后曾与侯方域相约终隐(见《怀古兼展侯朝宗》自注)，但迫于清廷的压力，还是应召北上，当了国子监祭酒，一年多后即辞职南归，有《梅村词》一卷。

作为“江左三大家”之一的吴梅村，其诗名震扬天下，词名为之掩。然而《梅村词》最能代表其因进退失据而心态词境前后变易的面貌，特别是吴氏词晚年多作长调，慨然深沉而怨愤之情外溢，这种融身世之感与时事之慨的“笑啼非假”的作品，在相当程度上开创了特定的风气。

吴伟业词早年本也属香艳一路，以富瞻的才华写情爱缱绻自是本色当行。曾被同行们羡称的如《丑奴儿令》足能窥其风格之一斑：

低头一霎风光变，多大心肠，没处参详。做个生疏故试郎。何须抵死推侬去，后约何妨？却费商量，难得今宵是乍凉。

其后期最著名的词作是《贺新郎·病中有感》：

万事催华发。论龚生、天年竞夭，高名难没。吾病难将医药治，耿耿胸中热血。待洒向、西风残月。剖却心肝今置地，问华佗、解我肠千结？追往恨，倍凄咽。

故人慷慨多奇节。为当年沉吟不断，草间偷活。艾炙眉头瓜喷鼻,今日须难决绝。早患苦,重来千叠。脱屣妻孥非易事,竟一钱不值何须说!人世事,几完缺?

二、纳兰性德的词

清代前期,不属于阳羡、浙西两派而自成一家的词人是纳兰性德。

纳兰性德(1654—1685)属满洲正黄旗,原名成德,因避东宫讳而改名。字容若,号楞伽山人。武英殿大学士明珠之长子。他于康熙十五年考取进士,拜官一等侍卫。其为人重视情谊、信守承诺,所交皆一时隽异之才,与严绳孙、顾贞观、陈维崧等人尤其交厚。除了工于诗词,纳兰还精通书法、善于骑射。有《侧帽集》,后改为《饮水集》。《通志堂集》后附《通志堂词》乃友人顾贞观所定。清末许增复汇集诸家刊本为《纳兰词》。

纳兰之作以悼亡词与边塞词最为有名。由于爱妻早丧,其心灵受到严重创伤,以致悼亡之吟不绝,知己之恨绵绵,成为历代写悼亡之作最多的词人。《纳兰词》中明确题为“悼亡”的,共有七首,其他虽未标题而内容可以确认为“悼亡”的,尚有四十多首。数量之多,在词史上还没有第二人可以与之相比。纳兰的悼亡词,不但数量多,而且词境扩大,内容充实,在艺术方面,也有新的突破。更重要的是,他的悼亡词赤诚浑厚,沉挚真纯,出自肺腑,对亡妻的深悲巨痛,真可谓“声声泪,字字血”,读之足使人断肠。在纳兰悼亡词中,最能体现其痴情刻骨、哀感无端的,无疑是他的《金缕曲·亡妇忌日有感》一阕:

此恨何时已。滴空阶、寒更雨歇,葬花天气。三载悠悠魂梦杳,是梦久应醒矣。料也觉、人间无味。不及夜台尘土隔,冷清清、一片埋愁地。钗钿约,竟抛弃。

重泉若有双鱼寄。好知他、年来苦乐,与谁相倚。我自中宵成转侧,忍听湘弦重理。待结个、他生知己。还怕两人俱薄命,再缘悭、剩月零风里。清泪尽,纸灰起。

这首词作于卢氏去世三年后的忌日，即康熙十九年(1680)五月三十日。空阶滴雨、寒雨葬花，勾起词人悼亡之思。其奈夜台幽远，书信难传，亡妻苦乐无由得知，以致“终宵转侧”。希望来生再结连理，又怕“薄命”“缘悭”。感情层层转折递进，愈转愈深，终至万念俱灰。全词情辞哀婉，内蕴深厚，典实贴切自然，虽不加藻饰，却能将真实的往事及对幽冥生活的设想密合无间，自有一种回肠九折、惊心动魄的感人力量，尤其那种如泣如诉、血泪交溢的痛切语调直接扣人心扉，更能引起读者的共鸣。

纳兰的边塞词同样颇具特色。他的塞外行吟词，既不同于因罪投荒或遣戍远域官吏的失意悲伤，又有别于久戍边关士卒的思乡哀痛，他是以贵族公子兼御前侍卫的身份扈从边地而厌弃仕宦生涯。处境不同，情怀各异，所以他的边塞词能有自己鲜明的个性而别具风神。例如《采桑子·塞上咏雪花》：

> 非关癖爱轻模样，冷处偏佳。别有根芽，不是人间富贵花。　谢娘别后谁能惜，飘泊天涯。寒月悲笳，万里西风瀚海沙。

面对漂泊天涯的雪花，竟使他产生怜爱、艳羡之情，原因就在于它“别有根芽，不是人间富贵花”。这当中显然寄寓了自己作为贵胄公子常常羁縻人间、身不由己的感慨。在这里看不到他随天子出巡的丝毫荣耀，反而充满对冰清玉洁、轻倩自由的向往。

另外，纳兰的爱情词也不乏上乘之作。

例如描写失恋的如《木兰花令·拟古决绝词》：

> 人生若只如初见，何事秋风悲画扇？等闲变却故人心，却道故心人易变。
>
> 骊山语罢清宵半，泪雨零铃终不怨。何如薄幸锦衣郎，比翼连枝当日愿。

上阕前二句意谓两人情好，已非“初见”阶段，一旦被遗弃，故有秋扇弃捐之悲。此一诘问，貌似轻松，实则深沉无比，失恋者愤恨之心从曲折中转出。后二句指责薄幸者轻易变心，反而倒打一耙，说被抛弃的人先变了心，把负心郎刻画得入木三分。下阕用李隆基和杨贵妃定下密誓“愿生生世世永为夫妇”的典故，暗喻“锦衣郎”也和李隆基一样，把昔日“比翼连枝”的誓言忘得一干二净。此词以曲笔抒情，于迂回跌宕中见激切。借典实作比，既贴切又自然。情理兼具，爱憎分明，颇见匠心。

由于纳兰“天分绝高”，作词又“纯任性灵”，其作大都哀感顽艳，清新自然，流传极广。王国维评其“以自然之眼观物，以自然之舌言情……北宋以来，一人而已”。

三、以曹尔堪为代表的“柳洲词派”和以王士禛为代表的“广陵词派”

明末清初浙江嘉善地区涌现出一个词人群，人称“柳洲词派”。历来词学家们忽略了这一词派的存在，然而这却是研讨清初词风嬗变的很有意义的实例。曾是这个词派最有影响力的代表作家曹尔堪是清初词坛的重要人物。他的多次倡导与参与大唱和的活动，对词作创作繁荣的促进与词风演变的推进，都起过不可轻估的作用。他和宋琬、王士禄的“江村”唱和是较早的一次，按其实质言乃是“迁客”“谪臣”的特殊心态的集中表露，具有相当的典型性。隶属“柳洲”词人群的钱继章、魏学渠等也是一度颇有名望的作家，在此一并予以简略论述。

柳洲词派绵延一百余年，其活动时间大致为明万历中后期(公元 1586 年左右)至清康熙中期(公元 1690 年左右)。相对于同期活跃的其他词派，柳洲词派有着一些显著的特点。

首先，柳洲词派带有非常浓厚的家族色彩。柳洲词人多出于当地望族，钱氏、魏氏、曹氏等，都是嘉善远近闻名的高门大族。一门数代，风雅相继。1937 年，潘光旦所撰《明清两代嘉兴的望族》一书对嘉兴诸望族的血缘网络、世泽流行，早有考察。光嘉善就提到陈氏、丁氏、蒋氏、周氏、钱氏、曹氏、魏氏、柯氏、陆氏、孙氏、朱氏，且有详细的血亲图。另外，满五人一支的散户有支大伦支氏，毛尚忠毛氏，袁黄袁氏，孙氏、朱氏、李氏、蒋氏、刘氏、夏氏、陈氏、计氏、郁氏、卞氏等，几乎每个望族中都有代代相继的柳洲词人，这真是一个非常特别的现象。正是众多的家族词人群，共同组成了柳洲词派的强大阵容。

其次，柳洲词派在明清之际的词坛格局中有着重要的位置。它与当时江南词坛各著名词派如梁溪词派、阳羡词派、云间词派、梅里词派、西泠词派等关系密切，柳洲词派的几位重要作家与这些词派的重要词人也多有交往唱和，词学交流活动频繁。应该肯定，柳洲词派对明清之际的词风嬗变产生着不小的影响。

作为一个郡邑词派，柳洲词派的面目显然有别于那些以相同或相近的旨趣、风格等连接起来的文学社团或流派。它的创作面貌多种多样，不容易以简单的勾勒说清。今天所能做的，只能是从一个较易概括柳洲词派总体特色的角度，对百余年的词人与词作做一粗浅的梳理。

"柳洲"词人的作品有钱焕、戈元颖、钱士贲、陈谋道等汇编入《柳洲词选》，得六卷。除去属于前朝"先正"十一人外，"近社名公"即清初该派作家多达百余人，阵容很可观。

嘉善在明末是"清流"名公辈出的地方，与阉党力斗而名震天下的魏大中即为领袖之一。魏学渠、魏允枚等都是大中后裔。柳洲词派的宗尚本也近"花间"一路，是"云间词派"的一翼。甲申"国变"前后，风气渐变，渊淳豪迈兼举，悲凉之气渗现。随着政治环境的日趋危恶，该派作家或隐或出，呈衰势而消散。在清初仍活跃于南北词坛的除曹尔堪兄弟父子外，主要是钱继章和魏学渠。

钱继章，字尔斐，号菊农。父钱吾德，为宁州太守。继章为崇祯九年(1636)举人，与兄钱继登同负盛名。钱继章晚号菊农，筑园名"溪默"，乃成当时嘉善一名园。钱继章于此莳花缀石，有逸民遗风。钱继章尤长于词，有词集《菊农词》。今已不传，故其词作仅见于各家选集。如陈维崧在康熙十三年(1674)游访嘉善诸名士时曾有《贺新郎·魏塘舟中读尔斐先生(菊农词)稿》词，作这样评价：

笔补娲天罅。笑词场、止贪浓腆，谁餐龙鲊？只有《菊农词》一卷，竹翠梧光团射。向楮墨、濛濛欲下。爽胜哀梨清橄榄，更险如雪栈宵行怕。快瀑布，炎窗挂。

垫巾野服神飘洒。旬清圆、诸般易及，一清难画。把向鸳鸯湖上读，涧水奔泻似马。雪又向、篷窗乱打。好琢琉璃为砚匣，架霜毫，床用珊瑚者。还倩取，锦绫藉。

陈维崧在此特别强调了钱氏词的“清”与“爽”。以蒋景祁《瑶华集》所选的十六首词品赏，可知上述评赞不是虚套话。例如《望江南·暑月闲居》之二：

无个事，曳杖出溪坳。柳市说书钱入掌，槐阴狙戏玉围腰。一笑卷《离骚》。

看似不着意而语带机锋，是“爽”而“险”，为不多见之佳作。

钱继章长调如《木兰花慢·避兵》的“庭前百草互盈虚，春雨莫忧渠。尽由他分定，谁知饥饱，莫问肥臞”等，也是清刚心性见于言外。《满庭芳·归鸦》一阕则显然别有讽意寄寓：

风柳衰边，霜枫骄里，谁来点破轻冬？哑哑成队，林外每相逢。野店半帘斜漾，空啼绕、墨迹微浓。鸦如语：一枝几许？家有子如翁。　　西风。声断处，云残类剪，山老犹童。问谁堪托足，虬木疑龙？出谷破寒何早，眠不稳、水寺敲钟。才飞也，栖栖争暖，细拣向南松。

而《菊农词》的立意造句也都不落程式窠臼，自抽机杼，在清初足称名家，其风格无愧为柳洲派的典型。

魏学渠，字子存，号青城。据潘光旦《明清两代嘉兴的望族》所考，学渠乃魏大中从兄魏廷荐之子。因为官成都多年，自号青城山人。

魏学渠的《青城词》卷帙甚富，存词达410首。其词秾艳处不脱习气，怀古诸作《西河·成都怀古》等和《念奴娇·黑窑厂登高》折叠心事，未能尽抒，心境和处境所由耳。其《少年游·即事》较佳：

雨过重阳。柳桥月小，残雁送新凉。几日晴川，三旬沙市，无梦听更长。秦筝写尽离人意，风急近潇湘。岭接吴云，江连越水，毕竟是他乡。

魏允枘，字交让；魏允枚，字卜臣；魏允札，字州来，均系大中孙辈。允枘是魏学洢之子，大中遭害，学洢号泣死。今残存允枘词仅数首，然情思沉哀而亢扬，如《金明池·金陵怀古》：

燕子矶边，凤凰山上，又是狂风骤雨。金砌玉阶何处问？尽燕麦兔葵满路。问秦淮、桂楫兰桡，却只见衰草，垂垂将暮。叹绛阙蛛萦，纱窗尘积，一任晚鸦来去。

想王谢、风流何处？便紫燕黄莺，一时无主。看当日、词臣狎客，空剩得、白杨粪土。最伤心、景物三春，教苑里蛙声，公私相诉。但渡口寒烟，亭中皓月，兀自依依芳树。

此类词纯以赋法写出，怨而且怒，一派孤臣孽子心绪，故不应机械地以技法论工拙。

魏允札著有《东斋词略》四卷，尚存世。他的词以闲逸之作为多，萧然自适的"山人"气甚浓，为柳洲词人的别一种类型。《木兰花慢》用白描法写安贫乐道情怀：

读残书几许？窗半破、与尘堆。况棂阔招风，阑低引雪，偏值春回。安排。把茅盖顶，胜牵萝辛苦那山隈。记取梁泥落处，待他旧燕寻来。

新开。仿佛古萧斋，不羡起楼台。任看竹无人，抚松有我，且自衔杯。徘徊。数间而已，玉川翁同此好襟怀。枉了呼童净扫，飞梅又上空阶。

以上诸家不管情调有多不同，心境亦各相异，但抒述情怀不假借涂饰，此即所谓“不纤不诡”的柳洲词派的风神。

曹尔堪是“柳洲词派”最有影响力的代表作家，也是清初词坛的重要人物。曹尔堪(1617—1679)，浙江嘉兴人，字子愿，号顾庵。顺治九年(1652)进士，历官翰林院编修，升侍讲学士。其仕途多艰，中遭牵累曾下狱，事白，罢归，优游田园以卒。著《南溪词》，与山东曹贞吉并称“南北二曹”。又工诗，为“海内八家”之一，有《杜鹃亭稿》等。

过去不少词论家把他与曹溶认定是开朱彝尊为首的“浙西词派”的先河者，这是一种误解。朱彝尊自康熙初期离浙西寄迹曹溶之幕，先在岭南，后至大同；旋又托庇于龚佳育、龚翔麟父子处，往来于通县潞河和南京间。到康熙十八年(1679)举试“鸿博”中旨，名噪天下，随即“浙西”树帜蔚然成风，就在这一年曹尔堪已息影南溪数载而病逝。所以，他们之间基本上无多交往，无词学渊源可言。朱彝尊《百字令·和韵送曹子顾学士还南溪》词中“三影新词，八叉丽句，筝雁参差立”云云也显然是应酬泛泛语，绝不像对一位开本派风气的前辈的口吻。

作为柳洲词人群的中坚骨干，曹尔堪的词如剔去酬赠歌郎舞伎的作品，就其主要作品看，风格也还是以“清”为多。随着其境遇的迁移，由清逸而趋向清雄。邹祗谟《词衷》所说的“诗家有王、孟、储、韦一派，词流惟务观、仙伦、次山、少鲁诸家近似，与辛、刘徒作壮语者有别。近惟顾庵学士情景相生，纵笔便合，酷似渭南老人”，大体是指他顺治后期的风格倾向。尤侗《西堂杂俎》三集中《曹顾庵六十寿序》说其“品格在眉山渭南之间”，以及陈维崧《念奴娇·读顾庵先生新词》的“老颠欲裂，看盘空硬句、苍然十幅……较量词品，稼轩白石山谷”等评语，则是指出了这位“江潭遗老，一声寒喷霜竹”的词人晚年的面貌。尤、陈二说的差异是，尤氏侧重顾庵“桐露新流，松风徐举”和“秋高远嗅，霁晚孤吹”的清旷，陈维崧强调的乃是“洗净琵琶场屋”后“击物无声”的爽利清峭。

其清逸清旷之作如《鹧鸪天》：

蟹舍鸡栖共一椽，千竿修竹弄晴烟。鸟声都在征鼙外，兵气犹缠大角边。书案净，杂花妍，种鱼栽藕野塘偏。木香吹雪人闲坐，读罢庄生骈拇篇。

清雄健举之作如《贺新郎·再赠柳敬亭》：

咄汝青衫叟。阅浮生，繁华萧瑟，白衣苍狗。六代风流归抵掌，舌下涛飞山走。似易水，歌声听久。试问于今真姓字，但回头，笑指芜城柳。休暂住，谈天口。当年处仲东来后，断江流，楼船铁锁，落星如斗。七十九年尘土梦，才向青门沽酒。更谁是，嘉荣旧友？天宝琵琶宫监在，诉江潭，憔悴人知否？今昔恨，一搔首。

曹尔堪的清峭劲拔词风还集中体现在他的《秋水轩倡和》等诸篇中。曹尔堪一门擅词，兄弟子侄中如曹尔坊、曹尔埴、曹尔埏、曹尔垣、曹鉴平、曹鉴章等都有作品传世。其中尔埴与鉴平词成就均高。

柳洲一派自曹尔堪于康熙十八年去世后，风气渐为“秀水”（嘉兴）所融，大部分作家也就以“清空”为尚了。

“江村唱和词”是康熙四年发生在杭州西湖之事，又称为“湖上唱和词”。互为唱和的是曹尔堪、宋琬、王士禄三人，后来南北词人应声而和者又有多人，他们借题发挥、以抒胸臆，成为一时之盛事，对词风的影响亦甚大。曹、宋、王三家各填《满江红》八首，合为二十四篇。对这次唱和词，西泠逸民徐士俊有篇小序非常值得注意。徐士俊，字野君，号三有，曾与卓珂月合编《词统》并合著《寤歌》，自己又另有《雁楼词》一卷，是位遗民词人。他在小序中说：“盖三先生胸中各抱怀思，互相感叹，不托诸诗，而一一寓之于词，岂非以诗之谨严，反多豪放，词之妍秀，足耐幽寻者乎？”这里以诗词的传统看法对比，正好透露一个信息：诗易直露为人所见，词则妍婉，可以曲寄。清词之在严酷的现实中得以兴隆，正是利用其在人们观念中的传统习见，此可为一明证。

说曹、宋、王三人“互相感叹”是准确的。三人当时都刚从狱室放出，命运通同，共病相怜。加之三人都是诗名高显的“海内八家”中人，故三家唱和发生的影响是可以想到的。

宋琬除诗歌较为出色，词的创作成绩也较高。他的词作主要收录在《安雅堂集》中，词集取名为《二乡亭词》。

《二乡亭词》小令多新意，前期以绵丽见长，后期则多凄怨声。

录其前期《浣溪纱·芳草》为例：

> 乍暖犹寒二月天，玉楼长抱博山眠。沉香火冷少人添。　　残雪才消春鸟瞬，画阑干外草芊绵。几时青得到郎边。

该词写闺愁。抱炉而眠，言其无人为伴；“沉香火冷”，状其慵懒。寒闺之寂寞无聊可以想象。换头一句由静及动，从室内到室外，以鸟声之喧杂，引发春心缭乱。歇拍二句以芳草芊绵喻游子远隔天涯。虽不言怀远，而怀远之心自见。

宋琬入清后，连遭两次狱难，精神上受到沉重的打击，晚年曾流寓吴越一带长达八年之久，饱经忧患，处境坎坷，因此，后期令词多凄怨之声。如自伤身世的《鹧鸪天·遣怀》：

> 咄咄书空唤奈何，自怜身世转蹉跎。长卿已倦秋风客，坡老休嗔春梦婆。　　朝梵夹，暮渔蓑，闲中岁月易消磨。谁言白发无根蒂，只为穷愁种得多。

此词当作于宋琬第二次狱难获释后，流寓吴越期间。上阕化用了三个典实：殷浩被桓温废免，愤慨不平；司马相如屡经磨难，在政治上失意；苏东坡多次贬官，深感功名富贵有如一场“春梦”。作者以此为患难余生的自我写照，表达自己才高命蹇、壮志难酬，为全词立下悲伤凄怨的基调。下阕转写眼前现实。换头三句说，既然命运如此，那只好借念佛经和渔钓，以消磨时光，解脱烦恼，求得精神上的寄托。歇拍二句，以愁生白发“萧然雪满头”作结，既形象生动，又凄切动人。

《二乡亭词》集中，另有一些小令，情况与以上所举的两类完全不同，既不绵丽，又不凄怨，而是别具一格。例如《破阵子·关山道中》：

拔地千盘深黑，插天一线青冥。行旅远从鱼贯入，樵牧深穿虎穴行。高高秋月明。　　半紫半红山树，如歌如哭泉声。六月阴崖残雪在，千骑宵征画角清。丹青似李成。李营丘有《关山图》。

长调如《满江红·旅夜闻蟋蟀声作》《贺新郎·登燕子矶阁望大江作》都有极深的感慨。

王士禄(1626—1673)，字子底，号西樵山人。山东新城人。顺治九年(1652)进士，累官至吏部员外郎，充河南乡试正考官，以事罹“请室”，事白复原官，后又遭罢免。王士禄为渔洋长兄，以诗法授诸弟，士禧、士祜、士禛皆工诗有集，而士禛后来独高位耆年，为一世宗主。西樵有《表微堂诗存》早佚，继编《十笏革堂诗选》九卷。词有《炊闻卮语》二卷，改名《炊闻词》，大部分作于康熙三年春夏，即他“以蜚语下羁”数月间。“江村”唱和正是王士禄“事大白”而南浮江淮之时。

《炊闻词》基调近“花间”，以短章写艳情闺思胜，著名的如《长相思·本意》：

风半廊，月半廊，风胫灯青玉簟黄，别时秋乍凉。蘋已霜，蓼已霜，碣石潇湘尚渺茫，关河较梦长。

三家词中王士禄最见温和，八章和词大抵均以湖光山色和笑傲烟霞的语调掩盖心底的波澜。然而这也正是另一角度的心态表露，足见如宋琬的狂歌高唱并非无风险之举。西樵的《湖楼坐雨同顾庵用前韵再柬荔裳》一首心迹未掩尽，末几句尤含蓄有深意：

烟雨凭栏，爱浮黛、遥山纹涨。同抱膝、清言移晷，松枝无恙。堤柳已随坡老没，竹枝谁驾廉夫上。拟搴云、踏遍万峰巅，为君饷。湖雾积，渔舠漾。林翠湿，提壶唱。向黄公垆畔，重沽新酿。漆后断纹仍可鼓，削馀方竹还堪杖。问吾曹、补劓息黥心，谁能状？

康熙四年时，已是“科场案”“奏销案”接连发生之后，即正值文人学士们心绪紊乱、情思急漩之际。“江村”唱和三迁客虽未如诸大案遭祸人心境的悲惨，却从一个特殊的层面上反映了当时汉族文人从显宦名流到草野遗逸，无论在哪个层次上都无可避免地卷进了急流深涡中去，心灵在不同的频率上激烈悸动。这确实是个四海震撼的动荡年代。曹尔堪、宋琬、王士禄三人以相同的遭际相聚于西子湖畔进行唱和并非全是巧合。这是康熙年间的汉族士大夫在新朝廷所处境况险谲而在文化上的必然表现。故江村唱酬是当时具普遍性的迁谪之客感情的一次大抒发，带有一定的时代印记而绝非完全出于闲情逸志。

搀和着余悸和庆幸，隐寄着怨愤和颓伤，表现为对尘世的勘透，但求于山水中颐养劫后余生，这些就是“江村唱和”的层次内涵。曹、宋、王三家在各自的作品中抒述的角度各有侧重，其差异正表现着各人特有的艺术个性。

除了“西泠词派”“阳羡词派”“浙西词派”与“柳洲词派”外，清初有一定影响的词派还有“广陵词派”。王士禛是“广陵词派”的领袖人物，他因创立“神韵说”而成为诗坛盟主。然而他早年却是因词蜚声于世。他年仅27岁便任扬州通判，在广陵的五年间，“昼了公事，夜接词人”，陈维崧、邵潜、曹尔堪、宋琬、邹祗谟、董以宁、彭孙遹等一大批文人会集于此，形成了清朝第一个阵容齐整、声势壮大的词学中心。此时的士禛主持了一系列的词学活动，一方面激活了扬州词人的创作，另一方面招徕了各地著名的词家，各种词风在这里交流切磋、融会扬弃，消除门户之见，冲破“定于一尊”的宗旨，大大促进了清词的嬗变。王士禛总持广陵词坛，还与邹祗谟合编了类似流派宣言的词选本《倚声初集》。王士禛词论著作《花草蒙拾》亦颇多卓见。《衍波词》存词140余首，佳作如《减字木兰花·秦淮归棹》：

隔溪桃叶，照影秋波双画楫。旧日琅玡，红板桥南第几家？　趁潮归去，一缕柔情无着处。但有垂杨，叶叶枝枝总断肠。

“广陵词派”词人大致分以下四类：一是长期流寓扬州或终老扬州的外籍词人，如孙默、杜浚、徐元端等；二是短期仕宦或居住扬州并参加过广陵词坛重要词学活动的词人，如王士禛、邹祗谟、王士禄等；三是扬州本地词人，如刘梁嵩、宗元鼎、吴绮等；四是居于扬州附近，虽不经常赴扬州，但与王士禛等人有诗词唱酬的词人，如石洢、冒褒、殷书、冒禾书、冒裔等。

广陵词派的词学活动，主要是合作选词与雅集唱和。除了上文提到的《倚声初集》，广陵词人孙默还汇编刊刻了《国朝名家诗余》，它是清代最早的一部规模宏大的选词总集。广陵词派实际上是一个倡导自由与摒弃门户之见的词人聚合体，它拉开了清词中兴的序幕，其筚路蓝缕之功在清词史上应当被肯定。

第四章 再续辉煌的清代词坛(下)

从雍正到嘉庆、道光之际，词坛的成就远不及前期。究其原因，主要是文网严酷、风波迭起，造成了思想文化界的万马齐喑。大部分词人在风声鹤唳的精神状态中，有意淡化文学的社会功能，隐蔽抒情主体的独特个性，而转向声律格调的探讨。在这近百年的时间里，虽有独抒性灵的词人不时突起，但已不能雄霸词坛，树帜立派了。到了晚清，社会动荡，“国家不幸诗家幸”，这个时期词人词作之多，超过了前期和中期，而且题材丰富、紧贴现实、风格多样、技艺高超，乃“词的中兴光大时代”。

第一节 阳羡词派的流变与浙西词派的兴盛

一、阳羡词派的流变

(一)阳羡词派的派外流响

康熙中叶，阳羡词派已式微之甚，当年陈迦陵与史惟圆、任绳隗、徐喈凤等开创的一代雄风，在铜峰画水的阳羡风流云散，继替无人。倒是阳羡例外，流韵余响还不时振起，如兴化的郑燮、江西铅山的蒋士铨、武进的黄景仁、娄县(今松江)姚椿等，都是迦陵词风的心仪和私淑者，故称之为派外流响。

郑燮(1693—1765)，字克柔，号板桥，江苏兴化人。少孤贫，天资颖悟，又好学，超越流辈。稍长，在扬州以卖画为生。后因友人帮助，才得以读书。43 岁即乾隆元年(1736)考中进士。从此，在山东范县、潍县做了12年的七品县令。因助农民胜诉及办理赈济，得罪豪绅及上司，乃辞官，重新回到扬州卖画。与金农、高翔、汪士慎、黄慎、李方膺、李鱓、罗聘等合称“扬州八怪”。他不但以书画擅名，而且诗词亦称重于时，其诗颇能道民间疾苦，词则恣肆不受绳墨，一如其人。著有《郑板桥集》，有《词钞》一卷附集中。

郑燮的《词钞》，存词80首左右。最能体现其悲情激荡的是《沁园春·书怀》：

> 花亦无知，月亦无聊，酒亦无灵。把天桃斫断，煞他风景；鹦哥煮熟，佐我杯羹。焚砚烧书，椎琴裂画，毁尽文章抹尽名。荥阳郑，有慕歌家世，乞食风情。　单寒骨相难更。笑席帽青衫太瘦生。看蓬门秋草，年年破巷；疏窗细雨，夜夜孤灯。难道天公，还箝恨口，不许长吁一两声？颠狂甚，取乌丝百幅，细写凄清。

上阕全是破坏性意象，颠狂至极。然而，在奇特怪诞的欲念中，反映出的却是山呼海啸般的怨愤不平，表现的是作者与现实世界的格格不入，水火不容。下阕则揭示其疯言狂态的由来，它完全是激于令人窒息的专制。正因为思想箝制到了无法忍受的程度，才会产生这种旋转乾坤、扫荡一切的冲动。郑燮的颠狂，是对统治者的强烈抗议。其愤世嫉俗之情、鼓荡恣肆之作，对于软弱疲沓的词坛，也有矫正流弊的作用。

蒋士铨（1725—1785），字心余，一字苕生，号清容，又号藏园，江西铅山人。乾隆二十二年（1757）进士，官翰林院编修，在官八年，乞假养母，归主蕺山、崇文、安定三书院。乾隆四十三年（1778）复入京，以御史补用。旋患风痺，还南昌。蒋士铨与袁枚、赵翼并称“江右三大家”。尤工曲，著有《藏园九种》，又名《红雪楼九种曲》。词有“独绝”之誉，其格调与陈维崧相近，著《铜弦词》二卷。

蒋士铨心仪陈维崧，多以劲笔硬语，抒发慷慨之气，其词绝无温柔敦厚之旨，常常写愁吐恨，怨而且怒。《金缕曲》曾写道：“百感孤踪都似仆，对江山、肯作寻常语？拔长剑，向天舞。”可见其为

人为词都是傲世独特的。又如《城头月·中秋雨夜书家信后》:

> 他乡见月能凄楚,天气偏如许。一院虫音,一声更鼓,一阵黄昏雨。　孤灯照影无人语,默把中秋数。荏苒华年,更番离别,九载天涯度。

作者胸中自有一段真奇气,发而为词,喷薄而出。身世之感,离别之苦,风人之怨,都跃然纸上。虫鸣声,更鼓声,雨滴声,衬托出秋夜的寂静;孤灯照影,默数中秋,显示出内心的凄寒;沦落天涯,年华逝水,更反映了对未来的惶惑。

黄景仁(1749—1783),字汉镛,一字仲则,自号鹿菲子,江苏武进(今常州)人。4岁丧父,家贫,16岁应郡县试第一,应乡试不举,奔走四方以谋生。乾隆四十年(1775),帝东巡,召试二等,入四库馆为缮录,后得毕沅资助捐资县丞。受债家逼,未补官抱病出京求助。途次解州(今山西运城)卒,年仅35岁。其诗学李白,在当时诗坛负盛名,"乾隆六十年间,论诗者推第一"(洪吉亮《北江诗话》),所作多抒穷愁不遇、寂寞凄怆的情怀,亦有愤世嫉俗之作。词亦工,著有《竹眠词》,也是清奇桀傲,不落恒径。

他颇多咏物词,但所咏的常是大煞风景、寒微枯败之物,如归鸦、蝙蝠之类。大都写得情调萧瑟,充满落拓不偶的哀伤。值得肯定的是,这类词往往立意新颖、构思奇特,带有强烈的逆反情绪和离心倾向,因而包含着对社会的批判。例如《满江红·瓦松》:

> 浪得松名,借片瓦,托根而已。也只伴墙蒿城草,一般生理。余气惯催金碧换,劫灰不共鸳鸯死。博词人、争咏昔邪房,香生齿。　鸱吻畔,鱼鳞里;连断薜,交从祀。怪宫室寝坏,尔曹偏喜。似有客楼新雨绿,更无僧寺斜阳紫。怕深宵、发屋走妖狐,齐飞起。

该词讽刺大小官僚的名不副实,徒有虚名。其更为深刻之处在于词人看透并揭露了"乾隆盛世"表象下的官僚体制的腐败。

(二)阳羡词派的界内新变

阳羡词风自陈维崧开派立帜以来,素以雄劲凌厉之势驭慷慨悲壮之情称于世。史承谦等出,一变雄健为幽凄,阳羡词人原先外张型的抒情面貌至此转向了内敛型。这种内敛型的抒情形态在于情思浓郁,清雅幽婉而潜气内转,予人以款款深深、如泣如诉之感。在题材上则极少咏物,大多为抒述人事际遇的感受,笔虽曲婉,却不假借于物象。诚然,阳羡词派所特具的敢拈大题目大主题的气势,到这批曾孙一辈词人手中已消失不存,但同样深刻地影响着这个词人群。所以,这是一个嬗变了的阳羡词群,既拔帜于当时盛行的“浙派”之外,又非复阳羡一派的承廷。兹名之为“界内新变”,以示“阳羡词派”已告终结。

史承谦(? —1756),字位存,号兰浦,荆溪(雍正朝分宜兴为宜、荆二县)人。生平不详,万之蘅为其词所作序说:“先生以名家哲嗣,弱冠称诗。”可知为阳羡望族史孟麟后裔,行辈属史惟圆曾孙一代。又谓“碧天似梦,名士则岁岁离忧,青草如袍,王孙乃年年失意”,史承谦落魄身世,大致可见。著有《小眠斋词》四卷,前二卷编成于乾隆元年(1736)。

史承谦最擅于抒写苦寒心态,盛世落寞的下层知识分子精神状态在他的词里有充分的披露,例如《满庭芳》云:

> 灯影分红,帘痕映翠,朝来独倚雕阑。诗慵酒懒,谁与慰愁颜。晴色渐苏梅柳,风和雪、忽又阑珊。春情远,千回万转,才肯到人间。　斑斑听细雨,寒威未减,闷掩重关。叹鬓丝如许,那禁摧残。屈指踏青挑菜,西园路,盼断双弯。怕伊也,生生憔悴,依旧锁眉山。

又如《卖花声》云:

> 独自掩屏山,香冷人间。东风应不惜花残。片片玉鳞飞尽也,楼上春寒。疏影惯贪看,折下难拌。笛声休遣近栏干。知有一番零落恨,空护苔湾。

前一首由节序变幻不定而触起“寒威”未减的伤感，后一首则睹物兴情，从梅花的“零落恨”而勾起内心的郁苦，“东风应不惜花残”，显是言外有意。

这类词与传统的以“闺怨”形态表现的“伤春”之作不同，它由抒情主体直接出现而不是借助“美人香草”的手法。因此，词中呈现的景与物也是实体并非虚拟；词人的心态及感受不是附丽在景物表层而是渗入其中，融为一体。所以，“春情远”或“零落恨”已不是作为某种抒情中介的意象而存在，乃是心态的直接外现，是内心独自式的抒写。这是史承谦词之所以予人异常浓郁的凄婉之感的原因，这就是他“自出杼轴”的艺术上的拓进，对“竞为涩体，务安难字”以至句摩篇仿、抄撮堆砌的词坛风气来说，应该被视为返璞归真之举，是不废丽采的抒情本色的坚持。

储秘书(1720—?)，江苏宜兴人，字玉函。乾隆二十六年(1761)进士，官湖北郧阳府知府，以事报罢。博涉经史，工诗词，著有《缄石斋集》《花屿词》。

储秘书的《花屿词》大抵为乾隆二十年(1755)前所作。与史承谦相比较，才情不如史氏隽逸深婉，笔势则较挺拔，是该词人群里风格稍多高亢，还保持“阳羡词派”的一些遗风的作家。他的作品除去一部分抒写爱情恋慕之思外，多为表现沦落下层的知识分子际遇的苦衷。从他的词中可以看到宜兴一地的文人大多景况不佳，“旧家帘幕，曲房深处”的往日“胜事”已成梦幻，“向风尘闲过”“客里暗消磨”的漂泊觅食生涯是他们普遍的际遇。因为储秘书的词叙事成分多于史氏《小眠斋词》，所以提供的认识价值要多一些。如《金缕曲·岁晚吴中作》：

水落冰坚矣。怅无端、匆匆阅遍，苏台佳丽。可奈闲情消未尽，还趁吴姬酒肆。不道是，天涯游子。爆竹千门惊岁晚，漫飘蓬。倦拥舟中被。怎禁得，凄凉意。

金阊自是繁华地，最堪怜、薄游归去，清愁无际。今夜关河风雪案，谁念囊空裘敝。始信道、依人无计。广厦万间原不少，只古今寒士何曾庇？空短尽，英雄气。

二、浙西词派的兴盛

不同于阳羡词派的衰微与变革，浙西词派在此时不但以大兴之势立于清代词坛，而且凭借着词人之多与作品之优达到了鼎盛。

(一)“浙词”巨匠厉鹗

浙西词人在朱彝尊与彭孙遹之后，堪称巨匠的是厉鹗。他们三人也被并称为“浙派词三家”。

厉鹗(1692—1752)，浙江杭州人，原籍慈溪。字太鸿，号樊榭，又自号花隐，康熙五十九年(1720)举于乡，将入都，道经天津，查为仁留之水西庄，同撰《绝妙好词笺》。乾隆元年(1736)被荐博学鸿词，以违式未用，从此无意仕进。客扬州，马日琯“小玲珑山馆”藏书最富，延主其家，尽探其秘牒。大江南北，主盟坛坫，凡数十年。

厉鹗词宗南宋姜夔、史达祖、张炎，审音协律，标举清雅，窈曲幽深，修洁冷绝。吴锡麒在《詹石琴词序》中称：

> 吾杭言词者，莫不以樊榭为大宗，盖其幽深窈眇之思，洁静精微之旨，远绪相引，虚籁相生，秀水以来，其风斯畅。

在清人词中，厉鹗所作最以“幽隽”著称，在豪健雄劲、婉委绵密、醇雅秀洁等风格外，别具一种审美情趣。所谓“幽隽”，是指一种冷色调的秀美，既相对于秾艳的缛密，又不同于妍丽的温馨。其特点是思致幽微。“意”略点染即摇曳而去。情韵则清淡幽咽，如洞箫轻吹于旷野；其意象多呈清冷形态，但寒而不瘦，清而不枯，故构成的境界每是空灵清冷又秀色可餐。在章句层次上多转折，选字择语则特见俊逸。厉鹗可以说不仅是较早一个以淡化的语势来表现抑郁情思的名词人，而且是清代典型的结撰形式美的高手。如果说“清空”是浙派词人理想的审美极致，那么，厉鹗较之其前辈们在这审美情趣上更接近于理想境界。当然,这样的审美倾向无疑又在与现实世界拉开距离这一点上表现得更突出了。

厉鹗最能体现其幽隽之美的词是以景写情吟咏山光水色的作品。代表作如《百字令·月夜过七里滩,光景奇绝。歌此调,几令众山皆响》:

> 秋光今夜,向桐江,为写当年高躅。风露皆非人世有,自坐船头吹竹。万籁生山,一星在水,鹤梦疑重续。挐音遥去,西岩渔父初宿。　　心忆汐社沉埋,清狂不见,使我形容独。寂寂冷萤三四点,穿过前湾茅屋。林静藏烟,峰危限月,帆影摇空绿。随流飘荡,白云还卧深谷。

就词的"意"而言,厉鹗的刻写"皆非人世有"的奇绝之景,其实只是为了景崇超世离尘的奇绝之人——独钓于高台的严光,所以,推出秋夜江月图的画面是"为写当年高躅"。但他的幽微的思致却出以"秋光今夜"的渲染手法,表现的形态是让"景"处于全词的中心轴上。七里泷的景物又会很自然地勾起对谢翱的忆念,这就是下阕的"心忆汐社沉埋",但又很快转入"清狂"的自我感受的"形容独"去,并紧接以一组画面来间接抒述寂厉的心境。这即所谓摇曳空灵的情韵。"帆影摇空绿"完全可移作为厉鹗艺术风貌的意象评语。"帆影"是虚的,但是,实物"帆"的存在使得有此"影";"空绿"之绿当然也是月下江畔山峰倒映入江后与水波的融合之色,又是虚实相生的物象,这"空绿"呈现的色调是够幽邃也够幽秀的了,而现在还须加上"帆影"的"摇"的动势,于是这幽与秀都不是凝滞的,而是流转的、空灵的。

厉鹗词的主调表现为清婉幽隽,原因当然与他生活境遇以及审美情趣有关,但长期的困顿,又不免抑郁牢愁、忧愤难平,因此他的词也并非一味清幽冷寂。例如《齐天乐·吴山望隔江霁雪》:

> 瘦筇如唤登临去,江平雪晴风小。湿镭楼台,酿寒城阙,不见春红吹到。徽茫越峤,但半沍云根,半销沙

草。为问鸥边，而今可有晋时棹？

清愁几番自遣，故人稀笑语，相忆多少！寂寂寥寥，朝朝暮暮，吟得梅花俱恼。将花插帽，向第一峰头倚空长啸。忽展斜阳，玉龙天际绕。

词的上阕全写雪景，从而透露出寒意与迷惘的情怀；下阕集中写心境之寒寂，其中借高人雅兴、吟咏梅花等细节表达怀才不遇、傲世独立的襟抱，言近旨远。结句以狂放之态与天际夕阳照射雪山的壮丽画卷相结合，显得奇崛而有生气。

厉鹗词的又一缺点是咏物堆砌典故，凿虚镂空，发展了朱彝尊在这方面的弊病。所以，不仅谢章铤曾批评自朱彝尊到厉鹗的在词的豪宕、醇雅、婉约各派外，“又益一派：日饾饤”。谭献在《复堂词话》中也指出：“《乐府补题》，别有怀抱，后来巧构形似之言，渐忘古意，竹垞、樊榭，不得辞其过。”谢、谭二氏词学观念不同，但共同指责以朱、厉为始创的“征典之作”的堆垛典故的陋习风气，可见这一习气自清中叶以来愈演愈烈。

关于厉鹗对词的贡献，除了理论的建树和创作成就外，还应当提到他与查为仁合著的《绝妙好词笺》。

《绝妙好词》乃南宋周密所选编，共有七卷，所录南宋词，始于张孝祥，终于仇远，共一百三十二家，去取谨严，为词选中的善本。由于书版早毁，流传未广，后虽经柯煜等人校订重刻，但刻本仍是少见。乾隆十三年(1748)，厉鹗赴京途经天津时，住查为仁家，二人通力合作，历一年，完成《绝妙好词笺》。

查为仁、厉鹗合笺本《绝妙好词笺》附词人小传，事迹甚详，考订亦精，并收录有宋元人著述中有关词的本事、轶闻以及评论等资料，不但有疏通证明之功，而且富有文献价值，是宋人词选的一部重要笺注本。

（二）浙西词派其他词人

厉鹗之后，浙西词派较有影响的是郭麐(1767—1831)，其字伯祥，号频迦，晚号复翁，江苏吴江人，后迁浙江嘉善。因家境清寒,仕途不遇,长期漂泊江湖间。他不但工诗、文,而且擅长词,有“浙派殿军”之称。著有《灵芬馆诗话》《灵芬馆词话》《灵芬馆词》等。

郭麐作为嘉庆、道光时期的浙西词派代表人物,深感“浙派”后期词模拟堆砌,空泛无物,力主抒发情性以挽颓风。郭麐在《灵芬馆词自序》中谈到他的词创作实践时说,他的词是“借以陶写厄塞,寄托清微”,即使是虫鸟之怀,亦自其“胸臆间出”。《灵芬馆词》集中,“陶写厄塞”的作品数量虽不多,却多姿多彩,风神各异。如以幽默语写酸楚情怀的有《沁园春·二娱为余题蠹蝶卷子,比物象形,裁云缝月,后有作者未能或之先矣。酒酣以往,逸气坌涌,问为变调以摅郁塞之怀并示二娱》:

钻纸蝇痴,伏案萤干,男儿可怜。笑吾共鱼矣,人言善幻;遽然蝶也,或羡成仙。五蠹书成,一生花活,游戏其间然不然。君休问,看此中有鬼,虫亦能天。

为君试质前贤。更有个,吾家博物传。是蒙庄阔达,未离文字;谢郎轻薄,多为诗篇。磊落景纯,虫鱼诠释,凤子春驹有阙焉。亡应补,任丛残科斗,寒落蜗涎。

此词以蠹鱼自喻,借蝴蝶形容书,因蝴蝶装的书翻开时形似蝴蝶,故用以作比。作者运用比兴手法,把自己埋头钻书,老死于窗牖之下,像虫鱼一样生活,表现得形象而生动。想象丰富,化用典实自然,语言诙谐,且以轻松活泼的笔调写抑郁辛酸的心情,收到了语淡心悲、欲吐还吞的艺术效果,这在历代描写失意文人的词篇中,可谓绝无仅有。

堪称浙派全盛时期总结性人物的是王昶。王昶(1724—1806),上海人,字琴德或德甫,号兰泉或述庵。乾隆十九年(1754)进士,累次充任试官,进至礼部江西司郎中,后坐案革职,从阿桂赴云南军营效力,因有功任吏部员外郎,累官刑部右侍郎。早年有诗名,与王鸣盛、吴泰来、钱大昕、赵文哲、曹仁虎、黄文莲等合称“吴中七子”。有《琴画楼词》传世,并编辑有《琴画楼词钞》《明词综》《国朝词综》等。

王昶竭力将词归于温柔敦厚,变浙派的幽淡为雍容尔雅,为鼓吹盛世服务。如《倦寻芳·胥江夜泊》:

一溪碎雪,十里残阳,吴市初夜。倦客乌篷,斜阳姑胥城下。绿槛官桥排雁齿,红帘妆阁分鸳瓦。傍荒祠、看灵旗半卷,怒涛如乍。　况正值、梅边寒紧,珠络藏香,元夕近也。月上灯街,几许钿车罗帕。卖酒楼台人擫笛,传柑门巷衣飘麝。写吟笺,作升平水天闲话。

词人极力描绘苏州的繁华景象,虽然提及伍子胥的荒祠,不过是为了陪衬官桥的热闹、妆阁的华丽。灯街月下,花车往来,吹笛风情,传柑习俗都显示出元宵前夕的节日气氛。显然,作者的用意是歌咏太平。

王昶的词学贡献主要表现在汇辑选编的工作中。他早期辑刊的二十五卷《琴画楼词钞》是一部类似清初曾王孙、聂先汇编的《百名家词钞》的总集,该集所辑录的词作均是雍正以来的当世名篇,并可以接续《百名家词钞》。其后他又编纂了《明词综》十二卷,《国朝词综》四十八卷,《国朝词综二集》八卷。这三部断代词选,网罗散佚,收词繁富,尽管流派偏见太过严重,但有功词学建设,却是应给予充分肯定的。尤其《国朝词综》更是集清代浙派词风之大成,带有总结性的备览之编。

第二节　“意内言外”、含蓄蕴藉:“常州词派”的兴起

“阳羡词派”“浙西词派”虽盛极一时,但到清朝中叶俱成强弩之末,被人讥为“游词”“鄙词”。这时,清代词坛的另一重要流派——常州词派开始兴起。本节将主要讲述常州词派的兴起、特点以及该流派重要词人的词风。

一、常州词派概况

嘉庆以后，阶级矛盾日趋尖锐化，农民起义四起。公元1796年(嘉庆元年)爆发了白莲教农民大起义，历时九年，起义军足迹遍及四川、湖北、陕西、甘肃、河南等省。公元1851年，又爆发了洪秀全领导的太平天国革命，历时十四年，规模之大，声势之猛，时间之长，都是前所未有的。鸦片战争以后，越来越暴露出清帝国的腐朽，帝国主义的入侵更加频繁，中国沦为半殖民地半封建社会，社会风俗也江河日下。浙西派词人脱离现实，以饾钉捋扯、割缀攒凑为能事，专力于琢句遣词，制作淫词、鄙词和游词，词坛变得萎靡枯寂。社会的巨大变化，要求改变词坛的落后状况，要求词寄以家国之感，反映社会现实。这样，重寄托的常州词派便应运而生了。

常州词派产生于嘉庆年间，是一个与浙西派相对立的词派。由于它的产生在一定程度上适应了社会发展的要求，反映了词坛上的变革需要，所以它很快便蔚成大派，取代了浙西派的盟主地位，直至清末。它因开创者张惠言是常州人，故名常州词派。主要作家有董士锡、张琦、周济、陈廷焯、谭献、冯煦等。这派作家擅长词论，如周济、陈廷焯、谭献都是以词论闻名，他们既是清代著名的词作家，又是清代著名的词评家。

常州词派的具体主张有三：第一，反对浙西词派的寄兴不高，提倡依据儒家的“诗教”尊崇词体，也就是说要把词提高到“史诗”的地位；第二，要像《诗经》那样，做到“可以兴”(要具有启发鼓舞的感染作用)，“可以观”(要具有反映社会现实的作用)，可以“群”(要具有互相感化、互相提高的教育作用)，可以“怨”(要具有批评不良政治的讽刺作用)；第三，在艺术上，提倡兼采温庭筠、韦庄、周邦彦、辛弃疾等各家之长，含蓄地表达所寄托的“兴”“观”“群”“怨”的内容。但是由于他们强调寄托的含蓄，同时又竭力要在前人的作品中寻求“微言大义”，所以结果反倒陷于穿凿附会，使主题显得隐晦不明。

二、张惠言及其他常州词派重要词人

常州词派的领袖是张惠言（1761—1802）。他是江苏武进人，字皋文。嘉庆四年进士（1799），官翰林院编修。他是一位经学家，并以词和散文著名，著有《茗柯词》。

其词学观集中表现在他所编的《词选》中。概括起来大约有四：第一，反对将词当作小道，而强调尊崇词体。为此，他不惜移花接木，以《说文》所引"意内而言外谓之词"一语为据，将原本指言语的词比附为长短句的词，以证明词这一文体由来已久，完全可以与《风》《骚》并列；第二，主张词必须"感物而发""意在笔先"，而不可专事雕琢；第三，词要讲究比兴，含蓄蕴藉；第四，在唐代词人中肯定李白、韦应物、王建、韩翃、白居易、刘禹锡等人"并有述造"，而对温庭筠评价最高，认为"其言深美闳约"，为词的最高境界。

张惠言的词今存46首，其词风如果从《茗柯词》的总体看，不乏浑雅情韵之作。在抒发"寒士"不遇、仕途失意、漂泊无依或潦倒无聊等时，基本上符合"触类条畅，各有所归"的宗旨，尤其对比兴寄托的运用，对立意深隽的追求，更是不遗余力，因此他的词一般来说多具有自己鲜明的风格特点，所谓低回要眇、婉而多讽，在其作品中是相当突出的。如其最享盛名的代表作《水调歌头·春日赋示杨生子掞》即是一例：

其一

东风无一事，妆出万重花。闲来阅遍花影，椎有月钩斜。我有江南铁笛，要倚一枝香雪，吹彻玉城霞。清影渺难即，飞絮满天涯。

飘然去，吾与汝，泛云槎。东皇一笑相语：芳意在谁家？难道春花开落，又是春风来去，便了却韶华？花外春来路，芳草不曾遮。

其二

百年复几许？慷慨一何多！子当为我击筑，我为子高歌。招手海边鸥鸟,看我胸中云梦,蒂芥近如何?楚越等闲耳,肝胆有风波。

生平事,天付与,且婆娑。几人尘外相视,一笑醉颜酡。看到浮云过了,又恐堂堂岁月,一掷去如梭。劝子且秉烛,为驻好春过。

该代表作共有五阕,本书录其二以作览。整组词所表现的恬淡而不颓唐的境界,正是学问家胸襟怀抱以及温文尔雅、和平忠厚的心境写照。

张惠言的咏物词计有十四首,几乎占他全部作品的四分之一。这些咏物词体物深微,意味醇厚,多为所感而发。如《木兰花慢·杨花》:

尽飘零尽了,何人解、当花看?正风避重帘,雨回深幕,云护轻幡。寻他一春伴侣,只断红、相识夕阳间。未忍无声委地,将低重又飞还。

疏狂情性,算凄凉耐得到春阑。便月地和梅,花天伴雪,合称清寒。收将十分春恨,做一天、愁影绕云山。看取青青池畔,泪痕点点凝斑。

全篇物我交融,浑然一体。上阕写杨花飘游不定的遭遇,正是作者怀才不遇而又无可奈何的自我写照;下阕写杨花以疏狂的姿态面对冷酷的现实,立志伴梅映雪,清寒自洁,正是词人主观情性的寄托。在表现方法上,借杨花飘转无定写一介寒士托身无着的悲伤,也体现了作者的审美主张,即"缘情造物,兴于微言",可视为作者词学理论的成功实践。

张慧言之后亦有影响的是张琦、董士锡。

张琦(1764—1833),字翰风,初名翊,号宛邻,江苏武进人。张惠言弟。嘉庆十八年(1813)举人,历署邹平、章丘、馆陶知县。工诗、词、古文及分隶,尤精舆地之学,兼善医道。与其兄惠言同编《词选》,人称"昆陵二张"。有《立山词》。

张琦词疏快不如乃兄，而婉转缠绵，时或过人。其代表作如《摸鱼儿》：

渐黄昏、楚魂愁绝，啼鹃早又相唤。芳心欲寄天涯路，无奈水遥山远。春过半，看丝影花痕，罥尽青苔院。好春一片，只付与轻狂，蜂儿蝶子，吹送午尘暗。

关山客，漫说归期易算。知他多少凄怨？不曾真个东风妒，已是燕残莺懒。春畹晚，怕花雨朝来，一霎芳塘满。嫣红谁伴？尽倚遍回阑，暮云过尽，空有泪如霰。

此词借伤春表现生不逢时、韶华易逝、有志难伸、有才难展的悲哀与忧伤。全词写得低回婉转、凄恻动人，写景抒情融为一体，寄意在于似有似无、若明若暗、可意会而不可言传之间。

董士锡(1782—1831)，字晋卿，一字损甫，江苏武进人。嘉庆十八年(1813)副贡生，候选直隶州(相当于今之河北)州判，客游公卿间，河南总督黎世序聘修《续行水金鉴》，见称于时。少从舅氏张惠言游，经学及诗、文、词皆得其传。著有《齐物论斋集》，词附其中。他的词造语俊秀骚雅，结构绵密，凝练而能出之自然，确是其佳处。但因不善拓境，一任缠绵往复，故气度偏窄，堂庑不大，缺乏疏放灵动的气韵。

《齐物论斋词》叙离愁别恨之作数量较多，名篇亦时有所见。例如《木兰花慢·武林归舟中作》：

看斜阳一缕，刚送得，片帆归。正岸绕孤城，波回野渡，月暗闲堤。依稀是谁相忆？但轻魂如梦逐烟飞。赢得双双泪眼，从教涴尽罗衣。

江南几日又天涯，谁与寄相思？怅夜夜霜花，空林开遍，也只侬知。安排十分秋色，便芳菲总是别离时。惟有醉将醽醁，任他柔橹轻移。

全文写归程中回忆起当时离别的情景。季节是深秋，景语虽不多，而萧疏明爽，却见悲凉。写情时空跨度较大，上阕从眼前所见，触景生情，追忆过去。过遍二句乃别时情状。下阕从回想过去，落到眼前。篇末以旷放语作结，貌似轻松，实则深沉。全词回环往复，极尽缠绵之致。

张惠言之后真正影响较大，并将常州词派发扬光大的是周济。

周济(1781—1839)，字保绪，又字介存，号未斋，晚号止庵，荆溪(今江苏省宜兴县)人。嘉庆十年(1805)进士，官淮安府学教授。通兵家之言，会击刺骑射。后隐居金陵(今南京)春水园，潜心著作。擅长词论，是常州词派的理论家。著有《味隽斋词》《介存斋论词杂著》等，又著有《宋四家词选》。

周济主张词要有"论世"的作用，要反映社会现实，而不以仅仅成为抒发个人"离别怀思"和"感士不遇"情怀的东西。周济在《词辨》中说："人们感慨所寄托的不过是世事的盛衰：有的是说明事先已做好了准备，有的是叹息所潜在的危机，有的表达独自的清醒，有的表达沉湎于利而无节制所造成的困境，都随人们各自的性情和学识所达到的境地；见事多，识理透，就可以作为后人评论世事的资料。诗有史诗，词也应有史词，如果达到了上述的水平，差不多就可以独自树立一派的旗帜。"至于初学写词的方法，他说："初学词求空，空则灵乇往来，既成格调求实，实则精力弥满。初学词求有寄托，有寄托则表里相宜，斐然成章；既成格调求无寄托，无寄托则指事类情，仁者见仁，知者见知。"他还在《宋四家词选》中特别推尊辛弃疾。他说："进而要象辛弃疾，感慨时事，关怀国君。"他的这种现实主义的文学观点，显然比张惠言前进了一大步。

周济词佳者，多属有所感而发的咏怀一类题材。如《哨遍》：

黄叶半林，黄菊半篱，妆点秋如许。莽西风、千里卷平芜，乍登临、江山吴楚。问西塞烟波，东山裙屐，几曾留得南朝住。回首广陵涛，年年只背芜城，斜日东去。带邗沟、流恨满江湖。共沽客、愁心乱樯乌。烂锦韶华，海蜃楼台，画屏歌舞。

呜呼。痛饮张翰生前，杯酒浇黄土。休落龙山帽，全城杨柳谁赋？任飘泊兰成，家山重到，也难写出关河暮。天际雁行斜，知他暝宿。荒芦丛荻何处？渐鸣榔、声断野囚铺。剩一点、渔灯伴星孤。月初弦、轻云低护。柴门归便深掩，无赖是庭梧。萧萧只管，打窗萦砌，不管离人离绪。闲床倦枕漫支吾。怕重阳、满城风雨。

此词编在《味隽斋词》之末，乃周济晚年所作无疑。其时清王朝由盛转衰，社会黑暗，民生凋敝，江河日下。在词人去世后第二年，就爆发了鸦片战争。作者青少年时胸怀大志，虽一生不得志，但对社会兴衰、民生疾苦仍甚关切。因此，本篇满纸秋色、秋声、秋气，分明是当时正处于没落的清王朝的影子，极富有象征意义。其中反映出词人对国家现状的愤忧，对危机四伏的预感。此乃一篇"太息厝薪""绸缪未雨"兼而有之杰作，且基本上达到了词人所标榜的"有寄托入，无寄托出"的高境。

与慢词相比，周济的令词似乎抒情色彩更加浓烈，风格也比较多样化。凄婉深沉而有寓意的如《蝶恋花》：

络纬啼秋啼不已，一种秋声，万种秋心里。残月似嫌人未起，斜光直透罗帏底。

唤起闲庭看露洗，薄翠疏红，毕竟能余几？记得春花真似绮，谁将片片随流水。

清绮爽秀而又意象鲜明的如《卜算子》：

山远树横烟，云净波涵镜。万字阑干八字桥，坐久衣裳冷。

乘月却归来，小院人初静。漠漠帘波淡淡风，过了梧桐影。

总的来说，周济的词常用隐约迷离的寄托，通过景物的刻画，抒写封建士大夫"身世之感""家国之忧"，有一定的社会意义，但重寄托而失之隐晦难解。

三、清代中期传统词派的词人

这一时期，除了“阳羡词派”“浙西词派”的流变与“常州词派”的繁盛外，还有一些在传统词坛上仍然较为活跃的词人，他们主要是项鸿祚、蒋春霖与蒋敦复。尤其是项鸿祚与蒋春霖。他俩不受浙词派与常州词派的羁绊，主要效法纳兰性德。因而他俩与纳兰性德被认为是“二百年中分鼎三足”的词人。

项鸿祚(1798—1835)，浙江杭州人，字莲生，原名继章，后改名廷纪。他与纳兰性德、蒋春霖并称“清代三大词人”。项鸿祚早年家资颇富，他于道光十二年考中举人，但两次应考进士均不第。中年后家庭屡遭变故以致困顿不堪，故年青穷愁早逝，死时年仅38岁。他著有《水仙亭词》二卷，《忆云词甲乙丙丁稿》四卷，补遗一卷。

项鸿祚是一个怀才不遇而又郁结不化的词人。他的感伤悲苦实质上是当时社会现实对他压抑的结果，因此他的词绝大多数表现哀情戚意，如《减字木兰花·春夜闻隔墙歌吹声》：

阑珊心绪，醉依绿琴相伴祝。一枕新愁，残夜花香月满楼。

繁笙脆管，吹得锦屏春梦远。只有垂杨，不放秋千影过墙。

其小令尤见佳致，如《清平乐·池上纳凉》：

水天清话，院静人销夏。蜡炬风摇帘不下，竹影半墙如画。　醉来扶上桃笙，熟罗扇子凉轻。一霎荷塘过雨，明朝便是秋声。

该作不仅细致地描绘出景物的美丽、夏夜的幽静，也朦胧地表达出内心淡淡的哀愁。可谓看似悠闲、心则感伤，于清宕中贯穿着凄迷，这是本词真正的高妙之处。

蒋春霖(1818—1868)，江苏江阴人，后居扬州。字鹿潭。著有《水云楼词》,存词170余首。在艺术上,蒋春霖目无南唐两宋,更不囿于当代浙派与常州派的樊篱。他的词工于造境、讲究律法,又注意炼字炼句,在清末颇受赞誉。谭献称其"流别甚正,家数颇大,与成容若、项莲生,二百年中,分鼎三足"(《箧中词》卷五)。其词与项鸿祚一样,多写身世之苦、伤别念乱之情。如《卜算子》:

燕子不曾来,小院阴阴雨。一角阑干聚落花,此是春归处。

弹泪别东风,把酒浇飞絮。化了浮萍也是愁,莫向天涯去。

全词充满漂泊之苦、沦落之悲,还有难释的块垒、难期的将来。这种末世的情调,特别能引起同代文人的共鸣。其他如"遥凭南斗望京华,忘却满身清露在天涯"(《虞美人》),"一片春愁,渐吹渐起,恰似春云"(《柳梢青》)等,都苍凉沉郁,备极酸辛。

再如其《虞美人》一词:

水晶帘卷澄浓雾。夜静凉生树。病来身似瘦梧桐。觉道一枝一叶怕秋风。

银潢何日销兵气。剑指寒星碎。遥凭南斗望京华。忘却满身清露在天涯。

该词描述了贫病之身形与愁苦,忘却自己孤独地在天涯之间,读来不觉让人感伤。

第三节 风雨如晦、鸡鸣不已的晚清词坛:爱国词人的忧愤心歌

鸦片战争的一声炮响山崩海立,大一统的封建帝制从此趋于解体。国家危亡、朝政腐败,民怨鼎沸、士子悲慨。一批站在时代潮流前列的词人发出了强烈的不平之鸣。

一、道咸年间词人的幽愤悲歌

1840 年发生的第一次鸦片战争是嘉庆以来鸦片渗入华夏之土，毒害愈演愈烈所激起的各种矛盾尖锐冲突的极端形态，从而也宣告了中国从此进入了半殖民地半封建社会。紧接着广东战役的结果是东南沿海城市的陷落，定海、吴淞、镇江各地的积极抗战。第二次鸦片战争愈益震撼着举国上下。封建王朝的气数将尽，爱国的词人们此时发出了自己内心的疾呼。民心愤急、士子悲慨，清王朝的腐朽全面暴露。紧接着一场席卷半个中国的太平天国运动更是加速了清王朝的灭亡，农民起义以摧枯拉朽之势动摇着清朝的统治秩序。一些有识之士此时开始睁眼看世界，向西方学习先进的技术，兴起了洋务运动。虽取得了一定的成绩，但最后仍以失败告终。追其根源，是制度本身的腐朽。依附在落后的封建阶级这张皮上的“士”，虽对王朝宗法统治已滋生出离心逆反的情绪，然而对中国的前途却十分茫然，出路不明，充满了迷惘或绝望。这一时期的词就认识价值来说，总体上不如诗更具有“史”的特色，但一些际身于风暴旋流中心的词人仍留下了弥足珍贵的吟章，特别是贵为封建大臣的邓廷桢与林则徐，他们寄赋于词中的忧患意识尤值得珍视并彰扬。而作为晚清巨擘的龚自珍的奇采飚发的词作也堪称为一时之瑰宝。

邓廷桢(1775—1846)，字维周，号懈筠。江苏江宁县人。嘉庆六年(1801)进士，初授翰林院编修，道光时官两广总督。鸦片战争起，与英军六次交战，力挫英舰，终其任英侵略军不得入虎门。旋调任闽浙总督，继续抗英，不久被遣戍新疆伊犁。召还后任陕西巡抚，卒于任。邓廷桢精通《诗》学，兼研古音，著《诗双声叠韵谱》等。尤工词，有《双砚斋词》二卷，并有《词话》之著。

邓廷祯《双砚斋词》忠诚悱恻，气势辽阔，富有时代感。如《高阳台》：

鸦度冥冥，花飞片片，春城何处轻烟。膏腻铜盘，枉猜绣榻闲眠。九微夜燕星星火，误瑶窗、多少华年。更那堪、一道银潢，长贷天钱。

星槎恰到牵牛渚，叹十三楼上，暝色凄然。望断红墙，青鸾消息谁边？珊瑚网结千丝密，乍收米、万斛珠圆。指沧波，细雨归帆，明月空舷。

这首词当作于道光十九年(1839)，杨钟羲《雪桥诗话》初集卷十一云："邓懈筠尚书《妙吉羊室词》《高阳台》阕，当指林俟村查办鸦片烟封舱缴土之事。"

开头三句在描写春天景色中，巧妙地嵌入"鸦片烟"三字，起到点题的作用。其下写吸食鸦片给国家、人民带来祸害。换头三句写英美烟商把鸦片海运到广州后，由十三洋行转售内地。"望断红墙"四句是说，虽然内外勾结，但还是收缴了万斛烟土。结语二句，把激烈的斗争淡淡写来，反映出词人对胜利的喜悦，也表达了必胜的信念。词虽幽婉，意却痛切，忧愤于鸦片之祸的情怀，隐约可见。

林则徐(1785—1850)，字元抚，又字少穆，号石麟，晚号俟村老人，福建侯官(今闽侯县)人。嘉庆十六年(1811)进士，历任江苏巡抚，湖广总督。道光十八年(1838)上疏力请严禁鸦片，受命为钦差大臣。道光十九年(1839)赴广州，销烟虎门，名震中外。道光二十年(1840)，鸦片战争爆发，为两广总督，痛击来犯之英军。旋被诬革职，迨清廷与英人议和，乃加罪谪戍伊犁。道光二十六年(1846)召回，擢云贵总督，病死潮州，谥文忠。有《云左山房文钞》《云左山房诗钞》，词附其中。

林则徐的词感情充沛，基调激越，风格与邓廷祯相近，而明快疏朗过之。总数只有十四首，与邓氏唱和之作却占了四首。他的词大都与时事有关，如《高阳台·和懈筠前辈》：

玉粟收余，金丝种后，蕃航别有蛮烟。双管横陈，何人对拥无眠？不知呼吸成滋味，爱挑灯、夜永如年。最堪怜、是一泥丸，捐万缗钱。

春雷欻破伶仃穴，笑蜃楼气尽，无复灰然。沙角台高，乱帆收向天边。浮槎漫许陪霓节，看澄波、似镜长圆。更应传、绝岛重洋，取次回舷。

上阕“双管横陈”“对拥无眠”“爱挑灯、夜永如年”等句，形象地描绘出抽鸦片烟时的情景。“一泥丸”“捐万缗钱”二句，则说明鸦片烟危害之烈。下阕写虎门烧毁鸦片烟并打退英军挑衅后，海面风平浪静，澄波如镜，“浮槎漫许陪霓节”的喜悦心情。整首词有叙述，有议论，激情洋溢，气势充沛，既是欢庆这次外交折冲所取得的胜利，又真实地反映了虎门销烟的历史事件，是一首充满豪情的爱国主义篇章。

龚自珍以诗文开一代风气，是晚近文学的疏凿开山手。其词虽不如诗声誉高，但也光怪陆离，不拘一格，在词中，没有像他的诗文那样激昂慷慨、放言高论，直接表达自己的政治见解，而是通过襟怀的抒发，委婉曲折地传述了自己的思想。即使是一些言情咏物之作，在浓词艳语之中，也往往透露出愤世嫉俗、悲天悯人之感。这在他留存下来的155首词作中可以看出，绝大多数词并非一般吟风弄月、无关痛痒的闲笔，而是蕴含着深邃的思想内容。

龚自珍生逢乱世，一生仕途坎坷，困厄下僚，因此常通过词来传述、宣泄忧生悼世的情怀，表现其精神世界的昂奋和压抑的复杂矛盾，充满着强烈的抒情色彩。其早年作品《金缕曲·癸酉秋出都述怀有赋》一阕最具有代表性：

我又南行矣！笑今年、鸾飘凤泊，情怀何似？纵使文章惊海内，纸上苍生而已。似春水、干卿何事？暮雨忽来鸿雁杳，莽关山、一派秋声里。催客去，去如水。

华年心绪从头理。也何聊、看潮走马，广陵吴市。愿得黄金三百万，交尽美人名士。更结尽、燕邯侠子。来岁长安春事早，劝杏花、断莫相思死。木叶怨，罢论起。

这首词是龚自珍在嘉庆十八年(1813)，22岁离京时所作。词的上半阕，意绪颇为低沉；可是下半阕，笔锋陡转，情调忽然变得慷慨高昂。作者并不甘心在广陵看潮、吴市走马，而是“愿得黄金三百万”，结交天下名士。“来岁长安春事早，劝杏花、断莫相思死”二句，寄托词人强烈的感情，充满信心，呼唤光明的来临，既是自勉，又是对志同道合义士的劝慰。整首词造语新奇，跌宕生姿，忧国伤时、磊落不平之气跃然纸上。

二、同光年间词人的悲情绝唱

愈近清末，封建末世的情调愈浓。处在同光时期悲声长吟的重要词人有文廷式与“清末四大家”的王鹏运、郑文焯、朱孝臧、况周颐等人。

文廷式(1856—1904)，字道希，号芸阁，又号纯常子，江西萍乡人，早年侨居广州。光绪十六年(1890)进士，授编修，迁翰林侍读学士。中日甲午战争，力主抗击，上疏请罢慈禧生日“庆典”，奏劾李鸿章“丧心误国”，谏阻和议。光绪二十二年(1896)被革职驱逐出京。归里后鼓吹变法，戊戌政变后被迫流亡日本，返国后潦倒终生。著有《云起轩词钞》，存词150余首，多表达对时局前途的忧虑，抒发报国救世的志向。如《风流子》“倦书抛短枕”痛斥守旧派误国殃民，《广谪仙怨》“玄菟千里烽烟”纵论甲午之战的战略决策。其中更不乏《离骚》那样抑郁幽愤的作品，如《蝶恋花》：

> 九十韶光如梦里，寸寸关河，寸寸销魂地。落日野田黄蝶起，古槐丛荻摇深翠。　　惆怅玉箫催别意，蕙些兰骚，未是伤心事。重叠泪痕缄锦字，人生只有情难死。

此词作于革职离京之时。借三春景色的转瞬即逝，感喟光绪百日新政的夭折。他被慈禧逐出朝廷，并宣布“永不叙用”，自然满怀愤郁，入眼的景物也莫不悲凉凄怆。回首故国神京，告别销魂之地，当年屈原放逐，长歌当哭的形象自然浮上心头。而对前贤的趣向与认同，又是精神解脱的良方。词人最后极力渲染“人生只有情难死”，曲折寄托了树蕙滋兰、愁缄锦字的深意和期望。

名列晚清四大家之首的王鹏运(1849—1904),字佑霞,亦作佑遐、幼遐,号半塘老人,又号半僧、鹜翁、半塘僧鹜,临桂(今广西桂林)人。清同治九年(1870)举人,历官内阁中书、侍读学士、监察御史、礼科掌印给事中。其治词亦最早,词有《半塘定稿》。多针砭时弊、悲慨政事之作。1894 年安维峻因上书光绪,弹劾李鸿章,被慈禧发配张家口军台。王鹏运不仅为之送行,而且以《满江红》词相赠,对安表示深切同情和支持,对其行为给予高度评价。

荷到长戈,已御尽、九关魑魅。尚记得、悲歌请剑,更阑相视。惨淡风烟边塞月,蹉跎冰雪孤臣泪。算名成、终竟负初心。如何是?　　天难问,犹无已;真御史,奇男子。只我怀抑塞,愧君欲死。宠辱自关天下计,荣枯休论人间世。愿无忘、珍惜百年身,君行矣。

发端对友人才干给予充分肯定,对慷慨请剑的壮举给予高度赞扬,同时对双方的友谊做了深情的回忆,随后对安的遭遇深表同情和安慰。全词情思饱满,笔锋雄健,切中肯綮而又含蓄有致。

此外,珍妃的胞兄志锐、侍读学士文廷式,因支持光绪变法维新,逆忤慈禧,或贬职边关,或逐出帝京,王鹏运亦分别以《八声甘州》和《木兰花慢》词相赠。其耿直刚正于斯可见。朱孝臧在《半塘定稿序》中,赞扬他“于回肠荡气中,仍不掩其独来独往之概”,可谓知言。

朱孝臧(1857—1931),一名祖谋,字古微,号彊村。浙江归安(今湖州)人。著有词集《彊村语业》。其词取径吴文英,力求委婉致密,音律和谐,晚年又取法苏轼豪放词,词风“幽忧怨悱”“沉郁顿挫”,尤以《金缕曲·书感,寄王病山秦晦鸣》最为体现:

斗柄危楼揭。望中原、盘雕没处,青山一发。连海西风掀尘暗,卷入关榆悴叶。尚遮定、浮云明灭。烽火十三屏前路,照巫闾、知是谁家月?辽鹤语,正呜咽。

微闻殿角春雷发。总难醒、十洲浓梦,桑田坐阅。

衔石冤禽寒不起，满眼秋鲸鳞甲。莫道是、昆池初劫。负壑藏舟寻常事，怕苍黄、柱触共工折。天外倚，剑花裂。

词题曰“书感”，所感者乃国家兴亡之大事。上阕“连海西风掀尘暗”“浮云明灭”“烽火”，均指兵氛炽盛，故“望中原”唯见“青山一发”，其微茫怅惘之情由此可知。虽然“微闻殿角春雷发”，寄维新变法以一线希望，但“十洲浓梦”“难醒”，万马齐喑，大地一派死气沉沉，看来只有“桑田坐阅”，一任浮沉了。“满眼秋鲸鳞甲”与前一阕《金缕曲·久不得半塘翁书赋寄》的“海气荒荒蛟龙恶”同义，均暗喻西方列强侵略势力。天柱折，长剑裂，即使自己化作“衔石冤禽”，亦难填平恨海，一腔郁陶之气似欲冲决而出，堪称沉郁盘曲极则之作。

郑文焯(1856—1918)，字俊臣，奉天铁岭(今属辽宁)人。有《樵风乐府》九卷。其词“体洁旨远，句妍韵美”(易顺鼎《瘦碧词序》)。尤其是1900年前后的作品，感时伤世，情意饱满。此后则多冷眼观世之吟，辛亥革命后更以遗老自居，反复低唱“故国之思”，对清王朝的覆灭表示哀婉叹息，例如《水龙吟·送秋》：

故园从此无花，可怜秋尽谁家苑。连城江气，伤心一白，飞蓬望远。鹤老云孤，虫凄天瘦，岁寒空恋。怪西风容易，者般摇落，争留待、东风转。

不信江南肠断。放哀歌、楚调先变。山川犹是，英雄安在？登临恨晚。野戍残磷，江烽危照，苍茫望眼。但愁波到海，何人借与，快并刀剪。

劈头二句以“秋尽”“无花”喻清王朝衰亡，点明“送秋”题旨。“鹤老云孤，虫凄天瘦”二语，情怀悲苦，意象鲜明，道尽“遗老”对“故国”苦恋之情。其中“老”“孤”“凄”“瘦”，用字准确而饱含感情色彩，极见传神。下阕兴发“风景不殊，世事全非”之叹，纵有“快并刀”，亦难剪断胸中“到海”之“愁波”。这分明是一曲凭吊旧朝廷的挽歌。

况周颐(1859—1926),字夔笙,号蕙风,广西临桂人。有《蕙风词》《蕙风词话》。他专意于词50年,见识不凡,如提出“以吾言写吾心,即吾词”,“真字是词骨,情真、景真,所以必佳”。因此,《蕙风词话》与王国维《人间词话》被公认为是清末民初最重要的词学著作。况氏虽然写过一些感时伤世之作,但大部分作品是抒发个人哀愁,很少反映时代生活。不过在艺术上还是颇见功力的。如《鹧鸪天》:

如梦如烟忆旧游,听风听雨卧沧洲。烛消香篆沉沉夜,春也须归何况秋。　　书咄咄,索休休,霜天容易白人头。秋归尚有黄花在,未必清尊不破愁。

作者认为“词境以深静为至”,此词便极力创造至静的境界,“听风听雨”“书咄咄”都是为了反衬秋夜的沉静。词中熔铸前人词句,不见斧凿痕迹,锤炼而不失自然,感伤而不乏通脱。

晚清词人值得注意的还有王国维(1877—1927)。国维字静安,一字伯隅,号观堂,浙江海宁人。早岁以诸生留学日本,向往西学,深受叔本华、尼采哲学思想影响。晚年任清华大学研究院教授,对《红楼梦》、词曲、史学、甲骨文、金文、音韵学等均有研究,造诣甚高。著有《人间词》甲、乙稿,经朱祖谋删定为《观堂长短句》。另有《人间词》和《人间词话》。

《人间词话》吸收西洋文论、评词,在词学研究中,为最有影响之著作。其书中立论,概括之有三个标准:一为“境界”,“词以境界为上,有境界则自成高格,自有名句”;二为“真切”,“以自然之眼观物,以自然之舌言情”;三为“不隔”,“语语都在目前,便是不隔”。观其所作词,基本上能印证这些理论主张。

其《人间词》充满厌世消沉的心绪。如《浣溪沙》:

掩卷平生有百端,饱更忧患转冥顽。偶听啼鴂怨春残。　　坐觉无何消白日,更缘随例弄丹铅。闲愁无分况清欢。

此词颇能反映作者的生活态度,饱经忧患却更加执着,感时伤世又不能有所作为，只能专事著述消磨时光。

晚清还有一批匡国济世的英才，如黄遵宪、谭嗣同、梁启超、秋瑾等，他们虽不以词名，仅偶尔涉足词坛，但在屈指可数的词作中，却流露出惊世骇俗的气概。字里行间，热情滚滚，催人奋发，感人泪下。如梁启超的《金缕曲》：

> 昨夜东风里，忍回首、月明故国，凄凉到此。鹑首赐秦寻常梦，莫是钧天沉醉？也不管人间憔悴。落日长烟关塞黑，望阴山、铁骑纵横地。汉帜拔，鼓声死。　物华依旧山河异。是谁家、庄严卧榻，尽伊酣睡？不信千年神明胄，一个更无男子。问春水、干卿何事？我自伤心人不见，访明夷、别有英雄泪。鸡声乱，剑光起。

更值得一提的是鉴湖女侠秋瑾，她愤于国政，引亢长啸，她在《鹧鸪天》一词中喊出了时代的最强音：

> 祖国沉沦感不禁，闲来海外觅知音。金瓯已缺总须补，为国牺牲敢惜身？　嗟险阻，叹飘零。关山万里作雄行。休言女子非英物，夜夜龙泉壁上鸣！

词中一股英雄豪气喷薄而出。它已经不是一般人忧国伤时的叹息，而是奋起救国、不惜以身殉国的誓言。

一部词史绵延千年，从一开始就是男作闺音，这种表现形态一直在词史中占据主导地位，以致“诗庄词媚”成为大多数治词者的共识。然而在清词的终点却站起一位真正的巾帼英雄，奏弹起比苏、辛更加激烈的铁琵铜琶。其慷慨豪迈的雄风，“莽红尘、何处觅知音”的诘词，反教千载男儿莫能仰视应答。对比词的发端，古代词史的终结竟是如此幽默，如此出人意料，如此发人深思与耐人寻味。

第五章　蔚为壮观的清代小说(上)

在中国文学的历史上,小说往往让普通人更加喜闻乐见,统治者也往往在意小说对普通市民的影响,有时甚至动用政治工具来强行禁黜,清代这种禁黜情况也是客观存在的。也正是在清代,中国古典小说在一片禁黜、诅咒声中进入了它的全盛时期,在创作的质和量方面都达到了此前时代所不曾达到的水平。

第一节　个性鲜明,佳作迭出:清代小说的繁荣

清王朝从1636年建立到1911年覆亡,经历了两个多世纪的漫长岁月。这是中国封建社会逐渐解体的一个转折时期,却是我国小说史上的一个黄金时代。这一时代产生的小说,题材广泛、风格多样、类型齐全、质量上乘、个性鲜明,令后世至今仍难企及。

一、清代小说的观念

清代的小说观念相比明代来说,有了长足的进步。明人对小说的认识,多用以攀附经史子集,强调其"扶持纲常""劝善惩恶"的社会效果。明末,世情小说《金瓶梅》的问世标志着我国古代长篇小说的创作开始进入一个新阶段,同时也影响到批评家的小说观念,改变了他们的批评意识,使他们领悟到通俗小说创作的某些特色和规律。比如,明人谢肇淛称《金瓶梅》是作者"采摭曰逐行事,汇以成编"(《金瓶梅跋》);袁中道说它"在琐碎中有无限烟波"(《游居柿录》);清人张竹坡也说它"乃隐大段精彩于琐碎之

中”(《第一奇书凡例》)。他们都看到了《金瓶梅》不同于其他小说流派的艺术特色。

进入清代后,小说观念不断得到丰富与完善。到了清代中叶,罗浮居士的《蜃楼志序》在对当时及明末清初人情世态小说创作的经验进行总结的基础上,提出了一种较为明确的小说观念。他首先从内容和形式上划清了小说和经史、诗文、辞赋的界线,确定了小说的特定范围,然后指出:“其事为家人父子日用饮食往来酬酢之细故,是以谓之小;其辞为一方一隅男女琐碎之闲谈,是以谓之说。然则,最浅易,最明白者,乃小说正宗也。”(《蜃楼志序》)这一观念实质上就是要求小说运用通俗的语言,描写现实社会中的普通人物和日常生活,使人读来感到浅易明白。这一小说观念形成后,对清代的小说创作产生了重要的指导作用,如《红楼梦》《武林外史》《官场现形记》等小说的创作都深受这一观念的影响。此外,这一观念与我们今天所说的现实主义小说的基本特征是较为符合的,因而从总体上来说是比较合理的。

二、清代小说的基本主题

清代统治者完成了有明一代所未能全部完成的任务,即真正确立了程朱理学作为官方哲学的独尊地位,把皇帝在意识形态领域的威权推向极端。然而,由皇帝“钦定”意识形态的做法虽能收一时的政治之效,却不能真正抹平文化发展潮流的演进轨迹。因此,在一片“钦定”“御纂”的历史氛围中产生的清代小说的主题,几乎都与“程朱理学”的理论直接针锋相对。此外,清代小说的基本主题上承明清之际以反理学为中心内容的社会批判思潮,下启近代文化改良运动,深刻体现了中国文化向近代演进的鲜明轨迹。具体而言,清代小说的基本主题有以下几个。

(一)反禁欲主义

理学体系的核心和归宿是人性论。“程朱理学”认为天理与人欲是对立的,只有"存天理灭人欲"才能达到人与社会的适应和协调。在这种理学观念之下,自然人性被驱逐出了"人性"的"理想国",而广大下层人民和处在社会最底层的广大女性可以说是这种"天理人性论"的直接受害者。

对于这一观念,清代小说家通过自己的创作进行了反抗。他们以"人心"反抗"道心",以"人欲"反抗"天理",要求自然人性的发展,这是清代小说中最常见,也是最有生气的主题。比如,《女仙外史》《儒林外史》都以原始儒学的人道主义温馨来与程朱人性学说的苛刻、残酷伦理教条相对抗;《聊斋志异》以非现实题材,把在现实生活中为"天理"所压抑、所不容的人的自然情感和欲望托之于狐仙鬼怪尽情地传达出来,并做了诗意渲染与热情讴歌;《红楼梦》则在更高的理性自觉上揭示了天理人性论的荒谬和虚伪,并在肯定"情欲天成"的基础上对人性的社会性内容做了深刻的辨析,同时对理学赖以附丽的封建制度本身做了一定程度的否定性判决。

(二)反八股取士

清代的统治者将官学定为理学,用"八股"科举作为文官考试制度。理学和八股实际上是互为表里、相互为用的,不仅严重禁锢了人们的思想,扼杀了人们的创新能力,而且不利于国家网罗有用人才,阻碍了社会、经济以及文化的发展。

清代的很多小说家都看到了八股取士制度的危害,于是在小说创作中对其进行了深刻地揭露与批判。因此,反八股科举也是清代小说的一个重要主题。比如,《后西游记》《镜花缘》等对智能被毁坏的迂腐儒生进行了揶揄嘲笑,《聊斋志异》对科场弊端进行了尖锐的讽刺与抨击,《儒林外史》《红楼梦》对科举制度进行了深刻的反思和激烈的否定等。

(三)反理性空谈

经康熙所钦定的"程朱理学"是纯粹的"循理""尽性"之学。

其认为“天理”是既定的伦常规范与社会秩序，也是万事万物的法则。“循理”是对封建秩序的体认、遵循与服从，也就是对自然规律的尊重与遵循。理学的这种逻辑结构决定了它价值观上的重“内圣”而轻“外王”，也造成鄙弃实学、崇尚性理空谈与事功的基本价值取向。

对于程朱理学崇尚性理空谈的做法，清代小说也予以了反抗。比如《女仙外史》《儒林外史》都以原始儒家学说为武器，对程朱理学以性理空谈相尚的价值观做了尖锐的指斥和否定；纪昀的《阅微草堂笔记》批评宋儒，最重要的内容之一也是批评它唯知“坐谈性天”，而视礼、乐、兵、农为末节的空疏之弊等。

三、清代小说的演变

清代小说总体上来看可以分为三个时期，即清代初期的小说、清代中期的小说和清代末期的小说。

（一）清代初期的小说

清代初期主要包括皇太极、顺治、康熙三朝。这是清王朝逐步建立与巩固政权的时期，也是清代小说在前代基础上努力发展的时期。明末清初是一个战乱频繁、社会动荡的时代，思想家黄宗羲看出了这个“百足之虫”行将僵死的征兆，发出了“天崩地解”的惊呼。清代初期的小说正是在这沧桑变革的时代出现了许多杰出的作家和作品。

这一时期的小说，不论是创作质量与数量，还是创作流派与风格，都取得了一定的成绩。其中，英雄传奇与历史演义小说欣欣向荣，《说岳全传》《水浒后传》等作品在当时民族矛盾上升的情况下，借写历史英雄人物与事件，反映出当时人们一定的民族情绪与反抗意识。此外，这一时期的历史小说中出现了演述当时政治事件的一类作品，它们面对现实斗争，“共抒天下公愤”，爱憎分明，有明确的创作意图。《梼杌闲评》《樵史通俗演义》等是这类作品中的杰作。

除了历史演义和英雄传奇小说外，这一时期其他类型的小说也有了一定的发展。比如，兴起于明末至顺治年间，在康熙、雍正时期风行一时的才子佳人小说形成了一个新的小说创作流派。相比之下，世情小说发展较慢，有价值的作品是《醒世姻缘传》《林兰香》与《姑妄言》。明代兴起的神话怪异小说在这一时期也处在休歇状态，只有《济公全传》《后西游记》尚可诵读。这一时期的文言短篇小说蓬勃发展，《聊斋志异》用传奇法而以志怪，发展了前代文言小说的体制。这一时期的话本小说的创作又掀起一个热潮，题材内容与叙事体制都有一些创新突破。

（二）清代中期的小说

清代中期的小说是从雍正开始一直延续至道光前期的鸦片战争，大约 120 年的时间。这是清王朝由盛而衰的时期，也是清代小说的高峰期。

这一时期的小说由于有明末清初艺术技巧的积累，加之当时社会生活诸因素的促进而使得作品大量涌现，形成一种群星争辉的灿烂局面。鸿篇巨制在这一时期空前繁荣，产生了《红楼梦》这样一部最伟大的世情小说。在《红楼梦》的影响下世情小说也从此成为中国小说史上的主流之一；儒林小说在这一时期异军突起，其专门描写读书人的精神状态，以《儒林外史》最为经典；以才学见长的杂家小说、从古代神话寓言演化而来的荒诞寓意小说、由侠义和公案小说合流而成的侠义公案小说、由才子佳人小说和英雄传奇相互影响而成的儿女英雄小说在这一时期也兴起或产生，其代表作分别是《镜花缘》《常言道》《野叟曝言》等；历史演义小说在这一时期如苍烟落照，缺乏新意，日渐枯竭；英雄传奇小说在这一时期是比较兴盛的，《双凤奇缘》《粉妆楼》等是较有意义的作品；文言小说创作在这一时期又出现了一个繁荣局面，以《阅微草堂笔记》的影响最大，它在体制上有意与《聊斋志异》相抗衡，成为拟晋派小说的代表作；这一时期的话本小说沿袭了前代劝善惩恶的创作宗旨，除了空泛的说教，几与现实无涉，不复有生趣。

（三）清代末期的小说

清代末期是指从1840年鸦片战争到1911年的辛亥革命，共71年时间。这是清王朝的衰亡时期，也是中国古典小说的终结时期。

在这一时期，中国陷入半殖民地半封建的悲惨境地，封建势力与外国侵略者勾结一起，共同扼杀中国人民的革命运动。与此相对应，这一时期的小说也已完全进入低洼的山谷。

这一时期的章回小说，主要是侠义公案小说和狭邪小说两大类。前者曾风靡一时，较清代中期有了很大的发展，以《忠烈侠义传》《彭公案》最为著名；儿女英雄小说在这一时期也有了一定的发展，以《儿女英雄传》最为著名，它全面宣扬忠孝节义等封建伦理道德，表达了作者希望封建末世衰而复振的幻想；狭邪小说在这一时期大量涌现，形成一个新的小说创作流派，或是对娼家的不幸命运给予深切同情，或是掩盖妓女制度的罪恶，表现士大夫庸俗的情趣，以《品花宝鉴》《海上花列传》较有代表性；历史演义小说和才子佳人小说在这一时期大都继承前代流风余绪，成就不大，其中《荡寇志》是历史演义类小说中比较特殊的一种，它乃反《水浒传》而作，意在鼓吹“尊王灭寇”，政治倾向是反动的，但艺术上有可取之处；文言小说在这一时期基本上是前一时期创作的一种延续，且已趋于衰落，《夜雨秋灯录》是较好的一部文言小说作品；话本小说在这一时期数量相比前一时期有了增加，但思想倾向仍继承了过去的劝惩传统，价值不大。

四、清代小说的创作成就

明朝是小说创作的集大成期，有被誉为“四大奇书”的《三国演义》《金瓶梅》《西游记》《水浒传》问世，而清代小说创作相较明代并不逊色，清代小说数量众多、流派纷呈，形成一种群星璀璨的繁荣局面。在这一时期,文言小说与白话小说互相影响,彼此争胜,两者都得到了很大发展,达到各自的全盛时期。

清代的小说从创作者来看大多都是文人的独立创作,直接抒发了作者本人对社会生活的感受。清代章回小说一般都有自己的一些独创性,有人称《儒林外史》是我国“第一部文人独立创作的长篇小说”,《红楼梦》更完全打破了传统的思想和写法。即使一些历史演义和英雄传奇,如《隋唐演义》《水浒后传》等,对史料和旧作有所依傍与借鉴,但作家也能根据自己的生活体验来选取题材、结撰故事、描写人物,艺术上有一定的创新。此外,话本小说如《醉醒石》《连城壁》《十二楼》《豆棚闲话》等在叙事体制上也有所创新。

清代的小说有着众多的流派。章回小说、历史演义和英雄传奇有《隋唐演义》《说岳全传》《水浒后传》;世情小说有《林兰香》《醒世姻缘传》《红楼梦》《歧路灯》;儒林小说有《儒林外史》;杂家小说有《镜花缘》;儿女英雄小说有《野叟曝言》;才子佳人小说有《玉娇梨》《平山冷燕》《好逑传》《金云翘传》;侠义公案小说有《忠烈侠义传》;狭邪小说有《品花宝鉴》《海上花列传》;话本小说有《无声戏》《十二楼》;文言小说有《聊斋志异》《阅微草堂笔记》《夜雨秋灯录》等。各种流派争奇斗艳,异彩纷呈。

清代的小说从数量上看是极为丰富的。据江苏省社会科学院明清小说研究中心编《中国通俗小说总目提要》收录,清代初期至清末的章回小说,有340部左右;据侯忠义、袁行霈编《中国文言小说书目》著录,清代的文言小说总数有500余种,但多为掌故丛谈、辨伪订误之类;据孙楷第《中国通俗小说书目》和胡士莹《话本小说概论》著录,清人编刊的拟话本专集和选集有近50种。

清代的小说从创作倾向来说,大多表现出一种浓重的“忧患”意识。从清初的眷怀过去,到清中期的凝注现实,到清末期的探索未来,不少作品都笼罩着这种悲壮感伤的情绪。比如,吴敬梓耽于世心不古、追慕上古“礼乐兵农”的理想,在《儒林外史》中描绘了一幅悲怆的儒林世相图；曹雪芹感叹世态炎凉、人情淡薄，在《红楼梦》中唱出一曲封建“末世”的挽歌等。

第二节　传奇风韵，弥漫天下：文言小说创作的高峰

文言小说最早出现于魏晋六朝时期，唐人传奇的出现则标志着文言小说已由笔记体发展为故事体。宋元两代白话小说勃兴，相较之下文言小说则进入低谷。明前期李祯、瞿佑等作者有意步趋唐人，有振兴传奇之势，但他们的传奇作品集《剪灯余话》《剪灯新话》写闺情艳语较多，文笔冗弱，并未改变文言小说的衰微状态。及至明末清初，文言小说开始突出困境而走向坦途，形成了以《聊斋志异》为主体的群峰拱岱的新高峰，开创了文言小说史上的一个新时代。综观清代的文言小说创作，可以发现主要有四种类型，即传奇类文言小说、志怪类文言小说、轶事类文言小说和杂俎类文言小说，其中以传奇类文言小说和志怪类文言小说的影响最大。

一、传奇类文言小说

在清代初年，不少文人学士模仿唐人小说，竞相撰作传奇文。正如鲁迅所说：“盖传奇风韵，明末实弥漫天下，至易代不改也。”(《史略》)尤其是蒲松龄，用传奇法以志怪，创作了兼具魏晋志怪和唐宋传奇两体之长的《聊斋志异》，成为我国文言短篇小说的巅峰之作。到了清代中期，有不少文言小说继承和发展了《聊斋志异》的传统，措词拘局，雅近《聊斋》，形成洋洋大观的“聊斋系列”，如沈起凤的《谐铎》、曾衍东的《小豆棚》、乐钧的《耳食录》、长白浩歌子的《萤窗异草》、荆园居士的《挑灯新录》、俞梦蕉的《蕉轩摭录》。这些作品虽多模拟《聊斋志异》，但它们的文体风格也不尽一致，有些作家的创作也很有新意。到了清代末期，仍不断有传

奇类文言小说问世。不过,这一时期的传奇类文言小说仍然多仿《聊斋志异》而作,且多记录旧闻,以作劝惩,社会意义不很大。朱梅叔的《埋忧集》、吴昌炽的《客窗闲话》、宣鼎的《夜雨秋灯录》、王韬的《遁窟谰言》、潘纶恩的《道听途说》,许奉恩的《里乘》等都是这一时期出现的传奇类文言小说。

在清代的传奇类文言小说的创作中,成就最大的当属《聊斋志异》,其作者是蒲松龄。蒲松龄能诗善文,然而给他身后带来巨大声誉的则是文言小说巅峰之作《聊斋志异》。《聊斋志异》创作时间跨越少年到老年,可谓蒲松龄一生心血的结晶。此外,《聊斋志异》的故事来源广泛,既有自己的经历与见闻,也有亲朋友人的提供,“四方同人,又以邮筒相寄”是也;有些改编自前代小说或笔记;有些则是作者在现实基础上的虚构。蒲松龄生前困窘,无力刊刻,最早以传抄形式流传,去世后流传愈广。他逝世半个世纪后的乾隆三十一年,赵起杲、鲍廷博据抄本编成十六卷本《聊斋志异》刊刻行世,世称青柯亭本,之后各种版本不断出现。

《聊斋志异》建构了一个花妖鬼狐的艺术世界,但正如冯喜赓题辞所云:“作境照魑魅,铸鼎穷神奸”[①],也正如鲁迅《中国小说史略》所云:“出于幻域,顿入人间”,花妖鬼狐的艺术世界,折射着人间的生活,也表现了作者的理想,具有丰富的社会文化内涵。

《聊斋志异》从内容上是极为丰富的。第一,它描绘、控诉了科举制度的腐败及其给文人带来的伤害。对于怀才不遇而又把终身理想寄托在科举考试的蒲松龄来说,使他最为“孤愤”的无疑是科举制度的腐败,因此他对科举腐败的体会最深、揭发也最准确、勾勒也最生动。比如,《素秋》《神女》等篇揭露科场徇私舞弊、贿赂公行的丑态;《司文郎》《考弊司》《于去恶》《叶生》等篇讽刺考官昏庸、良莠不分;《王子安》《续黄粱》等篇揭示了科举制度使文人的心理扭曲,卑琐无耻,也造成世风日下,情感淡漠。第二,它揭露和批判了现实社会的黑暗,展现了人民的反抗斗争,富有现

① 谭邦和.明清小说史[M].上海:上海古籍出版社,2006:188.

实意义。蒲松龄所生活的时代,社会政治腐败、官贪吏虐、豪强横行、生灵涂炭,这些在《聊斋志异》中都有所反映。比如,《促织》写皇上因一己之乐,造成百姓家破人亡,从一个侧面暴露了封建统治者的荒淫昏庸;《席方平》中席方平阴魂到地府为父申冤,但仇人用钱贿赂阴间官吏,致使席父和席方平在阴间饱受折磨,这比较集中地揭露了金钱的罪恶,以阴间的腐败折射了金钱对人类社会的渗透和腐蚀;《乱离二则》写清兵把打仗时"俘虏"的妇女,"插标市上,如卖牛马",谴责了侵略者的野蛮行径,更具有现实性;《梦狼》通过寓言式的梦境,揭露了"天下之官虎而吏狼者,比比也。即官不为虎,而吏且将为狼,况有猛于虎者耶"的本质等。第三,它借助于花妖狐媚对真挚的爱情进行了热情讴歌。《聊斋志异》中有100多篇爱情婚恋故事,也是写得最为精彩的篇章。在这些爱情婚恋故事中,有很多都是少女主动追求,先行示爱的。这些少女,多是鬼狐,姣好、清纯、智慧、善良,而且自由、自立、自信、自主,她们常常翩然而至,有如女神,给书生带来意外的精神慰藉。鲁迅《中国小说史略》所谓"花妖狐魅,多具人情,和易可亲,忘为异类,而又偶见鹘突,知复非人"指的主要就是这种情形。比如《聂小倩》中女鬼聂小倩原受妖物驱遣,用金钱和美色祸害生人,遇到宁采臣后,为他的正直所感动,主动告诉实情,帮助宁采臣杀灭妖物,并主动追随宁采臣到家,操持家务,侍奉宁母,最终取得宁母的信任和谅解;《香玉》中劳山下清宫外牡丹花和冬青树化为香玉、绛雪两少女,来伴黄生的读书生活,一为"爱妻",一为"良友",多么美妙的情景;《青凤》写耿去病与狐女青凤相恋,耿生不避险恶,急难相助,对青凤感情恳挚,青凤也不畏礼教闺训,爱慕耿生,终于获得幸福结局。在青年男女没有恋爱自由的封建社会里,这些充满美丽幻想的故事,表达了广大青年对真正爱情婚姻的向往和憧憬。第四,它对世俗民风进行了深刻讽喻。有的抨击了浇薄的社会风气,如《胡四娘》《凤仙》等写岳父母对贫富不同的女婿的炎凉态度,《镜听》写"贫穷则父母不子"的冷暖世情;有的表现了作者对妇女问题的一些进步见解,如《颜氏》《狐谐》《仙人岛》等歌颂了女子的超人才智,《侠女》《农妇》等赞扬了女子的独立人格等。

《聊斋志异》之所以风靡,和它的艺术特征有莫大的关系,鲁迅先生《中国小说史略》有相当集中的概括:“《聊斋志异》虽亦如当时同类之书,不外记神仙狐鬼精魅故事,然描写委曲,叙次井然,用传奇法,而以志怪,变幻之状,如在目前;又或易调改弦,别叙畸人异行,出于幻域,顿入人间;偶述琐闻,亦多简洁,故读者耳目,为之一新。”首先,《聊斋志异》描绘了一个丰富多彩的花妖狐魅世界。其主人公多为异类,但蒲松龄把人的性格与花妖狐魅的原型特征完美结合,以人的形神、性情为主体,将异类的属性特征融入或附加在其身上。比如,花姑子是香獐精,所以身上有香气(《花姑子》)。而在故事进展过程中或者行文将结束的时候,又显示一下异类的来由或属性,形成“使花妖狐魅,多具人情,和易可亲,忘为异类,而又偶见鹘突,知复非人”(鲁迅《中国小说史略》)的艺术美感。其次,《聊斋志异》记人叙事,似幻似真,铺排安放,变化莫测,很注意故事情节的曲折有致,引人入胜。这是它在艺术结构上的很大特色。比如《促织》围绕蟋蟀的得失来安排情节,写主人公成名由悲而喜,喜极生悲,悲辍复喜。故事逶迤推进,读者的心弦也随之忽张忽弛。再次,《聊斋志异》塑造了一系列令人难忘的人物形象,大都栩栩如生,具有鲜明的性格特征。比如,同为狐狸幻化的女子,婴宁天真烂漫,憨态可掬(《婴宁》);小翠顽皮善谑,喜开玩笑(《小翠》);青凤温柔拘谨,情意缠绵(《青凤》)。同是女鬼,聂小倩绰约可爱,被胁迷人,但心地善良(《聂小倩》);林四娘意绪风流,喜诗善歌等。最后,《聊斋志异》的语言典雅洗练而又生动平易。写景状物,简净明洁,清新自然;人物对话,雅俗结合,谐谑有趣。比如,《邵女》写媒媪声口,《刘姓》写恶霸腔调,《阎王》写村妇口吻,《翩翩》写仙女言谈,都神采飞扬,颇为传神。不过,有时用典过多,失之古奥。除此之外,《聊斋志异》在环境烘托、细节运用、心理描写等方面皆有突出的表现。

二、志怪类文言小说

清代志怪小说的发展，是文言小说最后的辉煌，出现了许多成就较高且特色鲜明的小说集。这些特色鲜明的志怪小说集，一方面体现出作者个体的价值取向，另一方面烙有很深的社会政治与思潮的印迹。

清初的志怪类文言小说集，主要有李王逋的《蚓庵琐语》、陆圻的《冥报录》、东轩主人的《述异记》、徐芳的《诺皋广志》、佟世南的《耳书》等。这些作品有的摭录异闻杂事，有的记述灾祥怪异，间亦涉及明末清初时事，大多意主劝诫，创作意识带有浓重的功利倾向。比较而言，它们的成就不及传奇类志怪小说。到了清代中期时，志怪类文言小说仍不断有作品问世。这些作品主要继承了魏晋志怪传统，内容宏广博杂，语言尚质黜华，与拟《聊斋志异》类作品的旨趣和风格迥然不同。《秋灯丛话》、袁枚的《新齐谐》、纪昀的《阅微草堂笔记》、屠绅的《六合内外琐言》、金棒阊的《客窗偶笔》、许仲元的《三异笔谈》、慵讷居士的《咫闻录》等都是这一时期较为典型的志怪类文言小说。进入清代末期后，志怪类文言小说的创作在体式上多承继《阅微草堂笔记》，主要作品有俞鸿渐的《印雪轩随笔》、许秋垞的《闻见异辞》、俞樾的《右台仙馆笔记》《耳邮》等。这些作品所记不出轶闻琐事，题旨亦多以劝诫为主。其中，俞樾的学识文笔接近纪昀，文学性比较强。

在清代的志怪类文言小说的创作中，成就最大的当属《阅微草堂笔记》。其创作者纪昀(1724—1805)，字晓岚，一字春帆，直隶献县(今属河北省)人。乾隆进士，历任侍读学士、学政、知府等。后因姻亲罹法，纪昀"漏言"获罪，谪戍迪化。三年后，遇赦回京。乾隆三十八年(1773)，开始任《四库全书》总纂官十余年，并主持写定《四库全书总目提要》。后累官至礼部尚书、协办大学士。纪昀学问渊通，长于考证训诂。除本书外，尚有诗文集《纪文达公遗集》三十二卷。

《阅微草堂笔记》是纪晓岚晚年的遣兴之作，该笔记包括《滦阳消夏录》(6 卷)、《如是我闻》(4 卷)、《槐西杂志》(4 卷)、《姑妄听之》(4 卷)、《滦阳续录》(4 卷)，共 1 196 则。自乾隆五十四年至嘉庆三年，纪昀花十年时间陆续写成。嘉庆五年门人盛时彦合刊印行，当时定名《阅微草堂笔记五种》，后又有《阅微笔记》和《阅微草堂笔记》等多种称谓。

就思想内容看，《阅微草堂笔记》“不乖于风教”(《阅微草堂笔记·姑妄听之》小序)，盛谈因果报应，宣扬封建伦理道德，但也多有批判现实之笔。具体而言，《阅微草堂笔记》主要包括五方面的思想内容。一是揭露官场的污浊，反映民间的疾苦。由于作者多年宦海浮沉，对官场弊端有真切感受，所以，这部分内容写得异常冷隽尖峭。比如，如卷六第十则借鬼之口揭露无论人世幽冥，整个官场都“相攘相轧”，腐败成风；卷八第十三则记述了“明季，河北五省皆大饥，至屠人鬻肉”的惨痛景象。二是抨击浇薄世风，揭穿鬼蜮伎俩。鲁迅曾指出：纪昀“很有可敬佩的地方：他生在乾隆间法纪最严的时代，竟敢借文章以攻击社会上不通的礼法、荒谬的习俗，以当时的眼光看去，真算得很有魄力的一个人”(《中国小说的历史的变迁》)。书中不少作品描写了当时人情的冷暖、世态的炎凉，表现了作者的愤世嫉俗之情。比如，卷十七第四十三则，连写六个以假象惑人的小故事，说明京城遍布陷阱，暗伏机谋，人情狙诈，稍不谨慎，便会上当受骗。三是抉摘理学流弊，鄙薄宋儒学风。小说对理学家虚伪的言行、苛察的议论、拘迂的见解、空谈的学风，往往“有触即发”，痛加驳斥和抨击。比如，卷九第七十一则记一未婚先孕的女子，两次找某医生买堕胎药，医生以“岂敢杀人以渔利”回绝，迫使那女子自缢而死。后女子在阴司告了他，冥官喟然曰：“宋以来，固执一理，而不揆事势之利害者，独此人也哉？”由此谴责了理学家的迂腐，不知权变。四是识别鬼怪狐魅，宣扬不怕鬼精神。比如，卷一第二十二则“曹某不畏鬼”、卷六第九则“许南金戏鬼”、卷八第四十七则“鬼避姜三莽”等。五是描写爱情悲剧，哀怜妇女的不幸遭遇。与《聊斋志异》相比，《阅微草堂笔记》中的爱情故事很少，而且写的多是下层社会男女的爱情悲剧。比如，卷十五第七则写佃户子女三宝、四宝的爱情遭遇；卷十二第十七则写“窭人子”青年夫妇的双双殉情等。

在艺术上，《阅微草堂笔记》最明显的特征是“著述者之笔”的特征，盛时彦多所阐发，道：“辨析名理，妙极精微，引据古义，具有根柢，则学问见焉。叙述剪裁，贯穿映带，如云容水态，迥出天机，则文章亦见焉。……夫著书必取熔经义，而后宗旨正；必参酌史裁，而后条理明；必博涉诸子百家，而后变化尽。譬大匠之造宫室，千楹广厦，与数椽小筑，其结构一也。故不明著书之理者，虽诂经评史，不杂则陋；明著书之理者，虽稗官脞记，亦具有体制。”①简单点说，这“著述者之笔”有三种表现，即把学术思想融入小说中，把学术范畴的考据方法引入小说，小说的创作从传奇的虚构回归晋宋的实录，力图使小说有“资考证”的功用。

此外，《阅微草堂笔记》还有以下几个鲜明的艺术特征。一是叙事简古渊雅。它记录见闻，往往不讲来龙去脉，不加铺张渲染，多粗笔勾勒，略陈梗概，即事见理，但章法谨严，叙述简雅，饶有情致。二是议论妙极精微，议论形式，或借他人之口，或直抒己见，灵活多样；内容多持论平允，鞭辟入里，予人以启迪。三是语言质朴无华。叙事写人，绘景状物，语言平实，简洁自然。看似随兴所至，当即挥毫，实则字斟句酌，摇曳多姿，饱含情韵，别具笔记神采。四是风格古淡典实。鲁迅曾说《阅微草堂笔记》“雍容淡雅，天趣盎然”（《中国小说史略》）。比如，卷四第三则，写两位以道自任的塾师，正一本正经地对众生徒“辩论性天，剖析理欲”，忽微风吹来两人密谋侵夺寡妇田产的密札。叙述平淡无奇，但婉而多讽，暗藏机锋。

《阅微草堂笔记》问世后，在文人学者中广泛流传，与《聊斋志异》形成齐名对峙之势。蔡元培序其书云：“清代小说最流行者有三：《石头记》《聊斋志异》及《阅微草堂笔记》是也。”当代作家孙犁

---

① 谭帆．明清小说分类选讲[M]．北京：高等教育出版社，2007：264－265．

也认为:"《阅微草堂笔记》是一部成就很高的笔记小说,……它与《聊斋志异》是异曲同工的两大绝调。"

三、轶事类文言小说

轶事类文言小说也称志人类文言小说,内容或重在记录历史琐闻,如旧题汉刘歆撰《西京杂记》等;或专以缀辑名士言行,如南朝宋刘义庆撰《世说新语》等。

清初轶事类文言小说,大多亦步亦趋,仿效《世说新语》体例,成为拟魏晋小说的别一分支。内容方面,有的专辑明代文人遗事,如梁维枢的《玉剑尊闻》、吴肃公的《明语林》等;有的则以类分,如李清的《女世说》、颜从乔的《僧世说》、章无功的《汉世说》等。这些作品多为零简短帙,随意撮录,可作为征文考献的资料。有的则多记今人的畸行轶闻,能反映清初文人士大夫的生活和思想风貌,有一定可读性,如汪琬的《说铃》、王晫的《今世说》等。这里着重分析一下《今世说》。

《今世说》共有八卷,书中所记均为顺治、康熙两朝文士的言行逸事,所以称为《今世说》。这部小说的体例全仿《世说新语》,分类亦仍其旧,但删去了"自新""黜免""俭啬""谗险""纰漏""仇隙"六类,以"引长盖短",避免开罪于时人。小说文笔亦简净雅洁,意趣明达,颇有魏晋风味;部分记述,篇幅较长,记叙稍详,接近唐人小说韵致。比如,"吴薗次"写词人吴绮诚挚待人,"不以欣戚改观",表现他不凡的气度;"孙豹人"条写诗人孙枝蔚"应召入都",但几次拒绝"授衔",表现他不愿入仕的襟怀;"方渭仁"条写他的年少负气,与人会文,"振笔直书,涛怒云舒,不可端倪",表现他的孤高自傲等。这些描写有如精妙的写生,往往能通过一两个精练的细节凸显出人物的某种性格特征。此外,对于这部小说来说,其最大的价值是可以帮助人们了解许多清初的文坛掌故和文士心态。

到了清代中期,轶事类文言小说的发展较为缓慢,且几乎没有有价值的作品。到了清代末期，轶事类文言小说的创作又出现了短暂的繁荣。总体而言，这一时期的轶事类文言小说在体例上亦模拟《世说新语》，内容则继承清初风气，有如《汉世说》《女世说》等，多就某类题材以立异，没有什么创新。比如，高承勋的《豪谱》，专辑所谓“豪气”故事；徐土銮的《宋艳》，专辑宋代婢妾娼妓故事等。这些故事，大多矫揉造作，标榜声气，价值不大。其他如独逸窝退士的《笑笑录》，则仿效三国魏邯郸淳《笑林》体式，选录唐宋至清末笑话近千则，属轶事小说中的笑话类。当前，这一时期的轶事类文言小说也有个别短小精悍，幽默活泼，寓教于乐，亦庄亦谐，较有意义的作品。比如，录自《潜庵漫笔》的一则笑话云：“尝有门生两人。初放外任，同谒老师者。老师谓今世直道不行，逢人送顶高帽子，斯可矣。其一人曰：‘老师之言不谬，今之世不善高帽如老师者，有几人哉？’老师大喜。既出，顾同谒者曰：‘高帽已送去一顶矣。’”这对喜欢阿谀奉承者的讥讽，可谓绝例。

四、杂俎类文言小说

这里所说的“杂俎”，是指一种分类系事、辑录各种材料的笔记体小说。以此命名，始于唐代段成式所撰《酉阳杂俎》。这部作品把志怪、传奇、杂录、琐闻、考订诸体汇为一编，内容庞杂，故称“杂俎”。清人的杂俎笔记汗牛充栋，集历代之大成。其中间杂大量传奇、志怪故事，有浓厚的小说色彩。

《池北偶谈》和《觚胜》是清初杂俎类文言小说的代表作。《池北偶谈》共二十六卷，创作者是王士禛。全书分为四目，凡“谈故”四卷、“谈献”六卷、“谈艺”九卷、“谈异”七卷。前三目保存史料较多，可补史载之阙，有较大参考价值；后一目专记神鬼怪异故事，近400篇。在这部书中，有些作品文笔简朴遒劲，不事粉饰，颇似六朝文风，且嘲谑诙谐，意在劝惩，有一定意义。比如，《相国孙》条，写“云间某相国之孙某，乞米于人，归途无力自负，觅一市佣代之，嗔其行迟，曰：‘吾生相门，不能肩负，固也；汝佣也，胡为亦尔?'对曰:'吾亦某尚书孙也。'"寥寥数语,描摹逼肖,讥刺贵族子弟的落魄丑态,发人深思。

《觚胜》共八卷、续编四卷,其创作者是钮琇(?—1704),字玉樵,江苏吴江人。康熙时拔贡生,历任河南项城、陕西白水、广东高明等县知县。为官清廉,"操行坚苦,嚼然不淄"(潘耒《临野堂集序》)。

《觚胜》是钮琇任高明知县时所作,记述了他在各地的所见所闻。书中所记内容大体分为两部分,一为诗文杂事,间及考证,多明末清初史料,如《虎林军营唱和》揭示了清初文字狱的恐怖;《佞佛》讥讽酷嗜佛法者的愚昧;《百岁观场》记述了知识分子迷恋科举的丑态等,多以纪实为主,直录见闻,文学性不强。二为志怪、传奇故事,这部分内容,佳篇纷呈,多所可取,如《河东君》记名妓柳如是与学士钱谦益的遇合始末;《圆圆》记名妓陈圆圆与将军吴三桂的悲欢经过,都有掌故,足资参证,而且情节曲折而细腻,幽艳凄婉,描述生动。此外,这部书中的爱情婚姻的故事也较有意义,或颂扬至情,或讽喻时事。比如,《廷式再见》写少年书生韩云门,能体察女方痛苦,不因未婚妻两目失明而毁弃婚约,后来出为教谕,携妇偕行。情意真挚,十分感人;《义娘》以清兵南下这一历史事件为背景,着力描写了女主人公的悲惨命运,控诉了战争给人民造成的深重灾难。

从艺术方面来看,《觚胜》的大多作品"幽艳凄动,有唐人小说之遗"(《四库全书总目》)。一些短章片语,亦多理趣,隽雅可味。但有些篇章过分讲究辞藻,往往点缀敷衍,以成佳话,缺乏生气。

在此之后,清代的杂俎类文言小说多承《觚胜》一类小说而来,如黄钧宰的《金壶七墨》、陈其元的《庸闲斋笔记》、采蘅子的《虫鸣漫录》等。不过,大多数这类作品内容驳杂,纷论丛脞,颇似历史琐闻,大多不能视作小说。不过,也有部分这类作品文笔生动,诙谐多趣,稍有文学意味。比如,《庸闲斋笔记》中《仕途中炎凉态》写相国勒襄勤初任成都府通判时,不得上官喜欢,动遭呵斥,参衙时,同官也不与他谈话。后新任总督来,原来是他十年前的故交，待他亲厚，于是身份顿改，首府县官敬重他，衙参时，人们都对他逢迎欢笑。小说前后对比，点染成趣，揭示仕途的炎凉，官场的势利，辛辣有力，耐人寻味。

第三节　内外交困，步入衰竭：话本小说的发展与衰落

话本是由民间产生和发展起来的新型文学样式，主要指宋元小说家话本和明清模拟小说家话本文体形式创作的拟话本，即具有小说家话本体制的短篇白话小说。话本小说在篇章体制、功用宗旨、题材取向、叙事方式等诸多方面形成了一整套独具一格的文体规范与特征，因而它的出现标志着中国古典小说的发展进入了一个新阶段。在明末清初时，话本小说的创作达到高潮，话本小说集如雨后春笋，大量出现。但是，自清代中期起，话本小说的创作黯然失色，逐渐走向了衰落。

一、话本小说的发展

清代顺治、康熙两朝近80年，话本小说在晚明进步文学潮流的影响下，仍然保持着继续发展的势头。《鸳鸯针》《醉醒石》《云仙笑》《五色石》《八洞天》《连城璧》《十二楼》《照世杯》《女才子书》《载花船》《人中画》《跨天虹》《西湖佳话》《生绡剪》《珍珠舶》《豆棚闲话》《醒梦骈言》《飞英声》《五更风》《风流悟》和《二刻醒世恒言》等大批著名的话本小说集就是在这一时期陆续问世的。

这一时期的话本小说创作，“医国”和“补天”是最为突出的主题思想。也许作者们已感到封建末世的即将来临，他们从封建王朝表面的繁荣中已嗅到了这艘千疮百孔的破船即将要沉没的信息，于是打出“医国”和“补天”的旗号，力图挽救即将崩溃的封建王朝。

“医国”小说的出现，是时代的产物。“医国”小说的实质，就

是要为封建社会填补千孔百疮，以使它的躯体尽快康复。它的基点是要维护统治阶级的利益。相对说来，这类小说中的思想锋芒稍为逊色。但它出于疗救的目的而揭示旧制度的各种弊病，又有利于人们认清封建社会的腐朽本质。它和晚明进步文学潮流在大方向上是一致的。《鸳鸯针》可以说是"医国"小说的代表性作品。

《鸳鸯针》是晚明儒林生活的实录，作者署名为"华阳散人"，有人以为这是明末清初人吴拱宸的别号。全书共四卷，每卷四回，各演述一则故事。第一卷《鸳鸯针》叙述杭州秀才徐鹏子的故事；第二卷《一枕奇》叙述南昌文人时大来的故事；第三卷《双剑雪(一)》叙述山东秀才卜亨的故事；第四卷《双剑雪(二)》叙述江西米商范顺的故事。这四则故事的侧重点略有不同，但在揭示社会黑暗这一点上，却又呈现出惊人的相似。比如，第二卷第三回描写时大来在狱中处处受人照顾，感到非常奇怪，风髯子向他道破"天机"说：实对你说罢，我来会个朋友，在前日那酒楼上，只见尊嫂啼哭走来，我就也疑心。……当晚送了二百两赤金进去，内面同出，明日听发放。又把了十两银子，与钱可通，并打点衙门，伺候领保。你说这般凑巧，那般清廉。这是都恁样起来，天下该久已太平了。这只是信手拈来的小小一例。但也可以看出，"华阳散人"创作《鸳鸯针》，确是抱着"医国"的目的，重在揭示封建社会的各种弊病，给予针砭，以图救时济世，用心是何等的良苦。

在清初的话本小说中，"补天"小说与"医国"小说是相类的，代表性作品是《八洞天》。

《八洞天》的作者是徐述夔(1691—1763)，原名赓雅，字孝文，号遽堂，江苏扬州府东台县拼茶场人。乾隆三年(1738)中举，一生经历康熙、雍正和乾隆三朝，是一位具有反清复明思想的文人，曾因"一柱楼诗案"而遭剖棺戮尸。全书共有八篇小说，皆托历史题材之名，反映清代现实生活，说明它的创作是在全国笼罩着"文字狱"的阴影之时。这部小说出于倡立封建伦理道德的目的，还把艺术的笔触刺向当时社会的各种贪鄙和势利之徒。比如，《醒败类》叙述一个“两面人”——财主毕思复见穷亲戚穿旧衣哭穷，对从弟和母舅等不肯看顾，一毛不拔；而有贵客来，却换好衣，“胁肩谄笑，奔走奉承”，生动地勾画出这伙势利者的丑相。

徐述夔在《八洞天》的自序中说，人间的世事，“不克如人愿者”太多；“缺不胜缺”“补亦不胜补也”，表明他所生活的时代，封建社会已经无药可救。但是，作为一个“补天”派的文人，他不愿意看到封建社会的迅速溃灭，要追求一种“如人愿”和“快人心”的理想世界。这就是小说所描写的八个“别一洞天”。他认为，这些“别一洞天”，“不在人间世之中，而又未出人间世之外”。唯一的办法是运用儒家的伦理道德武器，对现实生活进行改造。所以，《八洞天》全书充斥着封建思想的说教，对黑暗社会统治的批判也显得苍白乏力。但是，徐述夔毕竟目睹过封建社会的罪恶，尤其是他心中的民族反抗情绪始终未泯。因此，小说中有关清代统治者的“文字狱”的描写，十分生动传神。

在清朝的话本小说创作中，有一位作家是十分值得关注的，即李渔(1611—1680)。他原名仙侣，后改名为渔，字谪凡、笠翁，号天徒，别号觉世稗官、新亭樵客、随庵主人、笠道人、湖上笠翁等，浙江兰溪人，乃清初的一个文学全才。他天性聪慧，一生著述颇多。

李渔的话本小说往往将批判的矛头指向上层统治阶级，如《归鹤楼》中竟然吃臣子醋的皇帝，《萃雅楼》中权倾一时、阴毒害人的权奸，《老星家戏改八字》中“洗去良心”的刑厅，《乞儿行好事》中骗占民女的乡宦等；而歌颂的许多都是社会下层的小人物，如《生我楼》中怜孤惜寡的小商贩姚继，《拂云楼》中聪明灵巧的丫头能红，《遭风遇盗致奇赢》中“开极小铺子”却轻财好义的秦世良，《老星家戏改八字》中心地善良的皂隶蒋成等。特别是《乞儿行好事》中还赞扬了“仗义疏财”的乞丐，把这处于社会最底层、为人轻鄙唾弃的小人物作为正面主人公歌颂。

李渔的话本小说中写得更多的是爱情婚姻故事，歌颂了自由爱情，最动人的是《谭楚玉戏里传情》。襄阳府商人谭楚玉在衢州府遇见当地一位著名的梨园子弟刘藐姑时，产生爱慕之情，尤其是刘藐姑的那种"遏云之曲,绕梁之音"更使他为之倾倒。但两人除了学戏以外,无法"说一句闲话"。于是,他乘戏班子里缺少一个大净的机会,主动要求入班替补,以获得和她同台演出的机会。近在咫尺的一对情人,无法自由地倾诉心声。他们在现实生活中不能得到的自主爱情的权利,只有在演戏时能得到淋漓尽致地宣泄:"做到风流的去处,那些偷香窃玉之状,偎红倚翠之情,竟像从他骨髓里面透露出来。……一般人听了无不坠泪。"这真是谭、刘两人的人生悲剧。李渔借助这则故事,对封建礼教和封建势力做了斗争。

此外,李渔的话本小说给人最突出的印象是构思新奇,这最鲜明地体现了李渔刻意求新的艺术追求。比如,《合影楼》则让一对青年男女,在高墙隔断,完全无法接触的禁锢下,对着水池中倒影,相互谈情说爱,借流水花瓣送诗传情,构思确实新奇。杜濬在篇后评语中说,这种写法是"几五百年"不见的,李渔在小说中也颇自信地说:"对影钟情,从来未有其事,将来必传。"

总的来看,李渔的拟话本小说反映的社会生活是广泛的,思想内容也是可取的,从中可以看出他并不乏认识生活和反映生活的能力。然而,他的作品总给人以浅浮之感,缺乏开掘生活的深度,也缺乏震撼人心的力度,不及"三言",也不及"二拍"厚重。问题在于,他虽认识到了生活中的问题,也表现了生活中的问题,有时还是很尖锐地触及和表现了,但他却并不愿意深入下去。他仅仅只在现实生活的表皮上划了一道口子,马上就一笔滑过去,生怕戳深了会露出腐烂的骨肉,流出腥味的脓血。这里表现出李渔拟话本创作的思想特点:他不愿以犀利的笔触穿透生活的本质,以严峻的态度揭露现实的丑恶、人生的悲剧,却只想用轻松的调子讲讲逗笑有趣的故事,甚至把极悲极苦之事也写得尽量轻松可笑些,远不仅仅只是拖个大团圆的光明尾巴而已。

二、话本小说的衰落

清中叶以来,与欣欣向荣的章回小说相比,话本小说已成强弩之末。也就是说，清中叶以来的话本小说呈现出衰落之势。

自清代中叶起，封建统治阶级动辄罗织罪名，将文人及其作品打入十八层地狱。这种状况在康、雍、乾时期尤为严重。大量通俗小说和戏曲的禁毁，就是这种文化政策的具体表现。在这样的两手政策下，文人学子们不敢以卵击石，话本小说的衰落是必然的。此外，话本小说的衰亡还有一个重要的原因，即其文体自身。从文体发展趋势看，话本小说走的是一条增大篇幅，以情节的丰富曲折、描述的具体生动取胜的演变之路，体制的章回化就是其最突出的表现形式。但是，在中长篇章回小说面前，话本小说文体努力发展的审美特性显然无任何优势可言，在篇幅和情节的丰富性上，它无法与中长篇章回小说相比。自然，在各文体类型的比较中，作者和读者都会更多地倾向于章回体，而舍弃话本体。

这一时期话本小说的衰落，具体而言是通过以下几个方面表现出来的。一是这一时期的话本小说反映社会生活的深广度远较以前逊色，它们虽也在一定程度上反映当时的社会生活，抨击封建统治的黑暗和腐败，但大多显得软弱无力，充斥全书的往往是“劝世”和“立言”的说教，部分作品甚至宣扬封建迷信和宿命论思想，就是那些较为优秀的小说，其思想价值也大多只是“劝善惩恶”和“警世”“醒世”而已。二是这一时期的话本小说新作大为减少，目前能看到的只有《雨花香》《通天乐》《娱目醒心编》和《跻春台》等很少的几部作品，与全盛期的欣欣向荣形成强烈的对照。三是这一时期的话本小说已逐渐丧失了口头讲唱文学的特点，沦为文人学子的案头之物。话本小说本来是“说话”艺人的口头创作，有着故事性强、散韵结合和讲唱表演的鲜明特点。但是，自清中叶以来，话本小说创作的主体由“说话”艺人逐渐演变为文人，他们较多地受到封建统治阶级思想的影响，又长期失去与市民群众日常生活的联系，故话本小说书卷气颇重，失去了广大的民众，逐渐成为文人学子们书面欣赏、逞才扬己的“案头文学”，话本小说逐渐迈向衰竭之路。

这一时期的话本小说，就其意义和价值而言，文人话本小说集只有一部《娱目醒心编》尚有一定认识意义；话本选集也只有《再团圆》《西湖拾遗》等一两种比较有价值。此外，《跻春台》也是这一时期较为著名的话本小说。这里着重阐述一下《娱目醒心编》和《跻春台》。

《娱目醒心编》的创作者是杜纲（生卒年不详），字振山，号草堂，江苏昆山人。少时聪慧敏捷，文名播于乡里。此后一生不得志，晚年以著书自娱。他创作的《南史演义》和《北史演义》两书是我国历史小说的名作。乾隆五十七年（1792），他把自己“目之所见，耳之所闻，心有感触”的事写成小说，共十六篇，编为《娱目醒心编》。

杜刚曾称，他创作《娱目醒心编序》的主旨是：“无不处处引人于忠孝节义之路。既可娱目，即以醒心。而因果报应之理，隐寓于惊魂眩魄之内，俾阅者渐入圣贤之域而不自知，于人心风俗不无有补焉。”虽然这部作品的主旨是“娱目”和“醒心”，但它也在客观上揭露了封建社会的黑暗现实，把批判的矛头指向封建统治者。正是他们的残酷统治和血腥掠夺，才造成了社会的“世乱”和人民的“饥驱”，导致一幕幕人间悲剧的产生。此外，这部作品与全盛期的话本小说相比，较多地蒙上一层忠孝节义的封建道德说教。尽管如此，它还是多方面地展现了广阔的社会生活，如表现了市民的生活，展现了一幅幅色彩斑斓的生活画面。当然，这部作品也有不少思想糟粕，最突出的是宣扬封建因果报应和迷信思想，这使它的思想价值和艺术力量都有所削弱。

《跻春台》可以说是我国话本小说史上的压卷之作，共四册，每册一卷，以元、亨、利、贞标之；每卷十篇，目录后有“凯江省三子编辑”字样，可见它的作者是刘省三。书前有《新刻（跻春台）序》，署名“铜山林有仁序于藜照书屋之戒欺轩”，时间为“光绪己亥（1899）九月中旬”，说明它的创作是在清代末年。

这部作品的创作主旨是“劝善惩恶”，这和清中叶以后的话本小说的思想题旨是一致的。这种狭隘的功利主义使小说中充斥各种陈腐的说教，失去了早期话本小说的思想光彩。恰如鲁迅所说，其“形式存而精神与宋迥异矣”。但是，《跻春台》“列案四十，明其端委，出以俗言，兼有韵语可歌”，在衰落期的话本小说中不失为一部嵚崎拔异的作品。

这部作品对清代市井社会的众多人物进行了描述，包括官吏、地主、僧尼、方士、帮闲、塾师、讼棍、店主、伙计、魔师、戏主、优伶、商贩、车夫、牧童、裁缝、银匠、渔翁、泼妇、悍婆、乞丐以及各色手艺人。作者笔触所至，涉及买卖佣耕、堰水屠牛、放银兑换、设坛行医、赶会唱戏、婚丧喜庆、人伦交谊、称爷结党、吏治军功等，把清末社会的真实世相摄入作品，几乎做了不加粉饰地描写，充满世俗气息。人们从小说描摹的这个“窗口”，可窥探到近代中国社会的一斑。此外，这部小说揭示了当时社会的世道混浊以及人性沦丧。比如，《假先生》一篇揭露伪道学的蒙馆骗钱，入木三分。杨学儒见哪家有弟子读书，就千方百计地钻营，只要有钱就行，“时与徒弟说笑讪谈”，哪管读书是否长进，一味把学生当作摇钱树。

从艺术方面来说，这部作品具有话本小说的体制特点。但出于劝善惩恶的创作目的，篇中又有较多的议论。每篇开头皆用诗词点明题意，篇尾以评论作结。结构完整，但思想较为平庸浅薄，艺术情趣不高。此外，这部作品中往往穿插大段的说唱韵语，这些韵语都用第一人称演唱，不少是角色的心灵独白，也有情节发展的叙述，有时中间夹有第二人称的对白，形成一问一答，一说一唱。它们虽然没有曲牌，但前后押韵、通俗易懂、朗朗上口，颇似快板、打油诗和顺口溜之类，富有生活气息。

第四节　绚烂之极，归于平淡：世情小说的由盛而衰

世情小说是明清章回小说中极其重要的一支，《金瓶梅》和《红楼梦》是世情小说的两座丰碑，其他作品或模仿或变异，都不

能超乎其上。世情小说以家庭生活为题材范围、以普通人物为文学形象、以日常琐事为描写对象，其所取得的成就在古典小说中璀璨夺目。在清代，世情小说的数量最多、成就最高，并随着清代社会的发展呈现出由盛而衰的局面。

一、世情小说的发展

清初世情小说主要可以分为两类，一类是续补前书类，这主要指《金瓶梅》的续书，如《续金瓶梅》；另一类是家庭兴衰类，代表作品是《醒世姻缘传》《姑妄言》与《林兰香》，这类作品多继承《金瓶梅》的写实传统，以某一家庭的兴衰荣枯和日常生活为描写中心，描摹世态炎凉与人情冷暖，反映了广阔的社会生活。在这里着重分析一下《林兰香》这部作品。

《林兰香》又名《第二奇书林兰香》(八卷)，共六十四回，书题“随缘下士编辑”与“寄旅散人评点”，但随缘下士、寄旅散人生平无考。其问世时间大约不迟于雍正、乾隆年间。

这部小说写明代洪熙元年，开国功臣耿再成之孙耿朗，16 岁考校得优等，虚授兵部观政，待 20 岁后正式任职。耿朗先聘副御史燕玉的女儿燕梦卿，后燕玉遭诬陷，拟充军边陲，燕梦卿愿没身官奴，以代父罪。耿朗遂另娶尚书之女林云屏为妻。后燕玉昭雪，燕梦卿获赦，甘居侧室，仍嫁给耿朗。耿朗先后又娶布商之女任香儿、林云屏的姑表妹宣爱娘、宦家女平彩云、燕梦卿的丫鬟春畹为妾。任香儿恃宠中伤，导致耿朗与燕梦卿反目，燕梦卿抑郁而亡。耿朗中年病死后，春畹将燕梦卿的儿子耿顺抚养成人。后耿顺为国立功，袭泗国公爵位，家道中兴。耿顺因缅怀母亲在家中建了一座小楼珍藏母亲遗物，不料一场大火将之焚烧殆尽，耿家遗事乃湮没不传。

从故事的内容来看，这部小说明显受到《金瓶梅》的影响，一开头便申明：“林者何？林云屏也……兰者何？燕梦卿也，取燕姞梦兰之意……香者何？任香儿也。”小说的男主人公耿朗也像西门庆一样，先后娶了六房妻小。小说着力描写这群妻小之间的种种矛盾，也与《金瓶梅》颇多相似。不过，这部小说并没有像《金瓶梅》那样展示淫欲、邪恶、卑污和嘈杂，而是写勋爵世族耿朗家的生活，透出大家气派和没落贵族的情调，并从不同侧面真实地反映了特定历史时期的某些社会征象，抒发了一种“梦幻”之感，寄托了作者对现实的愤懑与不平。此外，这部小说所涉及的社会生活面要比《金瓶梅》广，对女性人物的塑造也有较为鲜明的个性，尤其是燕梦卿的形象塑造更为成功。这个有才有貌、有胆有识的女子，对各种事情的处理都做到了好得不能再好，但是却难逃悲剧的命运。作者既细腻地从正面描写她的心理，也通过其他人物之口从侧面多加衬托，让读者对这一人物的命运产生深切的同情，也不由得对人情世态感慨系之，正如作者所说：“闺人之幽闲贞静堪称国香者不少，乃每不得意于夫子，空度一生。大约有所掩蔽，有所混夺耳。”这是为女子抱不平，也将读书士子怀才不遇的喟叹尽入其中。

《林兰香》有借鉴《金瓶梅》的明显痕迹，却超越了当时众多才子佳人小说的格套，表现出作者深厚的文学功力。小说的语言也颇有特色。它绘景状物，间用骈俪句式，叙述语言，则多用口语，挥洒自如，形成一种朴素生动而又泼辣峭利的风格。

从世情小说的发展来说，《林兰香》可说是上承《金瓶梅》，下启《红楼梦》，描写耿府品花、赏雪、联诗等日常活动时的铺张，很容易让人想到日后《红楼梦》中的“富贵温柔之乡，花柳繁华之地”。尤其是末后，小说写耿顺建一小楼，将遗物尽贮其中，以期永久流传。不料一场大火，焚烧净尽，很有点《红楼梦》“好一似食尽鸟投林，落一片白茫茫大地真干净”的味道。因此，《红楼梦》的创作应该受到了这部小说的影响。

二、世情小说的鼎盛

清代中期，随着曹雪芹《红楼梦》的出现，世情小说在中国古代小说发展史上登上了顶峰,成为当时众多小说流派中成绩斐然的一派小说。

这一时期的世情小说数量众多,但质量最高、成就最大的是《红楼梦》。《红楼梦》不仅是清代世情小说繁荣时期最为重要的小说作品,也是整个中国古典小说史上不可多得的佳作。它思想博大精深,艺术出神入化,将中国古典小说创作推向了空前的顶峰。

《红楼梦》的版本分两大系统:一是抄本系统,八十回,多有脂砚斋等人评语,故称脂评本,主要有甲戌本、己卯本、庚辰本等;二是刻本系统,一百二十回,主要有程甲本、程乙本等。作者基本认定为曹雪芹(1715—1763)。曹雪芹祖籍辽阳,名霑,字梦阮,号雪芹、芹溪或芹圃。先世很早就成为满洲正白旗内务府"包衣"(满洲贵族的家奴)。后来其先祖又随清兵入关并得到宠幸,成为显赫一时的世家。康熙帝六次南巡曹家四次接驾,其中有三次都以曹家的江宁织造府为行宫,由此可见曹家与康熙的密切关系。康熙死后雍正继位,新皇为巩固自己的势力,开始肃清其父亲的内外亲信,而曹家也由此开始失势,家道中落。曹雪芹恰好经历了曹家盛极而衰的转变过程,因而他深切体验到人生悲哀与世道无情,也摆脱了阶级褊狭,看到了封建贵族家庭不可挽回的颓败之势,同时也带来了幻灭感伤的情绪。而穷困潦倒的贫困生活,精神上的压抑苦闷,又促使曹雪芹对郁结的情感进行宣泄、对苦难的人生进行书写,于是以坚韧的毅力专心致志地从事《红楼梦》的写作与修订。乾隆二十七年(1762)曹雪芹因幼子夭折,陷入了过度的忧伤与悲痛,卧病不起,并于该年除夕离开了人世。通行的后四十回也有人认为系高鹗所补,但学术界对此尚有争议。高鹗(1758—1815),字兰墅,别号红楼外史,乾隆间进士,曾任内阁侍读、刑科给事中等职。著有《兰墅诗钞》《吏治辑要》等。

《红楼梦》以宝黛爱情悲剧和玉钗婚姻悲剧为中心线索,是世情小说题材内容的重大发展。小说将悲剧置于宗法社会末世贵族之家这一典型环境之中,使之同旧式婚姻制度和道德观念处于尖锐对立的地位，深刻揭露了传统礼教虚伪残暴的本质，突出表达了作者对新的生活方式的憧憬。宝黛爱情建立在长期了解、志同道合的基础上，感情纯洁持久，坚贞专一，决非以往“郎才女貌”“淫邀艳约”俗套之可比。但是，宝黛爱情的主旋律却不是快乐，而是痛苦，不是笑声，而是泪滴。这是因为，当宝黛二人厌弃传统的价值观念而越来越把心灵靠近的时候，他们也离封建家庭的要求和封建宗法文化的规矩越来越远，直到走向了反面，成为一对叛逆。这样一来，他们的爱情就变成了没有发展前途的幻想，而当他们对此坚贞不渝，悲剧就等待着他们了。从这一角度来说，宝黛的爱情悲剧既是对苦难人生的慨叹，也是对理想世界的深情呼唤。

在《红楼梦》中，宝黛爱情悲剧并非孤立存在，而是与“千红一窟(哭)，万艳同杯(悲)”的大观园众女儿的人生悲剧紧密相连，深刻地表现了红颜薄命的悲剧主题。可以说，曹雪芹由宝黛爱情悲剧及大观园众女儿的悲剧，对封建社会女性性别整体的悲剧进行了深刻思考。此外，围绕宝黛爱情悲剧，小说通过贾府这一百年望族盛极而衰的发展历程，深刻反映了宗法社会末世错综复杂的尖锐矛盾。由贾府联系史、王、薛各大家族，并牵引钩连起宫廷、官场、市井、乡村等各种社会关系，使作品所反映的社会生活显得非常隐微曲折，深沉广阔，从而揭示了宗法社会必然灭亡的历史趋势，具有历久不衰的思想认识价值。

《红楼梦》从艺术方面来看，取得了十分杰出的成就。《红楼梦》的结构既继承了传统章回小说的某些形式，又有其匠心独具之处。小说的序幕部分形式上接近于话本的“篇首”“入话”和“头回”，为整个故事的展开起铺垫作用，但又不完全相像，甄士隐、贾雨村和英莲的活动都要延续到最后。它与《水浒传》《说岳全传》等章回小说开头的因果报应框架也相类似，但又显然要立意高远得多。石头的故事是甄士隐在梦中听僧道讲的，而甄士隐的故事又写在僧道所说的那块石头上，它所显示的是扩展了的现实，或者说是现实的多样化，也即提出了所谓“真实的”现实和幻想的现实之间的关系问题。这种哲学层面上的思考和表现,使《红楼梦》在章回小说中脱颖而出,成为无可争辩的巅峰之作。

《红楼梦》的情节精巧严谨,气势宏大。宝黛爱情悲剧的主线与贾府的衰败、宝玉的精神历程和生活际遇、大观园诸艳的离合悲欢等副线有机地联系在一起。作者又处处设置伏线,巧渡金针,将千丝万缕的情节头绪,妙手编织为纲目严整的网络,清晰而不直露,复杂而不紊乱。王希廉谓“小说中无出其右者”①,绝非虚誉。

《红楼梦》中的人物塑造是极为成功的,它林林总总描写了几百个人物,大多形象鲜明,性格生动。不仅贾宝玉、林黛玉等主要角色成了文学史上不朽的典型,一些次要甚至很次要的角色也都写得面目生动,比如像焦大或傻大姐这样的角色,虽然出场次数不多,但都能给读者留下深刻的印象。在对人物进行塑造时,不仅性格不同的人物面貌迥异,性格特征比较接近的人也决不雷同。此外,《红楼梦》也注意在同一场合下运用各种描写方法准确地展现各人的不同地位和性格差异,注意对人物的复杂内心世界进行细腻地描写,这实为章回小说所罕见。比如,刘姥姥在大观园的宴席上演出滑稽戏的时候,豪爽的湘云“撑不住,一口茶都喷出来”,病弱的黛玉笑得“岔了气,伏着桌子嗳哟”,宝玉有贾母“搂着叫‘心肝’”,娇小的惜春要奶母“揉揉肠子”,王夫人则“手指熙凤,说不出话来”。在主子乐不可支的同时,奴才们则忍着笑、躲着笑、蹲着笑。因此,从总体上来说,《红楼梦》中所描写的已经不是传统小说中的平面型人物,而是生活中的立体型人物,是具有鲜明个性和不完美性的“真的人物”。

《红楼梦》在内容方面,以日常生活为题材,但记叙事件决不琐碎,往往能在看似平常的事件中反映出丰富复杂的内容。比如刘姥姥进大观园,在嬉笑热闹的背后,通过刘姥姥失惊打怪的言语行动,让庄稼人生活的贫寒艰辛与贾府生活的华靡奢侈形成对

① 张俊,沈治钧. 清代小说简史[M]. 太原:山西人民出版社,2005:134.

比；通过刘姥姥以及她所带的土产的大受欢迎，反映出这个富庶大家庭精神的空虚、生活的无聊；通过凤姐、鸳鸯等捉弄刘姥姥的举动，展现出贾府各色人等的言谈举止和地位、态度；通过刘姥姥的装疯卖傻，写出了生活窘迫的下层人物既可悲可怜又狡黠机智的形象。

《红楼梦》与其他的章回小说相比，在自然环境描写上有长足的进步。在描绘大观园的建制时，不再采用诗或词笼统描写的形式，而是采用白描手法，将大观园独具的美好景色真实地展现在读者眼前。此外，《红楼梦》中还善于把自然风景和人物活动结合起来，写出一幅充满诗情画意的场面，如宝钗扑蝶、湘云眠芍、黛玉葬花等。

《红楼梦》在语言方面，也极有特色。它语言精练准确，流畅生动。善于化用文言语汇和方言俚语，善于以诗词意境写景抒情，人物语言均具鲜明个性，读者听其言便可知其人。《红楼梦》独特优雅的语言风格，借用薛宝钗《咏白海棠》中的诗句来形容，就是"淡极始知花更艳"。正因为平淡自然到了极点，反而显现出了娇艳动人的风采与耐人回味的魅力。作者注重词汇的推敲和锤炼，名词新雅丰富，动词准确生动，副词及形容词逼真活泼，极富表现力。他还创造了"意淫""禄蠹"之类奇妙的新词语，尝试了语言表达的各种可能性，真实地记录了康乾之际汉语的使用状态，从而有力地推动了白话语体向前发展，为中华民族共同语的进步做出了突出贡献。

总的来说，《红楼梦》是高度思想性和艺术性达到完美结合的巨著，实现了中国古代小说艺术的重大突破。

三、世情小说的衰落

世情小说发展至清末时，已经严重衰退，不仅数量少，而且质量欠佳，只是个别作品尚有一些特色。

这一时期世情小说的衰落，是多方面原因共同作用的结果。

首先,世情小说最重要的特征是批判现实,而清末社会迭生巨变,人们对社会的腐败与黑暗已具有较清醒的认识,所需乃更加直接、痛切、猛烈的抨击。在这种情形之下,世情小说便显得有些婉曲而欠直接,冷静而乏激情。同样是批判现实,作家更乐于采用主观色彩更为强烈的形式,如荒诞寓意小说、谴责小说等。其次,世情小说出现晚而成熟早,开山之作《金瓶梅》已具有很高的水准,《红楼梦》更登上了古代小说思想艺术的最高峰。它们给后人留下的机会已经很少,后来者只好另辟蹊径,世情小说遂分化、蜕变为其他类型的小说。再次,进行世情小说创作,作家需要通达世情,需要有较高的文化素养。同时,也要求读者有相应的欣赏水平。但清末文化风尚急剧向世俗化演变,作家和读者都倾向于创作和欣赏比较轻松的作品,如狭邪小说、武侠小说等,世情小说的吸引力似已下降。最后,这一时期的大部分世情小说作家缺乏创新意识,最终将世情小说创作引入了死胡同。

这一时期的世情小说从创作成果来看,大约仅四部具有一定的意义,其中两部为《红楼梦》续书,即《红楼幻梦》和《红楼梦影》;两部描写家庭盛衰,即《昙花偶见传》和《花柳深情传》,而且后者较前者为佳。

《昙花偶见传》六十四回,作者名少植(生卒年和生平均不详),疑广东顺德人。此书写于光绪二十年(1894),刻于光绪二十三年(1897)。小说借明喻清,通过两个家庭的败落过程,反映了清末动荡不安的社会现实。谢学海和黄德宏为中表兄弟,谢英俊多才,分别娶邻女汪月华、汪秋华姐妹为妻。学海进士及第,作宰丹阳,而德宏名落孙山。受学海嘱托,德宏送谢母及月华赴丹阳。适逢燕王靖难,学海移任德州,城陷殉国丹阳城破,谢母被杀,月华抗暴自刎。德宏遂携谢家母子还乡。其母张氏淫恶,鸩杀丈夫,害死儿媳。德宏归来满目凄凉,悲伤过度而死。这部小说的立意颇奇特,虽仍是南柯梦式的常谈,但对清末世态的反映颇为真切。小说序云:"余与诸君幸有廖缘,复得汪仙口授故籍,诸君扶鸾。草成《昙花偶见传》一部,此中所说,皆谢黄诸人故事,大可以励风俗而正人心。”此外，这部小说的情节曲折，文笔细致，悲剧气氛浓重，有一定的艺术感染力。

《花柳深情传》四卷三十二回，作者萧鲁甫（生卒年和生平均不详），字詹熙，号绿意轩主人，清衢州（今浙江衢县）人。这部小说写的是浙东西溪村魏隐仁家本簪缨世族，但从其父起，府陵上下开始吸食鸦片，家运日衰。其父临终，托梦告以若欲重振魏家，必先根绝鸦片、时文和缠足三弊。隐仁病故，弟员瓜分财产，魏府败落。长子镜如嗜烟成癖，产业被仆人管旁坑骗侵吞；次子华如迷信八股，虽侥幸及第，至江苏候补知府，却杳无音信，穷困潦倒；三子水如喜爱女人小脚，所恋婢春云因缠足于逃难中跌死，其妻赛金亦小脚，然淫佚悍妒水如不胜其苦。四子月如不满三位兄长的作为，立志学习实务，游历列国，回国后兴办实业，终成巨富，魏府家声再振。很明显，这部小说意在揭露时弊，警醒世人，即中国欲富强，必须兴办洋务，将西方科技与中国传统道德结合起来，革除鸦片、时文和缠足三弊。不过，作者的见解仍局限在洋务派“中学为体，西学为用”的思想体系内，所开药方也并不能拯救中国。但是，小说中所反映的现实，对认识清末社会状况和了解当时的社会思潮，不无裨益。

第六章　蔚为壮观的清代小说(下)

清代是中国古典小说的高峰期，也是小说批评的成熟期，不管在语言还是思想上，小说都达到了此前任何时代所不能达到的水平。在那个充满矛盾的朝代，对社会有着深入了解却又无力改变的小说家们将他们的诉求和希望寄托在了小说这种艺术形式之中。本章将对清代才子佳人小说和艳情小说、侠义公案小说、讽刺小说和晚清谴责小说进行详细分析。

第一节　才色情狭并俱，貌才情识兼美：从才子佳人到艳情小说

在以文人创作为主体的清代小说中，描写爱情婚姻题材的作品占有相当大的比重。清初，才子佳人小说盛极一时，形成了一个颇具规模的小说流派。除了才子佳人小说，还有一种较为特别的艳情小说也一度风靡。才子佳人小说追求情、善、美，艳情小说展现着欲、恶、丑。

一、才子佳人小说的创作

(一)才子佳人小说的一般模式

清初才子佳人小说从人物、主题到表现手法大都有一个基本相近的固定模式，这不能不在相当程度上影响了这些作品的艺术生命力。

先说人物。这类作品的男女主角，大都出身名门望族，父亲不是尚书就是宰相，最起码也是“世家”子女。那男主人公必定是天下第一的“才子”。所谓“才”，一般有两个方面，一是会作诗，二是举业好。总之，文采风流与仕途经济缺一不可，否则就不成其为才子。至于女子，第一个条件必然是绮年玉貌，美丽“天下无双”；如会作诗，当然更是锦上添花。假如情节不需要她们女扮男装去应考，举业则基本与她们无关。

故事的情节一般分成四个阶段。第一个阶段以诗为媒介，才子佳人一见倾心，或未见面就已倾心，私订终身；第二个阶段，小人拨乱其间，情人被迫暂时分离；第三个阶段，男子中举当官或以军功显贵，小人的阴谋败露；第四个阶段，在皇帝或高官和家长的支持下，一个才子与一个、两个乃至三个佳人结婚。

在中国文学史上，作家公开标榜摹仿以为流派标帜者大有人在，摹仿之作也不计其数。才子佳人小说作家一般并不以模仿为尚，模式的形成并非都是因为模拟所致。在才子佳人小说创作最热闹的时候，他们之中就有人对千部一面的大团圆格局感到不安、不满，试图摆脱窠臼，有所突破。只是自己做来做去，到底仍在“私订终身后花园—多情公子中状元—奉旨完婚大团圆”的公式里原地踏步。

（二）才子佳人小说的代表作品

清代初期，才子佳人小说较有代表性的作品是《玉娇梨》《平山冷燕》和《好逑传》，因前两书内容比较接近，这里只举《玉娇梨》和《好逑传》两部作品略加分析。

《玉娇梨》又名《双美奇缘》，写青年才子苏友白与一对表姊妹——白红玉和卢梦梨的婚姻故事。《玉娇梨》的内容有两个方面在才子佳人小说中都是颇具代表性的。第一，书中作为正面角色出现的人物——从婚姻当事人苏友白、白红玉、卢梦梨，到家长白玄，都主张婚姻的美满应是才、貌、气质都能相投，门第高下则被放到一个较次要的地位，这与全以门当户对决定婚姻固然不同,比一般意义上的“郎才女貌”也还略有差别。白红玉“有誓不嫁俗子,只要是个才子,诗词歌赋敌得过他,方才肯嫁”。卢梦梨也把有才学、气性儒雅作为择夫的标准,以至于自己女扮男装,走出闺房去与苏友白相会。苏友白认为,“有才无色,算不得佳人;有色无才,算不得佳人;即有才有色,而与我苏友白无一段脉脉相关之情,亦算不得我苏友白的佳人”,并把寻找这样一个佳人作为人生五伦中最重要的一伦。作者笔下的反面角色——冒名顶替的苏友德、“冒诗顶替”的张珪如、还有杨御史的儿子杨芳,不是因为德行上的大奸大恶,而是因为他们没有才学、庸俗而受到奚落和嘲笑。把婚姻当事人本身内在的东西——才能、气质、爱好看得十分重要,尽管这才能、气质、爱好在书中都十分抽象,这种婚姻观点比之前代言情小说毕竟还是有所进步的。第二,视一夫多妻制为理所当然。一人兼得数美的故事在清初才子佳人小说中十分普遍(《定情人》《春柳莺》等是一人兼得二美;《合浦珠》《赛花铃》则一人兼得三美)。《玉娇梨》的作者让白红玉、卢梦梨欢天喜地地同嫁苏友白,足见他把与婚姻中与情感因素格格格不入的一夫多妻都作为情感因素本身一样美好的东西而等量齐观。“现代性爱”是排他(她)的。有的论者把才子佳人小说所表现的婚姻观念说成是“现代性爱”,实使人大惑不解。

《好逑传》写铁中玉和水冰心的恋爱、婚姻故事。这部作品与其他才子佳人小说不同的地方是,它在婚姻故事中穿插进了朝廷忠奸斗争的传统主题。铁、水两人从相识到结婚的全部过程是与以过学士、仇太监、大夫侯等为一方,以水侍郎、铁中玉等为另一方的朝廷政治斗争紧密联系在一起。男主人公铁中玉,至少扮演了三个不十分协调的角色:才子(主要是举业之才)、忠臣和侠客。作品一开始就写他手执铁锤,打入大夫侯府救出韩愿父女的经过,接着写他“路见不平,拔刀相助”,救助水冰心之事,这主要是突出他作为侠士的一面;救侯孝、救水侍郎则表明他是当之无愧的“忠臣”——与他父亲铁御史一样;中举人、中进士,都“轻轻巧巧”(第十五回),接着又“殿试二甲”,表明他是“不言而喻”的才子——虽然作者极少道及他读书做举业之事。作者大约想在写法上做点革新，因而对忠奸题材、剑侠题材、才子佳人题材兼收并取。但笔力太弱，结果使他的理想人物在其所扮演的三个角色中各做各的戏，没有一份自己的真正性格。

《好逑传》中值得注意的还有其中所体现的爱情与名教的矛盾。作者对才子佳人一见倾心的赏心乐事津津乐道，但又以“名教中人”自任。爱情与名教的矛盾不好调和时，他就让爱情去迁就名教，又让名教去拥护爱情，直到弄得人物性格矫揉造作，编出皇后为水冰心验身等不合理的情节，也在所不惜。

（三）才子佳人小说的地位

从总体上看，才子佳人小说在思想、艺术上都是较为平庸的，所贡献出来的超过前人的东西微乎其微；但若以题材的演变而论，它又在《金瓶梅》和《红楼梦》之间起到了一定程度的桥梁作用，这是不可忽视的。

中国描写两性关系（淫乱或爱情）的小说，在《金瓶梅》和《红楼梦》中各自达到了极致。《金瓶梅》问世后，学步者纷起，形成了两个支流。一派是《金瓶梅》的“正宗”——把着眼点仍放在两性的自然关系上，但远远失去了《金瓶梅》反映生活的魄力和规模。《续金瓶梅》《肉蒲团》是这类作品的代表作。另一派则是它的反动——才子佳人小说。它们奉《金瓶梅》为楷模——连书名也多是《金瓶梅》式的（摘取书中主要人物的姓名合为书名）。但对于两性关系，其着眼点已从“肉”的方面转到“灵”的方面：放弃了淫秽描写，而致力于两性互相吸引的精神性因素——才学、气质、情感等，无论这种才学、气质、情感被表现得怎样抽象、空洞，但毕竟为言情小说开辟了一条较新的路子。《红楼梦》继承了《金瓶梅》所开创的以细腻的工笔广泛描写以家庭为中心的世俗日常生活的文人小说传统，但它写的男女之情，则显然与《金瓶梅》无涉，而是直接沿着才子佳人小说致力于探索两性关系中精神性内容的路子前进的。它摒弃了才子佳人小说千篇一律的公式化、概念化倾向和大团圆模式，把对整个封建制度的不满和对封建主义人生道路的叛逆作为真正的男女爱情的精神联结点，使具有悠久传统的爱情题材一下子升华到一个全新的境界。才子佳人小说的思想、艺术成就与《红楼梦》有天壤之别，但我们不能因此而抹杀它在《金瓶梅》之后，革新性爱题材，为未来的小说艺术高峰的出现开拓道路的一份功劳。

二、艳情小说的创作

《金瓶梅》问世后，影响巨大，其负面影响也显而易见。这主要表现在作者带着一种变态、欣赏的态度，进行赤裸裸性描写的现象进一步膨胀泛滥，形成了小说史上的艳情小说。所谓艳情小说，就是指专事描述淫艳情事的小说，也有人称作猥亵小说或淫秽小说。这类作品重在淫欲，肆意描摹性交场景，极力渲染艳遇淫行，书中场景的转换，也只是床笫的变化，缺乏社会意义，如果抽去了书中的性描写，作品也就不复存在了。艺术上又大多文笔拙略，粗制滥造。这是与世情小说《金瓶梅》的区别。但作为小说史上一种特殊的文学现象，还是值得研究的。

明末清初是艳情小说的泛滥期。据有关著录，此时的艳情小说有 40 余部。《金瓶梅》问世不久，就相继出现了《闲情别传》《绣榻野史》《浪史奇观》《痴婆子传》《浓情快史》《昭阳趣史》等。据憨憨子《绣榻野史序》载，这类书当时很多，陈于书肆，到了清初更是登峰造极，又出现了《肉蒲团》《桃花影》《巫山艳史》《春灯谜史》《杏花天》《灯草和尚》等，形成小说史的一股逆流，产生了不良影响。这类作品一出现就遭到一些人的谴责。清初刘廷玑便指责其“流毒无尽”，认为“悉当斧碎枣梨，遍取已印行世者尽付祖龙一炬，庶快人心”。

明末清初艳情小说风靡泛滥的原因主要有以下几点。首先是受颓靡社会风气的影响。明末统治者荒淫无度，方士文臣多有靠献房中术而得宠骤贵者。其次是哲学思潮的推波助澜。明末以来“存天理，灭人欲”的理学思想钳制着人们的思维，也激起明末清初思想家的反叛，他们大胆地肯定人欲，王夫之曾说：“饮食男女之欲，人之大共也。”(《诗广传》)颜元也说：“男女者，人之大欲也，亦人之真情至性也。”(《存人编》)都把情欲看作是自然的、合理的。因此，作家一方面敢于大胆描写淫荡纵欲的“颓风鄙俗”，另一方面又对放纵淫乐的生活津津乐道。但物极必反，赤裸裸地刺激读者感官的艳情小说早已背离了思想家们的初衷。再次是书肆商人牟取暴利的影响。明末以来市民阶层逐渐扩大，小说拥有了大量读者群，一些书坊为了牟利，便迎合读者的低级趣味，或请人或自己炮制刊行艳情小说。正是这些原因使小说史的长河中泛起一股浊流。

总之，艳情小说是小说史的一股浊流，除有微弱的暴露意义外，别无可取。

第二节　揄扬勇狭，赞美粗豪：公案侠义小说的高峰

清代公案侠义小说的出现既是中国古代公案小说、侠义小说发展和演进进程中的一个重要环节，同时也是清代中后期一个引人注目的文化现象。从表面上看，它不过是两个小说流派的合流，但细究起来，它又是特定时代各种社会文化因素有机融合、相互作用的结果。这类新型小说的出现，契合了当时下层民众的文化心理，反映了他们的焦虑和愿望，满足了他们的心理诉求。公案侠义小说的流传非常广泛，影响深远，成为透视清代中后期大众文化心态的一个窗口。

一、清代公案侠义小说的产生和发展

清代公案侠义小说是清代中后期出现的一类新型小说，其特点是公案和侠义因素的融合。作品的主要人物为清官、侠客与罪

犯,包括匪侠盗贼、土豪劣绅、恶僧凶尼等,中心事件为案件的侦破和罪犯的擒拿。作品结构多采用连缀式,由清官和侠客贯穿一系列破案擒盗故事,表现出以奇、险为特色的新奇、阳刚之美。

（一）清代公案侠义小说的系列

清代公案侠义小说有三个系列,包括近二十部作品,篇幅庞大,内容丰富。这些作品在成书刊印之前,其主要故事情节曾以戏曲、说唱等艺术形式流传过,后经人改编整理成书,属于累积型成书。清代公案侠义小说三个作品系列的情况大体如下。

《施公案》及其续书。《施公案》,又名《施案奇闻》,九十七回,撰作者不详。这是最早出现的一部公案侠义小说。从其卷首序文尾署"嘉庆戊午孟冬月"字样来看,该书成书当在乾嘉之际,故事形成和流传的时间则会更早。全书内容文字简略粗糙,不像是文人创作的小说,当是根据民间艺人的说唱改编整理而成。光绪十九年(1893),《施公案后传》一百回面世,它是《施公案》第一部也是最有影响的一部续书。其后,三续、四续直至十续《施公案》相继刊行。到光绪二十九年(1903),上海书局、广益书局将《施公案》正集及续书各集合在一起以《施公案全传》为名刊出,全书长达五百二十八回。

《三侠五义》及《小五义》《续小五义》。《三侠五义》一百二十回,《小五义》《续小五义》各一百二十四回。《三侠五义》的初创者为清代著名说书艺人石玉昆,他以演说包公故事而闻名,在当时曾有"编来宋代包公案,成就当时石玉昆"之说(子弟书《石玉昆》)。其后,文良等人根据说唱本《龙图公案》及其他艺人的说书整理出小说《龙图耳录》。同治末至光绪初,问竹主人和入迷道人又进行一番整理加工,将《龙图耳录》更名为《忠烈侠义传》,于光绪五年(1879)刊行。10年后,著名学者俞樾又稍加修订,将书名改为《七侠五义》刊行。《小五义》《续小五义》是《三侠五义》的续书,它们与石玉昆无关,而是出于另一位说书艺人之手,也是在说书底本基础上改编整理而成,保留了许多说唱的痕迹。

《彭公案》及其续书。《彭公案》，一百回，贪梦道人编著，其生平不详。该书在成书前，其主要故事已在民间有较为广泛的流传，贪梦道人不过是个收集整理者。《彭公案》的续书很多，曾续至二十集，实际上在社会上流传较广的是前三部续集，后面的续书没有什么影响，如今已很难看到。

清代公案侠义小说的产生和盛行是诸多社会文化因素影响和作用的结果，与当时的社会文化环境、读者的接受心理、审美趣味以及其他相关艺术形式的繁盛等皆有着较为密切的关系。从文学传承这一方面来看，直接影响并促成清代公案侠义小说产生的是以《水浒传》为代表的英雄传奇小说和以《龙图公案》为代表的侠义小说，尤其是前者的影响更大，这不仅表现为题材选择、人物塑造方面的启发，而且还表现为新创作思路和方向的提供。

（二）公案侠义小说的风格

奇是中国古代通俗小说的主要风格，这一风格在《三侠五义》一书中得到了较为充分的展现，有人称赞它“事迹新奇，笔意酣恣”（俞樾《〈七侠五义〉序》）。

首先，这种奇表现为故事情节之奇。虽然全书所写都是破案、断案，但这些案件却是光怪陆离，无奇不有。在侦破疑案、擒拿罪犯的过程中，更是奇事百出，险象环生，一波未平，一波又起，其中既有展昭二试刺客项福、白玉堂皇宫盗三宝，又有众英雄诛杀采花贼花冲、白玉堂命丧铜网阵，这些都是现实世界中闻所未闻的奇事。

其次，这种奇表现为人物之奇。《三侠五义》塑造了一批新型人物形象，无论是投身官府的官侠，如展昭、蒋平，正邪兼具的白玉堂，还是作奸犯科的采花大盗都与先前小说中的侠客形象有着很大的不同。这些侠客不仅相貌奇，本领也奇，如混江鼠蒋平，相貌奇丑，但本领却极高，而且为人风趣幽默，足智多谋。类似的人物在作品中还有许多。

最后，这种奇表现为器物、景物之奇。作品中兵器、阵势的描写，花样百出，翻空出奇，令人眼界大开。如险空岛、铜网阵、逆水泉、军山水寨的描写，无不十分奇特，显示了作者丰富的想象力。至于侠客们所使用的兵器，也非十八般兵器所能概括，仅仅是宝剑，就有展昭所用的巨阙剑、丁兆兰家传的湛卢剑等不同。这些新奇的描写，不见于先前的同类小说，是全书最为引人入胜之处。这些描写显示了作者丰富的想象力和不俗的创造力，对读者有着很大的吸引力。

险是清代公案侠义小说原创者有意追求的一种风格，同时也是作品吸引读者的重要艺术手段，它让读者在情节的急转突变，大起大落间，得到一种如释重负后的轻松和愉悦。首先，这种险表现在人物命运的安排上。在《三侠五义》一书中，包公虽是朝廷重臣，担负着维护社会治安的重任，但他是文职官员，没有武功，因此一直成为那些心狠手辣、武艺高强的盗匪的谋杀对象，加之包公喜爱微服私访，又总是给对手以可乘之机。因此，包公的性命安危往往成为维系故事、展开情节的重要手段。如金龙寺受困、土龙岗遇险、受项福刺杀、被妖道魇镇等，每一次包公都处于危险之中，让读者为之担惊受怕。包公的落难往往是情节展开的契机，由此又引出侠客与盗匪之间惊心动魄的恶斗。总之，包公和众侠客总是不断地被置于危险的境地，读者则一直处于高度紧张的精神状态，非读完全书，难以消解。全书的魅力正在于此。其次，这种险的风格还表现在故事场景的精心设置上。在作品中，展昭等侠客不仅要与艺高心黑的盗匪面对面作战，而且还要面对极端险恶的环境。在小说中，破阵打阵常常是故事情节发展的关键和重要关目，读起来惊心动魄、扣人心弦。凶险情节、场景的设置和描写，有力地衬托了侠客们的大智大勇，同时也体现了作品重娱乐的特点。

奇险风格的实现需要对人物、情节进行精心安排，悬念的设计是达到这一独特效果的重要艺术手段，它通过人物命运、故事情节出人意料的不断变化形成一种艺术张力，使读者产生一种挥之不去的强烈期待心理。在《三侠五义》中，悬念的构成主要靠情节的突变急转，以情节的起伏转折、故事的跌宕变化制造悬念。构成悬念的事件一般为包公的遇难或宝物的丢失。如白玉堂盗走皇宫三宝后，查明何人所盗、如何找回宝物就成为一大悬念，而包公受困和宝物被盗只是一系列悬念的开端，其后的故事皆是围绕着这件事而展开，由此又构成许多小的悬念。正是这些大大小小的悬念，使读者始终处于一种紧张急切的期待状态，吸引他们读完全书。

为了保持悬念的张力，强化读者的期待心情，作品还经常使用情节延迟法，即故意宕开紧张的关键情节，岔开话题，另叙它事，以推迟悬念的解决。至于悬念的解决，则往往较为简单，包公或侠客们陷入困境时，总有高人相救，可谓大难不死，有惊无险。如包公金龙寺遇险，有展昭挺身相救；颜查散遇刺，有智化、艾虎相救；马汉中毒箭，有蒋平、卢方帮助找解药。总之，好人一般不会死，像白玉堂的三探冲霄楼，受害身死，属于例外。不过这一例外却是公案侠义小说在艺术手法上的一种难得的突破和创新，受到读者的赞赏。

（三）公案侠义小说的文化内涵

从现实生活的实际状况来看，清官和侠客无论是身份地位、思想观念，还是行为方式、活动区域，都存在着很大的差异。前者是执法者，具有官方身份，以法律主持正义与公平，维护社会正常的生活秩序和道德规范；后者则多以违法者的形象出现，以暴抗暴，法外行法，是社会的异己分子和不安定因素，经常受到官府的打击和镇压。但同时也要看到，两者尽管在现实生活中担任的社会角色是对立的，不过从其社会功能及其对民众的影响来看，还是存在共同之处的，比如都主张扶弱抗暴，扬善惩恶，追求公平与正义。在一般民众的心目中，不管是清官还是侠客，都是他们的保护神，为弱者提供保护，只不过表现方式不同而已。对一般民众来讲，包拯的严惩小衙内与鲁智深的拳打镇关西可以达到同样的目的，都是他们所需要的，同样受到欢迎。两者并不冲突，可以互补。这是清代公案侠义小说产生的文化心理基础。

通过《施公案》《三侠五义》这两部较早面世的公案侠义小说可以看到这种合流的轨迹。这两部小说的前半部主要是写清官破案故事,到后面才有行侠仗义的描写,侠客逐渐取代清官,成为小说的核心人物。这是民间说书艺人在艺术上的大胆创新和尝试。起初,他们讲述的是传统的公案故事,生存的需要及同行间的激烈竞争迫使他们不断进行创新,以争取听众。于是,有些说书艺人大胆地将侠客引入公案,于断案之外,又加江湖恶斗,以多种元素吸引观众,这种新奇的形式受到欢迎,结果形成了多家书坊争相刊印,续书一出再出的繁盛景象。观众、读者的欢迎意味着最大的认可,这说明清官和侠客的合流结盟契合下层民众的文化心理和审美需求。

二、清代公案侠义小说的繁盛

到了晚清时期,公案侠义小说无论是人物的塑造还是场景、兵器的描写,都令人耳目一新,实际上这类小说最能吸引读者的也正是其写侠义的部分。清代公案侠义小说后来逐渐向纯粹的侠义小说转化,如《施公案》《三侠五义》《彭公案》等小说的续书,越是后续的,侠义的成分就越重,有些甚至已没有了审案、断案的描写,变成纯粹的侠义小说了。正是在这种创作风气的影响下,陆续出现了一批长篇侠义小说,改变了先前侠义小说单篇短制的情况,并在晚清形成了一个侠义小说创作的热潮。

晚清侠义小说大体上可以分为两类。

一类是以《永庆升平》前后传、《圣朝鼎盛万年青》等作品为代表的话本体侠义小说。这类小说系在民间说唱的基础上改编整理而成,秉承清代公案侠义小说之余绪,专门描写绿林间的恩怨争斗。作品塑造了一批个性鲜明、栩栩如生的民间豪侠形象,如马成龙、马梦太、胡惠乾、方世玉等。在艺术上,这类作品渲染打斗破阵的场面,注重技击招式和各类兵器的描绘,情节曲折多变,惊险刺激，悬念丛生。风格粗朴豪放，语言生动传神，民间色彩浓郁，具有很强的可读性。这类小说对后来的武侠小说创作影响深远，就连当下的不少武侠影视作品都从中取材。

另一类则以《七剑十三侠》《仙侠五花剑》等小说为代表，它们大多是个人的独立创作，具有较多的文人色彩。这类小说更多地继承了以唐传奇为代表的文言侠义小说的传统，并有新的发展。小说人物多为独来独往、行为怪异的剑客侠士，作品重点在剑侠术士间的比武斗法，对武功的描写具有超自然和荒诞色彩，想象力丰富，风格较为典雅，这与平话体侠义小说的风格形成较为明显的对比，是一种新的侠义小说类型。这类侠义小说对后世武侠小说的创作同样有着深远的影响。

这两类侠义小说尽管风格各异，但都盛行于晚清，受到读者的欢迎，形成了一股侠义小说的热潮，这种热潮一直持续到民国时期，涌现出向恺然、赵焕亭、李寿民等名家，出现了《江湖奇侠传》《近代侠义英雄传》《蜀山剑侠传》等广为流传的经典作品。正是这类小说的开创奠基之功，20 世纪五六十年代和 80 年代，港台和大陆地区又兴起了两次武侠小说的创作高潮，出现了梁羽生、金庸、古龙等名家。直到今天，这类小说仍有较大的市场和读者群。

第三节　讽刺揶揄则取当时事态：《儒林外史》与清代讽刺小说

讽刺，是中国文学的光辉传统，只要社会有弊政，人间有不平，人性有丑恶，文学就有讽刺。但是不是运用了讽刺手法的小说就都是讽刺小说。只有大量地运用讽刺手法、主旨讽刺时事政治和人性丑恶的小说作品才能称得上是讽刺小说。清代的讽刺小说主要以吴敬梓(1701—1754)的《儒林外史》最为著名，艺术成就最高。

一、吴敬梓与《儒林外史》

(一)吴敬梓的生平及创作

吴敬梓,字敏轩,自号秦淮寓客,人称文木先生。安徽全椒人,仕宦世家出身。23岁时其父逝世,他从侵夺祖遗财产的近亲身上,看出了宗法家庭的痼疾、伦理道德的危机和人情世态的炎凉。因不满和愤慨使他任达放诞,由愤世嫉俗而转为纵情悖礼,放浪不羁,祖遗财产因之散尽。他被封建势力视为叛逆瘟疫,但他决不妥协。33岁时愤然离开故土,移家南京。境况日渐落魄,曾卖文度日。由富贵跌入贫困,因备尝人情冷暖、世态炎凉,在生活和思想感情上靠近了普通人民。

吴敬梓受顾炎武和颜李学派的影响较大。颜李学派旗帜鲜明地反程朱、反八股,影响和启迪着吴敬梓去揭露互为表里的八股和理学。在社会地位下降、接近进步思潮的同时,他的叛逆精神进一步发展,解剖的刀刃由家族移向社会,考虑的范围由个人命运扩至士林前途,逐渐对朝廷功令、吏制腐败、道德沦丧日益不满。中年以后,更加恣情任性,忧愤感与日俱增,终于,他挥动如椽巨笔写作《儒林外史》,表现了自己对现实社会的严峻批判和对理想境界的探索追求。除《儒林外史》外,他还著有四卷本《文木山房集》和集外文5篇、诗28首,以及《文木山房诗说》。

(二)《儒林外史》:士林百态的浮世绘与艺术成就

《儒林外史》涉及的社会面虽然很广,但正如鲁迅所说,“机锋所向,尤在士林”。居于画卷中心位置的是形形色色的儒士和名士,可以称为封建末世士林百态的浮世绘。通过对一代文士生活和思想的现实主义描写,深刻揭示了封建末世精神道德和文化教育的严重危机,并探求疗救的出路。

如果说金钱资本是资产阶级围绕着旋转的轴心,那么,可以说，功名富贵是封建文士围绕着旋转的轴心。对待功名富贵的态度，是对明清文士的试金石，也是烛照他们灵魂的最佳部位，由此烛幽索隐，足以使其灵魂最深处的纹理都纤毫毕露，无所遁形。《儒林外史》就是以对待功名富贵和文行出处的态度为中心，在深层建构起一个褒贬对比的结构框架，否定性人物与肯定性人物，陋儒、假儒、迂儒与真儒，假名士与真名士，分别居于对比结构的两侧，形成鲜明的对照，从而把主题思想凸显出来。

被否定的主要是功名富贵圈中无智、无聊、无耻的人物。写得最成功的是一批无智的迂儒，如周进、范进等。他们出身清寒，本来有淳良的天性，却深受腐朽的统治思想和朝廷功令的腐蚀毒害，成为令人痛心的可笑人物。

作者写了三种肯定性人物，反映了他探索儒林的希望的途程。

第一种是贤人，如虞博士、庄绍光、迟衡山等。他们“襟怀冲淡”，不汲汲于功名富贵，没有完全被统治者的名缰利锁牵着鼻子走，因此保持了相对独立的人格，追求合理的道德操守和人格的自我完善。但他们提不出新的社会理想。他以哀婉的笔调写出他们的“风流云散”和泰伯祠的颓堕，客观上说明传统的思想文化无补于现实社会的满目疮痍。

第二种是奇人。既然贤人无补于世，不如做散诞的奇人。杜少卿是“自古及今难得的一个奇人”。他对某些封建权威和礼俗提出大胆挑战，要求冲破某些封建束缚，离经叛道。他尊重自己的个性和人格，也尊重别人的个性和人格，对沈琼枝那样“稀奇”的女性叛逆者，他引为同类，勇敢地给予支持。但是，即便是奇人，也还找不到社会更新、儒林解放的历史前途，而只能像魏晋名士那样，以纵逸肆志的人生态度，违世抗俗的傲岸性格，在令人窒息的封建暗夜里左冲右突。

第三种是下层人。既然奇人也找不到出路，那就返璞归真。于是我们看到：秦老对王冕母子，乡邻之间至诚相待，情真意实，表现得淳朴厚道，古风可鉴……凡此都能表现出温润的人情美，包含着对淳朴淡远的生活意趣和朴直敦厚的道德品性的向往和追求。但那毕竟是一曲古老的田园牧歌，听不到强烈的时代音符。

《儒林外史》所写的一组组人物，一个个场景，虽然缺乏外显情节的自然联系和故事完整性，但具有深隐意蕴的必然联系和内在统一性。《儒林外史》中的人物性格充满了戏剧性的色彩，这种戏剧性主要表现为：本质与现象不一致，性格的片面的畸形发展，形式与内容的矛盾，动机与效果的脱节等。通过这种戏剧性认真检验了民族文化心理结构中有价值的因素，企图从中发现士林的出路。

鲁迅说："迨吴敬梓《儒林外史》出……说部中始有足称讽刺之书。"《儒林外史》把我国古典小说的讽刺艺术发展到了最高峰，它的讽刺服从于客观地、真实地再现现实生活的原则，服从于严肃的社会批判的任务。作者充分运用讽刺以加强批判揭露的力量，同时也就将讽刺提高到近代现实主义美学的高度，极大地扩展了讽刺的美学功能，为讽刺艺术在我国小说中的发展做出了卓越的贡献，丰富了世界讽刺艺术宝库的财富。

二、清代其他讽刺小说

除了《儒林外史》之外，清朝还出现了一大批优秀的讽刺小说，其艺术成就和讽刺性虽然不及《儒林外史》，但是也在讽刺小说史上占据了重要地位。因篇幅有限，这里只举《镜花缘》一例。

《镜花缘》，一百回。作者李汝珍(约1763—1830)，字松石，号松石道人，人称北平子，直隶大兴(今北京大兴)人。博学多才而一生仕途不显，后半生在贫寒中"消磨了三十多年层层心血，才编出这《镜花缘》一百回"。

全书主要由唐敖、林之洋、多九公三人的海外游历和一百才女应考及金榜题名后的欢宴活动两大部分构成。这两大部分情节上虽有一定关联，但格调颇有差别，讽刺的精华主要在前40

回，尤其是描写第一次海外游历部分。在这里，作者虚构了一系列异域国度：无肠国、两面国、淑士国、毛民国等。小说通过对这些幻想国度的败风恶俗的讥讽，来批判现实社会中的种种丑恶现象，这正是寄寓性讽刺的传统写法。例如，无肠国财主的为富不仁、肮脏刻薄，两面国人的欺贫谄富、表里不一，淑士国冬烘酸丁的咬文嚼字、酸不可耐，毛民国世情的吝啬鄙陋、极端自私；凡此种种浇漓世风、腐恶现象，都受到富于喜剧性的揭露和嘲笑。只是这种揭露和嘲笑既受到寄寓性形式的限制，又常采取走马观花、闲谈观感的形式，难免缺乏必要的开掘和应有的深度。

《镜花缘》的喜剧精神在前半部主要体现于唐敖、林之洋、多九公在海外异域的所闻所见和经历。淑士国酒保、腐儒咬文嚼字，令人喷饭。白民国的学塾先生自视不凡，盛气凌人，却把《孟子》的“幼吾幼，以及人之幼”念成“切吾切，以反人之切”。在黑齿国多九公被两个女孩子讥讽得脸上青一阵、黄一阵，恨无地缝可钻。而在女儿国，林之洋则大吃苦头，被强迫穿耳、缠足、搽脂抹粉，粉面郎被逼作长须女。在这些充满了夸张乃至怪诞的喜剧情节里，作品流露出对现实种种丑恶事物、不合理制度的嘲讽。这种嘲讽中所蕴含着的道德谴责、社会批评意识，提高了这些喜剧情节的美学价值。

小说后半部的喜剧精神较为集中地体现在机敏而风趣的孟紫芝身上。她那似乎是永远讲不完的随机而发的笑话，使小说后半部相当大的篇幅始终洋溢在喜剧的氛围之中。她的笑话有一部分仍然继承了小说前半部对吝啬、贪婪等恶德恶行的讥刺，但更多的笑话是用于讥刺同伴的言行乃至名字。紫芝大讲笑话的主导动机看来是“借此大家顽顽可以解解闷气”。她的笑话固然不乏幽默，可以引人莞尔一笑，但笑后也就放下，缺乏值得品咂、回味的东西。这种低格调的喜剧精神并非独存于紫芝的笑话之中，它贯串于其他才女的笑话以至弥漫于整个后半部小说。在《儒林外史》中各种不同形式的讽刺都围绕作品的主题思想来进行，对每个人的讥刺的描写都作为不可或缺的一个部分加入反映整个社会的生活画幅之中，都是为批判社会现实的罪恶丑陋服务的。《镜花缘》显然没有很好地继承《儒林外史》的这种讽世精神。

第四节　笔无藏锋，过甚其辞：晚清谴责小说的盛行

晚清揭露、抨击现实的小说数量非常之大，其中谴责小说的数量占有一定比例。晚清谴责小说是晚清小说创作中最重要的代表，在小说的发展史上占有一定的地位。本节将对晚清四大谴责小说进行具体分析。

一、李伯元和《官场现形记》

(一)李伯元的生平及创作

在晚清小说中，李伯元及其所著的谴责小说占有重要的地位，特别是《官场现形记》，被认为是晚清谴责小说的代表作之一。李伯元(1867—1906)，名宝嘉，又名宝凯，别号南亭亭长、游戏主人、讴歌变俗人、芋香、北园等。江苏武进人。他三岁丧父，由长期在山东肥城、济阳、东昌等地任知县、知府的堂伯父李翼清抚养成人，这使他有条件熟悉府县衙门中的人情世故，为其后来描写官场积累了丰富的生活素材。光绪二十二年(1896)，李伯元移居上海，开始其报业生涯。其后在自己创办的《世界繁华报》报上连载《庚子国变弹词》和《官场现形记》。光绪二十九年(1903)李伯元应商务印书馆之聘，主编《绣像小说》。1906 年病逝于上海。

(二)《官场现形记》曝光官场丑态

《官场现形记》是李伯元的代表作，共 60 回。小说在 1903 年 4 月至 1905 年 6 月间连载于《世界繁华报》，在发表过程中，又由

世界繁华报馆分册刊印成书出版。此书专门对官场黑暗进行暴露和批判，上至朝廷大臣，下至县吏僚佐，其范围之广，谴责之畅快，在我国小说中是从没有过的。小说对晚清吏治混乱、官场腐败的各种丑态做了毫不留情的大曝光，让世人看清了官场就如同妓院，只要有钱，地痞流氓都可以光顾。

在对官场的谴责中，小说有两点最为突出。首先，作者十分愤慨地谴责了捐官的畸形发展。捐官制度，本为国家一时应急之策，从西汉始行，唐宋时亦间有实行，但因十分节制，没有对国家吏治产生大的危害。但至清代，特别是道光以后，由于朝廷巨额的赔款和镇压太平天国等的财政支出，使国家财政严重地入不敷出，因此，清政府公开卖官鬻爵，大开捐官之门。由于官员职位供小于求，在家候补的官吏日益增加。而由于仕途之门大开，使官吏素质日趋低下。小说有力地揭露了晚清时期吏治上的这些问题。其次，小说又极力描写了官吏的贪婪与腐败。例如，何藩台与其胞弟三荷包连裆标价卖府县官缺，因为分赃不匀而在家大打出手；陶子尧受山东巡抚委托来上海买机器，竟用公款嫖妓，与魏偏仞等一起设骗局套官银……小说大量揭露官吏行贿、受贿的方法手段，李伯元向我们展示的是一幅晚清官场百丑图，通过对官场中形形色色的黑暗腐败现象的揭露，表现了清末王朝腐朽透顶、必然衰败的命运。因此它可以称之为“一部社会史料”。

(三)《官场现形记》的艺术特色

作为一部著名的谴责小说，《官场现形记》有其鲜明的艺术特色。在结构上，胡适、鲁迅都指出其模仿《儒林外史》的特点。如鲁迅在《中国小说史略》中说：“头绪既繁，脚色复夥，其记事遂率与一人俱起，亦即与其人俱讫，若断若续，与《儒林外史》略同。”这种结构与作者企图广泛地反映官场的整体现状有关。作者用漫画与夸张之笔去反映社会现实与官场中人物，无名氏《官场现形记序》说其著“如颊上之添毫，纤悉毕露，如地狱之变相，丑态百出。见者拍案叫绝。”由于作者熟悉佐杂小官的生活，所以对这些人物的描写十分精彩。

作者又善于用对比的叙述,来表现官吏们言行不一的两面性,从而形成了强烈的批判性与喜剧性效果。如山东巡抚平日布衣蔬食,穿的衣服还有补丁,然而在其上房里,却"另有个小厨房,饮食极其讲究,然而请起客来,不过四盆两碗,还要弄些青菜豆腐在里头"。"若照外面看上去,实在清廉得很,但凡有遇孝敬的,他一定还要另眼相待"。而浙江署理傅制台,表面上讲求"清廉洁白,慎独修养",平时穿着旧衣陈靴,以简朴来训诫部下,然而就是这样讲求理学功夫的人,一个月下来,已有50万两银子汇进京。作者又用傅制台往日相好的妓女带着两人所生的私生子来相认的情节,暴露了这位道貌岸然、注重声望的伪道学先生的面目。

二、吴趼人和《二十年目睹之怪现状》

(一)吴趼人的生平与创作

吴趼人(1866—1910)名沃尧,原名宝震,字小允,号茧人,后改为趼人。广东南海人,因世居佛山镇,故自号"我佛山人"。吴趼人出身没落官僚世家。18岁时为生计所迫,到上海谋生。他曾东渡日本,客游山东。光绪二十三年(1897)始入报界,至1902年,主持上海《消闲报》《采风报》等小报笔政。1905年春,他再赴武汉任美商所办的英文《楚报》新辟的中文版编辑,7月,反美华工禁约运动爆发,他激于爱国义愤,毅然辞职返沪,并为之奔走呼号。1906年,汪维甫创办《月月小说》,吴趼人受聘为总撰述。1910年病逝于上海。

吴趼人是一位多产作家,其小说创作的高峰期从1903年始。从1903年8月在《新小说》发表《二十年目睹之怪现状》《痛史》《电术奇谈》起,到1910年逝世,共创作长篇小说19种,包括社会小说、历史小说、公案小说等。就谴责小说而言,除《二十年目睹之怪现状》外，较有名的还有《上海游骖录》《发财秘诀》《最近社会龌龊史》《瞎骗奇闻》《活地狱》(续写)、《糊涂世界》等。他是晚清时期写作以讽刺为主小说最多的作家，这些小说或从一个侧面或从社会整体方面对晚清时期的种种丑恶现象进行了讽刺，体现了吴趼人关注社会现实的创作特点。《二十年目睹之怪现状》是吴趼人的代表作，也是晚清谴责小说的代表作之一。此外，吴趼人还有短篇小说 12 种，文言笔记小说 5 种，传奇剧 2 种，另有诗文、杂记等。

(二)《二十年目睹之怪现状》的内容

《二十年目睹之怪现状》(108 回)是吴趼人的代表作。小说叙述的时代背景是 1884 年至 1903 年前后的 20 年，全书以主人公九死一生的经历为线索，从其奔父丧始，至助吴继之经商，而最终以商业失败告终，将他在各地的所见所闻贯穿成书。小说笔锋涉及相当广阔的社会生活层面，展现了一幅清末社会形态急剧变迁时期的历史画卷。与李伯元《官场现形记》主要以清末官场反映对象相比，《二十年目睹之怪现状》所反映的社会生活与人物更为广阔。举凡官场、商场、洋场至家庭生活，人物从朝廷大员至三教九流中的各色人等，小说都有所描写。

小说所暴露与抨击的主要内容有三，一是官场的腐败黑暗与官吏的龌龊灵魂，特别是军队的腐败，是小说中颇具特色的内容。二是家庭生活中的人伦乖离，如九死一生的伯父子仁，堂堂皇皇地吞没了亡弟的遗产，夺掉了孤侄亡娣的养命钱，使九死一生也差一点流落街头。他极为阴险狡诈，表面上道貌岸然，对子侄们动加训斥，却在背后娶歌妓、吃花酒，无所不为。而龙光为了获取巨额财产，用药将其父苟才毒死。再如黎景翼为了争夺家产，用鸦片立逼其弟死，又将弟妇卖入妓院。三是上海十里洋场生活中的人物众生相。

小说成功地塑造了苟才这一人物，苟才从第 4 回出场，至第 105 回被儿子龙光毒死终，几乎与小说同时起讫。苟才本是南京城里一个落魄不堪的候补道台，但是通过贿赂总督的亲兵，而连得好差。虽然数次被参，然而依靠巨额贿赂、甚至更为卑鄙的手段而东山再起，如第89回，苟才要将家中守寡不久的儿媳献给好色的两江总督为妾，为了迫使儿媳就范，苟才夫妻可以跪在儿媳面前，行只有在拜见皇帝和祭祖时才行的免冠叩首大礼，对媳妇说："救人一命，胜造七级浮屠，望媳妇大发慈悲罢。"又对媳妇请安道："只望媳妇顺变达权，成全了我这件事，我苟氏生生世世，不忘大恩。"逼得儿媳妇无路可走。为了官位和钱财，家庭人伦都可以不顾。而就是这样的一个人，却官运亨通，以后甚至到了月进二十万两银子，"不在乎差使"的地步。小说从钻营、贪财、好色、缺德、灭伦几个方面对苟才这一人物进行了细致地描写，在他的身上集中反映了晚清时期官吏的丑恶特征。然而，与《官场现形记》中无一正面人物相比，作者用了一定的笔墨去描写正面人物形象系列，如九死一生、吴继之以及文述农、蔡侣笙、王伯述、管德泉、王端甫等，在这些人物身上体现了他的理想与追求。

(三)《二十年目睹之怪现状》的特点

在小说艺术上，《二十年目睹之怪现状》最大的特点是小说采用第一人称限制叙事。第一人称限制叙事的叙事手法，在我国文言小说中偶尔有之，著名的如唐传奇小说《游仙窟》，而在白话章回小说中似从未有过。这种写法克服了《官场现形记》人物与事俱起讫的结构松散的不足，小说以九死一生20年的生涯为线索，使正反两方面的几个重要人物形象和一系列情节都围绕他而展开，从而使结构显得紧凑，又可以不需要从作者角度对事件插进评论，避免了叙事过程的割裂，同时还可以充分表达叙事者的感情。而且九死一生在小说中并不是旁观者，他也是小说中的重要人物形象。小说充分反映了他在这20年中的追求与幻灭，对人情世故认识的深化过程。这实际上是作者的一些经历与心路历程的自述。小说讽刺语言辛辣流畅，然不免形容过度，这也形成了吴趼人谴责小说的特色与不足。鲁迅评在《中国小说史略·清末之谴责小说》之曰“惜描写失之张皇，时或伤于溢恶，言违真实，则感人之力顿微，终不过连篇话柄，仅足供闲散者谈笑之资而已”。

三、刘鹗和《老残游记》

(一)刘鹗的生平与创作

刘鹗(1857—1909)，原名孟鹏，字云抟，后更名为鹗，字铁云，又字公约，笔名洪都百炼生，江苏丹徒(今江苏镇江)人。他出身官宦之家，性格狂放。在治河、算学、医学、兵法、音乐、文学和甲骨文等方面颇有造诣。24岁时到扬州，拜太谷学派传人李光炘(龙川)为师，深受其学说的影响。光绪十四年(1888)刘鹗到河南谒见河督吴大澂，报效河工。后又被山东巡抚张曜调往济南治河。光绪二十二年(1896)，刘鹗应张之洞之邀，赴汉口参与修筑芦汉铁路事宜，因受盛宣怀排挤而辞归京师。同年十月因上书直隶总督王文韶请筑津镇铁路(即后来之津浦铁路)受守旧派官僚激烈反对，而决定从此弃官经商，但未能成功。后被仇家所陷，以私售太仓粟和在浦口为外国人买地罪名遭劾，于1908年被清政府在南京寓所逮捕，流放新疆迪化(今乌鲁木齐)。次年阴历七月初八日因脑溢血逝世于新疆戍所。

《老残游记》是刘鹗的代表作。这部小说在1903年8月初一始刊于《绣像小说》第9期，至同年12月15日第18期止，署名洪都百炼生。因《绣像小说》的编者擅自对小说进行删改而中止。其后又重新连载于《天津日日新闻》，时间一般认为在1906年左右。最早刊本有两种，一种是阿英所藏的《天津日日新闻》剪报本，共一册10回，另一种是天津图书馆藏天津日日新闻社刊印的单行本全本。另有《老残游记二集》9回及自叙，也在《天津日日新闻》连载，时间为1907年8月18日至11月11日。又有《老残游记外编》手稿一卷16页(今存15页)，4 700余字，未发表。

(二)《老残游记》的思想内容

《老残游记》记叙主人公铁英号老残者游历北方的所见所闻，所思所感。表现作者的政治态度与哲学思想，以及对清末社会政治现实的透视。

刘鹗的政治态度集中表现在小说的第 1 回老残的梦境中，刘鹗将中国比作一条浑身伤痕、破旧不堪、负担沉重而正在风浪中颠簸的大船，处于随时都可能沉没的危险境地。掌舵的和管事的(喻当政者)正在认真地管理，但是因为风浪大和装备不行而不知驶向何方；而下等水手(喻各级官吏)却正乘着危乱还在那里搜刮乘客的钱财衣物；还有一批高谈阔论者(喻革命党人)正在那里煽动和敛财。当老残等人送上外国罗盘等(喻治国之方)时，舵工是很想用的，却被下等水手以卖船的汉奸为名赶了下来。刘鹗认为清朝的统治者是好的，对封建统治制度极力维护，而痛恨各级官吏的所作所为，但反对当时已经风起云涌的民主革命运动。《老残游记》最精彩的是对社会现实的透视，它所写的社会生活虽不如李伯元和吴趼人的小说那样广泛，但开掘极有深度。小说出色之处是写清官之可恶，历来小说，皆揭赃官之恶，有揭清官之恶者，自《老残游记》始。清官历来为封建政体的支柱，刘鹗却将其作为揭露与批判的对象，其意义远比揭露一般的贪官深刻。小说主要写了两个清官：玉贤(指毓贤)和刚弼(指刚毅)。他们都有清官能吏的美誉，但在百姓眼里，却是恐怖的化身。如第 5 回中店伙对老残说的："仗着此地一个人没有，我可以放肆说两句话：俺们这个玉大人真是了不得！赛过活阎王，碰着了就是死。"玉贤在曹州做知府，"未到一年，站笼站死两千多人"。小说写到于朝栋一家三口因强盗栽赃而被玉贤下令站笼而死，于学礼妻子在将死去的丈夫前自杀，令人发指。而玉贤则在有人来求情时这样说："你们倒好，忽然的慈悲起来了！你会慈悲于学礼，你就不会慈悲你主人吗？这人无论冤枉不冤枉，若放下他，一定不能甘心，将来连我前程都保不住。俗语说得好：斩草要除根，就是这个道理。

况吴氏尤其可恨，他一肚子觉得我冤枉了他一家子。若不是个女人，他虽死了，我还要打他二千板子出出气呢！你传话出去：谁再来替于家求情，就是得贿的凭据，不用上来回，就把这求情的人也用站笼站起来就完了。”

百姓是否冤枉，对他们来说是无关紧要的。而刚弼在刑讯魏家父女时因有人用银子来为其求情，故非要逼其认罪，欲以凌迟处死，充分写出了清官们对无辜与弱小者的冷酷与残忍，断案时的刚愎自用与主观专横。小说的揭露具有相当的深刻性，充满了作者对无辜百姓的同情。

(三)《老残游记》的艺术成就

《老残游记》是晚清谴责小说中最具艺术成就的小说。它采用第三人称限知叙事的方法，突破了第三人称全知叙事的传统模式，通过老残的所见、所闻、所感来反映社会现实，因而具有很强的真实感。从讽刺艺术上说，小说注重写实而不是漫画与夸张的写法，注重选择典型性的细节。如写玉贤与刚弼两个清官酷吏，从正面主要写玉贤对于朝栋一家、刚弼对魏氏父女罗织罪名，滥施酷刑的细节；从侧面，则描写百姓闻之色变的恐惧，这样将“苛政猛于虎”的现实充分表现出来。这是《老残游记》不同于其他谴责小说的地方。小说的另一个显著特色是高超的描写艺术，如第2回中白妞在明湖居说大鼓书的描写，十分精彩；而作者对景物的描写，重在对景象的白描，更显其艺术的功力，如大明湖的秋色、蓬莱阁的风云、黄河上的打冰、桃花山中遇虎等，无不写得具有诗情画意，极富形象和写实性。我国白话小说传统是重叙事，不重描写，因此《老残游记》的这一特色在小说史上是不多见的。

四、曾朴和《孽海花》

(一)曾朴的生平与创作

曾朴(1872—1935)，初字太朴，后改字孟朴，又字小木、籀斋，笔名东亚病夫。江苏常熟人。出身书香门第,自幼爱好文学,而对八股取士制度极为憎恶。他曾从名师李慈铭、吴大澂游。在其19岁、20岁时,联捷入学中举。21岁时,迫于父命,入京应试。入场后故意打翻墨汁,题诗而去。后因捐资为内阁中书留京供职数年,与当时名流相交往,了解了许多名士、达官的轶事。1935年6月23日病逝。曾朴在早年受康、梁维新思想的影响,以后倾向民主革命,在晚清小说家中,其思想是最为激进的。

曾朴作为晚清著名的文学家,《孽海花》35回是其代表作。小说的成书经历了较长的时间和较复杂的过程。小说作者原署"爱自由者发起,东亚病夫编述"。"爱自由者"即为金天翮(1874—1947),此小说最早是金天翮应《江苏》杂志之约而写,共写了6回,标"政治小说"。1904年,金天翮将《孽海花》前6回交给曾朴,二人共同商定了60回目,曾朴拟订了一份《孽海花》人物名单,共110名。曾朴在对前6回进行了修改的基础上,写成了20回,分两编(每编5卷10回)在1905年1月和8月由小说林社出版,标"历史小说"。1907年《小说林》创刊后,曾朴又写了5回。1927年曾朴创办真美善书店和《真美善》杂志,陆续在杂志上发表了对《孽海花》的原有内容的重新修改和续写的回目,将原作中部分表现激进思想的内容删去,稍后印成30回本出版,而在杂志上发表的第31至35回未及收入。1959年,中华书局上海编辑所印行《孽海花》增订本,共35回,是为足本。1979年上海古籍出版社据此重印。

(二)《孽海花》的时代特征

《孽海花》以状元金沟与名妓傅彩云的姻缘为叙事线索,展现了从同治初年到甲午战败这30年间的历史。

曾朴计划将小说分成从"旧学时代"到"海外运动"六个时期。小说并不仅局限于30年中国社会现实的反映,而是在世界的背景中去看中国及其变化与发展,从而使这部小说具有了其他谴责小说所没有的历史深广度。这部小说的描写对象以高级知识分子和上流社会人物的生活为主,重在表现他们在社会历史巨变中的心态，从而深刻地提示了在传统文化教育下的知识分子面对中国与世界在政治与文化相冲突、相交融的过程中所表现出的种种弱点与缺陷，这是《孽海花》的重要特点。

在晚清著名的四大谴责小说中，《孽海花》是思想最激进而艺术成就较高的作品。在思想内容上，作者将批判的锋芒直指腐朽没落的封建制度及其为其服务的科举制度，具有鲜明的爱国主义和民主革命倾向。这就使小说在思想上与其他几部谴责小说相比更具时代精神。如小说对科举制度的批判，认为科举只是君主笼络士人的手段而已，而这种手段实施的结果就是知识分子不管国家命运、民生疾苦，而在八股文中讨生活。

小说对上流社会中的达官名流颇多讽刺。与晚清其他谴责小说不同，《孽海花》重在表现他们表面上风流儒雅，内心却精神颓废的一面。如庄仑樵（影射张佩纶），做了翰林院侍讲学士，却因不善经纪，“坐吃山空，当尽卖绝”，因此愤然想道：

> 这瘟官做他干吗？我看如今那些京里的尚侍、外省的督抚，有多大能耐呢？不过头儿尖些、手儿长些、心儿黑些，便一个个高车大马，鼎烹肉食起来！我那一点儿不如人？就穷到如此？没顿饱饭吃，天也太不平了！
>
> 越想越恨。忽然想起前两天有人说浙、闽总督纳贿卖缺一事，又有贵州巡抚侵占饷项一事，还有最赫赫的直隶总督李公许多骄奢罔上的款项，却趁着胸中一团饥火，夹着一股愤气，直冲上喉咙里来。就想趁着现在官阶可以上折子的当儿，把这些事情统做一个折子，着实参他们一本，出出恶气，又显得我不畏强御的胆力。便算因此革了官，那直声震天下，就怕没人送饭来吃了，强如现在庸庸碌碌的干瘪死。

小说描写了一批迂腐自守、不学无术、矫揉造作的人物，入木三分地反映了晚清时代知识分子的精神世界。小说更是塑造了金沟这一人物形象。这是一位典型的中国士大夫，他 28 岁即金榜夺魁，46 岁时作为出使俄、德、荷、奥四国的大臣，但他却无法适应时代变化的潮流，面对一个对他来说是完全陌生而崭新的生活世界，他显得呆滞笨拙。后来他也开始关注洋务，但是其心态依然是封闭保守的。当他出使四国时，目睹国外的现代文明，无法适应，只能杜门谢客，温习元史，考究地理，却把正经公事搁着。而这位元史专家却被俄人所骗，他用重金买来的12幅中俄交界地图却惹出帕米尔边界纠纷，造成了“一纸书送却八百里”的大错。在婚姻上他同样是失败者，他为傅彩云的美貌所吸引而娶其为妾，却无法用夫纲对她进行控制：他知道傅彩云与质克、瓦德西等人的暧昧关系，彩云与仆人阿福私通的事情，却无法正视现实，宁肯信其无，而将这些羞耻感深藏于心中，认为这是因自己过去负心行为的报应。金沟不仅在官场与情场上都失败，更是一生都因其自私、负心、怯懦、羞愤而背着沉重的精神枷锁，最终中年而逝。只是在生命的最后时刻的昏语中，才将这藏在心中深处的隐秘说出。这位状元郎的内心世界和命运结局，是旧式知识分子在这一巨大的时代变迁中精神状态的真实写照。

（三）《孽海花》的艺术特色

《孽海花》具有晚清谴责小说所共有的淋漓尽致、夸大其词的讽刺特点。而小说最成功之处还在于它的人物形象描写，特别是塑造了金沟和傅彩云这两个人物形象。凡他们出场，即伴以讽刺和挖苦，有的实在刻薄，但也体现了作者较为高超的人物描写技巧，特别是傅彩云这一人物，小说写得较为丰满。如第21回，当她与阿福的暧昧之事被金沟撞知，挑明后，彩云的一段话充分地体现了“这一个”的性格：

> 彩云趁势一扭身，鼻子里哼哼的冷笑了几声，抢起空杯，就望桌上一摔。雯青见彩云倒也生了气，就忍不住也冷笑道：“奇了，到这会儿，你还使性给谁看！你的破绽，今儿全落在我眼里，难道你还有理吗？”雯青说完，只把眼儿觑定彩云，看她怎么样。谁知彩云毫不怕惧，只管仰着脸剔牙儿，笑微微的道：“话可不差，我的破绽

老爷今天都知道了，我是没有话说的了。可是我倒要问声老爷，我到底是老爷的正妻呢还是姨娘？……你们看着姨娘本不过是个玩意儿，好的时候抱在怀里，放在膝上，宝呀贝呀的捧。一不好，赶出的，发配的，送人的，道儿多着呢！就讲我，算你待我好点儿，我的性情，你该知道了；我的出身，你该明白了。当初讨我时候，就没有指望我什么三从四德、七贞九烈，这会儿做出点儿不如你意的事情，也没有什么稀罕。你要顾着后半世快乐，留个贴心伏伺的人，离不了我！那翻江倒海，只好凭我去干！……若说要我改邪归正，阿呀！江山可改，本性难移。老实说，只怕你也没有叫我死心塌地守着你的本事。”

人物个性就这样活灵活现地表现了出来。《孽海花》中的人物性格描写重在某一种特征的突出上，傅彩云也具有鲜明的单面性格特征。小说重在写其聪明乖巧，机敏老辣，而又放荡纵欲的一面。因此傅彩云是晚清小说中所创造的不可多见的人物形象。

第七章　风姿绰约的清代散文(上)

清代是中国古体散文发展过程中的最后一个阶段。清代前期百余年是著名的康乾盛世,文章也是盛世之文。但由于满人入主中原是异族统治汉族,清政府对汉文化和汉族文人采取的是高度防范的政策,清代近三百年都实行了文化专制政策。然而,清代的学术文化从总体上而言并未呈现出衰落之势。清代在学术史上出现了众多的学术大家,而文学领域也出现了一些好的作品。散文上理性增多而灵性减少是总的倾向。也许清代散文的精品之作的水平尚无法逾越汉唐,但无可否认的是,清代散文集前代之大成,散文创作大家与作品数量上皆远超前代,可谓文派纷繁、风姿绰约。

第一节　文派纷繁、风格独特:清代散文的兴盛

与前代相比,清代散文作者辈出、作品如海,言之有物,文情并茂的文章屈指难数。在中国散文史上是具有光辉成就的时期之一。对此,清末著名学者黄人在《国朝文汇序》中说:“吾朝文治,轶迈前古,撰著之盛,尤奄有众长。”对于康、雍、乾、嘉时期的学风、文风,黄人更加欣赏,认为当时能“集周、秦、汉、魏、唐、宋、元、明之大成,合性理、训诂考据、词章而同化”,所以“康雍之文醇而肆,乾、嘉之文博而精,与古为新,无美不具”。道、咸两朝正是鸦片战争前后,由于“争桑弄兵,四寓多故,男儿作健,志士苦心”(黄人《〈清文汇〉序》),所以当时的散文“激昂峭厉,纵横排奡”(《国朝文汇序》)。黄人的这些意见是在考察了清代散文的全貌

以后提出来的，是有一定根据的。清代散文作家、作品之多，超过以往，非唐宋所能比，清末编成的清文选集《国朝文汇》收作者一千三百五十六家，收文一万多篇，可谓洋洋大观，但所收也仅是清文的一小部分。清代散文不仅作家作品之众非前代能比，就作品题材的广泛与表现形式的丰富而言也都有自己的特色。

一、清代散文的发展

清代散文，包括古文和骈文，作家辈出，佳作甚多，流派分明，在古代散文史上占有重要地位。

清代散文大致可分为三个阶段：清初散文，以直抒性灵的小品文为主，后以钱谦益为代表开始转变，涌现出如黄宗羲、顾炎武、王夫之和侯方域、魏禧、汪琬为代表的散文大家；清中叶散文，以“桐城派”成就最高，代表人物是方苞、刘大櫆和姚鼐，而此时的章学诚和袁枚则与他们的风格不同，后来恽敬和张惠言承“桐城派”之风，创出“阳湖派”；后期散文名家有朱琦、龙启瑞、吴敏树、曾国藩等人。鸦片战争前夕，出现以龚自珍、魏源为代表的启蒙思想家。

二、清代散文的特点

清代统治者汲取明代政权统治的经验教训，在思想文化领域对知识分子空前地加强了控制：一方面编刻《性理精义》以引导之，另一方面大兴文字狱以压迫之，使得知识分子缄口不言，埋首学术。因此，清代学术“超汉越宋”(《清史稿·文苑传》)，成就相当高，其特点突出地表现在以下几个方面。

(一)义理、考据、文章并重

清代学术空气很浓，多数散文作者都学有根柢。重视义理、考据、文章的结合，是清代散文的重要特征。

北宋时就有学者对义理、考据和文章三者之关系进行了论述。北宋程颐说:“古之学者一,今之学者三,异端不与焉。一曰文章之学,二曰训诂之学,三曰儒者之学。欲趋道,舍儒者之学不可。”(《二程遗书》卷十八)程颐是理学大师,因此他独尊儒者之学(即儒家“义理”之学),而轻视文章、训诂考证。明朝刘健也提出:“人学间有三事:第一是寻绎义理,以消融胸次;第二是考求典故,以经纶天下;第三却是文章。”(陆骖《停骖录》)刘健虽然没有提三者关系,但他一生从事“伊洛之学”(即程朱理学),曾多次对人说:“好笑后生辈,才得科第,却去学作诗。作诗何用?”(陆骖《停骖录》)他实际也是轻视文章的。

对于义理、考据和文章三者的关系,到了清代才得以正确解决。乾嘉时期,学者文人围绕三者关系,曾开展过一场大讨论,袁枚、姚鼐、章学诚、戴震、钱大昕、段玉裁等一大批作家、学者都参加了辩论。其中训诂考据家强调学问要以六经儒道为本,求其本,离不开考证,因而立言写作都要以此为“根柢”,所以认为三者之中,文章是排在末位的。段玉裁在《戴东原集序》中更是进一步说:“义理、文章,未有不由考核而得者。”他们的这些看法,实际是只看到了文章“载道”的功能。袁枚提倡文章“自抒所得”“纯以神行”,讲究“剪裁、提挈、烹炼、顿措”的技巧、方法,因此在《与程蕺园书》中批评段玉裁等人“盖其平素神气沾滞于丛杂琐碎中,翻撷多而思功少”。在这场辩论中,姚鼐、章学诚对义理、考据和文章三者的关系提出了比较辩证的意见。姚鼐在《述庵文钞序》中说:“余尝论学问之事有三端焉:曰义理也、考证也、文章也。是三者,苟善用之,则皆足以相济;苟不善用之,则或相害。”由此提出了三相济的主张,是比较全面的。章学诚反对汉学家只强调“记诵之学”,也反对文章家只追求文辞光彩,更反对理学家“舍器而言道”的错误主张。他在《文史通义·原道下》中说:“义理不可以空言也,博学以实之,文章以达之,三者合于一,庶几哉周、孔之道虽远,不啻累译而通矣。”又在《与朱少白论文书》中说:“学于道也,道混沌而难分,故须义理以析之;道恍惚而难凭,故须名数以质之;道隐晦而难宣,故须文辞以达之。三者不可偏废也。”章学诚的认识与姚鼐相一致,而论述则更为明确具体。这场辩论解决了唐宋以来争论不休的文与道、文与学、义与法的关系问题,对于繁荣散文创作具有很大的理论价值和实践意义。因此,清代散文作家都注重“学”与“文”的结合。魏禧、汪琬、朱彝尊、全祖望、汪中等著名散文作家,学问都很渊博。

(二)联系现实,注重实用

清初,顾炎武、黄宗羲等人提倡“经世致用”,这种思想对清代的学风和文风产生过深远影响。很多清代的散文作家都强调文章联系实际,重视道、用结合。顾炎武在《日知录·文须有益于天下》中把“明道”与“纪政事”“察民隐”“乐道人之善”相提并论,认为都是文章“有益于天下”不可缺少的内容。黄宗羲也主张“载道”“明道”,但他反对空言“心学”,不问时事。章学诚为了强调“道之为用”,作《原道》上、中、下三篇,提倡“道不离器”“即器以求道”。他赞成文章“咏叹抑扬”“悦目娱心之适”的功能,但反对只是“溺于文辞”,并在此基础上明确提出了“作文立意,先求救世”的主张。桐城派作家大都推崇程朱理学,但也反对空谈义理,刘大櫆在《论文偶记》中就明确提出:“人无经济,则虽累牍,不适于用。”

由于清代作家大都能与现实社会保持比较密切的联系,因而创作了一大批言之有物的优秀散文。清初作家,故国虽亡,志气未消,顾炎武、黄宗羲、王夫之、魏禧、归庄、张岱、唐甄、邵长蘅等人的文章,都充满了致用的精神。康熙中叶以后,社会日趋稳定,阶级矛盾、民族矛盾相对缓和,但一批中下层知识分子的生活困顿,仕途坎坷,其文章与身处高位,喜欢粉饰太平的作家作品迥然不同。戴名世、刘大櫆等怀才不遇,所作散文,多露锋颖;汪中一生困顿,学问文章,独树一帜,其《哀盐船文》《过田园吊马守贞文》,对下层人民的遭遇表现了极大同情。这些作家的作品,大都具有比较切实的社会内容。即使是一些身处高位的作家,如汤斌、韩菼、汪琬等人的作品，在“经时济世”思想的影响下，其文章也多有关心时政、反映社会现实的内容。

(三)组织派别，发展流派

明代作家喜欢结成宗派，清代文人延续这种风气，学派、文派纷繁复杂。清代文人宗派，从学术看，有宋学、汉学之争，从文章看，有古文与骈文之争，有汉学家与文章家之争。文人们同声相应，同气相求，党同伐异，各立门户。清代散文创作的勃兴繁荣，与宗派风气有密切关系。

在散文创作领域，汉学家与文章家在认识上的分歧，是最重要的派别之争。汉学家因学而及文，重考证、学问而轻文章；文章家因文及学，因文见道，而偏于文。因此汉学家指责文章家空疏，文章家批评汉学家琐碎。争论的结果，就是义理、考据、文章并重。骈文与古文之争，也有积极的意义，骈文吸收了古文舒展、流畅的特点，使清代骈文创作出现了新的气象，同时也造就了袁枚、汪中、张惠言、洪亮吉等一批既善古文又善骈文的作者。

古文是清代散文的主流，古文家也多有派别和集团。以侯方域为盟主的“雪苑社”是清代最早出现的文学社团。以魏禧为首的“易堂九子”，在清初结为文社，遁隐山林，研讨学问和古文创作，名重一时，其中宁都三魏(魏际瑞、魏禧、魏礼兄弟)最有盛名，彭士望、林时益在散文创作上也颇有成绩。由黄宗羲创建的“浙东学派”文史并重，在清代文坛产生过重要影响。

桐城派是清代最大的一个散文流派。它崛起于康熙中叶，至清末民初，绵延二百多年，作者数以百计。关于桐城派，后文将进行详细的阐述，这里不再展开。

阳湖派是以江苏阳湖(今属常州)地区为主的一批作家恽敬、张惠言、李兆洛等为主组成的一个文学派别。阳湖派作家原先都以创作骈文为主，后受桐城派影响，改写古文。所以论者多以桐城派分支相看。他们的艺术眼光通常比桐城派要开阔一些。

综上所述，清代散文作家，很多人都参加过文学的派别或集团，有些作家如汪琬、袁枚等人，虽然没有组织和加入文学团体或派别，但在他们周围也常有一些志同道合者一起研讨诗文创作。

清代文学派别的出现，对发展流派风格有积极意义，因此也可以说，清代散文不同派别和流派的大量出现，极大地活跃了清代文坛。

（四）讲究技法，重视美文

清代散文作家十分重视"研究散文的创作方法，并注意借鉴、运用前人的创作经验。清代关于散文创作的专论、专著之多，研究之精且细，远胜前代。专著如顾炎武的《日知录》、黄宗羲的《论文管见》、魏际瑞的《伯子论文》、魏禧的《日录论文》、陈维崧的《四六金针》、李绂的《秋山论文》、刘大櫆《论文偶记》、章学诚的《文史通义》、梁章钜的《退庵论文》、李扶九的《古文笔法百篇》、唐彪的《读书作文谱》等。清人的散文创作理论，并没有单纯地停留在纸上，而是把它们看作进行创作的指导思想和原则"[①]。例如，顾炎武在《与人书》（十八）中提出："作文不关于六经之指，当世之务者，一切不为。"他自己身体力行，拒绝作应酬文字。方苞力倡"义法"，严守"雅洁"，有人求他作墓志，希望多写事例，他认为多写事例不合"义法"，坚决拒绝。侯方域认为，写文章"如纵舟长江大海间"，如乘骏马奔腾，不可过于拘谨。但"纵舟"也必须"操柁觇星，立意不乱"；骏马奔腾，也应"以神朴而思洁者御之"（《答孙生书》）。正因为如此，所以他的文章如《马伶传》《李姬传》《与阮光禄书》等都能驰骋，但又不失分寸。

清代文章家对于散文艺术的要求很高，即使是一些实用性很强的文章，如序跋、墓志、书牍、传记等，都要求避免平铺直叙。黄宗羲在《论文管见》中提倡文章要有"风韵"，侯方域在《与任王谷论文书》中主张"动色而陈"，方苞在《书〈汉书·霍光传〉后》中讲"雅洁"，写文章要"澄清无滓"，写人要有"性姿风采"。这些都表

① 王凯符．论清代散文的繁荣及其原因[J]．北京社会科学，1994(2)．

现了清代散文家的艺术追求。

清代大量文学散文的出现,是清代散文作家艺术追求的结果。这里的所谓"文学散文"包括具有形象性、艺术性的一些实用性、学术性较强的散文。明代的散文倾向于抒情、描写,到了清代,这种趋向逐渐变成了风气,并成为清代散文的一大特征。例如,明清以前,传记这种文体几乎是"史官"的专用体裁,史传以外的散文很少,而且多为寓言,或记微贱小人琐事,而不是传统传记散文的"正体"。到了清代,出现了大量注重抒情、描写的文学传记。章学诚《文史通义·传记》批评"不居史职,不宜为传"的谬说,实际就是为传记散文张目,也反映了传记散文的兴盛。清代传记文学散文,包括传、行状、逸事等在清人的文集中占有重要地位,如全祖望的《鲒崎亭文集》,传记散文几乎占了一半,《戴名世集》中有近七十篇,占四分之一。清代的传记散文,描写生动,形象鲜明,大都具有很强的文学色彩。侯方域的《马伶传》《李姬传》,魏禧的《大铁椎传》《卖酒者传》,廖燕的《金圣叹先生传》,戴名世的《画网巾先生传》《杨维岳传》,方苞的《左忠毅公逸事》,全祖望的《阳曲傅先生事略》等,人物形象栩栩如生。

清代以抒情描写为主的游记、写景散文,也取得了很大成绩。魏禧的《翠微峰记》、朱彝尊的《游晋祠记》、戴名世的《大龙湫记》、姚鼐的《泰山游记》《媚笔泉记》、恽敬的《游庐山记》等都堪称游记精品。清代作家也常用骈文记胜。陈维崧的《白丁香赋》、吴兆骞的《长白山赋》、胡天游的《开元铁牛铭》、汪中的《黄鹤楼铭并序》、洪亮吉的《八月十五日夜泛舟白云溪诗序》等也都极有情志。用骈文写景记游,前代少有,这是清代散文家对骈文的一个发展。

正如前文所说的,注重实用是清代散文的一个特征。因此,清代许多作家也常常用文学的方法写实用文及学术文。例如,墓碑、墓表之类的文章,由于受清代传记文学的影响,有很多不再是只简要记述人物生平,而是通过形象的刻画描写,表现人物的精神。方苞的《陈驭虚墓志铭》、全祖望的《顾先生炎武神道表》、姚鼐的《袁随园君墓志铭》等,都极富文采。甚至一些论政、论学的文章,有些作者也注意运用形象的笔法发表自己的见解，代表作如侯方域的《宦官论》《太子丹论》《王猛论》，姚鼐的《复鲁絜非书》等。

三、清代散文兴盛的原因

“清代散文兴盛不是偶然的，它既有社会的原因，也有散文发展的内部原因。清代的社会环境为发展散文创作提供了非常有利的条件。相对安定的社会生活，使文人们可以潜心研究学问，从事创作；繁杂的社会矛盾和丰富多彩的社会文化生活，为作家进行创作提供了广泛的写作题材；清廷比较重视‘文治’，注意网罗人才，在不妨碍统治阶级统治地位的前提下，各种学派、文派可以自由发展。此外，清代散文发展还有以下多方面的原因。”①

首先，清代有一个空前庞大的散文作家群体。这个群体，见于著录的就有一千数百人之多，这是清代散文繁荣昌盛的重要条件。清代的散文作者主要由两部分人组成，即石韫玉在《国朝十家文序》中所说的身居庙堂之上的“缙绅之士”和身在山林之下的“缝掖之士”。在这两部分人中，布衣、山林作家人数众多。在中国古代，能文者多可做官，做官者多能为文。而到了清代，这种现象发生了根本变化。究其原因，一是汉族作家出于民族意识，不愿与清廷合作；二是清廷的文化专制主义的压迫，把大批作家赶到了山林田野。清初作家，布衣最多，如顾炎武、黄宗羲、王夫之、归庄、张岱、魏禧、方以智、廖燕、姜宸英、邵长蘅等。后来由于清廷推行残酷的文化专制政策和八股取士，大批文人纷纷走向山林，以诗文、著述为寄托。朱彝尊、戴名世、刘大櫆、全祖望、汪中、洪亮吉以及袁枚、姚鼐等，都曾长期生活在官场之外。他们中的多数都是靠授徒、卖文、做幕僚或朋友资助为生。清代山林作家由于受“入世”思想的影响，对生活抱悲观颓废态度者很少，加上他们与普通的社会生活比较贴近，因而他们的作品大都具有比较

① 王凯符．论清代散文的繁荣及其原因[J]．北京社会科学，1994(2)．

丰富的社会内容。当然,“缙绅之士”在散文创作上也做了不小的贡献,汪琬、方苞、韩菼等人,都各有成绩,特别是方苞等人,虽有官位,但一生郁郁寡欢,且常有“山林之思”,他们在思想上和山林作者都保持着密切的联系。

其次,八股取士对清代散文的兴盛也产生不少的影响。明清以时文(八股)取士,时文与古文有种种区别,但八股作为一种文章式样,其程式功令就是吸收了古代散文的做法制定出来的,从这方面说,古文与时文是相通的。明清文人从启蒙时代即接受八股文的严格训练,在立意谋篇、用词造句、布局构思等方面的训练,对古文的写作都可以打下一定的基础。明代中叶以后,文人提出“以古文为时文”,而清代作家为改造八股,在这方面做了不少努力,讲“古文气息,时文法脉”(高塘《论文集钞杂条》),就是要求用古文的风格气象制作八股。因此学作八股常常要在古文上先下功夫,这对普及散文创作,无疑会在客观上起到推动作用。

再次,清代散文兴盛与清代散文作家善于学习、借鉴前人的经验也有很大关系。清人主张学古,但不偏狭。清代散文家十分注意学习前人的经验,除大量刊刻前人文集之外,还编印了大量古代散文选本、读本,并加以评点、批注供人学习,《古文观止》《古文辞类纂》《骈体文钞》等,都曾广泛流传,影响颇大。他们主张学习借鉴古人,提倡多师为师、博取各家,不像明人那样专尊秦汉或专尊唐宋。袁枚在《与稚存论诗书》中就说:“文学韩,诗学杜,犹之游山者必登岱,观水者必观海也,然使游山观水之人,终身抱一岱一海以自足,而不复知有匡庐、武夷之奇,潇湘、镜湖之妙,则亦不过泰山上一樵夫,海船中一舵工而已矣。”袁枚的这种思想在清代散文作家中,很有代表性。

最后,清代散文创作能够取得成就,与清代散文家善于消化吸收其他文学体裁的表现方法也有密切关系。清代散文家在散文表现方法方面,从小说、戏剧中引进了某些有益的技巧方法,在创新上也有所突破。清代文学传记突破传统史传文的束缚,大量采用小说手法,是清代散文借鉴其他文学体裁的重要表现。在这方面起了带头作用的是清初侯方域、王猷定等人。侯方域在《与任王谷论文书》中强调作文要“当闲漫细碎处,反宜动色而陈,凿凿尾尾,使读者见其关系,寻绎不倦”,说的是细节的生动,情节的感人。他的《马伶传》《李姬传》《吴伯裔、伯胤传》《徐作肃、张渭传》等,以形象逼真传神、情节生动曲折见长,与他的主张保持了一致。王猷定的《汤琵琶记》,运用“巧合”等小说技法,并把传说故事杂入文中,颇有传奇色彩,对传统散文是一个很大的突破。

清代散文除了取法小说之外,戏剧、八股文对其也有积极的影响,戏剧用对话表现人物,八股文要摹仿古人口吻,清代一些散文作家在运用人物对话、通过人物语言刻画人物形象方面有许多成功之作。戴名世的《画网巾先生传》、吴伟业的《柳敬亭传》、方苞的《陈驭虚墓志铭》《左忠毅公逸事》、袁枚的《书鲁亮侪》《祭妹文》等,人物语言都很传神。这与戏剧的影响有关,与八股文逼肖古人口吻的严格训练也有关。此外,清代骈文大家都注意吸收古文的长处,使骈文经过数百年的衰败之后重新呈现了“复兴”,也是清代散文家善于学习、创新的结果。

第二节　郁愤不平、遗民之音:学人之文

清代初期的散文作者,其文章有易代之际的一些特点。黄宗羲、顾炎武、王夫之是这批作者的代表。他们的社会角色是遗民,自我认同是学者,提倡经世致用,反对虚谈;批判八股文,提倡“文须有益于天下”以及合文、学而为一,因此其文章也被称为“学人之文”“学者之文”。他们记述个人生平事迹的文章,为正统的史传的传状文尽发其不平之鸣,从而也更有艺术生发感动之力,而他们的爱国思想使其文章明显表现了作者的政治倾向。

一、黄宗羲的学人之文

黄宗羲是经学家史学家,他注意继承传统,却又反对模仿,他

主张写文章以抒发性情为主。他的散文剖析犀利，说理透彻。例如，他的政论《原君》将批判矛头直指封建社会最高统治者。该文说：

古者以天下为主，君为客，凡君之所毕世而经营者，为天下也。今也以君为主，天下为客，凡天下之无地而得安宁者，为君也。是以其未得之也，屠毒天下之肝脑，离散天下之子女，以博我一人之产业，曾不惨然(一点也不惨痛)曰：我固为子孙斜业也。其既得之也，敲剥天下之骨髓，离散天下之子女，以奉我一人之淫乐，视为当然。曰：此我产业之花息也。然则为天下之大害也，君而已矣。向使无君，人各得自私也，人各得自利也。呜呼，岂设君之道固如是乎？古者天下之人爱戴其君，比之如父，拟之如天，诚不为过也。今也天下之人，怨恶其君，视之如寇仇。名之为独夫，固其所也。

此文旗帜鲜明地向皇权挑战，向封建君主压迫剥削天下万民的合理性挑战，高呼君主是天下之"大害"，反映了当时广大人民群众对封建统治者的抗议，也是中国古代无君论思想的发扬。

黄宗羲散文成就主要体现在记叙文，这方面的文章占文集一半以上。他在自编《南雷文定·凡例》中就说："余多叙事之文"，虽然其叙事之文的用意在于"有史书所未详者，于此可考见"，但毕竟留下了大量的传状文字，除附有大量传记的《明儒学案》外，其文集尚有30余篇。黄宗羲为了总结明朝灭亡的历史教训，很注意收集明季史实，探讨人物得失，这是他散文中记叙为多的重要原因。他的文集中传记、墓志、杂记及部分序跋文章都属此类。如他自己所言，他记人多"亡国之大夫"，写事亦多亡国大夫之事。在这些文章中，记述事实之外，也寄托他的故国之思。《王义士传》《胡玉吕传》《刘宗周传》《陈定生先生墓志铭》《谈孺木墓表》是这类文章的代表。

黄宗羲是清代浙东学派的创始人。该派文史并重，但更强调"史"，"以文写史"是他们的重要主张，黄宗羲提出文章要"有裨于史”,是该派的共同认识。黄宗羲的记人记事文既以“有裨于史”为主要目的,所以多用“史笔”,文中铺陈描写较少。他强调写文章要有“精神不可磨灭”(《答张尔公论茅鹿门批评八家书》)处,文采形式是其次的,所以他写记人记事文章很注意内容的提炼,文字形式质朴实用,不尚夸饰,叙事中常常杂以议论,这与一般散文家的文章有明显的不同。例如,《淡孺木慕表》对明代著名史学家谈迁一生的描写仅三百余字,以撰《国榷》为中心加以介绍,不枝不蔓,物心胸志向,昭然纸上,清初学者文风,于此可见一斑。

黄宗羲最富文心的传状之作,多在为小人物立传的文字之中,如《书澹斋事》:

> 澹斋者,武林大佛头寺僧也,金陵人。尝以杀人入狱,为狱吏所困苦,久之得脱。以为人世不堪,无踰于囚,遂舍身为僧,发愿以济狱中之人。每晨担粥饭,遍行各狱,聚囚而饭之,旬日则为具汤沐,夏则竹扇疏巾,冬则席蒿败絮,诸凡菲屦木齿膏药凉水姜汤躯蚊虫琐碎当厄之物,无不曲体备用。囚见其入狱门,欢呼如孺子之见慈母焉。比户亦怜其志,有所请假,使之应手不匮,盖数十年如一日也。

澹斋虽为僧人,但能以身受之苦而推广于众,深得儒家之仁道。然而,他不只是一个具有献身精神的人,还是一个极具正义感与民族气节的人:

> 一日,澹斋衔袖,堕一纸,拾之,则两人姓名。余惊问:“此某某妻舆子也,汝何自书之?”澹斋伪为不知状。余固问之,始曰:“两人在仁和狱中,僧因饭囚,故习之,知其为忠臣家属也。今开赎例,得四十金,则两人可出矣。世路悠悠,无可告语,书之以识吾愿耳。”余曰:“此吾辈事也,奈何累子!”时钱虞山亦寓武林,余弟晦木往告之,以五十金俾澹斋。过三日,某某之子来告得赎,劝之他往,迁延不决,复见收捕。然澹斋之心尽矣。

这里的“某某”当为明室孤臣姓氏,故空缺。这一节文字中,不仅澹斋的朴直仗义鲜明如画,而且也表现出一种士人担当历史重任的勇气与对澹斋的敬意,但同时也不经意间流露出清流人士的偏见。

黄宗羲《两异人传》看似记二人之“异”,文旨实指此而非彼,因为此“异”有一定的社会背景。清初满人入关之初,便颁布薙(剃)发之令,故“留发不留头,留头不留发”成为每一个人的生死抉择。其间有的人寻求第三条路,于是便有了徐子与诸士奇之异——二人都是为自己开辟了“避秦”之地,不同的是,前者把古老的寓言变为了现实:

> 有徐姓者,莫详其名,不肯剃发,约其宗族数十人,携牛羊鸡犬、菜谷之种、耕织之具,凡人世资生之所需者毕备,攀援而上,剪茅架屋数十间,随塞来路。去之三十年,其亲串曾莫得其音尘,不知其生死如何也……今日之避地难,徐氏乃能以寓言为实事。岂可及哉!

黄宗羲最著名的两篇传状之文是与吴伟业同题的《张南垣传》与《柳敬亭传》。这两篇文章的章法结构颇为用力,如其形容柳敬亭说书技艺时,文字虽与吴文相差不多,但前后配置,却如传奇小说然,使文脉跌宕有致:

> 柳敬亭者,扬之泰州人,本姓曹。年十五,犷猂无赖,犯法当死,变姓柳,之盱眙市中,为人说书,已能倾动其市人。久之,过江,云间有儒生莫后光见之曰:“此子机变,可使以其技鸣。”于是谓之曰:“说书虽小技,然必勾性情,习方俗,如优孟摇头而歌,而后可以得志。”敬亭退而凝神定气,简练揣摩,期月而诣莫生,生曰:“子之说能使人欢咍嗢矣。”又期月,生曰:“子之说能使人慷慨涕泣矣。”又期月,生喟然曰:“子言未发而哀乐具乎其前,使人之性情不能自主,盖进乎技矣。”由是之杨、之杭、之金陵,名达于缙绅间。华堂旅会,闲庭独坐,争延之使奏

其技，无不当于心，称善也。

这样的描写，章法有类于秦娥学艺，而风华则已绝似唐传奇。然而，作者的注目点却并不在此。后文说到，柳敬亭结识了宁南伯左良玉，一方面奉为上宾，得参国家机密；另一方面却也因此卷入国事之中，为人所议。但巨变之后，曾经沧海的柳敬亭却依然故我，重理说书旧业，唯一不同于前的是，他的技艺已再臻新境。这种叙事的境界的确要胜吴伟业一筹。

黄宗羲以学者的眼光创作散文，注重实在的内容，语言形式务求明门朴实，但其论文也不轻视情采。他在《论文管见》中说："叙事须有风韵，不可担。"又说："文以理为主，然而情不至，则亦理郛廓耳。"他的某些抒情散文杂文写得有情有境，色彩斐然，能与他的主张相一致。抒情文如《过云木冰记》《海盐臆窠顶观日月并升记》《小园记》《避地赋》，杂文如《怪说》等，都写得富于特色。

二、顾炎武的学人之文

顾炎武早年是"复社"干将，明末是反清积极分子，明亡后亦无意仕途。顾炎武主张"文须有益于天下"。他这里所说的"天下"是有具体内容的。他曾明确指出："有亡国，有亡天下。亡国与亡天下奚辨？曰：易姓改号谓之亡国，仁义充塞。而至于率兽食人，人将相食，谓之亡天下。"(《日知录》)他所指的"文须有益于天下"，这"天下"不是指的一朝一代，一家一姓，而是指的包括"匹夫"在内的天下人民的天下。他曾在《日知录》卷十三《正始》中响亮地提出"天下兴亡，匹夫有责"的著名主张。这就突破了一般的忠君爱国的思想，较之曹丕提出的"文章经国之大业"的文学主张，也前进了一大步。他还说，"无体国经野之心，不足以登山临水；无济世安民之略，不足以考古证今"。他的学术著作都能体现这一主张。其代表著作有《日知录》《天下郡国利病书》《亭林文集》等。他作文的标准是经世，不作应酬文字。

顾炎武身在明清鼎革之际，国恨家仇集于一身，一生过着漂泊不定的生活,有着更为深切的亡国之恨。所以,他的文章多有慷慨悲歌之调。其《郡县论》《生员论》《与友人论学书》等,都是传世名篇。在《复庵记》中,他表达了对坚持志节的范君的赞赏。其《吴同初行状》,是悼念亡友的文章,也是借以抒写抗清情怀的名篇。文章先写作者与归庄、吴其沆、顾兰服、徐履忱的交往情谊,次写探视吴母,然后补叙吴其沆的生平及诗文创作。全篇以记事为主,感情深沉,文字简练。“生居昆山,当抗敌时,守城不出以死,死者四万人,莫知尸处。”仅二十余字,吴其沆与昆山人民抗清的悲壮,尽在其中。文章两次描写与吴母相见时的情景,前写作者“不知涕泪之横集”,后写吴母“未尝不涕泣,又几其子之不死而复还”,字字含血,令人震慄。

顾炎武作文多写志节之士。《吴同初行状》之外,《书吴、潘二子事》《先妣王硕人行状》《歙王君墓志》《山阳王君墓志铭》《文林郎贵州道监察御史王君墓志铭》等,都写得情辞并茂,深切动人。《书吴、潘二子事》通过写吴炎、潘柽章的遭遇,详细记录了康熙间庄廷鑨《明史》文字狱案的始末。庄廷鑨是个地方富豪,双目失明,没有什么学问,因《史记》有“左丘失明,厥有《国语》”之说,他便把别人的史料据为己有,并广招宾客编写明史,因不知删削,书中对于清王朝颇有违碍语。归安县令吴之荣进京告发,牵连致死者达 70 余人。吴、潘二人本与该书无关,因二人名重,被列入参阅者中,案发无辜被害。《书吴、潘二子事》通过对吴炎、潘柽章被害及告发者鄙劣行径的描写,深刻揭露了清王朝制造文字狱的暴行。该文高度赞扬吴、潘二人的治学精神,写他们受审时的表现尤为形象:“当鞫讯时,或有改辞以求脱者,吴子独慷慨大骂,官不能堪,至拳脚仆地,潘子以有母故,不骂亦不辨。”略略数语,潘吴二人的性格跃然而出,字咀行间浸透着作者的无限悲愤。

顾炎武漫游半生,游记、叙事的散文却不多。他的《昌平山水记》等,纯乎是山水考察的科学记录,而不是通常意义的游记。在他现存文集数量不多的游记和杂记中,《复庵记》《曳梯郎君祠记》等写得较有情趣。其中,《复庵记》写明末太监范养民在明亡后隐居华山为僧，筑屋名“复庵”，东向而居，以示怀念故国。顾炎武对范养民的精神情操十分赞赏，也很受感动。

顾炎武一生用力最多的是《日知录》的写作。《日知录》三十二卷，因读书有得，随时札记，故曰“日知”。全书按经义、政事、财赋、世风、礼治、科举、史地、兵事、艺文等分类。每记一事，必贯穿经史，参验亲身见闻，穷究根柢，论证得失。该书对于继承和发展笔记散文有很大贡献。其中的《廉耻》一文，便是脍炙人口之作：

> 《五代史·冯道传论》曰：礼义廉耻，国之四维。四维不张，国乃灭亡。善乎管生之能言也。礼义，治人之大法；廉耻，立人之大节。盖不廉则无所不取，不耻则无所不为。人而如此，则祸败乱亡，亦无所不至。况为大臣而无所不取，无所不为，则天下其有不乱、国家其有不亡者乎？然而四者之中，耻尤为要。故夫子之论士曰：“行己有耻。”孟子曰：“人不可以无耻，无耻之耻，无耻矣。”又曰：“耻之于人大矣，为机变之巧者，无所用耻焉。”所以然者，人之不廉，而至于悖礼犯义，其原皆生于无耻也。故士大夫之无耻，是谓国耻。……

顾炎武讲“行己有耻”，用意很明显，他为一些遗民晚节不保而遗憾。文章流露出明显的遗民心态。

三、王夫之的学人之文

王夫之的散文创作主要长于史论与哲学论文，著名的有《读通鉴论》《宋论》《知性论》等。这些文章精思独到，在思想上闪耀着战斗的光辉，风格纵横捭阖、睥辩宏肆、文笔雄健。此外，记序杂文《船山记》《自题墓志铭》等也十分有特色，具有较高的艺术性。

在清初学者中，王夫之和黄宗羲、顾炎武相比较，王夫之更长于文学，他的诗文悱恻缠绵，凄怆悲凉，善于用文学的手段写其生平遭际，抒发其不能自已的孤愤之情。对于诗文创作，王夫之提倡“以意为主”，认为“无论诗歌与长行文字，俱以意为主。意犹帅也，无帅之兵，谓之乌合”(《姜斋诗话》)。他所说的“意”，不但指“思想内容”，还包括情志意趣，他谈“意”从不离开“情”，这在他的《姜斋诗话》等著作中有清楚的论述。在内容和形式的关系上，王夫之强调二者的统一，要求做到文、质互用，体(体式)、要相从。他的创作实践充分体现了他的创作思想，所以他的散文不仅有充实的思想感情，而且富于文采。

王夫之的政论文和史论文很有特色，《读通鉴论》是其代表作。卷十七论“江陵陷，(梁)元帝焚古今图书”，说帝王之灭亡，与读书不读书并无直接的关系，但又借题发挥，说出了历代帝王大多不是读书人的事实。

王夫之的散文收入文集的，以辞赋铭赞为主，还有少量的散体古文。他的抒情散文大都是用辞赋的形式写成的，如《章灵赋》《惜余鬒赋》《蚁斗赋》《祓禊赋》《刈草辞》等。这些辞赋散文表现了他强烈的民族感情，反映了他中晚年的生活情景，是他散文作品中写得最好的。其中，《章灵赋》写于顺治十年(1653)。当时南明收复衡州，有人劝他出山重新入朝，但他对怀有野心的孙可望等人挟持桂王(永历帝)存有戒心，因而未能成行。该赋写了他当时报国无门的痛苦心情。文章的结尾说：

> 天昧冥迁，美无耽兮。方熯为泽，已日霆兮。凿秕孔劳，矧怀婪兮。督非我经，雌不堪兮。专伏以需，师翰音兮。幽兆千里，翼余忱兮。仓恍写贞，疾烦心兮。贸仁无贪，怨何寻兮。

他很想从政报国，但奸佞当道，出山就会“逆顺无垠”，想施展才干为主效命，只能是“凿秕求精”。因而不得不“知雄守雌”，“俟曙而鸣”，他的内心是矛盾痛苦的。该赋所表现的正是这种心情。

王夫之的散文喜欢借物抒情，《练鹊赋》《孤鸿赋》《雪赋》《霜赋》《蚁斗赋》等，都是这样的作品。这些散文情中有景，景中有情，大都能做到物我合一，感情深切。其中《蚁斗赋》含意最为鲜明。此文写于康熙十九年(1680)，这一年吴三桂等发动的所谓

“三藩之乱”基本被平息，清王朝的统治渐趋巩固。王夫之目睹了几十年全国风起云涌的抗清斗争，虽有很大的力量，但因各种势力之间的互相倾轧争斗，终被清军击败。王夫之对此极端痛心。《蚁斗赋》就是在这样的背景下写成的。文章的头一段由“玄蚼（黑蚁）触气，载斗于庭”写起，提出了“物固有所不能自已”的命题，从哲学的角度指出矛盾斗争是事物所固有的现象。第二段形象地描绘了蚁斗的情景，“竞何求而迅奔，惨不恤夫填壑”“相诛以喙，相牾以爪，脊不谋心，足不念脑，相征以全，相奖以殀。”这样不分青红皂白地自相搏杀，最后只能同归于尽。文章接着把目光从蚁斗转向历史，用历史事实说明不义的争斗最终会为自己招来祸患，争斗的胜者也不过是蚁斗中的强者，最后都没有得到好结果。文章最后总结历史教训，指出：“谌不忘夫吉凶生杀之枢轴，又何患乎险毒之难平。”这表明作者并不一概反对用激烈的手段进行斗争，关键是要分清生杀争斗的意义，认识斗争可能造成的“吉凶”结果。从文章的表现形式看，该文由“蚁斗”想到历史，通过形象的描写发表精辟的议论，这很像杂文；在文章中作者把深沉的感情自然地渗透在生动具体的描写之中，让人读了有身临其境之感，这又很像抒情散文。把学者的眼光与情意绵长的艺术表现形式的有机结合，是该文的显著特点，也是王夫之许多散文的共同特点。

《姜斋文集》中，《勘破窗纸者爰书》《刈草辞》《斋中守犬铭》等几篇骈体散文表现了王夫之晚年生活的片断情景，读来颇有情趣。他的居室北窗久破，新糊之后，被人割破。“起而视之，乃锋刃之所触也，棂间无一全者”，割窗显系故意破坏。他因此作《勘破窗纸者爰书》加以斥责：“何物潜窥，似托微踪于草际；竟同叵测，欲施锋刃于窗间……条条分明，载其狠心怒目；咄咄怪事，恍若戴角披毛。”看来他的隐居生活也并不平静。《刈草辞》写他住屋前面蔓草丰茂，无堪举足，屡刈屡长，因属辞为记。文中写道：“此既剪而迹灭，彼旋茁而难摧；审故态之相仍，矧今昔之立根。问芜䔢以奚期？除严霜之既繁。”主人对于蔓草无可奈何，只好把希望寄托于严霜来帮忙。该文与《勘破窗纸者爰书》不同。两者都写烦恼，前者于烦恼中微带怒意，写的是真烦恼，后者表现对蔓草无可如何，但对蔓草的勃勃生机字里行间却充满了欣喜愉悦。由于王夫之积极参与抗清斗争，不肯与清朝统治者合作，他生活在清朝统治者严密的监视之下，随时都有可能遭到打击、迫害。但是他仍然表现了极大的乐观主义和大无畏的精神。《斋中守犬铭》写的就是吩咐自己的斋中守犬，勇敢地向那些密探们斗争。总之，上述几篇骈文充分体现了王夫之娴熟而准确的艺术表现手法。

王夫之的文集中用古体散行文字写的散文作品收入虽少，但有几篇也颇可读。例如，《船山记》《躬园说》《孝烈传》《唐子无适墓表》等，都是上佳之作。《船山记》写作者晚年居所的环境和作者隐居生活的情景，从中可以看到作者晚年的志趣与性格。“船山”即石船山，作者 57 岁时在石船山下构筑茅舍。名“湘西草堂”，他在这里一共住了 17 年，直至逝世。文章开头先写石船山居地的荒僻，然后说“历溪山者十百，其足以栖神怡虑者，往往不乏”，好山好水都未能吸引作者，他之所以选择船山隐居，是因为作者追求的是内心的充实与完善，而不是外物的华美丰厚。“船山即吾山也”，船山的风格即作者的风格，船山的精神即作者的精神。船山作为“顽石”立于荒野，“无可名之于四远，无可名之于末世”，这样的风格正是作者孤忠忧国、不与“末世”随波逐流的真实写照。该文通过形象地描写抒情述志，具有含蓄、隽永的艺术特征。

运用散文宣传的自己哲学思想是王夫之散文的一大特色。在认识论中“知”与“行”的关系上，王夫之强调“行”的重要，认为“知”“行”不可割裂，但“行”先于“知”。他的这些哲学思想常常体现在散文中。其中最具特色的是《文集》补遗中的《躬园说》。该文开头说：

> 存乎天地之间者，岂不以其躬乎？是故非视何色？非聆何声？非咀何味？非觉何有？凄然谓秋，暄然谓春，能游得空，能践得实，存乎天地之间者，唯其躬而已矣。

"躬"就是亲自去做,去实践体验,只有这样才能认识世界,认识外物。这是一种朴素的实践第一的思想。但散文不同于学术论文,《躬园说》行文中穿插人物对话和感情交流,让人读起来并不觉得是单纯的哲学说教。作者把哲学家的眼光和一定的艺术形式进行了有机结合。①

总的来说,清初遗民的散文因其情绪的压抑,风格总体是沉郁的。在他们的散文中,艺术形式显然不是关注的重点。他们面对政局大变无所适从的矛盾和彷徨在散文中得到真实的表现。

第三节 豪迈驰骤,富于才气:文人之文

"清初三大家"侯方域、魏禧和汪琬继承了唐宋散文的文风传统,尤以韩愈、欧阳修古文为宗,各以不同的艺术方法抒发自己的思想情感,反映当时的社会现实。因此,他们的文章也被称为"文人之文",代表古文正宗。三家的创作风格也各有特色,其作品代表了当时文坛的三种文风。邵长蘅曾说:"侯氏以气胜,魏氏以力胜,汪氏以法胜。"《四库全书总目》也评论三人:"方域才人之文;禧策士之文;琬儒者之文。"

一、侯方域的文人之文

侯方域(1618—1654),字朝宗,河南商丘人。他出身世族官宦之家,祖父侯执蒲、父侯恂、叔父侯恪,均为明朝重臣,因参加东林党活动同遭阉党陷害,祖、叔削籍,父入狱。侯方域青少年时代曾跟随其父住在北京。清兵入关后,他曾参加抗清活动,在《与吴骏公书》《哀辞九擊》《祭吴次尾文》《与方密之书》等文章中,表现了较强的民族感情。侯方域少年即才思敏捷,才气逼人,曾与方

① 王凯符. 王夫之的文章特色——纪念王夫之逝世三百周年[J]. 首都师范大学学报(社会科学版),1992(6).

以智、冒辟疆、陈定生相交好,四人以“身不在位,奋然为天下持大义”(胡介祺《侯朝宗公子传》)而闻名,世称“四公子”。侯方域擅长作诗,尤其擅长古文,曾两度组织雪苑社研讨诗文,著作有《壮悔堂文集》十卷,《四忆堂诗集》六卷。他的散文,以人物传记见长,他的许多斥责权贵和抒写怀抱的书信,才气奔放,直抒胸臆,表达了他的疾恶如仇和亡国之痛;他针对(天)启、(崇)祯时文坛的极弊文风提出的论文主张,接迹唐宋派,开清初散文的新风气。

侯方域论文主气,同时又强调气中有骨,行文既要奔腾,又要注意“操柁觇星,立意不乱”;既要驰骋,又要“以神朴而思洁者御之”,只有这样才不至于造成“浮漫卤莽之失”(《答孙生书》)。这是侯方域对文章艺术的要求,也是他文章风格的重要特征。能体现这种文章风格的,是他的著名文章《癸未去金陵日与阮光禄书》。这篇文章揭露阮大铖奸险狠毒,处处暗含讥讽,处处是嬉笑怒骂,却很少激昂慷慨的词语。文章先从其父侯恂与阮大铖的交情写起,指出当年侯恂与阮大铖同在朝中做官,两人“相得甚欢”,后来阮大铖投靠阉党,侯恂虽念其有才而常常“嗟惜者弥日”,却坚持不再来往,侯方域到南京之前,侯恂嘱他代为拜谒旧交,却不提阮,文章接连用了两个“执事自当追忆其故”,含蓄而鲜明地斥责了他过去的丑行。文章接着写阮大铖在南京派人拉拢侯方域,企图通过侯方域阻止陈定生、吴应箕等人公开揭露其丑恶嘴脸的活动,说明为什么不愿为他做说客,也不愿跟他相交往。此后,文章把阮大铖借故陷害的事实和盘托出,是该文最精彩的一段。纵观《癸未去金陵日与阮光禄书》,大概是因为阮大铖曾是侯恂至交的缘故,表面仍保持着对阮大铖的尊重,文章前半虽也不缺少锋芒,但并不剑拔弩张,很少使用激烈的言辞。当写到阮大铖的陷害,作者的愤怒已无法遏止,平静的述说变成了怒骂。但即使如此,文章也没有失了分寸。能驰骋而又谨守法度。

“指画当时”是侯方域文章的一个重要特点。他的文章以议论时政、臧否人物为内容者颇多,其中也有一些是替统治者出谋划策的。在他现存的诗文集中,没有吟风弄月之作,也没有单纯阐释儒家经典义理的文章。以其议论文章为例,《壮悔堂文集》中收论文几篇,大都是时论与史论。例如《宦官论》一文,对于明朝宦官为害分析得形象而深刻,是侯文中脍炙人口的代表作之一。文中的议论都是有针对性的。明代宦官为患,数朝不止,崇祯虽有察觉,并对魏忠贤等进行了查办,但依然没有得到根治,依旧重用宦官下扰朝政。所以本文痛惜地指出,天子(即崇祯)虽能对魏逆等"手自诛锄",却又"不戒前辙",结果造成宦官狐假虎威,是非颠倒,朝臣与天子隔绝的局面。应该说,侯方域的这些分析,是很能切中时弊的。

除了论说类的文章之外,侯方域很多赠送序、书信、杂记与人物传记等,也大都能密切联系社会生活,创意造言,发表自己的见解。例如,他在青年时期热衷声伎,在南京时与李香相交好,但他写的《李姬传》绝少涉及儿女私情,着重表现的却是李香的识见为人,写李香怎样劝告他不要与阮大铖之辈相交往,行文中处处都流露着对李香的敬重,使一篇很容易写得凄怆缠绵的人物传记,却写得正大庄重,含有丰富的社会内容。李香具备美女歌舞妓的一切条件:贤慧,皎好,能歌。但她又有一般歌舞妓所没有的品德:有侠气,能辨别士大夫贤否。作者所赞赏并着力描写的正是后者。阮大铖阿附魏忠贤,崇祯时名列逆案,被废为民隐居南京,复社人物陈贞慧、吴应箕等在南京公开揭露他的丑行,阮大铖企图拉拢侯方域为他说情,阻止陈、吴等人的行动。李香看穿了阮大铖的诡计,以大义相劝,作者用"侯生大呼称善"赞美李香,使李香的形象写得既生动又简练。

侯方域的散文以传记成就最高,影响较大。如前文提到的《李姬传》,还有《马伶传》等。这些作品塑造的形象婉转动人,语言畅达雅丽,叙事简要。侯方域的传记类文章常取用小说的表现手法,喜用小故事和典型细节传神写照,形成一种清新奇峭的风格。"侯方域的传记散文不仅以人物语言的个性化取胜,还以人物自身的行动擅长,《马伶传》就是这样的一篇名作。作者写一个戏剧艺人为追求精湛的演技,演好明代奸相严嵩,竟卖身相府为奴,仿严嵩的活替身——当时权相顾秉谦,潜心研磨三年而艺成的故事。马伶作为一个戏剧演员,他竭力争取做到演什么像什么,于是不惜暂停演出,亲身到实际生活中去观察体验,来充实、提高自己的表演艺术,结果终于获得了很高的成就。事情出奇,其精神更感人。作者通过马伶扮演严嵩的过程中,以顾秉谦做标本,来向他刻意模仿一事,对魏忠贤党徒进行讥弹。同时,作者又通过马伶的行动来表现其艰苦、辛勤钻研艺术的感人经历和胸怀大志的性格。"①

侯方域的传记散文多是以有胆识有气节的下层人物为描摹、赞颂的对象。《任远邃传》描写了平民出身的任远邃辗转流离,愤而反清,被捕后仍立而不跪,大义斥贼,不屈而死的故事。当任远邃被捕,敌人命之跪时,"远邃睁目曰:'若独非故明臣乎?我恨不杀汝,何跪为?'乃断头而死"。这里面既表达了普通民众反抗民族压迫的不屈意志,又有侯方域自己的寄托所在。通过对比描写,侯方域痛斥抨击了明军官兵的丑态,表现了对腐朽软弱的南明统治者的鄙视。最后作者赞叹道:

> 呜呼!远邃功不成,节乃见矣。故明养士三百年,或得其报或否,岂在贵贱者!远邃死时年二十五。或曰:"以子之年,盍少待!"远邃曰:"子惟其待。乃不能死也!余何待?"卒斗而死。悲夫!

这颇得司马迁的笔法。该文通过任远邃的不屈抗清,反映了当时的民族斗争。

侯方域继承了《史记》以来的古文传统,他的传记体散文,有为妓女立传的《李姬传》,有为戏子立传的《马伶传》,有为"布衣"立传的《任远邃传》,甚至还有为毛驴立传的《蹇千里传》。

中国散文艺术的传统,特别是史传、杂记等记叙性较强的文章,都很注意以形传神,利用细节描写突出客观事物的特点。侯方域所说"当其闲漫细碎处,反宜动色而陈",指的就是这种手法。

---

① 邹自振.论清初散文大家侯方域[J].中州学刊,2000(6).

侯方域的文章大都能做到这一点，特别是他的传记、赠序、书信、杂记等类文章，往往都能抓住特点寥寥数笔便勾出事物的形象。例如，他的《壮悔堂文集》收人物传记10篇，多数都写得生动传神，《吴伯裔、伯胤传》《徐作霖、张渭传》《马伶传》《李姬传》等尤为人们所称道。

侯方域的文章生动形象，不只在记叙性较强的文章中有所体现，在一些论说类文章中也有这种特点。他善于运用想象、联想、比喻等手法，把抽象的道理形象化。例如，《宦官论》用西山之狐借南山之虎威，横行山林的故事，说明宦官借天子之威权为牙爪，飞扬跋扈，倒行逆施，即是很好的一例。其他如《太子丹论》《王猛论》《送徐吴二子序》等也都写得形象生动，富于色彩。另外，侯方域书信的成就也较大，或义正词严、酣畅饱满，或缠绵悱恻、声情并茂。

二、魏禧的文人之文

魏禧(1624—1681)，字冰叔，号裕斋，江西宁都人。终生致力于古文，著有《魏叔子文集》二十二卷，及《日录论文》《左传经世》等。魏禧早年曾用心于八股举业，有志于报效国家。南明福王政权灭亡后，绝意仕进。

魏禧的创作思想强调积理练识，认为"为文之道，欲卓然自立于天下，在于积理练识。"所谓积理练识，就是在读书和生活中要善于思考研究，蓄积材料与识见。他反对摹拟前人和拘守成法。他还强调写作要"适我意"而言之，"触于事会之所遭，率尔抒其胸臆。"他的这些主张，体现了反对理学，反对形式主义的创作思想。魏禧的散文长于议论描写。他的论说散文，早期所作为多，这主要是因为他的论说文由八股文脱化而来，驾轻而就熟。不过，他写八股文没有完全按照八股的程式要求写，而是以论策写八股，这为他写论说文打下了基础。另外，他在南明灭亡之前，有意总结明代衰败之失，因而写了大量论、策、议、说体的文章。

在魏禧的散文中，最富有特色的是他的写人记事的记叙抒情散文。他能用简练的笔墨形象地勾勒事物的特征，给人以栩栩如生的感觉。《季子文集序》《曾庭闻文集序》《大铁椎传》《卖酒者传》《高士汪沨传》《燎衣图记》《翠微峰记》等大都能刻画毕肖。魏禧文集中有画评多篇，从中可以看出作者对中国画颇多研究，中国画中点染写意的技法在他的散文中颇多体现。例如《大铁椎传》写大铁椎：

时座上有健啖客，貌甚寝。右胁夹大铁椎，重四五十斤，饮食拱揖不暂去。柄铁折叠环复，如锁上练，引之长丈许。与人罕言语，语类楚声。扣其乡及姓字，皆不答。既同寝，夜半，客曰："吾去矣！"言讫不见。子灿见窗户皆闭，惊问信之。信之曰："客初至，不冠不袜，以蓝手巾裹头，大铁椎外，一物无所持，而腰多白金。吾与将军俱不敢问也。"子灿寐而醒，客则鼾睡炕上矣。

仅百余字，大铁椎行动的奇异，似真似幻，若明若火。写来奕奕有生气。这种写法与工笔细描迥异，却能使人物神采飞扬，这也是作者善于点染的结果。

又如《卖酒者传》仅写数事，卖酒者的鼻眼眉目，便活灵活现。文中提到的欧阳介庵读过此文后说："予习闻卖酒者事，欲往见之未果，而卒尝为人道之也。今得此文写生，笔笔活动，似长者，似侠客，似诙谐，于古今盛德中别标一种风格，将其人逼出纸上矣。"

魏禧的散文就风格而言，属阳刚派，以刚健雄奇是其主要特征。他写人记事、记物写景的文章无不如此。例如，《翠微峰记》有一段描写很有特色：

凡登山，左自金精。右山塘至者，皆经双桃石。迤北至山门，缘圻上磴四十余步，穴如瓮口，登者默从瓮中出，侧身东向，偻行十余步，又直上百十磴，曰乌谷。谷如陶穴，鞠躬进之，上穹隆，如屋架楼其中，瞩蹊径，眺城邑为守望焉。又上数百步，梯磴相错，凡数绝，乃至于顶。盖此峰迤逦竟里。旁无援辅，自下仰之，如孤剑削空,从天而仆。上则岐而三之,中高右缩左展,结屋者必山翼。山中灌木郁勃阴森,见者疑有虎豹,然自猿狖飞鸟而外,则皆不能至焉。庚辛间,有西北善兵者至门而窥,去,谓人曰:“就使于瓮口御其闸,使三尺童子折荆而守之,虽万夫谁敢进者!”先是,沣城人数百里来觅躬庵,间关山下,遇樵者指之曰:“从此登。”客笑而怒曰:“此岂人所到耶!”遂径去。

这段文字将山之高、之险、之奇描写得极为生动。文章在描写了翠微峰的奇险之后,引“西北善兵背”语及沣城人数百里来寻躬庵(易堂九子之一彭士望,字躬庵)至而未上之事,进一步说明山峰之险,给文章增添了不少色彩与趣味,这又是作者点染笔法的妙用。

三、汪琬的文人之文

汪琬(1624—1690),字苕文,号钝庵,江苏长洲(今苏州)人。顺治十二年进士,官户部主事,刑部郎中,康熙时举博学鸿词,授编修。晚年隐居尧峰,专心著述。著有《尧峰文钞》四十卷。汪琬论文强调要“有寄托”,反对唐宋以来“文以载道”的看法。他强调“寄托”,同时也强调创作要有艺术性。

汪琬的散文,写得较好的是他记人记事之作,《物外闲吟序》《计甫草中州集序》《书沈通明事》《江天一传》《如是楼记》等都写得较好。特别是他写人的文章,大都能用简练的语言描绘人物特征。如《书沈通明事》写明代总兵沈通明在明亡后的遭遇,通过拒捕逃走,卖卜佯狂,与彭镬交往几个典型细节的描写,人物豪爽的性格、郁闷的心情,表现得都很形象真实,宋荦曾评:“不尽之意含吐言表。”(《三家文钞序》)

在汪琬的文集中有几篇描写抗清志士的文章,也写得很好,其中《江天一传》最具特色。江天一原为明朝诸生,为金声所赏识,曾协助金声平明将左良玉的哗变之兵,清兵南下,又助金声守城于安徽绩溪,城破被俘。该文写江天一守城及在南京被害的情景:

已而清师攻绩溪，天一日夜援兵登陴不少怠，间出逆战，所杀伤略相当。于是清师以少骑缀天一于绩溪，而别从新岭入，守岭者先溃，城遂陷。大帅购天一甚急，天一知事不可为，遽归，属其母于天表(天一之弟)，出门大呼："我江天一也！"遂被执。有知天一者，欲释之，天一曰："若以我畏死耶？我不死，祸且族矣。"遇佥事公(金声)于营门，公目之曰："文石(天一字)！汝有老母在，不可死。"笑谢曰："焉有与人共事而逃其难者乎！公幸勿为我母虑也。"至江宁，总督者欲不问，天一昂首曰："我为若计，若不如杀我，我不死，必复起兵。"遂牵诣通济门。既至，大呼高皇帝者三，南向再拜讫，坐而受刑，观者无不叹息泣下。

这段描写，逼真地表现了江天一视死如归的精神，表现了作者驾驭语言的能力。江天一出门大呼及与金声、总督者等的几句对话，形神兼备。

汪琬的文章，特别是传记文，叙述详简得当，中心突出，人物个性鲜明，并且评价较为客观，没有过多的个人感情掺杂在其中。比如，前文提到的《江天一传》，还有《申甫传》。《江天一传》重点记述了江天一奋起抗清，击退敌兵，慷慨赴死几个环节，叙述简要，于其他地方并未多着笔墨，《申甫传》记载申甫就义一段短短三百字，就将申甫授官募兵、权贵陷害、痛哭出战、孤战至死一气呵成，申甫忠勇的形象突出鲜明，同时"权贵人"事前陷害、事后诽谤的卑劣形象也非常的清晰，更加衬托出申甫的忠勇爱国的形象。

汪琬的散文喜用夹叙夹议法抒情写意，有些短章小品写得很有特点，如晚年隐居之作《物外闲吟序》。文章借为华子嘉《物外闲吟》作序之机，抒发了超然物外的思想感情。作者对闭户不出和放浪山水的一般隐居者发表了自己的看法，认为这些人并没有逃之于物外，他认为只有"随遇而安""不物于物而能游乎万物之外"，才是真正做到了游于物外，进而又对文人"以苦吟相矜"及世人"相竞以钱刀，相轧以名位"的现象提出了批评。这中间，既有对世情的剖析，同时也包含着对自身半生仕宦生活的内省。

第八章　风姿绰约的清代散文(下)

在清代文坛上,有一个世代相传的大型散文流派——桐城派,其以文统的源远流长,文论的博大精深,著述的丰厚清正,风靡全国规模之大,堪称清代散文之最。与桐城古文大行于世的同时,清代的文人还创作出了一批抒写性灵的散文。性灵之文,上承晚明公安小品文,是中国文人散文最后的辉煌。骈文在元明两代迅速衰落下去,但在明末清初得到了复兴,尤其到了清中叶,考据之风盛行,骈文的用典使事和古雅工整特点接近考据博学,因而出现了鼎盛的局面。鸦片战争之后,清王朝一蹶不振,中国进入了半殖民地半封建社会。一批有识之士,在呼吁社会变革的同时,对文学的变革也提出了相应的要求。晚清的散文也因此带有社会变革时期的特征,尤其是梁启超新体散文的表现最为明显。

第一节　讲究义法,坚守壁垒:桐城派的创建与发展

桐城古文,既是一个散文流派,又可视为一种特定时代的产物。桐城派尊奉程朱理学,以继承先秦两汉和唐宋八大家文统为己任,结为门户,世代相传,其规模之大,影响之深,为中国散文史所仅见。二百多年中,桐城派大体经历过三个时期。第一个时期以戴名世、方苞、刘大櫆为代表,是桐城派的开创时期;第二个时期以姚鼐及其弟子为代表,是桐城派的张大时期;第三个时期以曾国藩及桐城派其他传人为代表,是桐城派的衍变和消亡时期。

一、桐城派的开创时期

在桐城派的开创时期，戴名世、方苞、刘大櫆是其代表。戴、方、刘在散文创作上都有突出成就，在清代文坛占有重要地位，但他们并没有成立宗派的意思。限于篇幅，这里重点说戴名世、方苞、刘大櫆。

戴名世(1653—1713)，字田有，一字褐夫，号南山，别号忧庵，安徽桐城人。出身下层知识分子家庭，一生大部分时间以教家馆、做幕僚为生。57 岁中进士，任翰林院编修。三年后被御史参劾其著作《南山集》中有“狂悖”“大逆”语而被杀，此即《南山集》文字狱。他是“桐城派”的先驱，主张为文应立诚有物，率真自然，提倡道、法、辞并重，精、气、神合一。其散文作品简洁朴实，长于史传、杂文、游记。著有《戴南山先生全集》。

戴名世的散文，具体地体现了他的立诚有物、率直自然的文学主张，很少见到言之无物、无病呻吟的文章，他的真思想，真性情，随处可见。例如《八月庚申及齐师战于乾时我师败绩》一文，借评论史事，直率大胆地抒写了他反清复明的思想感情。在戴名世的散文中，有不少脍炙人口的杂文小品，这些作品继承了我国杂文的优秀传统，即所谓“嬉笑怒骂皆成文章”(黄庭坚《东坡先生真赞》)，具有很强的战斗性。《盲者说》《鸟说》《邻女说》《穷鬼传》《醉乡记》《钱神问对》等，都是优秀的小品文。例如，《盲者说》，借一个盲童之口，尽情地斥责了“贤愚不辨，邪正不分”的社会现实。

在戴名世的散文中，史传文章占有重要地位，尤其对明季抗清英雄的传述，用力最多。他常以很大的热情为这些人物立传，用艺术的手法再现这些人物的精神风采。他笔下的这些人物传记，虽然都是实录其事，却能写得人物个性鲜明，栩栩如生。例如，《画网巾先生传》用极其生动的笔调，饱含深厚的感情，刻画了一个“其姓名爵里皆不得而知”的反清无名英雄的形象。

方苞(1668—1749)，字凤九，号灵皋，晚号望溪，安徽桐城人。

曾因戴名世《南山集》案牵连入狱，之后免死出狱。雍正初年，旗籍解除，乾隆时官至礼部侍郎，先后充文颖馆、经史馆、三礼馆总裁。晚年辞官归里。著有《方望溪先生全集》及《周官析疑》《春秋通沦》《丧礼或问》等。

方苞为历仕康、雍、乾三朝，是文坛公认的“一代正宗”。方苞自称其“学行继程朱之后，文章介韩欧之间”（王兆符《望溪文集序》）。方苞认为“义法”最精的文章是《左传》《史记》《汉书》《后汉书》和唐宋八大家古文。

方苞“义法”的实质，是以经术为本。他的解释是：“《春秋》之制义法，自太史公发之，而后之深于文者亦具焉。义即《易》之所谓言有物也；法即《易》之所谓言有序也。义以为经，而法纬之，然后为成体之文。”（《又书货殖传后》）他对经典文本的“义法”的解说，给人的感觉是“义法”是要求写出人或事件的本质方面，而尽量去掉可有可无的文字。在谈到碑志文的撰写时，说“夫文，未有繁而能工者”（《与程若韩书》）。可见，“义法”中还包含删繁就简等文章作法。方苞以“义法”论文，他的散文是他的义法说的直接体现。方苞的文章以醇厚而富于意蕴、行文严谨而雅正著称于世，“醇厚、意蕴”言其“义”，严谨、雅正言其“法”。

综观方苞文集，应酬之作不多，他的散文大都言之有物。在方苞的文集中可以读到不少指摘时弊的文章，如《狱中杂记》揭露当权者治狱的黑暗，《陈驭虚墓志铭》指斥权势、贵族“有害于人”，《记开海口始末》《浑河改归旧道议》等文揭露权臣结党营私、巧取豪夺，《逆旅小子》指斥官吏漠视人民疾苦，这些文章都从不同方面揭露了“康乾盛世”外衣掩盖下的黑暗。《左忠毅公逸事》《书杨维斗先生传后》《高阳孙文正公逸事》《跋石斋黄公手札》《孙征君传》等，对明末君主不明，群小妒贤嫉能，有扶危定倾之才者不得其用，终致国家灭亡、朝廷倾覆，都包含着作者的无限感慨。

最能体现方苞“义法”的，是他记人记事的文章。方苞善于用事取材，在他的这类文章中，往往能通过一两件事例的具体描写，使人物的精神面目俱现。例如，《陈驭虚墓志铭》写医术高明、蔑视权贵的陈典。该文是一篇触及社会黑暗的作品。陈典不仅医术高明,而且富有正义感,他宁为普通人治病,却不为权贵效力,有权贵来请,他便装病呻吟不接见,对权势贵人表现了极大鄙视。文章对人物的描写自然也寄托着作者的爱憎。就文法而言,文章集中写陈典行医和反抗权贵,于其医术只写治疫一事,于其高行只写抗诊与拒仕,用事极简,笔墨极省。在人物刻画上,方苞总是用最少的文字,生动地表现人物特征。写得最见特色的还如《左忠毅公逸事》等文。《左忠毅公逸事》全篇不过四百余字,左光斗的精神面目却写得栩栩如生。如左光斗识拔史可法和史可法狱中见左的两段描写:

> 先君子尝言,乡先辈左忠毅公视学京畿,一日,风雪严寒,从数骑出,微行入古寺,庑下一生伏案卧,文方成草。公阅毕,即解貂覆生,为掩户。叩之寺僧,则史公可法也。及试,吏呼名至史公,公瞿然注视,呈卷,即面署第一。召入,使拜夫人曰:"吾诸儿碌碌,他日继吾志事,惟此生耳。"
>
> 及公下厂狱,史朝夕狱门外,逆阉防伺甚严,虽家仆不得近。久之,闻左公被炮烙,旦夕且死,持五十金,涕泣谋于禁卒,卒感焉。……后常流涕述其事,以语人曰:"吾师肺肝,皆铁石所铸也!"

方苞以"澄清无滓"论雅诘,《左忠毅公逸事》在用事用词上,都体现了他的艺术追求。该文以记左光斗"逸事"为主,在选材上不以左光斗的完整经历为着眼点,而只取"从数骑出"之"微行"识史可法、考场拔史可法和史可法入厂狱探监三事,集中表现左光斗竭忠谋图、顽强刚毅的品格,剪裁可谓至精。在用语上,文字极简,但左光斗的精神面目及左、史之间的亲密关系却写得极其生动,表现了作者驾驭语言的深厚功力。

刘大櫆(1698—1779),字才甫,一字耕南,号海峰,副贡生,乾隆时举荐博学鸿词,不遇,官至黟县教谕,著有《海峰先生文集》。刘大櫆一生不曾得志,他的文论也没有方苞那么浓厚的道学气,他真正有兴趣的是探讨散文创作中的审美规律。他在《论文偶记》中提出“行文之道，神为主，气辅之。曹子桓、苏子由论文，以气为主，是矣。然气随神转，神浑则气灏，神远则气逸，神伟则气高，神变则气奇，甚深则气静，故神为气之主。至专以理为主者，则犹未尽其妙也”。他又说：“神气者，文之最精处也；音节者，文之稍粗处也；字句者，文之最粗处也；然论文至于字句，则文之能事毕矣。盖音节者，神气之迹也；字句者，音节之矩也。神气不可见，于音节见之；音节无可准，以字句准之。”其文气肆才雄、铿锵绚烂，感情色彩浓厚，风格清峻豪迈、富有文采，以气势而称胜。

刘大櫆写得较好的是游记、亭台记之类的作品，如《游万柳堂记》，借景抒情，讽世刺时，颇似昌黎之奇气。文章不在写景，意在借景寓意，所以写万柳堂及景致不过数语，更多的文字则是借万柳堂之兴衰慨叹富贵之不可恃。文章首先写“贵极富溢”之人大兴土木，建园林别馆自娱；进而实写冯溥所建的“万柳堂”；接着重点写别墅之兴衰变化：雍正之初，是好游者向往的胜地，作者首次出游，亭谢尚存；再次前往，已见水面上悬空修建的桥梁毁坏崩塌，倾倒水中；第三次前去，连种植的柳树都被砍得一无所有。眼前景物的荣枯牵动作者的情怀，目睹万柳堂的兴衰，他慨然叹道：“人世富贵之光荣，其与时升降，盖略与此园等。然则士苟有以自得，宜其不外慕乎富贵。彼身在富贵之中者，方殷忧之不暇，又何必朘之膏以为苑囿也哉！”慨叹人世之富贵、光荣犹如其园之兴废、此文结构别致，采用了以议论为主、以记叙为辅、以论带叙的方法突出主题思想，语言简洁而切实、平淡的冷峻，在不动声色、不冷不热中包含着尖锐和犀利，可谓绵里藏针，具有强烈的艺术效果。

二、桐城派的张大时期

在桐城派的张大时期，姚鼐是其代表。姚鼐在方苞等人的基础上，提出神、理、气、味、格、律、声、色八大要素，并将文风归结为“阳刚”“阴柔”两大类，明确提出“义理、考据、辞章”是古文的最高境界。姚鼐还以他主讲的书院为基地，大力培养写作人才，扩大其影响，致使大批散文作家聚集在桐城派的旗帜下进行创作活动。管同、梅曾亮、方东树、姚莹、刘开等，都是他的高足弟子。此外，如吴德旋、陈用光、朱琦、龙启瑞、王拯、曾国藩等，或亲授、或私淑、或再传，都受过他很大的影响。所以桐城派之所以能成为一个派别，姚鼐是一个关键人物。

姚鼐(1731—1815)，字姬传。轩名惜抱，世称惜抱先生。桐城人，乾隆二十八年(1763)进士，做各级考官数年，充《四库》馆纂修官。后乞病归养，主讲多家书院达40年。姚鼐对义理、考证和文章三者关系的解说，影响最大。其《述庵文钞序》对此有详细的论述。桐城派的古文理论，由此形成一个完整的系统。

关于义理、考据和文章三者之间的关系，从宋代理学产生之后即有争论，其中有宋学、汉学之争，也有学者与文章家之争。到了清代，汉学家排斥宋学，同时也鄙薄文章之学。针对这些情况，姚鼐提出了义理、考证、文章三相济的主张，他在《述庵文钞序》中说："余尝谓学问之事有三端焉，曰：义理也，考证也，文章也。是三者，苟善用之，则足以相济；苟不善用之，则或至于相害。"他批评了"言义理之过者，其辞芜杂俚近"的弊病，对于"为考证之过者，至繁碎缴绕，而语不可了当"，也表示了不满。姚鼐认为三者不可偏废，每个人虽然都各有所长，但不要互相攻讦，在宋学、汉学对立的情况下，姚鼐去除门户之见，提出义理、考证和文章三相济、三统一的主张，是很有意义的。

道与艺合，天与人一，是姚鼐论文的重要观点之一。他在《敦拙堂诗集序》中说："夫文者，艺也。道与艺合，天与人一，则为文之至。世之文士固不敢于文王、周公比，然所求以几乎文之至者，则有道矣。苟且率意以觊天之或与之，无是理也。"他这里所说的"道"不是儒道之道，而是为文之道。这对方苞孤立地强调为文之法，是一个突破。

方苞讲"义法"，很少涉及神气，刘大櫆论神气又很少言法，姚鼐综合其前辈之认识，以神、理、气、味、格、律、声、色论文章要素。

其中“神、理、气、味”指文章的精神、义理、情志气力与味道含蕴，偏于内容方面，这是文之精处；而格、律、声、色指篇章结构、表现方法及语言的声音、色彩，偏于形式方面，这是文之粗处。形式为内容服务，精处固然重要，但粗处也不可忽视。这样辩证地认识文章各要素，体现了姚鼐文论的严密性。此外，姚鼐把文章的体裁分为十三类，对文体理论也是一个贡献。前人对文体分类和风格分类一样，也是越来越杂，到明清时，文体分类一般都有数十种，多的达到七十一余种。姚鼐编《古文辞类纂》分文章为十三类，即：论辩类、序跋类、奏议类、书说类、赠序类、诏令类、传状类、碑志类、杂记类、箴铭类、颂赞类、辞赋类、哀祭类。他的这种分类方法，系统而简明，具有科学性，因而为后人所肯定。

自然而富有意趣，是姚鼐散文的重要特点，也是形成他的文章韵味的基本要素。以他的著名散文《登泰山记》为例，该文是乾隆三十九年(1774)作者辞官归里路过泰安时写的，全篇都充满着优游自适的意趣和“隐君子之高风”，“解脱”二字藏于字里行间。如其写日出：

> 戊申晦五鼓，与子颍坐日观亭待日出。大风扬积雪击面。亭东自足下皆云漫，稍见云中白若樗蒲数十立者，山也。极天，云一线异色，须臾成五彩，日上正赤如丹，下有红光动摇承之。或曰：此东海也。

时间是大年除夕的五更天，场景是“大风扬积雪击面”，在这样的环境里去看日出，可见其兴致之高。写日出，寥寥数语，有情有景，色彩鲜明，描写逼真。这样的描写没有愉快的心情是写不出的。刘大櫆以“幽怀远韵”(《〈朱子颍诗集〉序》)评《登泰山记》。

姚鼐文集中有不少论说文，包括一些学术文章，都不用抽象说理，而是在说理过程中运用描写、比喻等形象手段加以说明、论证，让人读起来不仅不觉枯燥，还常常感到味道很浓。例如，论阳刚、阴柔两种文章风格之美的《复鲁絜非书》充分利用了丰富的想象和形象的比喻。该文说，“其得于阳与刚之美者，则其文如霆，如电，如长风之出谷，如崇山峻崖，如决大川，如奔骐骥；其光也，如日，如火，如金镠铁；其于人也，如凭高视远，如君而朝万众，如万勇士而战之。其得于阴与柔之美者，则其文如升初日，如清风，如云，如霞，如烟，如幽林曲涧，如沦，如漾，如珠玉之辉，如鸿鹄之入廖廓”。这就把抽象的事物变成让人看得见、听得到、摸得着的东西，不仅说明了问题，让人读起来还感到趣味盎然，神韵幽远。

在姚鼐的文论中，没有专门谈过意境问题，但他要求文章要具备神、味，实际就是要求作者要写出一定的意境。他的一些文章能把主观的抒情、想象和客观的描写有机地结合在一起，因而能形成很优美的境界。《游媚笔泉记》《游灵岩记》《左仲郛浮渡诗序》等都是较好的作品。

姚鼐的文集中，碑传文章占有相当的数量，在这些文章中，作者运用白描的手法，往往几笔勾勒就能再现人物的精神面貌，读来也颇具韵味，代表作如《袁随园君墓志铭并序》。姚鼐的文章语言清明简练，自然洁净，堪称极致，如《游媚笔泉记》。在姚鼐的游记散文中，这是最好的篇章之一，不独刻画入微，意境清新，很好地表现了桐城山水之美，在语言运用上，选词用字也颇为讲究，声音节奏鲜明，朗朗上口，很好地体现了桐城派“因声求气”(刘大櫆《论文偶记》)的要求。

三、桐城派的衍变和消亡时期

在桐城派的衍变时期，曾国藩是其代表。曾国藩强调“经济”，在他的影响下，桐城派与政治产生了更密切的联系。近代朝廷、边防、外交、洋务、教育等领域，都有桐城派的代表人物。

曾国藩(1811—1872)，字涤生，湖南湘乡人，道光十八年(1838)进士，曾为内阁学士兼礼部侍郎，后因镇压太平天国有功，封世袭一等毅勇侯爵，先后任直隶总督、两江总督，死谥文正。曾国藩早年即倾心桐城派，把桐城派尊为“文学正宗”。早年在京师时，曾国藩曾追随梅曾亮，并与朱琦、王拯等桐城派作家相往来。他论文也宗法桐城派，诸如方苞“义法”说，姚鼐的“义理、考证、文章三结合”及刚柔风格论、文体分类法等，他都有所继承。不过由于他的身份和地位，使他在传述桐城文论时更强调“经济”，即为封建政治服务，实际就是改造，他把桐城派“因文以见道”的思想更向“实用主义”的方向发展了。

曾国藩打起桐城派的旗号并在晚清造成一定的声势，跟他注意网罗人才有关。他利用其地位，在幕府中集中了一大批文人作家。据薛福成《叙曾文正公幕府宾僚》及《寄庵文存序》等文介绍，在曾氏幕中的文人达百余人之多，其中能文而较有名者有张裕钊、薛福成、黎庶昌、吴汝纶，号称“曾门四大弟子”，此外还有郭嵩焘、吴嘉宾等。他们都是后期桐城派重要作家。限于篇幅，这里不再对他们的散文创作情况进行阐述。

总之，桐城派团结了一大批作家，对繁荣清代散文创作起了突出作用。方苞、姚鼐，梅曾亮、曾国藩，在他们生活的那个时期，都曾被一些人当作文坛领袖，不少散文作家都以他们为中心进行散文创作。桐城派作家创作了一批有物有序、文情并美的散文作品。戴名世的传记、杂文，方苞的记人、记事文，刘大櫆的论说、游记文，姚鼐的序跋、书信、写景文等，有许多都是脍炙人口的精品。此外，桐城派系统地总结了中国古代散文的创作经验，丰富了古代散文创作的理论。方苞的“义法”论，刘大櫆的神气论，姚鼐的文章要素论、风格论、文体论等，对丰富和发展传统文论方面都有重要贡献。

第二节　提倡“性灵”，反对模古：袁枚、郑燮的性灵之文

“独抒性灵”原是明代袁宏道等反对七子派师古拟古的流弊而提出的重视作者个性的创作主张。至清代，袁枚继承了“独抒性灵”的观点，进一步提出“性灵说”，成为清代性灵之文的大力提倡者。这一派作家还有同时代的郑燮，嘉庆、道光时期的龚自珍。以下重点说的是袁枚、郑燮的性灵之文。

一、袁枚的性灵之文

袁枚论诗标举“性灵”“才气”，论文倡“自抒所得”，反对摹仿、反对派别家数。他的散文无体不备，论说、记传、抒情文章都写得较好，骈文也能独自成家。

袁枚的散文中，传记、碑志等写人的文章数量最多，成就也最大。在这些文章中他善于选取典型事例和细节加以描写，使人物的精神面貌得到栩栩如生的表现。如《河道总督陈恪勤公传》写陈鹏年任苏州知府时得罪总督阿山，被免职入江宁狱事；《书鲁亮侪》写中牟李令借俸迎母被劾，鲁亮侪为其辨诬事，县民均称李令之贤，待弄清李令被劾原因后，毅然回省；《厨者王小余传》写名厨王小余技艺之工，议论之奇，颇有庄子写庖丁的笔法；《范西屏墓志铭》写围棋高手范西屏的棋艺、棋风；《侯夷门墓志铭》写侯夷门诗文、书法奇绝，却不得志而放纵自任。这些文章或用敛笔，或用纵笔，读来都脍炙人口。如写范西屏的围棋：

> 当雍正、乾隆间，天下升平，士大夫公余，争具采币；致勍敌角，西屏以为笑娱。海内惟施定庵一人，差相亚也。然施敛眉沉思，或日昳(过午)未下一子，而西屏嬉游歌呼，应毕则哈台鼾去。尝见其相对时，西屏全局僵矣，隅坐者群测之，靡以救也。俄而争一劫，则七十二道体势皆灵。呜呼，西屏之于弈，可谓圣矣！

这是《范西屏墓志铭》的中心段落，文章仅用一百多字，范西屏在当时棋坛的地位、技艺、风格，便跃然纸上，文章以施定庵为陪衬表现人物，突出了人物的性格特点，这是袁枚散文用“敛笔”写人的代表之一。

散文写作用“敛笔”侧重于粗线条的勾勒，“纵笔”则着重渲染，并多方面地刻画人物。袁枚的“纵笔”也用得很好，《侯夷门墓志铭》便是一例。侯夷门是一个很有才华的人物，诗文书画俱佳，但郁郁不得志，因而放任自纵，该文就重点讲了他醉后大闹报恩寺一事。作为一个县丞,这样狂易昏乱,似乎有失体统,但跟人物的遭遇、心情联系起来看,又合情合理。在雷雨大风的"氛围"里,侯夷门赠诗打佛罗汉,戴石臼狂舞,作者极尽渲染夸张之能事。这与碑传文章的要求似有不合,但作者着重表现的是人物的精神面貌,清人的人物传记常常借用小说的笔法写人,这是当时某些作者的写作风尚,从中也可以看到袁枚用"纵笔"记事写人的风格特点。

袁枚的一生游踪颇广,所到之处,几乎都有记游文章。在他现存的文集中,园林山水游记近40篇,这些文章都是他"瑰奇幽邈,一发于文章,以自喜其意"(姚鼐《袁随园君墓志铭》)的结果。袁枚的游记常能集写景、记事、议论、抒情为一,读来颇有特色。《峡江寺飞泉亭记》就是优秀的代表作。这是一篇构思精巧、颇具新意的亭记。尤其精妙的是将议论糅进景物描摹与感情抒发之中。从结构上看,议论和移步换景的描写手法相辅相成,使文章层次分明、浑然一体;从抒情上看,议论和作者感情变化的线索紧紧相依、水乳交融。当中写山、树、水的片段:

> 过石桥,有三奇树鼎足立,忽至半空,凝结为一。凡树皆根合而枝分,此独根分而枝合,奇已。
>
> 登山大半,飞瀑雷震,从空而下。瀑旁有室,即飞泉亭也。纵横丈余,八窗明净,闭窗瀑闻,开窗瀑至。人可坐可卧,可箕踞。可偃仰,可放笔砚,可瀹茗置饮。以人之逸,待水之劳,取九天银河置几席间作玩,当时建此亭者,其仙乎?僧登波善弈,余命霞裳与之对枰。于是水声、棋声、松声、鸟声,参错并奏。顷之,又有曳杖声从云中来者,则老僧怀远,抱诗集尺许,来索余序。于是吟咏之声,又复大作,天籁人籁,合同而化,不图观瀑之娱,一至于斯,亭之功大矣。……

此文描绘逼真,山、树、瀑、人,合而为一,有景有情,颇能引人入胜。在精彩的写景状物后,作者发出了"以人之逸,待水之劳"的感慨,在恬淡之中尽情地观赏领略造物的秀美,追求着一种个人所独具的特有的美，其沉迷陶然之态呼之欲出。在行文上，全篇以亭为中心。徐徐写来，错落有致，措辞用语，自然而明净，读来颇能给人以美感。

袁枚论诗标举“性情”，论文标举“自抒所得”，强调“文中有我”作文要有真情实感，以情动人。袁枚的许多文章都具有这样的特征，尤其他的祭文、赠送序等类文章，表现得更为突出，代表作如《祭三妹文》。文中忆儿时情景一节，至为情深：

> 余捉蟋蟀，汝奋臂出其间。岁寒虫僵，同临其穴。今予殓汝葬汝，而当日之情形，憬然赴目。予九岁憩书斋，汝梳双髻，披单缣来，温《缁衣》一章。适先生奓户入，闻两童子音琅琅然，不觉莞尔，连呼则则。此七月望日事也。汝在九原，当分明记之。予弱冠粤行，汝掎裳悲恸。逾三年，予披宫锦还家，汝从东厢扶案出，一家瞠视而笑，不记语从何起。大概说长安登科，函使报信迟早云尔。凡此琐琐，虽为陈迹，然我一日未死，则一日不能忘。旧事填膺，思之凄梗。如影历历，逼取便逝。悔当时不将嫛婗情状，罗缕纪存。然而汝已不在人间，则虽年光倒流，儿时可再，而亦无与为印证者矣。

这篇祭文怀念旧事，所叙均琐碎细事，然而字字含泪，不假雕饰，质朴感人，堪比韩愈的《祭十二郎文》。

《祭三妹文》作为一篇祭文，又不同于一般传记的偏重客观记叙，而是具有浓郁的主观色彩与强烈的抒情性。作者“罗缕纪存”昔日家常琐事的文字，每一停顿则直摅哀悼之意，其悲痛凄怆完全是发自至性至情，皆为血泪之言，具有直接扣人心弦的力量。当日同葬蟋蟀，今则独葬三妹，两相对照。更觉动人悲感，增人涕泪。另外，值得一提的是祭文往往采用第二人称角度抒写，此文亦然。作者以“汝”直称已死的三妹，就可以随意地向三妹倾诉衷肠，仿佛三妹正活生生地坐在面前，这就消除了生者与死者之间的界限，便于抒情，显得特别亲切动人。

袁枚的《黄生借书说》一文所阐发的道理慧眼独具。它通过黄生借书有感而发，阐述了“书非借不能读”这一中心论点，指出：只有懂得读书机会之难得，才能专心读书。这对有书不读者和借书苦读者都是有力的鞭策。全篇章法宛然，以事见理，理中夹情，形散而神畅，语言质朴自然。作者这样劝勉青年人：

> 黄生允修借书，随园主人授以书而告之曰：书非借不能读也。子不闻藏书者乎？七略、四库，天子之书，然天子读书者有几？汗牛塞屋，富贵家之书，然富贵人读书者有几？其他祖父积，子孙弃者无论焉……今黄生贫类予，其借书亦类予，惟予之公书，与张氏之吝书若不相类。然则予固不幸而遇张乎，生固幸而遇余乎？知幸与不幸，则其读书也必专，而其归书也必速。为一说使与书俱。

这段文字全以温淳真挚取胜，句句朴实，意味深长，很富有哲理性，与宋濂的《送东阳马生序》同样厚道感人。

袁枚的随笔有很多游戏文字，代表作如《石大夫传》。文章以“石大夫”，即一块石头的遭遇写起，想象丰富，故事性强，带有寓言的意味。

二、郑燮的性灵之文

郑燮诗书画俱佳，有清代“郑虔三绝”之称，是“扬州八怪”之一。郑板桥的书画极有个性，其文章虽为数不多，也以重个性、重性灵著称，在清代文章中独具光彩。其《淮安舟中寄舍弟墨》就是一篇教人博爱、表达亲切的妙文：

> 以人为可爱，而我亦可爱矣；以人为可恶，而我亦可恶矣。东坡一生觉得世上没有不好的人，最是他好处。愚兄平生漫骂无礼，然人有一才一技之长，一行一言之美，未尝不啧啧称道。囊中数千金，随手尽散，爱人故也。至于缺厄欹危之虞，亦往往得人之力。好骂人，尤

好骂秀才。细细想来,秀才受病,只是推廓不开,他若推廓得开,又不是秀才了。且专骂秀才,亦是冤屈。而今世上那个是推廓得开的?年老身孤,当慎口过。爱人是好处,骂人是不好处。东坡以此受病,况板桥乎?老弟亦当时时劝我。

此文强调与人为善,以德待人。在人与人相处中,不应该锋芒毕露,浑身长刺。对人要多看到长处,对己要多看到短处,严于律己,宽以待人。通篇侃侃而谈,既劝告阿弟,又警诫自己,朴实忠厚,感情真挚。

郑板桥散文的个性与其书画的个性相同,都是对传统的突破,但他的主导思想并没有偏离传统。他对文章的基本看法是宗经为上:“六经之文,至矣,尽矣”;其突破则云:“又有至之至者,浑沦磅礴,阔大精微,却是家常日用。”(《焦山别峰庵雨中无事书寄舍弟墨》)在肯定圣贤精义的同时,注重文章表现日用家常的内容和情趣。例如,《潍县署中与舍弟墨第二书》:

余五十二岁始得一子,岂有不爱之理?然爱之必以其道,虽嬉戏玩耍,务令忠厚悱恻,毋为刻急也。平生最不喜笼中养鸟,我图娱悦,彼在囚牢,何情何理而必屈物之性以适吾性乎?……

我不在家,儿子便是你管束。要须长其忠厚之情,驱其残忍之性,不得以为犹子而姑纵惜也。家人儿女,总是天地间一般人,当一般爱惜,不可使吾儿凌虐他。凡鱼飧果饼,宜均分散给。大家欢嬉跳跃。若吾儿坐好食好物,令家人子远立而望,不得一沾唇齿,其父母见而怜之,呼之使去,岂非割心剜肉乎?夫读书中举中进士作官,此是小事,第一要明理做个好人。可将此书读与郭嫂、饶嫂听,使二妇人知爱子之道在此不在彼也。

郑燮52岁始得一子,其爱子之心可想而知。他的爱子之道也很出奇。在一般人看来,儿童天真烂漫,可以玩很多游戏,如将鸟儿关在笼中，用发丝系住蜻蜓，用细线缚住螃蟹，打蜘蛛、杀昆虫……但郑板桥在给家人的信中殷殷叮嘱，不许儿子这样做，因为从小虐待小生物，容易培养孩子的残忍之性。而残忍之性，在郑板桥看来，是人性的大敌，心灵的毒药。他爱子之道的根本，就是从小培养孩子的仁爱之心，要孩子懂得爱他人，平等待人，对待一切有生之物都是如此。郑板桥不以现实人的标准而以理想人的标准去塑造自己的儿子，以审美态度去对待人生。

郑燮的文章多表现日用家常的内容和情趣，自然坦率，直抒胸臆，浅白如话，趣味横生，流露出一种真气真趣，突破了桐城派的格调。其中最有特色、最有价值的是他的家书，除了前文提到的《淮安舟中寄舍弟墨》《潍县署中与舍弟墨第二书》，还有《家书》《道情》《范县署中寄舍弟墨第四书》《焦山读书寄四弟墨》等，皆为古文精品。这些家书，每因一事一思而出，笔墨全绕此一事一思挥洒，人品显豁，性灵独到，处处展示着作者为人处世、性格品行、读艺论文的风格和见地。其家书中多是白话的家常语、规教弟子语，多是贴近人世、贴近日常生活的话题，情真语挚，悱恻动人，情味盎然，在语言形式上创造出一种浅自如家常、放纵无拘束而又逸韵横生、意味隽永的文字风格。

郑燮的家书《范县署中寄舍弟墨第四书》尤为人称道。在这封信里，作者提出了“天地间第一等人，只有农夫，而士为四民之末”的论点。因系家书，作者侃侃而谈，看似散漫无章法，实则内部结构十分严谨。全文始终以农夫是“天地间第一等人”为中心贯穿始终，处处以“士为四民之末”做对照，层层引导，层层深入，显得十分自然。行文的口语成分极为浓厚，比一般的古文更为自由、活泼，平易亲切，清新流畅，富于生活气息，其语言风格与当时生动的白话小说相类。尤其是谈家事极为琐细，甚至嘱咐道：

天寒冰冻时，穷亲戚朋友到门，先泡一大碗炒米送手中，佐以酱姜一小碟，最是暖老温贫之具。暇日咽碎米饼，煮糊涂粥，双手捧碗，缩颈而啜之，霜晨雪早，得此周身俱暖。

此语简直如促膝谈心、家妇叮咛，絮絮叨叨，感情真挚其文字如行云流水，自然吞吐。由于对农活及农民的日常生活有所接触，作者无论叙述、抒情、议论、写景，都如话家常，流露出的是一种真气真趣。

另外，《胸中之竹》也是一篇妙文，字里行间透露出作者的才华神韵：

> 江馆清秋，晨起看竹。烟光、日影、露气，皆浮动于疏枝密叶之间。胸中勃勃，遂有画意。其实胸中之竹并不是眼中之竹也。因而磨墨展纸，落笔倏作变相，手中之竹又不是胸中之竹也。总之，意在笔先者，定则也；趣在法外者，化机也。独画云乎哉！

文章从清秋的早晨看竹突起，那烟光、日影、露气浮动于疏竹密叶之间，现实的景致在胸中跃动，于是产生作画之意；接着谈胸中之竹和手中之竹的画理妙境；最后以"意在笔先者，定则也；趣在法外者，化机也"总述，高度概括了一切艺术美的创造。文章流丽精致，既描述了清新的景色，又阐发了深湛的画理。

第三节　佳构连篇，云蒸霞蔚：骈文的复兴

清代初期，一批文章家和学者，力图改变骈文的衰落情况，起而鼓吹骈文和骈文写作。到了乾隆、嘉庆，随着国势的兴旺，文化的昌达，骈文写作亦呈现出繁荣景象，一时间，作家辈出，佳构连篇，云蒸霞蔚。此后骈文创作重新焕发生机，取得了可观的成就，实现了骈文的复兴。这里选取几位代表性的骈文作家，对他们的骈文创作进行详细分析。

一、胡天游的骈文

胡天游（1696—1758），字稚威，浙江山阴（今绍兴）人，是康乾

时期最著名的骈文作者，著有《石笥山房集》。他学问渊博，才名冠于一时。但他在仕途上却颇不得意，几次科考均不成功，除了有人以“太刚，太自爱”为由从中阻挠外，原因之一是他“每人棘闱，策文至二千言，论或数十字，与常式格格不合”（《胡天游文集·稚威先生传》）。因此只考取过顺天乙榜举人。他为人为文的这种风格在骈文写作上也有反映。突出表现是他不受一般骈文作法的羁系，他的骈文大都是亦骈亦散，不拘泥于四六句式，在形式上有所突破。例如，《开元铁牛铭》，写蒲州西郭外黄河边上维系河桥的唐铸铁牛：

牛各有牧，或作先牵，或作迥叱，其面目意色，各宛然肖发。想其初时，巧任其工，妙范在中；罄南山而取铁，烁万冶而未穷。于是扇太乙，篝祝融，丁昆吾，走雷公，天燕绛气，地吹炎风，既陶既模，剖形而始呈厥功。可以骄翁仲之范金，可以陋蜚廉之铸铜。而况桥如长虹，笮如游龙，缆之维之，如坻如墉，将使元鱼失其怒，阳侯叹其雄。属非斯牛之力，而又谁主其庸哉。

胡天游其他文章中也时有精彩的警句，如《逊国名臣赞序》中的：“昆玉不碎，便与瓦砾同科；牛后所存，将非鸡尸等质。而风雨如晦，翰音不已。淮汉就列，嘉实勿逾。劲草在陆，撄飘坠以益坚；贞松有心，矫严霰而方茂”；如《赵开府碑》的：“龙鸟翔于握中，风云屯于帐底。淮南奇才三百，句越君子六千。一人当之，彼未云众。有硕福之魁状，无不侯之奇数。阔达慕郭汾阳，乃从武韬之选；劲毅等张万福，遂登翘关之科”等，无不辞采飞扬，用事贴切，议论精警。

二、汪中的骈文

汪中（1744—1794），字容甫，江苏江都（今扬州）人。著名学者、文学家。汪中幼年丧父，孤贫不能就学，因助书商售书而得以遍览群书。平生不重名利，依靠做幕僚、校书卖文为生。他学问渊博,崇尚实学,推崇顾炎武,自称问学"实私淑诸顾宁人处士,故尝推六经之旨,以合于世用,及为考古之学,推实事求是,不尚蹬守"(《与巡抚毕侍郎书》)。讲实用,不墨守,加之"亮节慷慨,率性而行""元发未艾,野性难纯"(《自序》)的个性,因而对某些封建传统思想,常取批判态度。他著有文集《述学》内外篇、《容甫先生遗诗》《广陵通典》等。

汪中的骈文不论内容和形式,都具有鲜明的特征,这在很大程度上来自他的生活。他说:"余幼罹穷罚,多能鄙事,赁舂牧豕,一饱无时。""余久历艰屯,生人道尽,春朝秋夕,登山临水,极目伤心,非悲则恨。"(《自序》)这样的生活历练,使他的思想感情,与一般士大夫绝不相同。他的著名骈文如《哀盐船文》《狐父之盗颂》《经旧园吊马守贞序》等,对普通百姓和市井小民的遭遇表现了极大的同情。《哀盐船文》写于他 25 岁,是他的早年成名之作。该文记述了乾隆三十五年(1770)十二月仪征盐船火灾惨景:

> 于斯时也,有火作焉,摩木自生,星星如血,炎光一灼,百舫尽赤。青烟唉唉,熛若沃雪;蒸云气以为霞,炙阴崖而焦燕;始连楲以下碇,乃焚如以俱没。跳踯火中,明见毛发,痛番田田,狂呼气竭,转侧张皇,生涂未绝。倏阳焰之腾高,鼓腥风而一映;洎埃雾之重开,遂声销而形灭。齐千命于一瞬,指人世以长诀;发冤气之焄蒿,合游氛而障日;行当午而迷方,扬沙砾之嫖疾。衣缯败絮,墨查炭屑,浮江而下,至于海不绝。

这篇文章无论写景还是抒情都显得挥洒自如,将火灾的酷烈写得惊心动魄、凄楚动人,令人震惊,这跟作者倾注了对船工的无限同情有重要关系。在表现形式上,作者吸收了散行文章的特点,重在记事传情,很少用典,行文自然畅达。

《经旧苑吊马守贞序》是汪中凭吊明末著名歌妓马守贞的文章,作者以自身的贫苦身世与之相比,"江上之歌,怜以同病",对这个身为下贱的女子表示深深的敬重和同情。"托身乐籍,少长风尘,人生实难,岂可责之以死?婉娈倚门之笑,绸缪鼓瑟之娱,谅非得已。”汪中作为一个颇负盛名的学者，不仅对这名薄命女子敢于洒同情之泪，而且还发出了“静言身世，与斯人何异”的悲叹，这在尊卑贵贱意识极为浓烈的当时是非常难能可贵的行为。

除了上述文章之外，《黄鹤楼铭并序》《汉上琴台之铭并序》等篇也都文情并茂，是清代骈文的上品。汪中的骈文历来受到人们的赞赏，可以说汪中是清代骈文复兴的一面旗帜①。

三、洪亮吉的骈文

洪亮吉（1746—1809），字稚存，号北江，江苏阳湖（今武进）人，乾隆进士。嘉庆年间，他因批评朝政触怒皇帝，遣戍伊犁，不久赦还归里，改号更生。他工诗文，文有《卷施阁集》《更生斋集》，集分甲乙，甲编为古文，乙编为骈文。

洪亮吉的骈文成就与汪中等同，在清代中期的骈文作者中，如双峰并峙，令人瞩目。两人风格不大相同，汪中以情志见长，洪氏以闻见称善；汪中语言清刚纯正，洪氏优雅清新。洪亮吉常留心地理之学，喜游名山大川，加上他不寻常的经历，为他的骈文写作提供了丰富的素材。以其《八月十五日夜泛舟白云溪诗序》的一段描写为例：

> 两岸宿鸟，一川游鱼，随波沸腾，离树上下，啾啾唧唧，声不得歇。沿溪以北，稍有竹树，下荫密藻，宽可弥亩，黑白万羽，浮沉千头，波喧叶飞，悉萃其里。从洲以南，檐瓦可数，桥阴数尺，乃界中外。孤箫一声，高树答响，吕生歌狂，不觉离口。楼阁半里，钩帘一时，儿童不眠，应以拊掌。歌韵欲寂，盈觞劝酬，欣罗狂谈，乐说旧事。忽复相睹，首已如沐，吟肩既冷，零露可挹。离离星辰，方讶西暗，川东晓华，惊见日出。相与登岸，因而赋诗。里传其狂，朋讶为逸。

---

① 王凯符．论清代骈文复兴[J]．北京师范学院学报（社会科学版），1990(4)．

此文作于洪亮吉30岁时，文中写云溪夜游的景与情，着重表现了作者同游人的“狂”和“逸”，这是作者前期骈文的风貌。自伊犁归里后，政治上碰了壁，仕途受到打击，骈文风格产生了非常明显的变化，他在谈到“赦归”以后的心情时说：“中年入官，而心性迂拙，言语戆直，又加以不识趋避，动乖事机，思之慨然。”由此即“制宽博之服，以代银章，种青葱之蔬，渐忘肉食”(《更生斋文乙集卷第二》)。所以他后期的骈文的主要基调变成了感慨身世和追求闲适。《与崔瘈生书》《游城北清凉山记》《琴高溪夜游记》《游天台山记》等都写得委婉超脱，是这个时期的代表作。[①]

四、袁枚的骈文

袁枚对轻视骈文的倾向提出了异议。在《胡稚威骈体文序》中他指出，奇偶相生是自然现象，文学也不例外，骈文的形成，同样本之于天地自然之道。在《答友人论文第二书》中，他又对“骈体无用论”展开了批评，认为“古之文不知所谓散与骈也”“安得以其散者为有用，而骈者为无用也?”(《答友人论文第二书》)其《小仓山房外集》所收，绝大多数都是骈文。如《答王厚斋书》《与蒋苕生书》《谢荐擢高邮刺史启》《谢尹太保和诗启》《为尹太保贺伊犁荡平表》等都堪称佳构。其《上尹制府乞病启》这样说道：

> 伏念枚东浙之鄙人也，世守一经，家徒四壁。对此日琴堂之官烛，忆当年丙舍之书灯。授稚子之经，划残荻草；具先生之馔，撤尽环簪。余胆罢含，断机尚在；未尝不指随心痛，目与云飞。
>
> 自蒙丹陛之恩，得奉版舆之乐。春晖寸草，养志八年。然而萱爱家乡，种河阳而不茂；笋生冬日，觉梓里之尤甘。客秋之莼菜香时，堂上之鱼軿返矣。枚欲再行迎养，则衰年有恙，难涉关河；倘远讯平安，则隅坐无人，谁

① 王凯符．论清代骈文复兴[J].北京师范学院学报(社会科学版)，1990(4).

调汤药？在亲闱喜少惧多之日，实人子难进易退之时。瞻望乡关，何心簪笏。

夫人情于日暮颓唐之际，顾子孙侍侧而能益精神；儒生于方寸瞀乱之余，虽星夜办公而必多丛脞。在朝廷无枚数百辈，未必遽少人才；在老母抚枚三十年，愿为承欢今日。情虽殷于报国，志已决于辞官。第养之一言，固须臾所难缓；而终之一字，非人子所忍言。且高堂之年齿未符，或恐事违成例；大府之遭逢难再，未免官爱江南。兹当五内焚如，忽尔三秋痁作。思归无路，得疾为名。

伏愿明公念枚乌鸟情深，允其养亲之素志；怜枚犬马力薄，准以乞病之文书。实缘依恋晨昏，退而求息；非敢膏肓泉石，借此鸣高。得蒙篆摄有人，当即星驰就道。或老人见子，顿减沉疴；则故吏怀恩，还思努力。此日得归膝下，皆仁人之曲体鲰生。他年重谒军门，如婴儿之再投慈母。

此信为袁枚给其座师两江总督尹继善的信，当时尹继善保荐袁枚为高邮知县，部驳不准，适老母患病，袁枚即上此书乞养归山。文中既动之以情，又诉之以理，为了说明母亲抚养之恩，连用五个典故铺排而下，使陈述的理由极富感染力，将辞官的原因说得十分透辟而恳切。文中多用长句，长短相间，工整而又婉曲，是一篇极为感人的抒情骈文。

五、其他骈文作家的骈文

吴锡麒(1746—1818)，字圣征，号谷人，官国子监祭酒。其骈文也属清新流丽一类。如《航坞山居记》云：“烟霞匪深，林壑特美。东瞻梅坞，西眺龙湫。飞泉散蕤，堕琴筑之响；长松交翠，停曦月之辉。环以钱清之江，接以白鹤之浦，皎焉冲照，淡乎镜流。芰荷殷生，罟罾疏布。使逐热之子，望景希心；骛尘之徒，践峰游目。”又如《答成亲王启》云:“自旬月以来,人事罕接。暑潦既盛,息车杜门:藉树迎晨,弄水送夕。青苔及榻,时浮若烟。红蕖出波,渐高于叶。蝉噪万翼,鱼游百头,高聆柳间,俯眺花外,因击鲜月酌,据石星眠,虽至凉风洒襟,零露沐首,落落然或未之觉也。”这类文字,几可与吴均、陶弘景的作品相媲美了。

李慈铭(1830—1894),字炁伯,号莼客,会稽(今浙江绍兴)人,官至山西道监察御史。李慈铭的骈文,专学常州派,文辞清丽,但乏于创新,这在写山水景色一类文章中尤为突出。例如,《沅江秋思图序》:

> 盖闻楚天为结恨之乡,秋水实怀人之物。白云无尽,苍波卷空。骚客所钟,韵情乃寄。况夫兰芷被泽,风露泣华!香丛丛而益幽,态傲傲以善敛。当其朝霞在岭,夕月临江,哀猿一鸣,櫂讴间发,故将愁绝,谁日能堪?仆本恨人,何时不忆?至若丹枫落叶,朱桔迎霜,寒色片帆,客心千里,蹇修既具,魂梦为劳,虽楚游之计未谐,而湘灵之思无歇。爰传尺素,缋此遥襟。庶几点缀骚容,流连墨雨。春风若采,谁寻白蘋之花?微波可通,水证斑竹之泪。

王闿运(1833—1916),字壬秋,湘潭(今湖南湘潭)人,清末授翰林院检讨,加侍讲衔。辛亥革命后,任清史馆馆长。王闿运的骈文大都取法汉魏六朝,但和李慈铭一样模仿之作多,创造之意少。较有名的作品有《秋醒词序》《常主簿母蒋氏墓志铭》《上张侍讲书》《严通政庶母寿颂》等。《秋醒词》序,这篇序文其实是自叙秋夜观感,着力写其孤独以及回复至常态的过程,引出对人生的深刻感悟。文章前半为工整的骈句,后半则杂有散行的句式。作者长于用典,语言有很强的表现力,如开头一节写秋月庭院中静穆凄清的景色,便极为生动:

> 方醒之际,意疑初夜,倾听已久,乃绝声闻。披衣出房,星汉照我。北斗摇摇,庭院垂光。芳桂一株,自然胜

露;秋竹数茎,依其向月。青扉半开,知薄寒之所入;素墙一带,见匹练之涂冰。象床低彩凤之帷,金缸续盘龙之焰。罗帱轻扬,而已惊蚊宿;琐窗一听,而但闻虫语。湛湛之露,隔鸳瓦而犹凉;淅淅之风,送鸡声而俱远。辽落一身,旁皇三叹。岂钧天七日之终,将象罔三求之后!怃然自失,旋云有得矣!

王闿运的骈文中,最为清丽的还是笺启小简。这类作品骈散兼行,工致自然,一片真情自肺腑中流出,在骈文作品中,堪称佳作。

第四节　呼唤革新,力求新奇:散文的改革

清代,占据文坛的文体主要有桐城派的散文、考据家的辞章以及骈文。到了晚清,这些旧文体受到自龚自珍以来一些进步思想家的批评。在这方面做出革新贡献的思想家当首推龚自珍和魏源,他们是开创晚清思想解放与散文革新的先驱。他们提倡"经世致用"的政论散文,善于运用"舒纵易效"和"淑诡(奇异)连猝(宛转)"的文笔,对封建专制制度进行批判。随着工商业的发展,大都会兴起,新闻报纸因此应运而生,政论就走出了上书、奏议、书信以及文人私下揣摩的小天地,走进了报刊阵地。由于篇幅的限制,又为了赢得读者关注,这种文章便不得不在文字语言结构篇幅等问题上加以变通,形成了一种以"报章文字"为工具而形成的"报章文体"。梁启超在这方面做出了突出贡献。

一、龚自珍的政论散文

龚自珍关心社会政治,又因其一生经历了乾隆、嘉庆、道光三朝,为由盛转衰时期,故对晚清社会的危机四伏有特殊的敏感。他对没落的封建王朝统治下的社会现实,采取的是深刻批判的态度。对内政及官僚制度,则不断提出建议,试图有所裨益。他的

散文也多是政治评论。龚自珍的散文主张在《文体箴》中有所体现:“予慕古人之能创兮,予命弗丁其时;予欲因今人之所因兮,予茖然而耻之。耻之奈何?穷其大原。抱不甘以为质,再已成之纭纭。虽天地之久定位,亦心审而后许其然。苟心察而弗许,我安能颔彼久定之云?……大变忽开,请俟天矣。寿云几何?乐少苦多。圆乐有规,方乐有矩。文心无古,文体寄于古。”这表明,他耻于与桐城文家为伍,寄希望于“大变”,以古人的“文体”为规矩。就文体衍变论,他认为后代文章都是从古人文体中获得启发,到一定时候就“大变”衰落,然后再从古人文体中借鉴发荣一番。龚自珍这种循环论,是从《道德经》和公羊“三世”说中脱化出来的。

龚自珍的政论文十分引人注目,和他的出发点大有关系。他认为,文章先要知今知古,在《对策》中说,“不研乎经,不知经术之为本原也。不讨乎史,不知史事之为鉴也。不通当世之务,不知经史施于今日之孰缓,孰亟,孰可行,孰不可行也”。“三代则诹经,汉以后则诹史,当世之务则诹势。”面对“当世之务”,他特别强调改革,正是这种清醒的认识和愿望,使他的政论文具有鲜明的倾向性和针对性。龚自珍看出了进入“衰世”的清王朝,在政治经济等方面存在着许多严重的危机,而且是积重难返的。他认为这和清朝开国时厉行专制、摧锄天下廉耻风尚大有关系,对此写了“出史入道”的议论《古史钩沉论(一)》,综合历史与现实来分析积弊。《明良论》一组短文,是针对“中叶之主”嘉庆在镇压林清天理教起义后要求人们遵守“孝悌忠信礼义廉耻”等传统道德的上谕而发的。

龚自珍著名的政论作品还有《乙丙之际著议》《平均篇》《西域置行省议》,记序杂文有《己亥六月重过扬州记》《病梅馆记》等。其中,《病梅馆记》是作者辞官回乡后作,虽不是政论文字,其关心政治的态度却一如既往。此文借病梅大发感慨:

江宁之龙蟠,苏州之邓尉,杭州之西溪,皆产梅。或曰:梅以曲为美,直则无姿;以攲为关,正则无景;梅以疏为关,密则无态。固也。此文人画士,心知其意,未可明诏大号，以绳天下之梅也；又不可以使天下之民斫直，删密，锄正，以夭梅、病梅为业以求钱也。梅之欹、之疏、之曲，又非蠢蠢求钱之民，能以其智力为也。有以文人画士孤僻之隐，明告鬻梅者：斫其正，养其旁条；删其密，夭其稚枝；锄其直，遏其生气，以求重价，而江浙之梅皆病。文人画士之祸之烈至此哉！

予购三百盆，皆病者，无一完者。既泣之三日，乃誓疗之，纵之，顺之。毁其盆，悉埋于地，解其棕缚，以五年为期，必复之，全之。予本非文人画士，甘受诟厉，辟病梅之馆以贮之。呜呼！安得使予多暇日，又多闲田，以广贮江宁、杭州、苏州之病梅，穷予生之光阴以疗梅也哉！

作者以梅喻人，揭露封建思想和病态社会对人性的戕害，在心灵深处呼唤着人性的解放。其文简洁生动，寄寓自然，不露痕迹，耐人玩味。

二、魏源的政论散文

因对当时面临的政治经济大危机有清醒的认识，魏源"好作经济谈"。他在《明代食兵二政录叙》中说："黄河无事，岁修数百万，有事塞决千百万，无一岁不虞河患，无一岁不筹河费，此前代所无也。夷烟蔓宇内，货币漏海外，漕鹾以此日敝，官民以此日困，视倭患尤剧也。释褐登朝十余年，而试文衡，试言职，试枢密，无非衡书艺之工敏，声律骈偶之巧丽，罔知朝章、国故为何物，其部曾观政，无非胥史文例是求，罔知漕、盐、河、兵得失何在；有奋志讲求抱负宏远之人，反群笑为迂阔，此造士储才大巽于昔也。其他宗禄之繁，养兵之费，亦与前世相出入。"把明清两代政绩加以对比，从而指出当前的危机。除了"造士储才"等制度上的积弊以外，魏源对于一些重大的社会经济问题，都进行过考察并提出了改革的办法。比如，他对黄河、淮河、永定河、湖广水系等都做过历史资料的研究或实地考察，写出了《筹河篇》《畿辅河渠议》《湖广水利议》《湖北堤防议》《三江口宝带桥记》等知名文章。他的《筹漕篇》力主改河运为海运，并有效地解决了南粮北调的问题。他的《筹鹾篇》《军储篇》等文章对盐政、军政也提出了切实的改革主张。

魏源重视文章的作用，但不以文人自居。其散文风格与龚自珍不同，以内容翔实、条理明晰、见解通达、语言明白畅晓著称。前文提到的《筹河篇》就是能够表现他的经世之才的鸿文之一。魏源的文章，不为空言，不事模仿，内容与现实紧密相关，而且感情充沛。这些特点与“桐城派”古文迥然相异，实为新体散文的先驱。

三、梁启超的新体散文

梁启超(1858—1927)，字卓如，号任公，又号饮冰室主人，广东新会人。12 岁中秀才，17 岁中举人，才华颖脱，为家族乡里所器重。18 岁赴京应试不中，但开始对西学发生兴趣。后来得知康有为在京以布衣上书不达被谤，当即被康有为的学术思想折服，便投其门下，抛开以前的旧学，走上了新的道路。在维新运动中，他成为康有为的得力助手。变法失败后，他出逃日本，先后创办了《清议报》《新民丛报》《新小说报》等刊物。

在文学上，梁启超以散文的成就最高，最引人注目的是他创作的新体散文。他曾经说过：“启超夙不喜桐城派古文，幼年为文，学晚汉魏晋，颇尚矜炼。至是自解放，务为平易畅达，时杂以俚语韵语及外国语法，纵笔所至不检束，学者竞效之，号称新文体。老辈则痛恨，诋为野狐，然其文条理明晰，笔锋常带感情，对于读者，别有一种魔力焉。”[①]从这里可以看出，梁启超正是摆脱了桐城派古文的写作方法，采取了“平易畅达，时杂以俚语韵语及外

---

① 梁启超．清代学术概论[M]．饮冰室合集·专集(三十四)[C]．北京：中华书局，1989：62.

国语法”的写作方法，“纵笔所至不检束”(《清代学术概论》)以及“笔锋常带感情”的写作方式，这样的文章“别有一种魔力”，大受读者欢迎。这种新式写作方法号称“新文体”，也叫“新民体”或“时务文体”，是一种介于古文与白话文之间，且不同于桐城派古文的一种比较通俗的文体。这种文体之新，在内容和形式两方面得以体现。内容上，表达的是与时代精神紧密相关的倾向性，明显地鼓吹社会变革的思想和主张，与此相应的是大量新思想、新名词、新知识的出现；形式上，自由活泼，不拘一格：语言或文或白，字数或奇或偶，风格平易畅达。这样的文体对传统的散文形成强大的冲击力，风靡一时。

梁启超的散文从内容到形式都有一个发展过程。他在主办《时务报》时撰成了《变法通议》一书，该书“批评秕政，而救蔽之法，归于废科举兴学校”(《清代学术概论》)，主要阐述康有为的变法主张，文字上骈散相间。流亡日本后，因多读“西书”，思想和文风渐次发生大变化。《新民丛报》时期，先后写了《自由书》《新民说》等杂感政论，这是其散文脱弃传统影响走向成熟的代表性作品。最能代表新文体的作品当数为世传诵的《少年中国说》。这是一篇思想新、观点新、情感新、语言新、气象新的新散文。运用了一连串排比、比喻等修辞手法，针对中国现状进行透彻的分析。文章条理清晰，对读者有着极强的吸引力和感染力。作者在为一个繁荣富强新的中国而向往憧憬时，其表达之新颖，也可以说创造了一种新的散文范式。

梁启超还写了许多具有现实意义的人物传记，如《南海康先生传》《祖国大航海家郑和传》《戴东原先生传》《殉难六烈士传》《中国殖民八大伟人传》《意大利建国三杰传》以及《近世第一女杰罗兰夫人传》等。这些传记作品积极学习西方近代传记人物的刻画方法，叙事生动，议论精辟，感情真挚，气势汪洋，这种不拘一格的文体风格，为中国现代传记的确立提供了范式。

梁启超的“新文体”出现后，在思想界引起了很大反响，不但令读者开眼，风靡一时，而且被后世政论报纸尤其是资产阶级革命派的刊物纷纷效仿。之后的许多革命人物，包括毛泽东等人在内，也都受到这种“新文体”的影响。后来的《新青年》以及鲁迅的文章，也基本上是采用这种“新文体”的风格来写的。“五四运动”以后所提倡的白话文，也正是在这种新文体的基础上发展而来的。以梁启超散文为代表的新文体是对桐城派以来散文的一次解放，它的出现为中国古典散文向现代散文尤其是“五四”时期的白话文过渡做了必要的准备。

第九章　多元多变的清代戏曲

进入清代以后，传奇与杂剧都顺从晚明之趋势，创作上更加活跃。一方面表现为一些正统文人乃至名流开始在创作诗文之余创作戏曲。另一方面表现为一些创作者追随明亡前夕风情喜剧的路子，多阴错阳差地利用误会巧合制造生动的情节，注重剧作的戏剧性。这两方面大大推动了清代戏曲的发展，曾一度使戏曲呈现出明显的案头化现象。后来，随着社会审美需要的嬗变，剧坛又发生了一系列的变化，风情传奇从繁盛逐渐走向衰落，各种传奇、杂剧混融，"花部"和"雅部"相争，地方戏勃兴。

第一节　歌哭笑骂，皆是文章：由雅而俗的清代戏曲

"雅"，原来是鸟的名字，即乌鸦。段玉裁在《说文解字注》中认为这个字属于假借字。所以，经过假借，"雅"便有了评价的意味，而且明确地作为一种肯定性的评价。《诗大序》中曰："言天下之事，形四方之风，谓之雅。雅者，正也。"（《毛诗正义》卷一）杨倞曰："雅，正也。正而有美德者谓之雅。"（《荀子集解》卷八）由此可知，后世以"雅"为"正"已成为普遍的、基本的观念。在中国传统观念中，正统的即是善的，善的即是美的，因此"雅"也可表意为美好。从汉朝开始，"雅"便作为对文人士大夫的评价，有了"雅儒""雅材"的说法。到魏晋以后，文人渐渐自觉地标榜"雅"为人修养的最高美德。于是雅趣、雅致、淡雅、温雅、高雅、闲雅、雅正、文雅、雅兴等便成为个人风度、气质、情趣的标志，成为文人的本质特征。在魏晋以后，当文人以"雅"作为文艺的审美标准时，他们

在音乐艺术中常称“典雅纯正”“中正和平”的歌乐为“雅乐”，以此区分淫邪之声。总之，以雅为美成了一种源远流长的文人审美意识传统。戏曲的语言风格趋向典雅绮丽，就是根基于这种审美传统。

在清朝初期，以李玉为代表的“苏州派”戏曲家和李渔都倡导通俗浅显的传奇戏曲语言风格。例如，李渔在《闲情偶寄》中总结他的传奇戏曲创作经验时明确指出：“与文章的‘不怪其深’相反，戏曲语言‘贵浅不贵深’。”因为戏曲艺术不像其他文学作品那样能够形诸纸上并可重复阅读，它必须搬于场上进行演出，因此较适应即时欣赏。戏曲舞台演出的即时性与不固定性不允许戏曲语言像诗文语言一样的深奥难懂，令人揣摩。戏曲艺术必须初览便能见其佳，简单地思考便能明其主旨之所在。因此，戏曲语言只有通俗浅显，才能像撮盐入水一样，入耳即化。戏曲虽然侵入文坛并步入宫廷，但它原本产生于民间，并始终以广大平民为主要观众。因此，戏曲艺术要想获得更好的发展，戏曲作家要想产生更大的影响，他们在创作上必须符合百姓的胃口，就低不就高。以那些“不读书人”“不读书之妇人小儿”（李渔《闲情偶寄》）的接受能力与理解水平作为一种编写与演出的标准，这样才能符合平民的审美趣味，适应百姓对戏曲艺术的欣赏需要。显然，李渔的这种“以俗为美”的审美意识，与传统的典雅化经典思维针锋相对，实际上是迁就舞台演出与平民需求，因此可称为通俗化的现实思维。不过，李渔在鼓吹通俗浅显之余，仍然强调指出：“词贵显浅之说，前已道之详矣。然一味显浅而不知分别，则将日流粗俗，求为文人之笔而不可得矣。”（《闲情偶寄・词曲上・词采》）这里的“文人之笔”就是文人的艺术生命，涉及文人的人生价值与社会意义。所以，文人的文学创作不管如何向前看，都不能抛弃这一艺术生命。可见，李渔虽然倡导“俗”，但又不会完全丢了“雅”。他也倾向于灵活地运用化俗为雅和雅俗并陈的艺术修辞方式。例如，李渔在《闲情偶寄》里，曾列举汤显祖《牡丹亭》传奇里的佳曲，如《惊梦》出的“似虫儿般蠢动把风情扇”“恨不得肉儿般团成片也，逗的个日下胭脂雨上鲜”；《寻梦》出的“明放着白日青天，猛教人抓不到梦魂前，是这答儿压黄金钏匾”；《诊祟》出的“看你春归何处归，春睡何曾睡？气丝儿怎度的长天日”“梦去知他实实谁？病来只送得个虚虚的你。做行云，先渴倒在巫阳会”“又不是困人天气，中酒心期，魆魆的常如醉”；《玩真》出的“如愁欲语，只少口气儿呵”，“叫得你喷嚏似天花唾。动凌波，盈盈欲下，不见影儿那”；等等。这些都是化俗为雅的典范。

康熙中后期，李渔和苏州派戏曲家先后去世后，戏曲创作开始归趋雅正。万树(1630—1688)、孔尚任(1648—1718)等戏曲家“追求归趋雅正，这是对明后期以来由雅趋俗的潮流进行的局部的拨乱反正。到康熙五十七年(1718)孔尚任去世后，雅风愈演愈烈，戏曲的语言风格便在整体上复归雅正了。这时的戏曲家几乎无不标举‘风人之致’而鄙弃‘市人之谈’，自诩‘阳春白雪’而蔑视‘下里巴人’，标榜‘文人之雅正’而轻视‘流俗之掉弄’和‘伧父之敷陈’。”[①]可见，这一时期典雅化的经典思维取代了通俗化的现实思维，成了时代的风尚。

蒋士铨比较能代表该时期戏曲的语言风格。他的戏曲创作与诗歌创作一样，在乾隆十八年(1753)前后经历过一次重要的变化，即从典雅绮丽转变为清雅自然。他唱的两支[金络索]曲，可谓脍炙人口。

(生)[金络索]春从想处归，爱向缘边起。生自何来，死又因何及？这情丝一线微，受风吹，逗入花丛幽梦里。寻来觅去浑无迹，病重愁深只自知。难回避，仗花神老判相扶持。可怜咱一个魂儿，可怜他一个人儿，不再向亭中会。

(旦)[前腔]心从好梦依，像自荒园拾。一朵花魂，紧紧跟随你。这珊珊影渐移，下来迟，叫得他金蚕绕墓飞。殢得他红生腮斗春回体，漾得他喜透眉涡暖到脐。

---

① 郭英德．明清传奇戏曲文体研究[M]．北京：商务印书馆，2004：159.

绸缪细，约来朝活转做夫妻。闪尸尸一个魂儿，软丢丢一个身儿，向泉下偎扶起。

这两支曲子，情文并至，既明白如话，又韵味十足，用典入于化境，达到了清雅、秀雅的艺术境界。

其实，在蒋士铨30岁时，即乾隆十九年(1754)，年长于他45岁的戏曲家张坚(1681—1763)就在《怀沙记·凡例》中声称："余数种填词，虽秾艳典丽，而显豁明畅。"可见，张坚对"秾艳典丽"之词是认可的，只是要注意在追求词作秾艳典丽之时，也要做到词作的显豁明畅。张坚似乎否定了明代著名戏曲家王骥德《曲律》中提出的"才情在浅深、浓淡、雅俗之间"与清初戏曲家李渔《闲情偶寄》提出的"贵浅不贵深"的戏曲语言艺术风格；说明张坚看到了作词与创作剧本的不同。而张坚对"显豁明畅"的倡导也可以窥见：经历通俗化文学思潮的涤荡后，这一时期许多戏曲作家已染上了戏曲创作由雅趋俗的风气，已不再像文词派戏曲家那样将典雅绮丽的特点继承下去了。他们开始自觉地追求淡雅清秀等通俗化的语言，从而创造出一种新的语言基质。康熙中期以后，戏曲的语言风格发生了较为明显的通俗化的转变。例如，梁启超的《新罗马传奇》就有一股清新的气息。该剧第一出紧接着冲场曲的定场白，也不按照规矩用四六骈语，而是用非常通俗俳谐的白话，把维也纳会议的一场戏写成"为鬼为蜮，有类儿戏"的闹剧。为了尽情地吐泄胸中的郁勃不平之气，梁启超在第三出《党狱》中写烧炭党男女二首领慷慨骂贼的场面时，特意采用了两支字句不拘、可以增损的[混江龙]曲牌，每曲连同科白都是六百余字。该戏曲的语言与梁启超的散文笔调很相似，语句流畅，中间夹带了一些外来的新名词，汪洋恣肆、痛快酣畅。而使用这些外来新名词也紧密地实践着"诗界革命"的主张。

清代戏曲的变雅为俗，在明末清初的著名戏曲家阮大铖身上便有苗头。阮大铖(1587—1646)字集之，号圆海、石巢或百子山樵。阮大铖以进士居官后先依附东林党，后转投魏忠贤阉党，在崇祯朝时终以附逆罪被罢官为民。明亡后又在福王朱由崧的南明朝廷中任官兵部尚书、右副都御史。他与马士英狼狈为奸，对东林、复社之人大加迫害，南京城被攻陷后又带头乞降于清，后病死于随清军攻打仙霞关的道上。阮大铖品格本不足道，执政才能也有限，但词曲方面却是极富才华。阮大铖所作的传奇戏曲有《燕子笺》《春灯谜》《双金榜》《牟尼合》《桃花笑》《井中盟》《忠孝环》《老门生》《赐恩环》《狮子赚》等10种（另一说11种），今存的有《春灯谜》《燕子笺》《双金榜》与《牟尼合》，合称《石巢传奇四种》（也称"石巢四种"）。1993年黄山书社出版了由徐凌云、胡金望校点的《阮大铖戏曲四种》便是这"石巢四种"的校点本。《咏怀堂诗集》（原名《咏怀堂诗》）是阮大铖现存的诗集，由胡金望、汪长林校点并于2006年由黄山书社出版。

"石巢四种"中的《牟尼合》《双金榜》和《燕子笺》皆创作于其南京生活时期（1636—1642）。《牟尼合》主要特色在其曲谱上，该传奇具有音律和谐、易于歌演的特点。《双金榜》寄托与政治影射意味明显，代表了戏曲家当时遭废斥而避居于南京的一种心态，具有特殊的意蕴。而《燕子笺》曲词精雅、利于口吻，场面安排张弛有度、有条不紊，有鲜明的幽默风格。传奇喜剧《春灯谜》混合着平庸与深刻、浅薄与深沉的复杂形态，这或许是中国"滑稽调笑"的喜剧之常有情形，代表着中国戏曲审美内涵一种混杂的独特性，成功地营造了一种独特非凡的艺术效果。关于其戏曲，王思任在《阮大铖戏曲四种》中赞誉阮大铖为"接道人（指汤显祖）之酣梦"。张岱在《陶庵梦忆》中评价阮大铖"如就戏论，则亦镞镞能新，不落案臼者也"。吴梅在《吴梅戏曲论文集》中云："阮圆海之曲，不以人废言，可谓三百年一作手矣。"由于晚年阮大铖对东林、复社党人大加迫害，故人品多为士林摒斥，后来他又投降清廷，甘当清廷的爪牙走狗，以至明清以降的所有正史、艺文志、总集、选本都不选阮氏诗文与戏曲。三百多年来不但对他的作品缺少系统剖析与评价，就连其籍贯也出现了"桐城不要，怀宁不收"的情况，他的出生地至今仍是一个谜案。虽然学术上提倡不以人废言，但直到改革开放后研究界才开始冲破禁区，加强了对阮大铖作品的研究。

和阮大铖同时期的著名戏曲作家还有吴炳、袁于令与孟称舜。吴炳(1595—1648)江苏宜兴人。著述丰硕,尤以《粲花五种》极富影响,但由于吴炳抗清而亡,故不视为清代文人而不写。袁于令(1592—1674),江苏苏州人。原名韫玉,又名晋,字凫公或令昭,号吉衣主人、幔亭、箨庵或白宾,明末清初著名戏曲作家,后降清为官。袁于令所作传奇有《肃霜裘》《珍珠记》《金锁记》《玉符记》《西楼记》《长生乐》《瑞玉记》(前五种传奇合称"剑啸阁传奇"),杂剧有《双莺传》。孟称舜(1599—1684),浙江绍兴人。字子若、子适或子塞,号花屿仙史或小蓬莱卧云子,明末清初杰出的戏曲作家与理论家。倪元璐称孟称舜为"我朝填辞第一手",孟称舜被认为是"临川派"继汤显祖之后最重要的作家,他编撰的《古今名剧合选》是公认的元明杂剧中的一部重要选集,该选收录元明杂剧五十六种(包括称舜本人的《残唐再创》《花前一笑》《眼儿媚》与《桃源三访》四种),按照婉丽与豪放等不同风格,分为《柳枝集》《酹江集》并详加评点,有旁批 47 条,眉批 602 条,见解精辟,内容全面,是古典曲论的重要典籍。孟称舜撰写的传奇与杂剧现存的只有几种,以杂剧《英雄成败》《残唐再创》《死里逃生》《桃花人面》(亦名《桃源三访》)及传奇《张玉娘闺房三清鹦鹉墓贞文记》《节义鸳鸯冢娇红记》《二胥记》成就较高,其中《节义鸳鸯冢娇红记》被评为"中国十大古典悲剧"之一。

清代戏曲语言风格的变雅为俗,标志着近代艺术思维是以通俗化的现实思维为表征的。这种艺术思维使得传统戏曲文体开始向现代戏曲文体转变。

第二节　景外生情,出人意表:清传奇的繁盛

在明代传奇的基础上,清代传奇获得了进一步的发展。昆山腔由苏、淞地区扩展到全国,成为国腔。家庭戏班和江湖戏班大

量出现。弋阳腔也扩展到广大地区，并产生了许多新的剧种。

清传奇发展繁荣的时期是清初到康熙年间。在这个时期，较早出现的是以李玉（1602—1676）为首的苏州派戏曲作家群。他们大多是明末清初民间的下层文人。因此他们的作品中，明代后期以来那种浪漫主义色彩淡薄了，对儿女风情的描写减少了，而对重大历史事件和当前政治斗争的现实主义描绘却加强了，尤其对市民斗争的描写，在戏曲史上是一种新的现象。同时，由于苏州地区是明代中叶以来戏曲演出最兴盛的地区，所以苏州派作家都熟悉戏曲演出，他们的作品一般都能联系舞台实际，语言通俗，适合演出。在清初的剧坛上，与苏州派作家相匹敌的是一批风流文人，他们以李渔为代表。他们的传奇作品题材大多是既风流自赏又不悖礼教的才子佳人故事，审美趣味独特，艺术造诣高超。

清初还有以吴伟业（1609—1672）、尤侗（1618—1704）为代表的历史抒情剧作家。他们的作品大都借历史故事表现个人故国之思或怀才不遇之情，意境接近于诗歌，在文人中有较多的读者，但不大适合于演出。

清初后期出现了清传奇的高峰——南洪北孔。洪昇（1645—1704）的《长生殿》和孔尚任的《桃花扇》可谓集前人传奇成就之大成。它们既有苏州派作家作品的深刻的现实性，又有历史抒情剧作家作品的浓厚的抒情性；既有男女之情的描写，又把爱情与政治结合起来，使爱情剧达到了新的高度。结构排场的精妙，语言方面文辞与音律的完美，都取得了空前绝后的成就。

以下主要对李玉、李渔、洪昇、孔尚任的传奇创作进行一定的阐释。

李玉，字玄玉，后避康熙皇帝玄烨之讳，改作元玉，别署苏门啸侣、一笠庵主人。吴县人，入清后，隐居林下，以度曲自娱，标帜词坛。他是一位多产的作家，共有传奇作品 42 种，今存 18 种，另有残卒 3 种。他还改定了徐于室的《北词广正谱》。他的作品取材广泛。有明代故事、历史故事和民间传说，也有爱情故事，内容丰富。明代故事，如《清忠谱》写明代魏忠贤逮捕东林党人周顺昌所引起的市民运动。《万民安》(已佚)写万历二十九年织匠葛成领导的苏州市民的抗捐斗争。它们描写了轰轰烈烈的市民运动，歌颂了市民运动中的领袖人物，表现了新的题材、人物和思想。《一捧雪》写严世蕃夺取莫怀古祖传玉杯的故事，揭露了豪门权贵的贪婪无耻、飞扬跋扈和势利小人的丑恶行为，歌颂了忠义仆妾的牺牲精神。《千忠戮》写燕王朱棣抢夺帝位，建文帝和大臣程济化为僧道逃亡，备受迫害。作品写出了燕王的残暴屠杀和文臣武将各自逃生的混乱场面，曲折地反映了清兵入关的现实。建文帝所唱[倾杯玉芙蓉]：

> 收拾起大地山河一担装，四大皆空相。历尽了渺渺程途，漠漠平林，叠叠高山，滚滚长江。但见那寒云惨雾和愁织，受不尽苦风凄雨带怨长。雄城壮，看江山无恙，谁识我一瓢一笠到襄阳。

此曲与《长生殿·弹词》中的[一枝花]在当时广泛流传。可见它反映了清初的民族情绪。

《万里圆》写明末黄孔昭到云南做官，清初隐居不仕，他的儿子黄向坚万里寻父。作品以此为线索，反映了南明的政治斗争，歌颂了史可法的抗清斗争，揭露了清军的暴行。历史故事，如《麒麟阁》写秦琼、尉迟恭、程咬金等辅佐李渊建立唐朝，李渊建麒麟阁绘诸功臣图像予以表彰，秦琼从落魄半生到建立功业，寄托着作者的感慨与理想。《牛头山》写岳飞父子牛头山破敌解围的故事，《昊天塔》写孟良盗骨故事，此二剧都表现了爱国思想。爱情故事，如《永团圆》写汪纳嫌长婿蔡文英家贫，逼其退婚，长女闻讯投江，知府高谊判次女配蔡。后长女遇救，也与蔡团圆。作品批判嫌贫爱富，并为穷书生吐气。《占花魁》写妓女王美娘为卖油郎秦种的真诚所感动，自行赎身，嫁与秦种，表现了市民的爱情理想。李玉的传奇内容丰富，思想深刻，并能紧密联系舞台实际，注意场面的安排，语言有俗有雅，对传奇的发展起到了重要的推动作用。

李渔是风情喜剧的著名作家。他的传奇作品有《怜香伴》《风筝误》《意中缘》《蜃中楼》《玉搔头》《比目鱼》《奈何天》《凰求凤》《慎鸾交》《巧团圆》，合称《笠翁十种曲》。这些作品多写才子佳人的爱情故事，因而有不少人评论其庸俗浅薄。他的剧中确实表现了封建文人的情调和小市民趣味，但这些作品也表现了对爱情的追求，并包含着某些反传统的因素。首先，作品中肯定自主婚姻，批判了传统的婚姻观念。如《凰求凤》中乔小姐之父说："我想婚姻大事，一念之差，便有终身之悔。""倒不如把婚姻之事，索性丢开，任凭他自家作主，省得后来瞒怨。"乔小姐自己选中才郎，千方百计去追求。《比目鱼》中谭楚玉和刘藐姑为了反对父母作主的婚姻，双双投江殉情而死，这一对未经父母许婚的青年男女，作品中却让他们变为浑然一体的比目鱼，并把封建社会的最高荣誉"义夫节妇"赋予他们。《蜃中楼》融合《柳毅传书》和《张生煮海》的故事，写两对青年私订婚约，洞庭龙女坚决抗拒父母订的婚事，具有非常突出的反封建思想。《玉搔头》写至高无上的皇帝和社会最底层的妓女的爱情。正德皇帝认为男女相交全在真情，而不在势力地位。因此他不顾一切，冒雪私访，并说"万一有了差池，我也拼一死将他殉，敞了九泉下两痴鬼"。这种爱情观念显然是反传统的。

此外，李渔的传奇作品还充分肯定了个人的正当欲望。李渔的《慎鸾交》具体地描写了情欲是如何突破了道义。剧中的华秀爱上了妓女王又嫱，但为了遵守不娶妓女的祖训，便千方百计地压抑个人情感。但道义的堤防一步步崩溃，终于为感情征服，突破了不娶妓女的祖训。个人欲望不但与封建道义相矛盾，有时也会与他人利益相矛盾。对此，李渔的作品肯定了个人欲望高于一切，歌颂了为个人利益而奋斗的人物，打破了歌颂传统的理想人物的文学传统。《凰求凤》中的乔小姐和许仙俦为了争夺一个男子，一个施离间计，一个施拐婿计，作品对他们为个人利益而损人利己也加以肯定。《玉搔头》中的正德皇帝甚至可以为所爱的人而放弃朝政，盼望发生战争，作品对此也予以肯定的描写。这显然是一种新的道德观念。在长期的封建社会里，人们不能有独立的人格，个人意识受到指责。而资本主义萌芽出现以后，个人意识抬头，从个人出发考虑问题开始突破传统的道德。这种个人利益高于一切的思想是庸俗的，但在当时却又是对封建传统观念的破坏。另外，李渔的作品歌颂了女子的才能。她们不但能诗会画，超过男子，而且在实际生活中具有应变能力，有智谋，有魄力，使男性才子相形失色，甚至被玩弄于指掌之上。这种描写显然是进步的。当然，有些作品似乎确有些庸俗，如《怜香伴》写二女共嫁一男，毫无妒意。《奈何天》写三女共嫁一丑夫。但其中也未尝没有借此讽刺世人嫉贤妒能，慨叹红颜薄命的寓意。所以，李渔的作品虽然没有描写重大的社会问题，但在思想内容上仍有其可取之处。

在艺术上，李渔的作品情节新奇，结构精巧，语言通俗。在喜剧手法上也颇有创造，发展了喜剧艺术。可以说，李渔的喜剧创作观就是娱乐动机和教化目的的混合体。例如，《风筝误》的卷末收场诗说：

传奇原为消愁设，费尽杖头歌一阕。
何事将钱买哭声，反令变喜成悲咽？
惟我填词不卖愁，一夫不笑是吾忧。
举世尽成弥勒佛，度人秃笔始堪投。

一方面是“不卖愁”，专“消愁”，绞尽脑汁使观众开怀大笑；另一方面，却又隐含以秃笔“度人”的菩萨心肠。中国古代一般寺庙中供奉弥勒佛形象，两边往往附以一副对联：“大肚能容，容天下难容之事；开口常笑，笑世间可笑之人。”这正是李渔独有的喜剧精神。这种喜剧精神是根基于特定的时代心理的，他曾说：“然近日人情，喜读闲书，畏听庄论。”（《笠翁偶集》卷首《凡例七则》）明清之际“天崩地陷”的动乱局面，既能催发英雄豪杰的壮行义举，在剧坛上奏响悲怆的交响曲，激扬沸腾的热血；也能消蚀芸芸众生的胆略气魄，在戏场上流连轻松的小夜曲，熨平内心的皱褶，二者组成了特定历史时期的双重奏。李渔认为，戏剧创作具有一种特殊的宣泄功能，能够使人们心中的烦闷愁郁得以消散，成为世间最快乐的人。

李渔对传奇作品，首重新奇。出于娱乐动机，出于对观众“物恒求新”的审美心理的理解和重视，李渔自觉地把扫除旧套、创造新奇作为“高人造福之一事”。他说：“且戏场关目，全在出奇变相，令人不能悬拟。若人人如是，事事皆然，则彼未演出而我先知之，忧者不觉其可忧，苦者不觉其为苦，即能令人发笑，亦笑其雷同他剧，不出范围，非有新奇莫测之可喜也。”（《闲情偶寄》卷五）因此，他的传奇作品无一不是地地道道的场上之剧，新奇、机趣，有着强盛的艺术生命力。例如，李渔的《意中缘》传奇，将明末享誉文坛的书画家董其昌、陈继儒和当时的才女林天素、杨云友分别配成佳偶。据黄媛介《意中缘序》，林、杨二人虽与董、陈相识，但未曾为其妾媵。李渔以为二女子善画，乃绝代佳人，自应配天下才子善书画者，如董、如陈。又如，《奈何天》以丑角阙里侯为主人公，造成绝妙的喜剧效果。李渔之所以“破尽传奇格，丑旦联姻真叵测”，乃有鉴于“风流剧”导致“纷纷邪行”（第一出《崖略》[蝶恋玉楼春]），欲使“红颜知薄命，莺莺合嫁郑恒哥”（卷末收场诗）。这种教化的意图虽然迂腐，但全剧的立意却不乏新奇。化腐朽为神奇，这正是李渔的艺术造诣所在。全剧关目布置，情节展开，针线照应，皆能于极度夸张反常之处见其自然合理，水到渠成。而阙里侯的三次娶妻与三次逃避，意趣各异，决不雷同，更可见李渔的巧思。

洪昇，字昉思，号稗畦，钱塘人。他生于世代官宦而中落的缙绅之家，做了约20年的太学生，追随京中名流，联吟唱和。他创作了八种传奇，但现存的只有《长生殿》一种。这部传奇为洪昇带来了极高的荣誉。

《长生殿》描写唐玄宗李隆基和杨贵妃的爱情故事。作品描写了李杨爱情的发展。上卷批判了其爱情的缺陷，下卷歌颂了其爱情的诚魁。唐明皇的爱情在开始是浮浅不专的；而且他为了爱情，乱了朝纲，给国家和人民，也给他和杨玉环带来了灾难。但是，他的爱情由浅而深，逐渐专一和成熟，他忏悔了罪恶，交出了帝位。这样，他就克服了帝王爱情的缺陷，李杨爱情就成为一种真心到底、精诚不散的理想化的爱情，于是月宫团圆，终成连理。因此，作品对李杨爱情既有批判，又有歌颂。同时，作品围绕李杨爱情，揭开了安史之乱的广阔的社会背景，反映了当时的阶级矛盾和民族矛盾，抒写了兴亡之感和爱国思想。

在这部剧中，对理想化的至情的讴歌是洪昇的创作主旨。他看中了李隆基和杨贵妃的故事这一题材，是因为他认为这一题材最足以表达他心目中的理想化的至情及其演进途径。在抽象的意义上，洪昇所歌颂的至情不受空间的束缚，超越生死的界限，可以感动金石，挽回天地，如白日不朽，如青史长存，它所具有的奇异功能，同汤显祖在《牡丹亭题词》里所宣扬的出生入死之情，是极为相似的。总之，洪昇以自己的艺术之笔把李隆基和杨玉环的爱情理想化了，使之净化、升华而成为不朽的至情。

洪昇对李杨题材戏曲的构思，从《沉香亭》到《舞霓裳》再到《长生殿》，可谓是越来越深切地贴近“悲伤感叹”的时代情绪，越来越显明地表达“兴亡梦幻”的时代精神。

《长生殿》精美严谨的结构排场在明清传奇史上是罕见的，堪称典范。全剧五十出，以杨玉环之死的《埋玉》为界分为上下两卷，各二十五出。全剧的关目衔接，针线绵密，伏笔照应。近人王季烈评云：“其选择宫调，分配角色，布置剧情，务令离合悲欢，错综参伍，搬演者无劳逸不均之虑，观听者觉层出不穷之妙，自来传奇排场之胜，无过于此。”（《螾庐曲谈》卷二《论作曲》）

《长生殿》的曲词清丽流畅，音律极为讲究。例如，第三十八出《弹词》［六转］：

> 恰正好呕呕哑哑《霓裳》歌舞，不提防扑扑突突渔阳战鼓。刬地里出出律律纷纷攘攘奏边书，急得个上上下下都无措。早则是喧喧嗾嗾、惊惊遽遽、仓仓卒卒、挨挨拶拶出延秋西路，銮舆后携着个娇娇滴滴贵妃同去。又只见密密匝匝的兵，恶恶狠狠的语，闹闹吵吵、轰轰剨剨四下喳呼，生逼散恩恩爱爱疼疼热热帝王夫妇。霎时间画就了这一幅惨惨凄凄绝代佳人绝命图。

全曲运用十七个叠字，或单用，或连用，富于变化。又用了“恰正好”“不堤防”“划地里”“早则是”“生逼散”五个俗语。这些叠字与俗语，并不是清朝时期的通行语或口语，而是元代杂剧和散曲中特有的语言，即成为定型的“曲语”。而洪昇得心应手地将这种“曲语”组织得巧妙灵活，点缀得出神入化，运用得饶有情趣，从而创造出别具一格的典型的曲辞。

此外，洪昇还善于化雅为俗，化用前代诗、词、曲的名篇佳句，为我所用，形成清雅秀丽的语言风格。例如，《禊游》出中化用杜甫《丽人行》诗句；《密誓》出用秦观《鹊桥仙》词；《密誓》《惊变》《埋玉》《雨梦》等出，以白朴《梧桐雨》杂剧为蓝本；等等。

《长生殿》问世后，一直流行于剧坛，盛演不衰。

孔尚任，字聘之、季重，号东塘、云亭山人。著有传奇《桃花扇》，并与顾彩合作了《小忽雷》。《桃花扇》是孔尚任最享盛名的一部传奇作品。该作品从构思到成稿，先后经历了二十年。其以复社文人侯方域和秦淮歌妓李香君的爱情故事为线索，描写了南明的兴亡，反映了明末腐朽动荡的社会现实以及统治阶级的内部矛盾和斗争，歌颂了爱国将士和下层人民，抒写了兴亡之感。

孔尚任在《桃花扇》中塑造了众多的人物形象，上自帝王将相，下至艺人歌妓，有姓名可考的人物就达 39 人之多。无论是主要人物，还是起陪衬作用的次要人物，孔尚任都精心设计，细笔勾勒。李香君是此剧中光彩照人的正面形象。她色艺非凡，身为秦淮名妓，却出淤泥而不染，注重气节，很有政治远见。她和侯方域的结合很大程度上是建立在憎恶魏阉余孽这一共同的政治态度上。《却奁》一出，歌颂了她鲜明的政治觉悟和刚烈性格。当听说杨龙友带来的那些妆奁来自阮大铖之手，并且带有卑劣的附加条件时，她不仅毅然拔簪脱衫，宣称：“脱裙衫，穷不妨；布荆人，名自香。”而且还激烈地批评态度暧昧的侯朝宗：“官人是何说话，阮大铖趋附权奸，廉耻丧尽，妇人女子，无不唾骂。他人攻之，官人救之，官人自处于何等也？”于是李香君不仅成为侯方域的“畏友”，而且赢得复社文人的尊敬，同时也成为阉党余孽疾之如仇的对象，她的不幸遭遇也就由此开始，刚烈性格也愈来愈鲜明。田仰强娶，她拒媒守楼，血染桃花扇；福王选妓，她不畏强暴，怒骂阮大铖。孔尚任还十分注意丰富某些次要人物的性格，不仅把他们放在错综复杂的社会关系中加以塑造，而且还注意使他们的性格和故事情节的发展形成有机的联系，使他们成为剧中不可或缺的登场人物。例如，剧中的杨龙友，能诗会画，风流自赏，游离于复社文人和阮大铖之间。他促成侯方域、李香君的结合，又想利用李香君为阮大铖巴结复社文人。“却奁”之后，他对李香君有所不满，但在侯、李二人危难的时刻，又出力保护他们。孔尚任就这样避免了次要人物简单化、脸谱化的习惯，塑造了一个有血有肉的艺术形象。

《桃花扇》对于传奇戏曲的传统体制是有所创新的。《桃花扇凡例》说：“全本四十出，其上本首试一出，末闰一出，下本首加一出，末续一出，又全本四十出之始终条理也。有始有卒，气足神完，且脱去离合悲欢之熟径，谓之戏文，不亦可乎？”在全剧正文四十出以外，孔尚任特意添加了四出戏：上本开头试一出《先声》，下本开头加一出《孤吟》，代替“副末开场”，这是上下本的序幕；上本末尾闰一出《闲话》，是上本的“小收煞”，下本末尾续一出《余韵》，是全本的“大收煞”。这四出各有起讫，又统一联贯，揭示出“那热闹局就是冷淡的根芽，爽快事就是牵缠的枝叶”（第十出《修札》）的哲理，表达了孔尚任对历史上盛衰兴亡的逆转的深刻认识。

总之，《桃花扇》以离合之情，写一代兴亡故事，爱情与政治的结合达到了古典戏曲的最高水平。结构精巧严谨，无懈可击。它与《长生殿》共同构成了清代传奇的两颗巨星，标志着清传奇发展的顶峰。

第三节 词工白整，尽填学问：案头化的文人戏曲创作

与元明戏曲相比，清代的戏曲有一个重要特点就是趋于案头化。之所以趋于案头化，主要是因为戏曲经过宋、元、明三朝漫长

的发展后，有越来越多的上层文人开始进行戏曲创作了。此外，与专制日益强化、清代朴学大兴及清人想提高戏曲的文学品位与社会地位也有很大关系。总之，在清代的一段时期内，戏曲越来越变成案头文本，而不适合场上搬演。在案头化的文人戏曲中，从历史人物和传说故事中取材，宣传封建伦理道德和描写男女风情的作品居多。

清代戏曲的案头化主要体现在以下几个方面。

第一，一部分戏曲家公开宣扬作曲只是抒一己之怀，不问音律工否，不为搬演而作，而只是藏之箧中，与一二同好相观瞻。例如，尤侗《读离骚》自序云：

> 然古调自爱，雅不欲使潦倒乐工斟酌，吾辈只藏箧中，与二三知己，浮白歌呼，可消块垒。亦惟作者各有深意，在秦筝赵瑟之外。

该序表明作者是有意识地创作案头剧，同时也显示了学士大夫清高自赏、不愿与俗伶乐工、普通艺人同侪比肩的心理。

再如，裘琏创作《明翠湖亭四韵事》在其《弁言》中也说道：

> 放浪之余，颇着文章自娱。予亦用此自娱耳，遑问工否哉？若传奇本意，见于小序，宫商高下，不敢从时，所藉世之周郎顾予误也。

这也是出于一种以自娱为主，以消胸中块垒，不讲是否当行，不求台上搬演的心理。

第二，一些清人认为戏曲作为文章，应贵雅驯，应为抒一己之性情而发，而不应当将其作为博人一笑的技艺。例如，浚义散人（生卒年不详）《四名家传奇摘出》序言：

> 夫文章之道，援经据史，盖借古人之行事，以抒一己之性情。况绘形设象，搜腔检拍，而仅以束喉细语，打诨花唇，博纨绔当场一笑，不亦陋哉？

第三，孙岱在《蟾宫操》序中认为，戏曲为“古歌风体”，地位崇高，尤贵雅驯，因此戏曲剧本要雅瞻可观，非仅供艺人搬演。

在清朝后期，戏曲案头化倾向愈演愈烈。搬演的作品很少有清人自己创作的剧本，大多只是搬演旧有的剧本或题材。前人的作品，则摘取经典作品中的折子戏进行演出。随着花部兴起，雅部衰落，花部地方戏大量搬演。而文人学士又鄙屑花部品位低下，无意染指其作品的创作。他们只是热心于雅部传奇、杂剧的创作。于是，属于雅部的杂剧、传奇在场上的空间更为狭小。到晚清时，大多都成了纯粹的案头剧、文人剧。戏曲已经完全失去了场上搬演的半壁江山，而只退回到文人学士的书斋案头。

当时的文人戏曲，一类是借名人佚事抒写作者的胸臆，但缺少那种血泪并作的激情和指天骂地的锐气。例如，桂馥的《后四声猿》，包括四个短剧。其中《放杨枝》写白居易晚年多病，欲遣爱马爱姬而不忍。《投溷中》写李贺死后，其表兄黄某因忌才而将其遗诗投之厕中，因而黄某在地狱遭到惩罚。《谒府帅》写苏轼官卑时谒陈府帅而不得见。《题园壁》写陆游于沈园重逢前妻唐氏，痛题《钗头凤》词。这些都是写文人不得意的痛苦和烦恼。另一类是以劝惩为主的作品，代表作是杨潮观的《吟风阁杂剧》。

在案头化的文人戏曲创作中，具有突出贡献的戏曲作家有蒋士铨（1725—1784）、黄图珌（1699—1752）和杨潮观（1712—1791）。以下对他们的案头化戏曲创作进行一定的阐释。

蒋士铨是一位重视道德与品行的正统文人，因此他的文学创作包括诗文与戏曲中都有鲜明地表彰节烈、扶植人伦的作品，涂染着浓厚的道德主义的色彩。在戏曲创作中，蒋士铨表面上主张泛情论，却自觉地以情的外壳包裹伦理的内核。在他看来，情就是伦理道德的理性内容的感性显现。因此，在戏曲作品中，他所写的情，不是个性之情，而是人伦之情；他写人物时，不注重内在的性格复杂性和心理活动性，而是追求性格外现的伦理典型性。

蒋士铨一生创作了十六种戏曲作品，其中传奇八种，杂剧八种。其中《康衢乐》《忉利天》《长生箓》《升平瑞》四种杂剧，合称《西江祝嘏》，是专门献给皇帝的歌功颂德之作。其余的作品都以褒扬忠烈节义为主旨。例如乾隆十六年，蒋士铨在南昌有感于明宁王朱宸濠的妃子娄氏生前忠义，多次劝谏宁王不可作乱。最后宁王兵变时她投江自尽，以保一身清白。历经数百年，娄妃的坟墓已经湮灭，蒋士铨为表彰其忠节，恳请布政使彭青原为娄妃立碑，并作杂剧《一片石》以记此事。二十六年后蒋士铨又至南昌，仍念念不忘娄妃事迹，又劝江西藩台吴山风修娄妃墓，他再作杂剧《第二碑》以记其事始末。虽然一而再蒋士铨仍兴犹未尽。在乾隆四十六年，他创作《采樵图》传奇，以娄妃生平为蓝本，淋漓尽致地描写了娄妃的节烈事迹。对历史上一个小小的节烈行为，蒋士铨竟如此念念于心，历三十年而不变，这在文学史上也是十分罕见的。

在题材上，蒋士铨戏曲有的取材于现实，有的结合史料，还有的纯属虚构。取材于现实的如《空谷香》，该剧以自己的知交顾瓒园的妾姚梦兰生前的薄命事迹为蓝本，热情地讴歌了姚氏的贞烈气节。再如《雪中人》写清初查继佐与吴六奇义气相照、真情相交的故事；《桂林霜》写清初吴三桂叛乱，广西巡抚马雄镇不与奸佞同流，一家以身殉国的故事。取材于历史的如《冬青树》，该剧写南宋末爱国诗人文天祥奔波救国、义不降元，作《正气歌》最后慷慨就戮之事，读来浩气长存。再如《临川梦》，该剧写明代戏剧家汤显祖，蒋特别欣赏汤显祖"一生大节、不迩权贵"的高风亮节，详细介绍了汤显祖与当朝权贵张居正等人的冲突，把汤塑造成了一位"忠孝完人"。《空谷香》与《香祖楼》两剧立意完全相同，都是描写薄命之妾并颂扬女子贞节，只是情节上略有差异。前者重在表现得妾前的千磨百炼，而后者则突出表达得妾后的千转百折。

当然蒋士铨并不一味盲目地歌功颂德，乾隆年间尖锐的社会矛盾与丑恶的社会现象促使他常运用伦理道德的武器进行社会批判。出于对现实的深切感受，他把剧作的批判矛头多指向鱼肉百姓的贪官酷吏与霸道欺市的恶霸流氓。《空谷香序》自称："他若刻画小人，摹写世态，又二十载飘零阅历所助。知我者何罪焉？"(《空谷香》卷首)在他的剧作中，像《临川梦》中那"箝群口，占朝堂”的权相和“借清议，暗里把持朝局”的隐士，《空谷香》中那“把百姓的膏脂尽量歆，将赤子皮肤剥”的知府与欺软怕硬、卖女求荣的跟班，《香祖楼》中那昏庸无能、见死不救的县令与爱财如命、贪婪狡诈的银匠等，一个个刻画得活灵活现，令人切齿。虽然他的社会批判总包含着道德救世的苦衷，但是他能在史称“太平盛世”的乾隆时期发现并指出封建社会衰败的迹象以提醒世人，说明他是有过人的观察嗅觉的。

作为乾隆时期诗坛的大家，蒋士铨的诗人才气在他的剧作中得到了充分展现。他的剧本曲词往往文采斑斓，雅俗共赏，尤其善于描摹情景，构造意境。例如《秋梦》一出就一直受到人们的激赏。这出戏写琵琶女独寄空船，思念往事，一上场唱[霜天晓角]：

空船自守，刚恨年年有。最苦寒汪做酒，将人磷过深秋。

一开口，感情已经不可抑止，流溢而出。紧接着唱[小桃红]一曲：

曾记得一江春水向东流，忽忽的伤春后也。我去来江边，怎比他闺中少妇不知愁？才眼底又在心头，捱不过夜潮生，暮帆收，雁声来，趁着虫声逗也。靠牙樯数遍更筹，难道是我教他，教他去觅封侯？

作品中融合诗词成语，如盐入水，不着痕迹。写情、写景，写景中情、情中景，无不传神入妙，感人深切。

蒋士铨的戏曲作品虽然在当时的文坛上受到了高度的评价，但除了《四弦秋》以外，其他的剧作在歌场上并不流行。蒋士铨专以阐扬忠孝节烈之事为职志，大力提倡“维持名教”“笔关风化”，代表了当时昆剧剧坛文人戏曲的共同倾向。这种倾向致命地阉割了戏曲艺术的现实精神，不可避免地导致了昆剧的衰落。

黄图珌，字容之，别署蕉窗居士、守真子。松江（今属上海市）人。雍正、乾隆间，历官杭州同知、衢州同知、河南卫辉府知府。他撰有传奇七种：《雷峰塔》《栖云石》《梦钗缘》《解金貂》《温柔乡》《双痣记》六种，今存；《梅花笺》，已佚。合称《排闷斋传奇》或《看山阁乐府》。在黄图珌的传奇作品中，最值得注意、影响也最大的，是以白蛇故事为题材的《雷峰塔》，现存清乾隆间刻《看山阁全集》中。

有关白蛇精化为白衣娘子后被镇于石塔之下的传说雏形最早见于宋代话本《西湖三塔记》。到明代这个故事在讲唱文学、小说及戏剧作品中逐渐丰富起来。明末冯梦龙话本小说集《警世通言》里就收有《白娘子永镇雷峰塔》一文，其中白娘子与许宣（在后来的传奇剧里也称许仙）的爱情故事已基本定型。

黄图珌的《雷峰塔》（上、下卷）写成于乾隆初年。上下卷各十六出，总共三十二出。《伶人请新制〈栖云石〉传奇行世·小引》中形容该剧："一时脍炙人口，轰传吴越间。"该剧主要是根据《白娘子永镇雷峰塔》话本改编，《看山阁全集·南曲》卷四《伶人请新制〈栖云石〉传奇行世·小引》云：

> 《雷峰》一编，不无妄诞，余借前人之齿吻，发而成声，于看山之暇，饮酒之余，紫箫红笛，以娱目赏心而已。

该剧较之以往同类作品在思想境界与艺术成就诸方面均有所突破。它以浓郁的神话色彩和强烈的悲剧性冲突，成功地塑造了多情善良的白娘子的艺术形象。白娘子身上的"妖气"已被减少到最低限度，白蛇精的身份几乎被弱化为一个单纯的符号，仅仅意味着她来自某个非人间凡俗的世界。正是在这一标志来历符号的掩护下，使她可以不受世俗礼法的束缚，异于常人地大胆追求爱情和理想生活。这种处理为世人所接受，到乾隆中叶，民间艺人陈嘉言父女将其修订为四十出的梨园演出本，情节臻于完善。乾隆三十六年(1771)，徽州文人方成培又对梨园演出本增删改编，虽然进行了一定的润色，但剧本还是本来的面目。

杨潮观，字宏度，号笠湖，江苏无锡人。他在四川邛州任知州时，于卓文君妆楼旧址筑吟风阁，遂以阁名作其杂剧的总名，即《吟风阁杂剧》。

《吟风阁杂剧》包括32个一折短剧。多取材于历史故事加以点染，褒贬美刺。其"题词"云："借丹青旧事，偶加渲染，渔樵闲话，粗与平章。”每折之前有小序说明作者意图，主题明确。《吟风阁杂剧》基本内容是宣传儒家思想和封建伦理道德。其中歌颂清官廉吏、忠臣义士的作品占有很大的比重。例如，《汲长孺矫诏发仓》，写汲长孺奉命往河南救济水灾，从权矫诏，持节发仓，救活数百万灾民，歌颂他关心民众疾苦的精神，其中可能包含作者捐俸拯救杞县灾民的生活内容。《寇莱公思亲罢宴》写寇准生日大摆宴席，老婢刘婆向其哭诉当年其母贫苦生活，靠针黹度日，寇准听后，罢宴自责，写得“淋漓慷慨，音能感人”，成功地表现出寇准的孝思和戒奢崇俭的思想，是脍炙人口的剧目。《东莱郡暮夜却金》表彰东汉杨震的清廉正直，《穷阮籍醉骂财神》借阮籍抒发胸中块垒，其他写魏征、雷海青、鲁仲连等的剧目，从不同角度反映作者对政治问题的看法，有济世之心。但他的目的在于宣传儒家思想和伦理道德，为封建制度补罅弥漏，内容虽然广泛，却充满了讽喻劝惩和说教的意识，影响了创作的深度。《吟风阁杂剧》在体制结构、表现手法等方面力求创新，大多数剧本构思新颖，故事简洁完整，宾白流畅，曲词爽朗生动，富有诗意，有一定成绩，缺点是舞台效果不佳，案头化的文人气息太重。

在蒋士铨、黄图珌、杨潮观等人的影响下，嘉庆道光年间的文人戏曲越来越趋于案头文章，道德化、诗文化的倾向愈益严重。

第四节　粉饰太平，埋头考据：清传奇的衰落

清代中期，传奇逐渐由盛而衰。雍乾年间，民族矛盾淡化，经济繁荣发展，加上文字狱的严酷实施，许多文人开始歌功颂德，粉饰太平，埋头考据，传奇创作也就日益脱离了现实。同时，昆曲经过文人的长期琢磨，以及随着它的进入宫廷，题材越来越狭小，曲词越来越典雅，曲调越来越缓慢细密，结构冗长，逐渐使大多数人不能欣赏。再加上花部的兴起，夺走了广大的观众。因此，传奇便日益衰落。其主要表现是宣传封建伦理道德和娱宾遣兴之作

增多，内廷大戏出现，艺术上很少有创新。吴梅《中国戏曲概论》云："余谓乾隆以上有戏有曲，嘉道之际，有曲无戏，咸同以后实无戏无曲矣。"于是，清代传奇便逐渐走向了末路。

一、清传奇逐渐步入衰落

这一时期的传奇，出现了不少内廷大戏。内廷大戏的作者以张照、周祥钰、王庭章为主。张照的《升平宝筏》共二百四十出，主要演《西游记》取经故事；《劝善金科》共二百四十出，主要演目连救母故事；《混元盒》共八十五出，主要演张节真人用混元盒收伏诸妖故事。周祥钰的《忠义璇图》主要演梁山泊故事；《鼎峙春秋》主要演三国故事。王庭章的《昭代箫韶》主要演杨家将故事。除了上述三位的传奇作品外，还有无名氏的《封神天榜》《楚汉春秋》《征西异传》《盛世鸿图》等。这些作品大多宣扬迷信忠义，场面热闹，规模宏大、衣饰华丽。其往往借助于前代作家同类题材的小说、剧本，吸收了许多民间传说，保存了一些已佚剧本的片断，有益于戏曲作家的研究。

不可否认的是，清代传奇的宫廷化，标志着它日益走向了衰亡。

就这个时期的传奇作家来看，比较有成就的是唐英(1682—1756)、夏纶(1680—1753)、蒋士铨、黄图珌等。由于前文已提到蒋士铨、黄图珌，因而以下主要对唐英和夏纶的戏曲创作进行一定的阐述。

唐英的戏曲创作活动，大约在乾隆初年至十九年间，所撰戏曲共十九种。其中，杂剧十四种，传奇五种，分别是《双钉案》《转天心》《天缘债》《梁上眼》《巧换缘》。它们统称为《古柏堂传奇》。

《双钉案》写贫妇康氏命长子江芸去应试，但江芸中试做官后，其妻不告知康氏及康氏次子江芋。江芋钓鱼奉母，一日钓得金龟，并得知江芸做官消息，寻到江芸住所。江芸之妻有一婢女互儿，互儿之母荀氏曾用长钉钉入互儿父亲头顶致死。互儿为江芸妻献计，用此法害死了江芋。后赖上帝的力量，江芋又得复苏，并由包公审明案情，恶妇正法。作品歌颂了江芋的孝母，批判了不孝不仁的恶妇，情节引人。今京剧《钓金龟》《双钉案》即由此而来。

《转天心》写书生吴明屡试不中，在上帝面前狂吟，被罚投生乞丐。但因做了拾金不昧、救人危难等善事，使天心回转，终于飞黄腾达。唐英在创作这部作品时，特意设置乞丐吴定的孝义与二品大员何时贤的欺君弃母两相对照的结构，惩恶劝善，褒贬分明。第一出《开场》[西江月]自述作意云：

暴逆贪痴遗臭，忠诚孝义芳传。请看功过再生缘，神目昭昭似电。

畜瓮边旁玉帝，莲花落里英贤。天堂地狱寸心间，心格天心即转。

《天缘债》是梆子秦腔剧本的改编本。《缀白裘》“乱弹腔”中，收有《借妻》《回门》《月城》《堂断》四折，实为一完整的剧本。唐英以此为底本，改写了张骨董的形象，突出他“割恩全义”的友道，并增饰他与李环嶂之女喇吧花的婚姻之事，使他终于有了一个好结果，这就是所谓“好人终得好报”。

《梁上眼》写珠宝商蔡鸣凤为其妻和奸夫谋害，其岳父受到诬陷。但奸夫淫妇作案时却被梁上君子所见，故使案情大白。作品带有恶有恶报的思想。

《巧换缘》写一酒鬼将甥女张蕴珠卖给55岁的木匠马冲霄，蕴珠自杀为老妇周氏救活。周氏又被其侄小李儿卖于少年书生洪遇。周氏自愿与蕴珠换亲，成就了老少两对夫妻。作品批判了不合理的买卖婚姻，表现了年貌相当的正常婚姻要求。该传奇中的故事本来是颇饶悲剧意味的故事，但作者却有意构置成一个喜剧结构：洪遇所购得的老妻和老木匠马冲霄所买到的少妻，由于丹徒知县“乱点鸳鸯谱”，得以调换，各适其所。

总的来说，唐英的传奇作品虽没有反映重大深刻的社会问题，但情节生动引人，语言通俗，曲词冲破了旧的格律束缚，产生了一定的影响。

夏纶，字言丝，号惺斋，晚年别署癯叟，钱塘（今浙江杭州）人。十四岁应乡试，其后八试棘闱，终未及第。四十岁后，捐赀得授县令，受到铨选官吏的阻挠，仕途颇不得意。乾隆元年（1736），拟应博学鸿词科，有人劝他退隐，于是归山，以著述自娱。晚年从事戏曲创作，从乾隆九年至十四年，先后撰成《无瑕璧》《杏花村》《瑞筠图》《广寒梯》《南阳乐》五种传奇，乾隆十五年（1750）世光堂合刻为《惺斋五种》。乾隆十七年（1752），又撰《花萼吟》传奇，次年世光堂与前五种合刻为《新曲六种》，现存原刻本。

《广寒梯》第三十二出《沓圆》[尾声]说：

> 填词细数谁佳构？恨涉笔便伤忠厚，单只把男女风流话不休。

的确，夏纶的传奇创作是严格地排斥男女风情的。刻本卷首夏纶《五种自序》自称，他的传奇创作之所以“其速且易”，是因为“胸无娥府，独从扶掖正气起见。认题既真，觉拈毫构思之际，似有鬼神效灵于其间”。所谓“扶掖正气”，就是宣扬伦理道德教化。《新曲六种》就直接标举“褒忠、阐孝、表节、劝义、式好、补恨”。

《无瑕璧》褒扬的是“忠”，据《明史》等书，叙写明初燕王朱棣起兵“靖难”，兵临济南时，守臣铁铉忠节不渝，高捧明太祖朱元璋的牌位，屹立城头，燕兵不战而退。后来金陵城破，铁铉义不屈事朱棣，被油烹于朝。其子女惨遭迫害，颠沛流离，仍誓守贞节。第三十二出《合璧》[尾声]作者自云：

> 寻官数调多劳攘，笑老去心情偏壮，也只是要万世千秋同将忠义讲。

剧中尊为帝王的朱棣，因其为篡逆之君，故以丑角扮演，表现出作者鲜明的善恶褒贬态度。

《杏花村》阐释的是“孝”，故事见于《明史》卷二九七《王世名传》，叙写明万历间金华书生王世名坚守纯孝，为父报仇，被判死罪，收监待斩。其子象贤赴省上诉，终得为父平反，朝廷在杏花村建孝义牌坊，旌表王家。

总之，夏纶在传奇作品的创作中，不管是选材、构思，还是安排情节、塑造人物，一切都有种在图解伦理思想和教化观念的感觉。

二、清传奇的进一步衰落

晚清时期，传奇进一步衰落。在光绪二十四年(1898)以前，传奇创作虽然多多少少泼染了时代的色调，但基本上操持的是明中叶以来传奇写作的传统招数，老调重弹，旧样翻新，在散发着糜烂气息的封建文化圈子里打转转，传奇的艺术生命力不断在丧失。而且，由于皮黄戏等花部戏曲蓬勃兴盛，即便在剧坛上，传奇创作也已经越来越由中心走向边缘，为社会所普遍冷落。尽管如此，许多文人作家仍不甘寂寞地在传奇创作的田地上耕耘。他们大多拾蒋士铨《藏园九种曲》之余唾，顽固地秉持封建文化传统，作品多描写男女之情和表彰忠烈，甚至诬蔑农民起义，表现了落后的思想倾向。以下是一些主要的作家作品。

黄燮清(1805—1864)，原名宪清，字韵甫，号韵珊，又号吟香诗舫主人。浙江海盐武原镇人。他所撰的戏曲合刻为《倚晴楼七种瞳》，其中《凌波影》为杂剧，其他为传奇。《帝女花》写清军攻占北京后，周世显寻崇祯之女坤舆公主成婚的故事。《茂陵弦》写相如文君故事。《鸳鸯镜》本《池北偶谈·破镜》，写李闲、谢玉清故事。《居官鉴》写王文锡得其父所传《居官宝鉴》，力行忠孝，宣传做官之道。《桃溪雪》写耿精忠叛清，永康地方官献出守节的吴绛雪，绛雪跳崖自杀，是褒节之作。《脊令原》本于《聊斋志异·曾友于》，通过家庭嫡庶矛盾，歌颂曾友于的孝友之德。可以看出，上述作品的内容都十分陈腐。但在结构上颇具匠心，语言典雅生动，注重音律，适于演出。尤其是《帝女花》，全剧结构严谨，“哀感顽艳，声情俱绘，一时传览无虚日”(刻本卷末黄际清跋)。

杨恩寿(1835—1891)，字鹤俦，名坦园，号蓬海、朋海、颉父，别署蓬道人，湖南长沙人。他所撰的戏曲合刻为《坦园六种曲》。《再来人》写福建老儒陈仲英七十未第，困愁终身，再生后少年得志，而所写文章均为前生所作，从而抒写了怀才不遇的感慨，揭露了科举制度的衡文无凭，具有一定的意义。《桂枝香》写田春航与女伶李桂芳相爱，并终得状元及第，《桃花源》据《桃花源记》敷演而成，二剧可谓作者美好理想的反映。但《姽婳封》《理灵坡》《麻滩驿》分别写明末周云耀之妻、长沙推官蔡道宪和道州守备沈云英镇压张献忠农民起义军而死的故事，表现了作者反对农民起义的立场。

杨恩寿的戏曲作品都脱胎于蒋士铨的《藏园九种曲》，然而老气横秋，词采既不如蒋士铨清丽，也不如黄燮清绚烂。但由于他是个出名的戏迷，因而它创作戏曲，更讲究排场的设置与宾白的技巧。

陈烺(1822—1898)所撰戏曲十种，分刊为前后二集，合刻为《玉狮堂传奇十种》，现存光绪十七年刻本。其中，《仙缘记》又名《碧玉环》，本唐人小说《袁氏传》，写老僧以玉环成就孙恪与仙猿的婚姻；《蜀锦袍》本《明史》卷二七〇本传，写明末石砫土司秦良玉的故事，与董榕的《芝龛记》传奇同题材；《燕子楼》取材于白居易《长庆集·燕子楼诗序》，写唐人张建中和关盼盼的故事；《海虬记》本《明史》卷六所记永乐间总兵李珪平海盗事，叙海杰啸聚海中，为李乘招抚的故事；《梅喜缘》本《聊斋志异·青梅》，写张介受与程梅、赖阿喜的姻缘故事。以上五种，皆作于光绪八年至十一年(1882—1885)间，且每本均为二卷十六折，通称“前五种”。

《同亭宴》写秦始皇求仙未遂的故事；《回流记》写明代王守仁平朱宸濠之乱和娄妃沉江的故事，与蒋士铨的《采樵图》传奇同题材；《海雪吟》写明永历时邝露万里投荒，抱琴殉难的故事；《负薪记》本《聊斋志异》，写张诚孝友的故事；《错姻缘》演《聊斋志异·姊妹易嫁》事。以上通称“后五种”，皆作于光绪十六年至十七年(1890—1891)间，且每本均为一卷八折。

陈烺的戏曲作品都作于晚年，“音节苍凉，情词宛转”(《玉狮堂传奇十种》刻本卷首俞樾《总序》)，而且讲究文章结构，有较强的文学性，但大都不便于场上演出。

许善长(1823—1891)，字季仁，浙江仁和人。出身官宦世家，少年时期即有文名，他一生时间皆在任上。著有《碧声吟馆六种》。其中《灵娲石》包括十二个小故事，均取历史故事用以劝惩，如写齐国无盐邑女子钟离春向齐王陈说齐国四殆，楚国少女庄姪向楚王指出楚有五患，魏国大夫如耳之母魏负谏阻魏王纳太子妃，楚国郑袖因恐魏国所献美人争宠而陷之以劓刑等，大多涉及邦国大计，有一定的积极意义。《瘗云岩传奇》写妓女夏馨儿遭受凌辱，喝药而死，反映了妓女的悲惨遭遇。但他的剧作多从书本上找材料，如《胭脂狱》本于《聊斋志异·胭脂》，《神仙引》本于《聊斋志异·粉蝶》，《风云会》本于唐传奇《虬髯客传》，比较缺乏现实生活气息。《伏苓仙》写麻姑成仙和道士王远传道，更没有什么意义。

到了近代，随着晚清社会的巨大变动，戏曲也受到相应的影响。尤其是到戊戌变法前后，为了配合政治斗争，许多戏曲作品揭露了清王朝的腐朽统治和帝国主义的侵略罪行，歌颂了资产阶级改良和革命运动中的代表人物，鼓吹革命，宣传新思想。阿英的《晚清戏曲小说目》收录传奇剧目55种。这些作品有的是借中国历史故事表现反清的民族思想和反帝的爱国思想，如忧宾子的《黄龙府》写岳飞抗金，川南筱波山人的《爱国魄》写文天祥，浴日生的《海国英雄》写郑成功，吴梅的《风洞山》写瞿式耜抗清；有的写现实政治事件揭露帝国主义对中国的侵略，如沈继恒的《武陵春》写八国联军侵略中国的罪行，陈时泌的《非熊梦》写沙俄侵略中国东北的野心；有的借寓言表现反帝救国思想，如洪炳文的《后南柯》写槐安国面临外国瓜分，请去淳于棼后代大败敌国，其《警黄钟》写黄蜂国面临胡蜂国、玄蜂国的瓜分，退职官员谢瑶芳等大败敌军，杀死投降奸臣；有的歌颂中国资产阶级革命的英雄人物，鼓吹革命，如萧山湘灵子的《轩亭冤》、夏庐的《轩亭血》、悲秋散人的《秋海棠》等，描写秋瑾为了国家的自由独立而英勇献身的壮烈事迹;有的写外国故事鼓吹革命,如梁启超的《新罗马》写意大利烧炭党人反对神圣同盟的斗争。此外,还有一些宣传女权的作品,如蒋景缄的《侠女魂》、柳亚子的《松陵新女儿》、大雄的《女中华》等。这些作品大都写得慷慨激昂,但情节单薄,戏剧性不强,缺乏艺术性,完全是脱离舞台演出的案头之作。至此,清传奇便逐渐地烟消瓦解了。

第五节　市井之乐,妙趣横生:地方戏的勃兴与"同光十三绝"

历史上的元代杂剧与宋元南戏为清代地方戏树立了楷模,推动了清代戏曲的发展。明中叶到清初的昆曲以丰富的剧目与唱腔的优美在剧坛占有压倒性的优势。但从康熙末年至乾隆朝,地方戏取代了昆曲的一枝独秀,如雨后春笋般涌现并发展起来。地方戏以其各式各样的风格赢得了广大观众的喜爱与欢迎。当时最有名的戏种便是京剧,出现了著名的"同光十三绝"。总的说来,地方戏的繁荣标志着中国戏曲进入一个从创作到表演的新的发展阶段。

一、地方小戏的普遍兴起

清以来各种声腔已广泛流传,当它们在某些地区相遇或与该地区的腔调小曲相融会,就形成了新的复合声腔。这些复合声腔由于在很大程度上继承了前代戏曲的优秀传统,往往呈现出更加成熟的舞台面貌。从音乐唱腔、舞台表演以及剧目内容等各方面把戏曲艺术推进到一个新阶段。这种声腔发展途径是清代戏曲艺术成熟的主要表征。

由于戏曲艺术已成为极其成熟的表演艺术,它的影响已深入社会生活各领域与民众的内心中,因此戏曲成为当时一切表演艺术的中轴，所有表演艺术都产生了一种对戏曲的向心力。在这种力量作用下，就有大量的歌舞说唱开始向戏曲表演演化。新的戏曲样式大都从民间歌舞说唱的简单表演形态脱胎而来，因而相对清初四大声腔和复合声腔来说，它们的形式比较简陋，出场角色少，音乐唱腔简单明快，表演风格生动活泼，演出的剧目多半是较简单的民间生活内容，不同于成熟腔种。它们被统称为地方小戏。由于这些小戏角色多半为小生、小旦、小丑，因此也称之为"三小戏"。当然这些地方小戏在它们的发展过程中也吸收了各种声腔的成分。由民间歌舞说唱形成的地方小戏数量极多，涵盖地域极广，它们成为清代中后期戏曲声腔里一个极为重要的支流。

地方戏主要有两种类型：一种出自民间歌舞，大都来源于各地为庆贺年节丰收而举办的灯会等歌舞表演活动，如彩调、采茶、唱灯、连厢、花灯、花鼓、秧歌等。这类表演往往带有简单的故事情节，在民间的长期演出过程中慢慢发展成装扮角色的演出，搬上戏台形成小戏。这类小戏在各地的名称不同，如彩调戏、灯戏、秧歌戏、花鼓戏、采茶戏等。另一种出自民间说唱，来源于各地的曲艺演出活动。明清以来在俗曲演唱基础上发展起来了许多通俗曲种，如八角鼓、坠子、琴书、落子、滩簧、道情等，它们用各种有特色的民间唱调说唱故事，逐渐发展到分角色的化装演唱，然后正式走上戏曲舞台，成为戏曲形式。这类小戏主要有东南几省的滩簧戏，北方河南、山西、陕西几省的道情戏及各地的许多曲子戏。

嘉庆、道光年间，地方剧种的高腔、弦索、梆子、皮簧与昆腔合称五大声腔系统。其中梆子和皮簧最为发达。皮簧腔是由西皮和二簧结合而成。西皮起源于湖北，由西北梆子腔演变而来，梆子腔变成襄阳腔，由襄阳腔再加以变化，就成了西皮。二簧的演变则复杂得多，它是多种声腔融合的产物。明代中叶以后受弋阳腔、昆山腔的影响，皖南产生了徽州腔、青阳腔（池州腔）、太平腔、四平腔等。四平腔后来逐渐形成吹腔。西秦腔等乱弹也流入安徽,受当地声腔影响形成拨子,为安徽主要唱腔之一。吹腔与拨子融合,就是二簧调。大约在乾嘉年间,二簧流传到湖北与西皮结合,形成皮簧腔。在湖北叫楚调,在安徽叫徽调。乾隆年间四大徽班入京,所唱主要为二簧,也兼唱西皮、昆曲。道光初年,楚调演员王洪贵、李六等搭徽班在北京演出,二簧、西皮再度合流,同时吸收昆、京、秦诸腔的优点,采用北京语言,适应北京风俗而形成了京剧。此后又经过无数艺人的不断努力发展,京剧逐渐流行到各地,成为影响全国最大的剧种。

二、"花部"与"雅部"之争

清代乾隆、嘉庆时期,中国戏曲史上发生了一件大事,即"花部"与"雅部"戏曲声腔之间的争斗与较量,主要是"花部"诸声腔向过去占据统治地位的"雅部"昆曲发出了强有力的挑战。当时的清廷统治者出于多方面原因,出面干预了这一原本属于民间艺术市场里的公平竞争,当时的统治者极力贬抑"花部"诸声腔的崛起。但任何文化艺术的发展都不以人的意志为转移,"花部"声腔符合历史发展的潮流,并最终取得了胜利。这场"花雅之争"大大促进了地方戏的发展,使地方戏在中国剧坛上占据了重要的位置。

明代万历时期,昆山腔由于士大夫阶层的青睐,在剧坛上取得了"官腔"的统治地位,而其他南曲声腔则被斥之为"杂调"。明末清初以来,南曲声腔之外的众多弦索声腔、梆子声腔剧种成批出现,进一步的复合声腔剧种又在它们的基础上产生,剧坛上耀目的新星不断闪现,弄得人们眼花缭乱、不知所措。这些新起的腔种,普遍有着清新、鲜活、浓郁的舞台风貌,犹如浓盐赤酱,带有强烈的审美吸引力,它们刚一出现,就很快吸引了广大底层观众的目光。而轻歌曼舞、一唱三叹的昆腔,在其冲击之下,逐渐为时代所冷落。就是在这种背景之下,"花部"戏曲声腔与"雅部"昆曲展开了争胜局面。

将戏曲声腔区分为花、雅二部，是乾隆后期文献中常见的做法。例如，乾隆乙卯年(1795)成书的李斗《扬州画舫录》卷五“新城北录下”曰：“两淮盐务例蓄花、雅两部以备大戏。雅部即昆山腔，花部为京腔、秦腔、弋阳腔、梆子腔、罗罗腔、二黄调，统谓之乱弹。”也就是说，“花部”名称统括了除昆山腔之外的一切声腔剧种。乾隆乙巳年(1785)成书的吴长元《燕兰小谱》品评北京戏曲艺人，按照花、雅二部区分，并于卷首“例言”里说：“今以弋腔、梆子等曰花部，昆腔曰雅部。”由此可见，将戏曲声腔划分为花、雅二部，是当时士大夫的通行认识。将戏曲声腔作花、雅之分，当然体现了一种等级观念，仍然将昆曲视为上等，而将其他诸多声腔剧种列为下等。但从李斗的话中可以看出，“花部”已经取得了与昆曲抗衡的力量，连为皇上准备的“大戏”里也有了它们。

随着花部诸声腔的兴起，全国的民间舞台大部分被其占领。众多新生的花部剧目，以其完全不同于文人传奇的面目出现在社会各个角落，在社会上产生了越来越大的影响，而其内容的激烈亢直、无所顾忌也逐渐引起清廷的忌讳和警觉。乾隆后期，清廷出于维护统治的需要，传谕各地官员，禁止内容有所违碍的剧目上演，要求他们“派员慎密搜访查明，应删改者删改，应抽掣者抽掣”(范金民《乾隆后期查办戏剧违碍字句案述略》)。检查重点放在有可能影射清廷的内容上面，如“南宋、金朝故事”“明季国初之事”，以及“关涉本朝字句”的“违碍之处”(范金民《乾隆后期查办戏剧违碍字句案述略》)等。清廷同时还指使两淮巡盐御史伊龄阿在扬州设置删改戏曲局，对于当时所能搜集到的古今戏曲剧本进行检查、删改、销毁，苏州织造全德以及其他地方官搜集到的剧本进呈御览后也转到扬州曲局受审。然而，这种删改剧本的方式并没有对花部声腔的发展形成控制。后来，清廷又相继发出过禁止花部声腔演出的禁令。但是，靠一纸公文是难以将全国各地普遍盛行的花部戏曲演出打下去的。禁令发布过后，根本未见认真执行，花部戏班仍然一如既往地在全国到处活动，甚至连清廷眼皮底下的北京也没有停止过。花部最终取得了绝对优势，雅部逐渐消歇。

三、地方戏的优秀剧目与"同光十三绝"

地方戏的剧目大多数出自民间艺人与下层文人之手，由于刊印机会少，许多都已散佚。从目前见到的梨园史料、笔记、曲谱、刻本、曲选、钞本等资料的记载发现，当时地方戏剧目相对还是较丰富的。钱德苍《缀白裘》第 6 集与第 11 集就收有 50 多种花部诸腔的剧本，而《高腔戏目录》一书就著录了高腔剧本二百零四种。此外，焦循《剧说》《花部农谭》，李斗《扬州画舫录》，叶堂《纳书楹曲谱》之"外集""补遗"，还有《清音小集》等书均记载了不少地方戏剧目。这些剧目，或改编自通俗小说如《说岳全传》《杨家将》；或从讲唱文学取材；或来源于民间传说或故事；或移植昆曲演唱的杂剧、传奇的剧目。这些地方戏题材广泛、贴近生活，带有新时代的特征。这些地方戏由于经过无数艺人们长期在舞台表演实践中的提高，已发展成了深受平民百姓欢迎的舞台演出本。

地方戏的内容丰富多样，有反映社会伦理的，如《赛琵琶》《清风亭》《四进士》等；有反映爱情婚姻的，如《三休樊梨花》《穆柯寨》《玉堂春》等；有反映古代政治军事斗争的，如《两狼山》《祝家庄》《神州擂》等；还有一些生活小戏，如《打面缸》《借靴》等。丰富的地方剧目活泼清新，富有浓厚的生活气息。

在地方戏全面繁荣的清代，京剧从中脱颖而出，产生了"同光十三绝"。事实上，京剧能从各种地方戏中脱颖而出并非偶然，而是艺术发展的必然规律。京剧诞生与发展有赖于清代的文化政策、社会环境，但更依赖于以"同光十三绝"为代表的伶人们精彩的表演。经过多年努力，京剧发展成为我国历史上最重要的剧种，被称为"国剧"，也是我国的国粹之一。下面介绍一下"同光十三绝"。

《同光十三绝》其实最早是一幅绘画，作者为晚清画师沈蓉圃。该画绘制于清朝光绪年间，属工笔写生戏画像。该画参照了清中期画家贺世魁所画《京腔十三绝》中的戏曲人物。该画原图高约三尺，长有丈余，用工笔重彩绘制而成。所绘人物各具表情、形态自然、真实细腻。画中人物为清代同治、光绪年间徽调、昆腔的徽班进京后扬名的十三位著名京剧演员。这十三位人物分别是：张二奎、刘赶三、程长庚、徐小香、时小福、卢胜奎、谭鑫培、郝兰田、梅巧玲、余紫云，后排杨鸣玉、朱莲芬、杨月楼（按从前至后，从左至右的顺序），史称“同光十三绝”，也称“同光名伶十三绝”。他们都是对京剧艺术做出卓越贡献的奠基者。下面主要介绍一下程长庚、刘赶三与谭鑫培。

程长庚（1811—1880）祖籍安徽，谱名程闻檄，字玉珊，号荣椿，乳名长庚。道光年间入京，曾先后居住宣南石头胡同与和百顺胡同，享名后寓所名“四箴堂”。同治、光绪年间曾掌三庆班。工文武老生，腹笥渊博，能戏三百余出，擅演《龙虎斗》《华容道》《战长沙》《八大锤》《镇潭州》《群英会》《战太平》《取成都》等，亦能反串花脸《白良关》尉迟恭等。他与四喜班张二奎、春台班余三胜为京剧第一代演员的三位老生杰出人才。虽较余、张享名较晚，但威望极高，名列三鼎甲之首。清光绪五年葬于广安门外北侧。其子程继先幼入小荣椿社，排名春德，与杨小楼（春甫）同科，后成为清末民初著名小生，为俞振飞、叶盛兰之师。

刘赶三（1817—1894）祖籍天津，原名宝山，别名迁升。字韵卿、号芝轩，寓所名“宝身堂”位于宣南韩家潭。因其艺高常被多处邀请，连赶三处乃为常事，为此被讽为“赶三”。他不但不介意，反而以“刘赶三”为艺名。赶三初学老生，下海后入京搭永胜奎班，后入三庆班，从郝兰田学艺，常演《天水关》《武家坡》《桑园会》《三娘教子》《打金枝》等老生戏，艺宗张二奎。因当时老生名角如林遂改丑角。享名后各班争相聘请，曾搭嵩祝、和春、春台、四喜、双奎、承庆、九和成、胜春奎、永胜奎等诸班。擅演《鸿鸾禧》《红门寺》《双沙河》《一两漆》《瞎子逛灯》《花子拾金》《贪欢报》《十八扯》《入侯府》《老黄请医》《绒花记》等诸多剧目。其《探亲家》名噪京师，每演此剧骑真驴上台必叫满堂。入内廷演此剧被破例允其牵驴进宫。其白口清脆爽利、嗓音清亮响堂、表演冷隽诙谐。常于台上抓哏、嘲讽权贵、抨击时弊。在剧界极有威望，曾被选为精忠庙首。他与杨鸣玉、黄三雄为第一代京剧丑角代表人物。光绪二十年病故。其弟子多为旦角如王顺福、张梅五、张芷芳等，丑角名家仅罗百岁一人。

谭鑫培(1847—1917)，祖籍湖北，谱名金福，字鑫培、号望重，寓所名“英秀堂”。其父谭志道工老旦兼老生。鑫培为其独子，十一岁入小金奎班习武丑，后改武生及文武老生，二十三岁搭三庆班，以演《白水滩》《三岔口》《神州擂》及“八大拿”等武生戏为主。曾傍程长庚演《青石山》马童，得赏识委以武行头。谭鑫培曾拜师程长庚、余三胜，并向张二奎、卢胜奎、王九龄问艺，他博采众长，终成一家。谭鑫培与汪桂芬、孙菊仙被誉为“新三鼎甲”，并成为京剧史上第一个老生流派——谭派创始人。1905年，谭拍摄了《定军山》片段，该片成为中国电影史上的第一部黑白无声影片。谭鑫培的弟子有余叔岩、李鑫甫、刘喜春、贾洪林及王月芳五人。1917年病逝于京城宣内大街寓所，后归葬于戒台寺栗园庄墓地，界桩上刻“英秀堂”。今谭门已是七代梨园世家。

参考文献

[1][清]钱谦益.钱牧斋全集[M](全8册).上海:上海古籍出版社,2003.

[2][清]吴伟业.吴梅村全集[M](全3册).上海:上海古籍出版社,1990.

[3][清]黄宗羲.黄宗羲全集[M](全12册).杭州:浙江古籍出版社,2012.

[4][清]李玉.李玉戏曲集[M](上中下).上海:上海古籍出版社,2004.

[5][清]李渔.李渔全集[M](全20册).杭州:浙江古籍出版社,1991.

[6][清]陈忱.水浒后传[M].上海:上海古籍出版社,1994.

[7][清]钱澄之.藏山阁诗存[M](二十卷).清光绪三十四年龙潭室排印本.

[8][清]顾炎武.顾炎武全集[M](全22册).上海:上海古籍出版社,2011.

[9][清]顾炎武.亭林诗集汇注[M].上海:上海古籍出版社,1984.

[10][清]宋琬.宋琬全集[M](全4册).济南:齐鲁书社,2003.

[11][清]侯方域.壮悔堂文集[M].北京:中华书局,1936年《四部备要》排印本.

[12][清]吴嘉纪.吴嘉纪诗笺校[M].上海:上海古籍出版社,1980.

[13][清]王夫之.王船山诗文集[M].北京:中华书局,1963.

[14][清]魏禧.魏叔子集[M].清康熙易堂原刻本.

[15][清]汪琬.尧峰文钞[A].《四部丛刊》影印清林佶写刻本.

[16][清]陈维崧.陈维崧集[M](全3册).上海:上海古籍出版社,2010.

[17][清]朱彝尊.曝书亭全集[M].长春:吉林文史出版社,2009.

[18][清]屈大均.屈大均全集[M](全8册).北京:人民文学出版社,1996.

[19][清]王士禛.王士禛全集[M](全6册).济南:齐鲁书社,2007.

[20][清]曹贞吉.珂雪词[M].北京:中华书局,1936.

[21][清]蒲松龄.蒲松龄集[M](上下册).北京:中华书局,1962.

[22][清]蒲松龄.聊斋志异[M].上海:上海古籍出版社,1979.

[23][清]洪昇.长生殿[M].北京:人民文学出版社,1958.

[24][清]洪昇.洪昇集[M].杭州:浙江古籍出版社,1992.

[25][清]孔尚任.桃花扇[M].北京:人民文学出版社,1959.

[26][清]纳兰性德.纳兰词笺注[M].上海:上海古籍出版社,1995.

[27][清]卓尔堪.明遗民诗[M].北京:中华书局,1961.

[28][清]方苞.方苞集[M](上下册).上海:上海古籍出版社,2008.

[29][清]沈潜德.沈潜德诗文集[M](全4册).北京:人民文学出版社,2011.

[30][清]厉鹗.樊榭山房集[M](全4册).上海:上海古籍出版社,1992.

[31][清]郑燮.郑板桥集[M].上海:上海古籍出版社,1979.

[32][清]刘大魁.刘大魁集[M].上海:上海古籍出版社,1990.

[33][清]吴敬梓.儒林外史[M].上海:上海古籍出版社,2001.

[34][清]袁枚.袁枚全集[M](全8册).南京:江苏古籍出版社,1993.

[35][清]纪昀.阅微草堂笔记[M].上海:上海古籍出版社,1980.

[36][清]蒋士铨.藏园九种曲[M].清乾隆蒋氏藏园原刻本.

[37][清]赵翼.瓯北集[M].上海:上海古籍出版社,1997.

[38][清]姚鼐.惜抱轩文集[M].上海:上海古籍出版社,1992.

[39][清]翁方纲.复初斋诗文集[M].北京:文物出版社,1982.

[40][清]黄景仁.两当轩集[M].上海:上海古籍出版社,1983.

[41][清]林则徐.林则徐全集[M](全10册).福州:海峡文艺出版社,2002.

[42][清]龚自珍.龚自珍全集[M](上下册).北京:中华书局,1959.

[43][清]魏源.魏源集[M](上下册).北京:中华书局,1976.

[44][清]陈三立.散原精舍诗文集[M].上海:上海古籍出版社,2003.

[45][清]刘鹗.老残游记[M].北京:人民文学出版社,1982.

[46][清]吴沃尧.二十年目睹之怪现状[M].北京:人民文学出版社,1981.

[47][清]李宝嘉.官场现形记[M].北京:人民文学出版社,1979.

[48][清]曾朴.孽海花[M].上海:上海古籍出版社,1980.

[49]梁启超.清代学术概论[M].上海:上海古籍出版社,2011.

[50]梁启超.饮冰室诗话[M].北京:人民文学出版社,1959.

[51]赵尔巽.清史稿[M].北京:中华书局,1977.

[52]钱仲联.清诗纪事[M].南京:江苏古籍出版社,1987.

[53]李修生,赵义山.中国分体文学史(第三版)[M].上海:上海古籍出版社,2014.

[54]宋致新.独抒性灵:明清性灵小品[M].武汉:崇文书局,2016.

[55]张兵等.文化视域中的清代文学研究[M].北京:人民出版社,2013.

[56]漆绪邦.中国散文通史[M].北京:首都师范大学出版社,2014.

[57]朱亚娥.世界文明史 中华文明史[M].北京:中国华侨出版社,2014.

[58]邹自振.汤显祖与明清文学探赜[M].南昌:百花洲文艺出版社,2015.

[59]伊丽娜.化陋邦为新国——梁启超文化革新思想研究[M].哈尔滨:黑龙江大学出版社,2015.

[60]赵雨.清代文学[M].长春:吉林文史出版社,2009.

[61]胡益民.清代小说史[M].合肥:合肥工业大学出版社,2012.

[62]郭英德,过常宝.中国古代文学史[M].北京:中国人民大学出版社,2012.

[63]张俊,沈治钧.清代小说简史[M].太原:山西人民出版社,2005.

[64]谭帆.明清小说分类选讲[M].北京:高等教育出版社,2007.

[65]谭邦和.明清小说史[M].上海:上海古籍出版社,2006.

[66]陈文新.文言小说审美发展史[M].武汉:武汉大学出版社,2002.

[67]张兵.话本小说简史[M].太原:山西人民出版社,2005.

[68]欧阳代发.话本小说史[M].武汉:武汉出版社,1994.

[69]蒋寅.清诗话考[M].北京:中华书局,2005.

[70]张涤云.中国诗歌通论[M].杭州:浙江大学出版社,2006.

[71]袁行霈.中国文学史(第二版)[M].北京:高等教育出版社,2005.

[72]刘大杰.中国文学发展史[M].上海:复旦大学出版社,2011.

[73]谭家健.中国古代散文史稿[M].重庆:重庆出版社,2006.

[74]陈惠琴,莎日娜,李小龙.中国散文通史(清代卷)[M].合肥:安徽教育出版社,2013.

[75]张代会,周方.清初文学研究散论[M].太原:北岳文艺出版社,2007.

[76]李艳.中国古代散文史[M].青岛:青岛出版社,2007.

[77]黄卉,刘之杰.简明中国文学史[M].兰州:兰州大学出

版社,2006.

[78]邱英生.古典文学流派要介[M].哈尔滨:黑龙江人民出版社,1984.

[79]宫泉久.清初山左诗歌研究[M].北京:中国社会科学出版社,2009.

[80]艾治平.清词论说[M].上海:学林出版社,1999.

[81]储兆文.中国古典文学[M].西安:西北工业大学出版社,2008.

[82]严迪昌.清词史[M].南京:江苏古籍出版社,1990.

[83]黄拔荆.中国词史[M].福州:福建人民出版社,2003.

[84]陈水云.清代前中期词学思想研究[M].武汉:武汉大学出版社,1999.

[85]熊礼汇.明清散文流派论[M].武汉:武汉大学出版社,2003.

[86]郭英德.明清传奇戏曲文体研究[M].北京:商务印书馆,2004.

[87]许金榜.中国戏曲文学史[M].北京:中国文学出版社,1994.

[88]郭英德.明清传奇史[M].北京:人民文学出版社,2011.

[89]廖奔,刘彦君.中国戏曲发展史[M].太原:山西教育出版社,2000.

[90]阿英.晚清文学丛钞[A].北京:中华书局,1960.

[91]郭绍虞.清诗话续编[M].上海:上海古籍出版社,1983.

[92]王献永.桐城文派[M].北京:中华书局,1992.

[93]傅惜华.清代杂剧全目[M].北京:人民文学出版社,1981.

[94]周妙中.清代戏曲史[M].郑州:中州古籍出版社,1987.

[95]董乃斌,刘扬忠,陈伯海.中国文学史学史[M].石家庄:河北人民出版社,2001.

[96]朱东润.中国文学批评史大纲[M].上海:上海古籍出版社,2005.

[97]项楚,罗鹭.中国古典文献学[M].北京:中国人民出版社,2013.

[98]王小舒.清诗在诗歌史上的定位[J].厦门教育学院学报,2010(2).

[99]王宏林.格调说产生的历史语境及其内涵[J].南阳师范学院学报,2010(5).

[100]吴中胜."肌理说"与翁方纲的诗学精神[J].文学评论,2011(4).

[101]石玲.论袁枚性灵说的历史风向意义[J].求是学刊,2013(6).

[102]王凯符.论清代散文的繁荣及其原因[J].北京社会科学,1994(2).

[103]王凯符.王夫之的文章特色——纪念王夫之逝世三百周年[J].首都师范大学学报(社会科学版),1992(6).

[104]邹自振.论清初散文大家侯方域[J].中州学刊,2000(6).

[105]王凯符.论清代骈文复兴[J].北京师范学院学报(社会科学版),1990(4).